AF239801

Der Fremde
Chronik einer Jagd

NICHOLAS VAN HELSING

DER FREMDE
Chronik einer Jagd

Bibliografische Information der Deutschen Nationalbibliothek:
Die Deutsche Nationalbibliothek verzeichnet diese Publikation in der Deutschen
Nationalbibliografie; detaillierte bibliografische Daten sind im Internet über dnb.dnb.de
abrufbar.

*Die automatisierte Analyse des Werkes, um daraus
Informationen insbesondere über Muster, Trends und
Korrelationen gemäß §44b UrhG (»Text und Data Mining«)
zu gewinnen, ist untersagt.*

© 2024 Nicholas van Helsing

Coverdesign, Buchsatz, Herstellung und Verlag:
BoD – Books on Demand, Norderstedt

ISBN: 978-3-7583-3821-2

VORWORT

Wir Menschen hegen eine instinktive Furcht vor der Dunkelheit. Sie hat für uns etwas Unheimliches, gar *Ungeheuerliches* an sich, das man nur schwer erklären kann und das wohl doch jedem, mit dem man darüber spricht, sofort verständlich sein wird. Wer hat schließlich nicht schon einmal des Nachts ein unerklärliches Geräusch aus einem fernen Winkel seines Zuhauses vernommen und daraufhin eilig und mit einem mulmigen Gefühl im Bauch rasch alle Lichter umher entzündet? Wer ist nicht schon einmal nach Einbruch der Dunkelheit durch menschenleere Straßen gewandert und hat sich plötzlich erschrocken umgewandt, in dem festen Glauben, hinter sich Unheil verkündende Schritte vernommen zu haben? – Nur um dort als Nächstes nichts als einen leeren Gehsteig vorzufinden, sich in der Folge selbst für die eigene Paranoia zu tadeln? Und doch wird man nach einem derartigen Erlebnis fast unweigerlich seinen Gang beschleunigen …

Eigentlich wissen wir in derartigen Situationen, dass uns nicht wirklich eine unmittelbare Gefahr droht – und doch kann unsere Vernunft einfach nicht die volle Oberhand gewinnen. Es ist fast so, als sei dort etwas in den hintersten Winkeln unseres Bewusstseins, das sie immer wieder zurückdrängt. Doch was könnte das sein? Was ist der Grund für unsere eigentlich doch so vollkommen irrational erscheinende Furcht vor der Dunkelheit? Immerhin scheut kein anderes Lebewesen auf dieser Erde die Finsternis, so wie wir es tun. Im Gegenteil dient sie unzähligen vielmehr als Mantel, während andere gar ihr ganzes Leben darin verbringen, ohne jemals das Licht der Sonne zu erblicken! Ist es also lediglich der so hoch gelobte Verstand des Menschen, der ihm hier einen Streich spielt? Lässt uns unsere Vorstellungskraft letztlich Gefahren sehen, die es gar nicht gibt? Oder sind es vielleicht vielmehr die Tiere, welche jene unbekannte Bedrohung, die von der Dunkelheit ausgeht,

5

einfach nicht erkennen können? Lauern am Ende vielleicht doch unbemerkte, unaussprechliche Schrecken in der Nacht, immerzu gierend auf ihr nächstes, nichts ahnendes Opfer? Zahllos sind schließlich die Erzählungen und Legenden, die von Derartigem berichten? Sie existieren überall auf der Welt; es gab sie in allen Zeitaltern der menschlichen Geschichte, in allen Kulturen. Angesichts dessen kann – ja muss man sich doch eigentlich fast schon die Frage stellen: Sind diese Geschichten wirklich alle nur Fiktion, Aberglaube, bloßer Unsinn? Haben hier lediglich unsere Vorfahren ihre eigene, irrationale Furcht vor dem Unbekannten gleich eines Schmiedes in reich geschmückte Formen ihrer Vorstellungskraft gegossen? Oder könnte nicht am Ende vielleicht doch zumindest ein einziges, winziges Körnchen Wahrheit in all diesen Geschichten stecken? Oder womöglich sogar noch mehr …?

Ich will nun eine Geschichte erzählen, von einem Mann, der sich eben jenen unbekannten Mächten entgegenstellte, die in der Dunkelheit lauern, jenen Schrecken, welche die meisten von uns wohl nur für ein Produkt der menschlichen Fantasie halten, leeren Aberglauben, Schauergeschichten. Sie handelt davon, wie er zu dem wurde, der er war, von seinen Taten und den Orten, die er dabei besuchte, von seiner Freude und seinem Leid, seiner Liebe und seinem Hass, davon, wie er dem Tode ins Gesicht sah – und davon, wie seine Reise schließlich ein Ende fand. Die Entscheidung dahingehend, ob dies alles nun wahr oder doch nur frei erfunden ist, muss ich dabei allerdings letztlich jedem Leser selbst überlassen …

ERSTES KAPITEL

Eigentlich hätte man das kleine Dörfchen durchaus als idyllisch bezeichnen können: Abseits der großen Handelswege, zwischen zwei dicht bewaldeten Hügelketten und an einem kleinen See gelegen, mutete es fast wie aus einem Bilderbuch an. Solange sich die Bewohner zurückerinnern konnten, war es dort stets friedlich gewesen; Kriege und Katastrophen hatten sie wie durch ein Wunder immer verschont. Obwohl … Vermutlich war diese Tatsache doch eher der Abgeschiedenheit ihrer Heimat geschuldet als irgendeiner höheren Macht. Tatsächlich verirrten sich nicht viele Leute von außerhalb dorthin – weshalb der Mann, welcher an diesem Morgen zwischen den Häusern entlang schritt, unter normalen Umständen wohl auch einiges Misstrauen erweckt hätte. Er trug einen langen, dunkelbraunen Ledermantel und schwere Stiefel – das Gewand eines Mannes, der viel auf Reisen war. Auf seinem Kopf saß ein großer, schwarzer Hut mit breiter Krempe, der nicht nur fast vollständig das braune Haar darunter, sondern auch sein Gesicht verdeckte. Diese Aufmachung ließ ihn im ersten Moment wie einen Vagabunden anmuten, jemanden der auf der Flucht war, sich verstecken musste – ein Eindruck, der durch das Schwert an seinem Gürtel und sein schweres Gepäck nur noch verstärkt wurde. Zu Recht hätte man bei seinem Anblick daher wohl Böses denken, ihn für einen flüchtigen Verbrecher oder Banditen halten können. Warum also schenkte dennoch keiner der Menschen auf der Straße jenem frühen, so überaus *verdächtigen* Besucher große Beachtung? Nun, die Antwort hierauf war einfach: Es handelte sich schlicht nicht um einen *normalen* Morgen. Etwas anderes, weit Besorgniserregenderes nahm im Moment die gesamte Aufmerksamkeit der Menschen dort für sich ein …

Erneut war in der vergangenen Nacht einer der Bewohner des Dorfes verschwunden – keinesfalls spurlos jedoch! Ganz im

Gegenteil: Jeder, der den Ort des Verbrechens betrachtete, konnte die Spuren schließlich mehr als eindeutig erkennen! Allein *was* sich dort zugetragen hatte und *wer* dafür verantwortlich war, blieb ein Rätsel.

Ebenso rat- wie fassungslos standen vier Männer an den Resten jenes Fensters, wo das Übel offenbar seinen Lauf genommen hatte, betrachteten die Trümmer der Läden, die nun in tausend Teile zersplittert auf dem Weg umher verstreut lagen. Irgendjemand oder ... *irgendetwas* hatte die hölzernen Flügel offenbar mit unbeschreiblicher Kraft zerrissen, sie regelrecht zu Staub zermahlen, um an die unglückselige Person zu gelangen, die in jenem Augenblick dahinter gestanden hatte. Doch was für eine Kreatur könnte zu so etwas fähig sein?

»Ein wildes Tier! Ein wildes Tier muss es gewesen sein!«, rief einer der vier schließlich, klang dabei jedoch reichlich unsicher.

»Aber ein Tier, das solch eine Kraft besitzt, gibt es hier bei uns doch gar nicht! Ja! Ein Bär könnte es vielleicht gewesen sein, aber so einen haben wir hier schon lange nicht mehr gesehen!«, entgegnete ein anderer darauf.

»Und warum sollte ein Bär überhaupt in ein Haus einbrechen und einen Menschen verschleppen?«

Auf diese Frage hin wiederum verstummten sie alle, denn sie wussten keine Antwort darauf; und nicht zum ersten Mal. Es handelte sich um ein sehr ähnliches Gespräch, wie es auch schon an anderen Morgen zuvor geführt worden war, von anderen Personen, an anderen Fenstern oder Türen – einmal an einer Scheune – und doch war das Ergebnis stets dasselbe geblieben: Ratlosigkeit.

Der unbekannte Fremde ging derweil regungslos an ihnen vorüber, warf nur einen flüchtigen Blick auf das zerstörte Fenster. Die Risse in den Mauern, die Holzsplitter, die zerstörten Angeln, die Schleifspuren am Boden und ein Blutfleck an der Fensterbank ... In einem einzigen, kurzen Augenblick nahm er all diese Informationen in sich auf und sein Verstand begann zu arbeiten, ließ ihn sich nachdenklich mit der Hand über das unrasierte Kinn fahren. Dann allerdings beschleunigte er unvermittelt seinen Schritt, weil von der kleinen Kirche in der Mitte des Dorfes nun eine weitere Person herannahte. Der örtliche Pfarrer offenbar – darauf zumindest ließ sein Äußeres schließen: Ein Mann etwa in seinen späten Fünfzigern, das Haar grau, fast weiß mit einer kreisrunden kahlen Stelle in der Mitte seines Kopfes. Seine Gesichtszüge waren scharf, sein Blick entschlossen. Der Talar, den er trug, schränkte ihn beim Laufen sichtlich ein, ließ ihn einmal sogar fast stolpern. Wie die anderen Männer auch schenkte er dem Fremden an der Straßenseite keine große Beachtung, zu bedrückend waren dafür die jüngsten Ereignisse, zu schwer die Aufgabe, die nun einmal mehr vor ihm lag.

Am Nachmittag versammelten sich die meisten Dorfbewohner in der Kirche, um für die Seelen der Verschwundenen zu beten – vier inzwischen an der Zahl. Auch wenn sie wohl nicht mehr *wirklich* an eine lebendige Rückkehr glaubten, so spendete dies den Angehörigen doch wenigstens etwas Trost – und gewährte dem Fremden freie Bahn für seine Nachforschungen.

Vorsichtig schlich er sich mit den ersten Klängen der Orgel zum Friedhof der Gemeinde, der ein wenig abseits, am Rand des Dorfes lag, umgeben von einer mannshohen Backsteinmauer mit langen Dornen darauf. Der einzige Zugang zu dem Gelände bestand aus einem großen, eisernen Tor. Es war verschlossen – reichlich ungewöhnlich, doch es passte nur allzu gut ins Bild … Um zu überprüfen, was er überprüfen wollte, musste der Fremde aber ohnehin nicht hinein. Ein kurzer Blick durch die Streben genügte: Vom Eingang her führte ein kleiner Pfad zu einem niedrigen Gebäude in der Mitte des Friedhofs, vermutlich einer Kapelle. Sie schien allerdings nicht wirklich genutzt zu werden, wirkte zumindest von Weitem halb verfallen, mit Rissen in den Wänden und einem dicken Efeuteppich auf einer Seite des Daches. Etwa auf halbem Weg dorthin stand eine alte Eiche am Wegesrand, ihre knorrigen Äste vermutlich älter als der Friedhof selbst. Den Rest des Areals schließlich füllte eine saftige, grüne Wiese mit konzentrisch angeordneten Grabsteinen darauf aus. Soweit nichts Ungewöhnliches, hätte man denken können, der Blick des Fremden jedoch verweilte verdächtig lange auf den Gräbern, wanderte langsam von einem zu anderen, bis er schließlich entschlossen nickte. Frische Erde auf alten Gräbern … Er ahnte nun, was in dem Dorf vorging – und wusste auch schon, wie man dem ein Ende setzen konnte. Bevor der Gottesdienst vorüber war, kehrte er deshalb eilig wieder zum Gasthaus zurück, damit niemand seine Abwesenheit bemerken konnte. Er hatte sich dort ein kleines Zimmer genommen, nicht weil er es brauchte, sondern zur Tarnung. Es war wichtig, keine Aufmerksamkeit zu erregen – oder zumindest nicht mehr als absolut notwendig.

Den Rest des Tages schlief sich der Fremde nun erst einmal aus. Nicht nur um sich von seiner Reise zu erholen, sondern auch um Kräfte für die bevorstehende Nacht zu sammeln. Erst als die Sonne schließlich feuerrot hinter dem Horizont erstrahlte und die Bewohner des Dorfes in ihren Häusern zu verschwinden begannen, nahm er eine deftige Mahlzeit ein und legte sich dann auf die Lauer. Praktischerweise lag das Zimmer, welches ihm der Gastwirt gegeben hatte, im ersten Stock und erlaubte zudem, den Großteil des Dorfes zu überblicken – ein hervorragender Aussichtspunkt also! Ohne ein Licht zu entzünden, stand er dort nach Einbruch der Dunkelheit am offenen Fenster und lauschte fortan angestrengt in die Nacht hinein, bereit, beim kleinsten verdächtigen Geräusch hinab zu springen und so schnell wie möglich in die Richtung loszustürmen, aus der es kam. Vorerst allerdings rührte sich nichts zwischen den Häusern; es war friedlich – oder schien zumindest so. Nur hin und wieder segelte ein kleiner Schatten zwischen den Dächern der Häuser umher, ließ den Fremden kurz angespannt die Augen zusammenkneifen. Jedes Mal jedoch entpuppten sich diese nachtaktiven Kreaturen als harmlos, wenn ihre Umrisse im schwachen Mondlicht schließlich deutlicher sichtbar wurden: Eine Eule, die mit einem leisen Ruf wieder davonflog, vereinzelte Fledermäuse, die der Welt unter sich keine Beachtung schenkten, oder kleine Gruppen von Nachtfaltern, die vor den erleuchteten Fenstern umhertanzten – alles nicht das, wonach er suchte. Kein Grund zur

Beunruhigung aber. Früher oder später würde sich der Schuldige zu erkennen geben, wenn nicht heute, dann ganz bestimmt in einer der folgenden Nächte. Ein Jäger musste geduldig sein …

Mehrere Stunden harrte der Fremde nun auf seiner Warte aus, starrte in die Nacht hinein und sah zu, wie eines nach dem anderen die Lichter in den Häusern umher verloschen. Nach und nach wurde die Dunkelheit umher so immer makelloser, bis einzig der Mond und die Sterne noch ihr schwaches Licht spendeten – was aber offenbar keinesfalls bedeutete, dass auch *wirklich* jeder im Dorf schlief …

Es war schon kurz vor Mitternacht, da störte plötzlich etwas die Stille: Auf einmal erklang ein leises, mechanisches Klicken, beinahe als ob jemand eine Tür geöffnet hatte. Kurze Zeit später tauchten dann auch schon verstohlene Schritte aus Richtung der Kirche auf, tasteten sich im schwachen Licht einer Kerze langsam voran … Jemand ging dort unten umher, schlich sich in aller Heimlichkeit am Gasthaus vorbei. Sicherheitshalber trat der Fremde ein Stück vom Fenster zurück, lauschte mit geschlossenen Augen nur noch dem Geräusch der Fußsohlen auf dem sandigen Boden … Es dauerte nicht lange, dann begannen sie auch schon wieder leiser zu werden, doch er verharrte trotzdem weiter bewegungslos in seinem Versteck. Erst als man kaum noch etwas hören konnte, kletterte er schließlich an den hervorstehenden Balken des Fachwerks aus dem Fenster und folgte dann den Lauten aus dem Dorf in Richtung Friedhof. Die Jagd hatte begonnen!

Aus sicherer Entfernung beobachtete der Fremde wenig später, wie die unbekannte Person sich dem Friedhofstor näherte, es aufschloss und dann dahinter verschwand. Im fahlen Schein der dünnen Sichel über ihnen kroch ihr Schatten regelrecht über den Weg zu der kleinen Kapelle … Um wen auch immer es sich handelte, er war sehr vorsichtig, hielt mehrfach inne und blickte misstrauisch zurück. Unmöglich jedoch, dass der Unhold so seinen Verfolger hätte bemerken können, verbarg sich dieser doch stets in der Finsternis hinter Bäumen oder der Friedhofsmauer. Wenig später hatte der Verbrecher sein Ziel dann auch schon erreicht: Erneut öffnete sich klickend eine Tür, dann tauchte schwaches Kerzenlicht in den Fenstern der Kapelle auf, nahm bald einen seltsamen, grünen Ton an – ein eindeutiges Zeichen der Abscheulichkeiten, die darin vorgingen und bald ein blutiges Ende finden würden.

Immer wachsam trat der Fremde einige Zeit später ebenfalls durch das eiserne Tor, ließ seinen Blick kurz über das Gräberfeld schweifen und schlich dann weiter den schmalen Pfad entlang, eine Hand stets am Heft seines Schwertes. Wachsam taste er sich so vorwärts, wirkte dabei fast panisch, weil er immerzu seinen Kopf hin und her warf, um seine Umgebung im Auge zu behalten, bis … Etwa auf Höhe des alten Baumes ließ ihn plötzlich etwas innehalten. War da gerade ein Geräusch gewesen? Ein unterdrücktes Stöhnen? Oder spielte ihm nur der Wind einen Streich? Im nächsten Moment jedoch stieg ihm auch schon der Geruch verwesenden Fleisches in die Nase und bestätigte seinen Verdacht: Sofort blickte er auf das Grab direkt neben ihm, auf der anderen Seite des Weges gegenüber der Eiche, und wurde dort fündig: Eine bleiche Hand, die offenbar soeben an die Oberfläche durchgebrochen war, zappelte bei ihren wilden Versuchen, sich eilig aus der offenbar erst vor Kurzem umgegrabenen Grabrede zu befreien, umher. Ganz wie er vermutet hatte! Ein Zombie! Offenbar war der Pfarrer einer der abscheulichsten jener zahlreichen dunklen Künste verfallen: Der Totenbeschwörung! Als dafür das brauchbare Ausgangsmaterial auf dem Friedhof erschöpft gewesen war, musste er sich bald nach anderen Quellen umgesehen haben … und hatte sie wohl schnell unter den (noch) Lebenden ausgemacht.

Natürlich gab es für den Fremden nun keine Zeit mehr zu verlieren: Eifrig versuchte der untote Körper neben ihm schließlich gerade, sich aus der Tiefe zu befreien, sein Ziel offensichtlich. Dass er sich dabei so früh verraten hatte, sollte dem Zombie hier allerdings zum Verhängnis werden: Entschlossen zog sein Kontrahent die Waffe, holte aus, um den sich windenden Arm von der Schulter zu trennen, an der dieser hing. Allerdings sollte es nicht dazu kommen: Schon hatte er die Klinge über seinen Kopf erhoben, war bereit, sie herniederfahren zu lassen – doch dann! Plötzlich ließ ihn ein Geräusch hinter ihm innehalten. Ihm wurde instinktiv klar, dass es eine vorerst dringlichere Angelegenheit gab, mit der er sich befassen musste. Und auch ohne sich umzuwenden, wusste der Fremde bereits, was dies war. Verflucht! Von irgendwoher, vermutlich von hinter dem dicken Stamm des Baumes nur ein paar Schritte entfernt, eilte gerade ein weiterer Untoter heran und rückte ihm zu Leibe! Schon griff die Kreatur nach seinem Arm. Ein fürchterlicher Anblick nebenbei: Das Gesicht des Zombies war bereits eingefallen und hing nun wie ein schwarzer Lappen herunter, sein Fleisch war grau und voller Löcher, der Leichengestank betäubte regelrecht die Sinne, während die Kreatur immerzu gurgelte und stöhnte. Fast wirkte es, als bettle sie um Erlösung – darum, endlich von ihrem bemitleidenswerten Dasein entbunden zu werden.

Zum Glück war der Untote nicht sonderlich stark, die Leiche offenbar schon recht alt. So musste der Fremde nur erneut ausholen und mit einem gekonnten Schwertstreich den Arm durchtrennen, der ihn festhielt, um sich zu befreien. Die Finger um sein Handgelenk ließen daraufhin allerdings keinesfalls locker – im Gegenteil! Immer enger zogen sie sich zusammen, fast wie eine Schlinge! Doch der Fremde hatte andere Sorgen: Mit einem gezielten Tritt, der seinen Fuß regelrecht in dem fauligen Fleisch versinken ließ, brachte er den Zombie aus dem Gleichgewicht, griff dann in seinen Mantel, um einen langen Holzpflock hervorzuziehen. Zugegeben, dies war eigentlich nicht, wofür er ihn mit sich führte, doch das Werkzeug würde dennoch seinen Zweck erfüllen. Eilig schlug er als Nächstes den Pflock durch die Brust der untoten Kreatur vor sich, worauf diese nun hilflos am Boden zappelte wie ein Käfer, den man auf den Rücken gedreht hatte. Ewig würde sie sich davon gewiss nicht im Zaum halten lassen, doch zumindest lange genug, damit sie ihrem Meister in der bevorstehenden Schlacht nicht zur Hilfe kommen konnte. Das würde reichen.

Eilig wandte sich der Fremde also um und konzentrierte sich nun wieder auf jenen Zombie, den er zuerst entdeckt hatte – wofür es auch *höchste* Zeit wurde: In der Zwischenzeit waren schließlich bereits der Kopf und ein Teil des Oberkörpers aus der Graberde emporgestiegen! Dieser Leichnam sah wesentlich frischer aus und war damit auch ungleich gefährlicher, weshalb sein Gegner auch nicht lange fackelte: Schnell rauschte der Fremde heran, ergriff den Grabstein über den sich windenden Gliedmaßen mit beiden Händen und begrub diese dann darunter, während die kalte Hand an seinem Oberarm noch immer versuchte, diesen zu zerquetschen. Beim Aufschlag erzeugte die steinerne Platte ein leises Knacken, das zweifellos von brechenden Knochen stammte. Aber da gab es auch noch ein anderes Geräusch: ein leises Stöhnen. Es war noch nicht vorbei! Ohne zu zögern, setzte der Fremde deshalb als Nächstes einen Fuß auf den Grabstein und stemmte sich mit seinem ganzen Gewicht darauf, bis die Laute unter wiederholtem Knacken langsam verstummten, presste das unnatürliche Leben geradezu aus der Kreatur unter sich heraus. Anschließend sah er auf … Regte sich noch irgendwo anders etwas zwischen den Gräbern? Nein. Diese Schlacht schien geschlagen zu sein. Auf zur nächsten also …

Mit wenig Kraft zog er noch an dem Arm des anderen Zombies, der nach wie vor an seinem eigenen hing, und die Gelenke gaben unverzüglich nach; klatschend fielen die Finger mitsamt den übrigen Teilen bewegungslos zu Boden. Mit einem kurzen, verächtlichen Blick darauf setzte er seinen Weg anschließend fort. Diesem üblen Treiben musste rasch Einhalt geboten werden!

Vorsichtig schlich der Fremde den gewundenen Weg zwischen den Gräbern entlang auf die kleine Kapelle zu, stets auf einen weiteren Angriff vorbereitet. Doch so wie es aussah, sollten die beiden Zombies, denen er zuvor begegnet war, vorerst seine einzigen untoten Gegner bleiben. Schnell hatte er die Tür erreicht, lauschte kurz und öffnete diese dann lautlos. Augenblicklich stieg ihm darauf der unverwechselbare Gestank des Todes in die Nase, ließ ihn kurz zurückweichen, bevor er einen Blick ins Innere warf: Es handelte sich um eine kleine Halle mit schmucklosen Wänden und einer Vielzahl von kleinen Fenstern an den Seiten. Am gegenüberliegenden Ende des Raumes befand sich ein kleiner Altar, jetzt entstellt und entweiht von den dunklen Ritualen, die dort offenbar praktiziert worden waren. Davor wiederum stand der Übeltäter – der Pfarrer – vertieft in die Lektüre zweier alter Bücher, vor ihm der tote Körper einer jungen Frau. Auf der Leiche pulsierten derweil in einem unregelmäßigen Takt seltsame, leuchtende Symbole, ließen die Schatten in ihrem fahlen, grünlichen Licht diffus hin und her tanzen. Ringsum in den Ecken lagen außerdem noch zwei weitere Leichen – anscheinend fehlgeschlagene Experimente – und verwesten ohne ein angemessenes Begräbnis vor sich hin. Der Gestank war selbst für jemanden, der sich über die Jahre einigermaßen an Derartiges gewöhnt hatte, beinahe unerträglich. Seltsam, dass der Pfarrer ihn so mühelos aushalten konnte. Hatte der einstige Mann Gottes sich wirklich *derart* den dunklen Mächten verschrieben?

Überlebensgroß thronte der Schatten des Verbrechers über seinem jüngsten Opfer, während der Fremde unbemerkt näherkam. Ein leiser Singsang hallte durch den Raum, unheilige Zauberformeln zweifellos. Er schien den Fremden nicht zu bemerken.

Trotzdem warf der Eindringling letztlich den Mantel der Heimlichkeit von sich, erhob seine raue, tiefe Stimme, um jene *eine* Frage zu stellen, die ihm in diesem Moment wie keine andere auf der Seele brannte:

»Warum, alter Mann? Diese Leute haben dir vertraut!«

Sofort wandte sich der gefallene Priester daraufhin um, sichtlich erschrocken über den unerwarteten Besucher – doch nicht für lange. Kurz huschte tatsächlich ein Anflug von Panik über sein Gesicht, praktisch unmittelbar jedoch wich derselbe dann auch schon Selbstsicherheit. Jeden Augenblick würden schließlich seine beiden Diener aus der Dunkelheit jenseits der Türschwelle auftauchen und den Eindringling überwältigen! Ganz sicher! Es gab nichts zu befürchten. Dieser … Narr … würde nur ein weiteres Stück … *Rohmaterial* für seine Experimente sein! Und da er nicht aus dem Dorf stammte, würde ihn nicht einmal jemand vermissen! Perfekt! Angesichts dieser Erkenntnis verzog sich sein Gesicht sogleich zu einem siegessicheren, überlegenen Lächeln.

»Muss sich *Gott* gegenüber einer Made rechtfertigen? Nein!

Ich bin nun der Herr über Leben und Tod! Ich stehe mit unserem Schöpfer auf einer Stufe! *Ich* allein bestimme, wer lebt und wer …«

Der Fremde ließ ihn diesen Satz nicht beenden, vorher rammte er dem gefallenen Priester auch schon ohne Vorwarnung sein Schwert in den Bauch. Dieses Gespräch hatte ohnehin schon zu lange gedauert. Wie benommen beobachtete der Pfarrer sein eigenes Blut, wie es auf den Boden tropfte. Seine Augen weiteten sich vor Schrecken. Wo waren seine Diener? Unmöglich?! Hatte dieser Eindringling etwa …? Dies sollten seine letzten Gedanken sein, denn schon hob der Fremde das Schwert ein weiteres Mal:

»Wir sehen uns in der Hölle, alter Mann!«, warf er ihm noch mit tiefster Abscheu in der Stimme entgegen und trennte im nächsten Moment auch schon mittels eines gewaltigen Hiebs sauber den Kopf vom Körper des Priesters.

Kurz verkrampfte sich der kopflose Torso daraufhin noch, dann aber sank er auch schon in sich zusammen und landete zu Füßen seines jüngsten Opfers. Derweil rollte der Kopf leise davon.

Am folgenden Morgen war es der Rauch eines sterbenden Feuers, der die nichts ahnenden Dorfbewohner zum Friedhof lockte. Was sie dort wenig später finden sollten, verschlug ihnen dann allerdings den Atem: In einem Scheiterhaufen neben der Kapelle ließen sich zwischen der Asche gerade noch Reste von Knochen erkennen. Im Inneren fanden sie den toten Körper ihres Pfarrers, umgeben von den Leichen ihrer verschwundenen Freunde und Verwandten, stille Zeugen seiner grausamen Verbrechen. Überall waren die Anzeichen jener gottlosen Rituale, die dort stattgefunden hatten, an die Wände geschmiert, fast unerträglicher Verwesungsgeruch füllte die einst geweihte Halle.

Auch wenn die geschockten Bewohner letztlich nicht genau sagen konnten, *was* sich hier in der vergangenen Nacht zugetragen hatte, so verstanden sie doch eines: *Jemand* war offenbar gekommen und hatte ihrem Schrecken ein Ende gesetzt – und auch wer dieser *jemand* gewesen sein musste, stand schnell fest: Kein Zweifel, es konnte sich nur um jenen seltsamen Fremden gehandelt haben, an den sich keiner von ihnen mehr als schemenhaft erinnerte. Wie ein Geist war er gekommen und wieder gegangen, mit nur seinem Werk auf dem Friedhof als Beweis für seine Existenz. Wenige erinnerten sich überhaupt, ihn überhaupt gesehen zu haben, keiner hatte sich sein Gesicht eingeprägt, nicht einmal der Gastwirt. Somit blieb ihr Erlöser letztlich ein Mysterium, das bald ebenso wie die Beweggründe des Pfarrers in reichlich Spekulation und Gerüchten aufgehen sollte.

Man mag es an dieser Stelle wohl schon erahnen, doch der Besuch des Fremden in jenem Dorf war natürlich keinesfalls Zufall gewesen. Vielmehr hatte er sich, als ihm Gerüchte über die Vorgänge dort zu Ohren gekommen waren, eben genau *deswegen* dorthin begeben – mit der festen, der einzigen Absicht, dem üblen Treiben dort ein Ende zu setzen, wie er es schon so oft an anderen Orten getan hatte. Letztlich handelte es sich auch bei diesem Abenteuer schließlich nur um eine weitere Station auf seiner immerwährenden Reise, nicht ohne Ziel, doch trotzdem ohne erkennbares Ende. Womit sich natürlich die Frage stellte, was einen Mann dazu gebracht hatte, sein Leben einzig der Jagd nach derartigen übernatürlichen Kreaturen zu verschreiben, einer Aufgabe ohne Dank, ohne Ruhm. In *seinem* Fall allerdings sah die Antwort darauf tatsächlich ziemlich einfach aus: Es war ihm schlicht nichts anderes geblieben.

Selbst nach all den Jahren konnte er sich noch gut an die Ereignisse jener Nacht erinnern, als seine heile Welt plötzlich und ohne jede Vorwarnung zerschmettert worden war, man ihm von einem Moment auf den anderen sowohl seine Unschuld als auch seine Kindheit geraubt hatte. Wie eingebrannt waren die Erlebnisse in seinen Verstand, suchten ihn noch immer in seinen Träumen heim. Und doch fragte er sich manchmal, ob diese Erinnerungen wirklich seine eigenen waren? Alles darin erschien so … *fremd*, so unwirklich. Fast als ob all dies nicht wirklich wahr sein konnte …

Ein spitzer Schrei riss den Jungen aus dem Schlaf, ließ ihn aus dem Bett hochfahren und vertrieb augenblicklich jede Müdigkeit.

Etwas … stimmte nicht … Dieses Geräusch? Wo war es hergekommen? Hatte er es sich nur eingebildet, ein Hirngespinst mitgebracht aus dem Land der Träume? Er blickte sich um … Ringsum in der Dunkelheit waren schemenhaft die Umrisse seiner Kammer zu erkennen: Die gleichmäßigen Reihen der Holzlatten an den Wänden, das geschlossene Fenster vor ihm, die Pfosten am anderen Ende des Bettes und der kleine Schrank, den sein Vater ihm gebaut hatte. Alles schien wie immer zu sein, nur irgendwie … *dunkler, bedrohlicher* … Kein einziger Strahl Mondlicht schien durch die kleinen Ritzen in den Fensterläden und linderte die Finsternis, offenbar weil Wolken den Himmel verdeckten, das Firmament selbst die Teufelei nicht ertragen konnte, die unter ihm vorging.

In den Ohren konnte der Junge seinen Herzschlag hören, unruhig, fast panisch, als sei etwas nicht in Ordnung. Zögerlich hielt er deshalb den Atem an, lauschte in die Stille der Nacht hinein … ohne jedoch etwas Ungewöhnliches zu hören. Nur der Wind säuselte leise durch die Bäume außerhalb des Hauses und erzeugte ein gleichmäßiges Rauschen … Doch dann! Plötzlich ließ ihn ein lautes Knarren zusammenfahren. Die Dielen außerhalb seiner Kammer! Er hatte dieses unverkennbare Geräusch, das eine Person machte, wenn sie darüber lief, bestimmt schon tausende Male gehört, doch in dieser Nacht klang es irgendwie … *anders.* Fast als ob jemand dort draußen umherlief und versuchte, so wenig Geräusche wie möglich zu verursachen.

Langsam tasteten sich die Schritte in seine Richtung, kaum hörbar und doch wie Paukenschläge, die sein Herz jedes Mal aufs Neue einen Sprung machen ließen. Wenig später klickte dann auch schon leise die Tür und der Hebel senkte sich unbarmherzig, fast wie ein Fallbeil. Jemand kam herein … Doch wer?! Oder *was*?! Auf einmal schien das Zimmer winzig klein geworden zu sein, fast wie ein Gefängnis. Die Wände kamen immer näher und näher, drohten, ihn von allen Seiten zu erdrücken, während eine große Person langsam über die Schwelle trat. Ihre Umrisse schienen dabei halb mit den Schatten um sie herum verschmolzen zu sein, fast als wären sie eins, als hätte die Dunkelheit *selbst* hier eine menschliche Gestalt angenommen und würde ihn heimsuchen. Nur eins gab einen Hinweis auf die Identität jenes unerwünschten, nächtlichen Besuchers: Wo bei einem Menschen die Augen sein sollten, leuchteten zwei blutrote Punkte wie Flammen aus der Dunkelheit.

Sofort verstand der Junge instinktiv, dass sein Leben in Gefahr war und dass er wegrennen musste, doch sein Körper blieb dennoch starr, gelähmt – wie versteinert vor Furcht. Verzweifelt riss er deshalb den Mund auf, wollte um Hilfe rufen, doch kein Wort entkam seiner Kehle, lediglich ein stummes Winseln. Unterdessen trat der Schatten stetig näher, glitt geradezu über die Dielen, fast als hätte er alle Zeit der Welt – doch so war es tatsächlich auch: Der Junge konnte keinen Finger rühren, geschweige denn irgendwie anders auf sich aufmerksam machen, während sein Verhängnis immer näher rückte. Er zitterte, bebte geradezu, Tränen des Schreckens liefen über seine Wangen.

Schließlich erreichte die alptraumhafte Gestalt die Bettkante. Im schwachen, flackernden Licht, das nun von draußen durch die Läden hereinschien, war ihr breites, Furcht einflößendes Grinsen klar zu erkennen, lange Fangzähne blitzten den Jungen an. Angesichts dieses schrecklichen Anblicks setzte sein Herz einen Schlag aus, sein Bewusstsein begann zu schwinden und alles umher sich zu drehen … Doch dann: Im nächsten Moment waren die blutroten Augen plötzlich wieder verschwunden, fast als hätte sie jemand gleich einer Kerze einfach ausgeblasen. Gleichzeitig war ein leises Sirren zu hören, wie eine Axt auf dem Schleifstein, dann ein ersticktes Stöhnen, gefolgt von einem dumpfen Schlag. Nur für einen Moment allerdings konnte der Junge daraufhin aufatmen, denn wenig später kehrten die Augen auch schon wieder zurück; erneut stand ein bedrohlicher Schatten am anderen Ende seines Bettes. Aber war es wirklich derselbe wie zuvor? Die Augen hatten auf einmal ihre Farbe geändert, erstrahlten nun in einem tiefen Blau. Zudem kam die Gestalt nicht näher, sondern verharrte an Ort und Stelle, schien ihn für einen Moment zu begutachten, bevor eine leise Stimme die unheimliche Stille durchschnitt:

»Versteck dich unter dem Bett, Junge! Und wage nicht,

hervorzukommen, bevor du das erste Licht des Tages siehst! Sie werden *sein* Blut für *deines* halten!«, zischte man ihm zu.

Doch er konnte dieser Aufforderung nicht Folge leisten. Noch immer wie versteinert saß er stattdessen einfach nur da, unfähig, auch nur einen einzigen Muskel zu rühren, weil ihn der Schrecken wie eine eiserne Klaue in seinem unerbittlichen Griff hielt. So konnte er dann auch nur zusehen, wie sich als Nächstes wie von Zauberhand langsam die Fensterläden vor ihm öffneten und so etwas Licht in das Dunkel der Geschehnisse kam: In dem flackernden, rötlichen Schein, der nun von draußen in sein Zimmer fiel, konnte er einen Mann erkennen, der vor ihm auf der Bettkante zusammengebrochen war. An seinem Rücken befand sich ein roter Fleck, der diesen fast vollständig ausfüllte und im Zentrum dieses Fleckes ein Loch – vermutlich von dem Schwert, dass die andere Gestalt in Händen hielt. Sein Retter dagegen war trotz des Lichts noch immer kaum mehr als ein Schatten, vermummt von einem Mantel und einer Kapuze, die vom Gesicht nichts anderes als die Augen offenbarten. Etwas außerhalb des Hauses schien sein Interesse geweckt zu haben, denn er schenkte dem Häufchen Elend vor sich keine Beachtung mehr, starrte stattdessen wie benommen durch das Fenster. Noch immer zitternd wandte sich der Junge deshalb seinerseits um und blickte nach draußen auf das Dorf hinunter, von wo auch der seltsame Lichtschein kam … und musste dort sofort eine schreckliche Entdeckung machen: Das Dorf stand in Flammen! Erbarmungslos züngelte das Feuer über die Dächer und Fenster, ließ tausende Funken durch die Luft tanzen – und mehr noch: Zwischen den Gebäuden standen Menschen, jeder von ihnen kaum mehr als ein Schatten und zwei blutrote Punkte in der Nacht. Genüsslich sahen sie zu, wie alles um sie herum ein Raub der Flammen wurde. Es waren bestimmt zwei, vielleicht drei Dutzend Meter bis zu dieser Kongregation – viel zu weit, als dass einer von ihnen das Öffnen des Fensters hätte bemerken können, und doch: Plötzlich drehte sich unvermittelt eine der Gestalten im flackernden Licht des Feuers um und blickte in seine Richtung – nein! Sie blickte ihm genau in die Augen! Ihr Blick schien ihn regelrecht zu durchbohren, den allgegenwärtigen Schrecken noch um ein Vielfaches zu verstärken. Hatte man ihn gesehen?! War das überhaupt möglich? Gab es überhaupt jemanden, der auf diese Entfernung etwas ausmachen konnte, noch dazu in der Dunkelheit des Zimmers? Er selbst hatte die anderen ja nur wegen ihrer Augen und des Feuerscheins sofort entdeckt. Kurz schien es, als würde die Furcht regelrecht das Leben aus ihm herauspressen, seine Atmung, selbst seinen Herzschlag zu erdrücken versuchen. Doch dann war plötzlich alles vorbei … Die roten Augen im Dorf hatten sich in Luft aufgelöst, ebenso wie die Gestalt in seiner Kammer mitsamt dem toten Körper auf den Laken, wo jetzt nur noch ein großer, roter Fleck von den Ereignissen kündete. Er war nun allein, doch sein Herz raste trotzdem ununterbrochen weiter. Allmählich wurde alles um ihn herum dunkel, die Flammen in der Ferne schienen zu versterben, während ihm sein Bewusstsein langsam entglitt …

Am folgenden Morgen waren die Mönche eines nahen Klosters vom Rauch des sterbenden Feuers angelockt worden und hatten den armen Jungen noch immer kreidebleich in seinem Bett liegend entdeckt – als einzigen Überlebenden jener schicksalhaften Nacht. Seine Eltern hatten tot in ihren Betten gelegen, als man sie fand, die übrigen Dorfbewohner waren anscheinend in den Flammen umgekommen. Allerdings … Es blieb ein Rätsel, warum offenbar kein einziger der Bewohner, weder Mensch noch Tier, das Feuer rechtzeitig bemerkt zu haben schien und Alarm geschlagen hatte … Als der einzige Augenzeuge versuchte, ihnen die Gründe hierfür verständlich zu machen, schenkten sie ihm keine Beachtung, sagten nur, er solle nicht lügen. Doch selbst ein Kind hatte ihren Gesichtern ansehen können, dass diese Männer mehr wussten, als sie in diesem Moment zuzugeben bereit gewesen waren.

Ohne lebende Verwandten oder einen anderen Ort, an den er hätte gehen können, nahmen sich in der Folge die Mönche seiner an. Den Rest seiner Kindheit – wenn man diese nach seinen Erlebnissen denn überhaupt noch so nennen kann – hatte er dementsprechend in ihrem Kloster verbracht. Womöglich wäre er am Ende sogar für den Rest seines Lebens dortgeblieben und dem Orden beigetreten – wenn man ihm nicht irgendwann die Wahrheit über jene schicksalhafte Nacht verraten hätte. In Anbetracht der Umstände war dies aber wohl ohnehin unausweichlich gewesen, ebenso wie das, was daraus folgen sollte.

Selbst Jahre später noch immer von Albträumen geplagt, hatte er schließlich keine Gelegenheit ausgelassen, die Mönche immer und immer wieder über jene verstörenden Erinnerungen auszufragen, die ihn so quälten. Dennoch sollte es dauern, bis er zu einem jungen Mann herangewachsen war, bevor sie ihm endlich und mit einigem Widerwillen das Geheimnis offenbarten: Sein Dorf war von Vampiren angegriffen worden – und nicht von irgendwelchen! Offenbar hatte ein besonders berüchtigter Blutsauger hinter dem Angriff gesteckt, den die Mönche nur kryptisch »den Grafen« nannten. So groß war offenbar die Furcht der Leute vor ihm, dass sie üblicherweise nicht einmal wagten, seinen Namen zu nennen, aus Furcht, damit möglicherweise seine Aufmerksamkeit auf sich zu ziehen. Genauso verhielt es sich aber angeblich auch mit seinesgleichen, die ihn womöglich noch mehr fürchteten als die Sterblichen. Ein Vampir so alt, dass er anscheinend all die Schwächen seiner Art lange hinter sich gelassen hatte, vielleicht sogar den Tod selbst.

Am Ende war es daraufhin so gekommen, wie es wohl hatte kommen müssen: Entzündet durch knabenhaften Idealismus und angefacht von einem schier unerträglichen Gefühl der Ungerechtigkeit, hatte jenes lodernde Feuer Besitz von ihm ergriffen, das sich nur allzu oft jener bemächtigt, denen alles genommen wurde – der Durst nach Rache, nach Vergeltung für das ihm doch ohne jeden Grund zugefügte Leid. Wenn niemand anderes dieses Ungeheuer zur Strecke bringen wollte, würde dies eben *seine* Aufgabe sein!

Nur wenige Nächte später war er mit diesem Schwur im Herzen auch schon aus dem Kloster geflohen, hatte sich mit jugendlicher Tollkühnheit auf die Jagd nach seinem übernatürlichen Nemesis gemacht. Eine Torheit, wie selbst er im Nachhinein zugeben musste …

Ohne Geld, eine Ahnung wo sich der Graf versteckte oder auch nur das geringste Verständnis davon, wie die Welt außerhalb des

Klosters funktionierte, war er in den ersten Monaten im wahrsten Sinne des Wortes verloren gewesen. Gut möglich, dass sein Rachefeldzug so unter anderen Umständen ein jähes Ende gefunden hätte, verhungert an einer Straßenecke oder irgendwo in einem dunklen Kerker, eingesperrt für den verzweifelten Versuch, etwas zu Essen zu stehlen.

Für ihn jedoch hatte das Schicksal offenbar andere Pläne gehabt: Kaum eine Woche nach seiner Flucht war er in die Fänge eines Anwerbers geraten, verpflichtete sich betört von süßen Worten und der Aussicht auf eine – zumindest nach seinen Maßstäben – fürstliche Entlohnung für den Dienst in einer Armee, deren Herr und Ziele er nicht einmal kannte. Die folgenden Jahre hatte er so auf diversen Schlachtfeldern verbracht, war dort mehr als einmal dem Tod gerade noch von der Schippe gesprungen. Zweifellos eine schwere Zeit, gleichzeitig jedoch waren dadurch auch seine Fertigkeiten mit der Klinge und sein Überlebensinstinkt gestählt worden. Als ihm schließlich eine kurze Verschnaufpause in den schier immerwährenden Kriegen auf dem Kontinent ermöglich hatte, die Armee wieder zu verlassen, war er auf diese Weise mehr als bereit für seine eigentliche Mission gewesen.

Seinen Lebensunterhalt verdiente er seitdem als Kopfgeldjäger oder Söldner, reiste dabei kreuz und quer durch das Land, immer auf der Suche – wenn bisher auch mit wenig Erfolg. Selbst zwanzig Jahre nach seiner Flucht aus dem Kloster war es ihm nämlich bisher nicht einmal gelungen, auch nur eine *Spur* des Grafen oder irgendeines anderen Vampirs zu finden. Stattdessen hatten ihn die Gerüchte über widernatürliche Vorgänge, denen er unermüdlich nachging, stets nur zu anderen, weniger gefährlichen Gegnern geführt: Geistern, niederen Dämonen, Trollen … und eben auch Totenbeschwörern und Zombies; letztere nebenbei weit häufiger, als ihm lieb war.

Derweil hatte der Fremde zu seiner Überraschung recht schnell feststellen müssen, dass er keinesfalls allein war bei seiner Jagd. Tatsächlich schien es erstaunlich viele andere zu geben, die wie er derartigen Kreaturen nachstellten – wenn auch zugegebenermaßen nicht immer aus so persönlichen Gründen wie in seinem Fall. Weit häufiger war es stattdessen die Hoffnung auf Ruhm oder Reichtum, gar bloße Neugier, die diese Leute antrieb. Nichtsdestotrotz hatte es gerade am Anfang viel gegeben, das er von ihnen hatte lernen können. Bei jeder Gelegenheit versuchte der Fremde daher, sich mit diesen Gleichgesinnten auszutauschen, sie ebenso von seinen Erfahrungen profitieren zu lassen, wie er von den ihren profitierte – und dann war da natürlich auch noch die Hoffnung, auf diesem Wege vielleicht einen Hinweis auf sein eigentliches Ziel zu finden … Trotz all dieses Wissens war die Gefahr jedoch trotzdem sein ständiger Begleiter, jede neue Jagd potenziell seine letzte. Er konnte nicht sagen, wie oft er über die Jahre dem Tod ins Gesicht geblickt hatte, oft nur als Resultat eines *winzigen* Fehlers, einer *winzigen* Unachtsamkeit seinerseits. Zahlreiche Narben erinnerten ihn immerzu an diese Fehltritte – und wie ihm mitunter nur schieres Glück erlaubt hatte, lebendig davonzukommen. Am Ende war sein bisheriges Überleben daher wohl ebenso sehr seinen Fähigkeiten geschuldet wie der günstigen Fügung des Schicksals? Er versuchte, dieser Tatsache jedoch nicht allzu viel Beachtung zu schenken und stattdessen sein Ziel im Auge zu behalten. Derartige Gedanken hatten schließlich keinerlei Nutzen, stellten vielmehr ein Hindernis dar; nur eine weitere Art von Ablenkung, die ihn das Leben kosten konnte – und außerdem gab es ohnehin etwas, das ihn weit mehr beschäftigte: Die seltsame Unauffindbarkeit des Grafen und der auffällige Mangel an seinesgleichen. Hatte vielleicht jemand anderes bereits diesen Preis für sich beansprucht? Die Vampirbrut gar vollständig ausgerottet? Nein, unmöglich … Es war ganz sicher nur eine Frage der Zeit, bis er endlich irgendwo erneut ein Paar blutroter Augen in der Nacht erspähen und seine Mission damit erst richtig beginnen würde – und tatsächlich sollte dieser Tag gar nicht einmal mehr so fern sein …

ZWEITES KAPITEL

Einige Jahre später befand sich der Fremde gerade auf dem Weg nach Osten, als ihm beunruhigende Gerüchte zu Ohren kamen: Ein namenloser Schrecken mache eine der größten Städte des Kontinents unsicher; eine mysteriöse Bestie von unglaublicher Stärke und Wildheit. Angeblich wanderte sie des Nachts tobend durch die Straßen, verschlang oder zerstückelte alles und jeden, der sich ihr in den Weg stellte. In nicht einmal einem Monat hatte sie die Stadt so buchstäblich für sich in Besitz genommen und herrschte nun unangefochten in ihrem neuen Reich. Offenbar war nicht einmal die Armee des Königs in der Lage, diesem Schrecken Einhalt zu gebieten: Ein ganzes Bataillon schwer bewaffneter Soldaten, das man geschickt hatte, um die Bestie zur Strecke zu bringen, war von ihr stattdessen innerhalb von Minuten im wahrsten Sinne des Wortes *ausgelöscht* worden – was es umso seltsamer machte, dass tatsächlich niemand so genau wusste, wie dieses Monster denn überhaupt aussah. Manche Zeugen behaupteten, es ähnele einer großen Schlange, andere berichteten von einem gewaltigen Hund oder Eber, wieder andere behaupteten gar, dass dieses Wesen jedweder Beschreibung entbehrte – ein Wesen buchstäblich nicht von dieser Welt! Der Fremde war sich sicher: Was immer dort auch sein Unwesen trieb, es war mit nichts zu vergleichen, mit dem er es je zu tun gehabt hatte. Diese Kreatur würde als Erste all seine Fähigkeiten bis ans Äußerste fordern – eine Herausforderung, die er gern annahm.

Es war schon Nachmittag, als der Fremde jene Stadt erreichte, die Schauplatz seines jüngsten Abenteuers werden sollte. Von Weitem allerdings hatte sie mehr wie eine gewaltige Festung angemutet, mit hohen Mauern und mehr als einem Dutzend befestigter Tore, die Reisenden aus allen Himmelsrichtungen Einlass gewährten. Jenseits davon aber sah es dann schon einladender aus: Eine breite Allee führte zum Zentrum, gesäumt von zahlreichen Häusern mit kunstvollem Mauerwerk, zahlreiche Brücken überspannten den breiten Fluss, der das Meer aus Dächern in zwei Hälften teilte.

Eine überaus schöne Stadt, aber das interessierte im Moment natürlich niemanden dort so wirklich. Auf seinem Weg durch die Straßen konnte der Fremde überall ängstliche, sorgenvolle Gesichter sehen und ihm kamen immerzu Wagen entgegen, die auf dem Weg zu den Toren hinter ihm sein mussten. Die Leute kehrten ihrer Heimat den Rücken, bald würde dieser Ort eine Geisterstadt sein – wenn nicht jemand vorher die Bestie zur Strecke brachte.

Nachdem er ein gutes Stück der Hauptstraße gefolgt war, erreichte der Fremde schließlich jene Stelle, an der die Soldaten sich der Bestie entgegengestellt hatten: Es musste in den vergangenen Tagen geregnet haben, deswegen waren die meisten Spuren ihrer Schlacht inzwischen weggewaschen worden. Nur noch in einigen Ecken hingen schwarzbraune Überreste; Blut offensichtlich. Außerdem klafften in den Wänden der umliegenden Häuser und im Boden lange, armdicke Furchen wie von den Klauen eines gewaltigen Bären – bloß dass dieser Bär wohl Klauen aus Stahl besessen haben musste, bedachte man die Leichtigkeit, mit der diese sich durch den Stein geschnitten hatten! Was für eine Kreatur nur konnte zu so etwas fähig sein?!

Vorsichtig hörte sich der Fremde also um: Offenbar kam die Bestie nur des Nachts heraus, am Tage war sie unauffindbar – unglaublich wenn man bedachte, dass sie angeblich mehrere Meter groß sein sollte – aber wenigstens konnten die Bewohner sich deshalb im Tageslicht sicher fühlen. Nur ein schwacher Trost allerdings, denn des Nachts erinnerte ein immer wiederkehrendes Schnauben und Brüllen jeden an die allgegenwärtige Gefahr. Entsprechend wagte sich auch niemand mehr nach Einbruch der Dunkelheit aus dem Haus – nicht mehr seit jener Nacht, als die Soldaten von ihrem Gegner über die Straßen verteilt worden waren. Die Menschen verbarrikadierten ihre Fenster und Türen. Wer die Möglichkeit hatte, nahm, was er an Hab und Gut tragen konnte, und floh. Für jene, die dies nicht konnten, war die Furcht allgegenwärtig: Nicht einmal die üblichen zwielichtigen Gestalten, die normalerweise in der Dunkelheit ihren fragwürdigen Geschäften nachgingen, waren des Nachts auf den Straßen zu finden. Auch sie fürchteten um ihr Leben wie jeder andere – und diese Furcht war keinesfalls unbegründet, schließlich gab es praktisch jede Nacht neue Opfer.

Während die Sonne sich langsam aber sicher zu senken begann, der Nachmittag anbrach, wanderte der Fremde nachdenklich durch die Straßen, ließ seinen Blick weit schweifen … Es stand fest, dass sich die Bestie tagsüber irgendwo innerhalb der Mauern verkroch, denn in dem Gebiet um die Stadt herum hatte es weder Angriffe noch Sichtungen gegeben. Doch wo könnte sich eine angeblich so *gewaltige* Kreatur verbergen, ohne dass jemand sie bemerkte? Angestrengt durchkämmte der Fremde auf der Suche nach einem solchen Ort die Stadt, inspizierte ihre zahlreichen Parks, die Kanalisation und ihre versteckten Winkel nach einem Anhaltspunkt – ohne Erfolg jedoch. So kam er schließlich zu dem Ergebnis, dass sich die Kreatur wohl in einem der Häuser verstecken musste. Unwahrscheinlich jedoch, dass dies mit dem Wissen der Bewohner geschah. Vermutlich handelte es sich um ein wenig genutztes Gebäude? Vielleicht auch nur einen Keller? Buchstäblich eine Suche nach der Nadel im Heuhaufen also, da es in der Stadt hunderte, wenn nicht *tausende* Gebäude geben musste! Somit würde ihm wohl nichts anderes übrig bleiben, als seinen Gegner bei Nacht zu stellen, wenn die Bestie – ausgehend von dem, was er über sie gehört hatte – wohl vergleichsweise leicht aufzuspüren sein sollte.

Kaum war die Sonne untergegangen, stand der Fremde auch schon allein da, die Straßen leer gefegt, menschenleer. In den Häusern, an denen er vorbeiging, konnte er die Leute hören, wie sie Tische, Stühle, Regale, einfach alles, was verfügbar war, vor die fest verschlossenen Türen und Fenster rückten. Jedes Haus wurde für die bevorstehende Nacht abermals in eine Festung verwandelt. Auch wenn die Menschen eigentlich wussten, dass der Tod ohnehin einen Weg hineinfinden würde, sollte er dies wünschen. Anschließend beteten sie: Dass sie in dieser Nacht verschont bleiben würden, ebenso wie alle, die sie kannten … und natürlich, dass dieser Alptraum endlich enden möge. Bisher waren diese verzweifelten Gebete aber ganz offensichtlich unerhört geblieben …

Nachdem er eine geraume Zeit durch die Straßenschluchten gepirscht war, erreichte der Fremde schließlich eine der Brücken in der Mitte der Stadt, machte dort kurz Rast und blickte auf die spiegelnde Wasseroberfläche unter sich. Die Reflexion des Mondes malte dort ein Kunstwerk aus weißem Licht auf die Wasseroberfläche, ließ die menschenleeren Straßen umher so fast … *malerisch* erscheinen. Mittlerweile musste es schon deutlich auf Mitternacht zugehen und noch immer gab es keine Spur von der Bestie, kein Laut hatte ihr erneutes Auftauchen verkündet. Hatte sie sich am Ende so plötzlich wieder in Luft aufgelöst, wie sie einst aufgetaucht war? Oder lauerte die Kreatur ihm vielleicht schon irgendwo auf? – Mit diesen Fragen im Kopf stand er dort eine ganze Weile, beobachtete das Wasser, wie es gemächlich unter ihm dahinfloss. Für einen Moment ließ es ihn alles vergessen; jedes Gefühl für Zeit entglitt ihm. Es gab nur noch den weißen Kreis auf der schwarzen Wasseroberfläche, der durch die Wellen immer wieder auf neue Art und Weise verformt wurde, das leise Plätschern des Flusses unter ihm … Vermutlich hätte der Fremde stundenlang dort stehen bleiben können, wie hypnotisiert vom Spiel der Wellen. Recht bald jedoch riss ihn etwas äußerst unsanft aus seiner friedlichen Trance: Ein markerschütterndes Gebrüll! Auf einen Schlag vertrieb es den Frieden und die Stille der wolkenlosen Nacht und versetzte ihn in höchste Alarmbereitschaft! Sofort ging er in Deckung, drückte sich so fest wie möglich an die Seite der Brücke und lauschte: Schnaufen … Stampfen … Es kam aus dem Teil der Stadt auf der anderen Seite, klang fast *unnatürlich* laut … Etwas, das wie ein … *wilder Stier* klang, bahnte sich dort offenbar unaufhaltsam seinen Weg zu einem unbekannten Ziel. In seine Richtung möglicherweise?! Eine Befürchtung, die sich jedoch nicht bestätigte … Erst als er ganz sicher war, dass die Bestie sich von ihm fortbewegte, stand er schließlich auf und folgte ihr. Dabei ließ ihn jedes Brüllen ein wenig zusammenzucken, wenn es wie

Donnergrollen anschwoll und dann in einem tiefen, lang gezogenen Ton gipfelte. Wenigstens aber machte es dies wie erhofft recht einfach, nicht die Spur zu verlieren.

Nur auf sein Gehör konzentriert rauschte der Fremde in der Folge durch die Straßen, die in der Dunkelheit kaum von den steinernen Wänden an ihren beiden Seiten zu unterscheiden waren. Dabei fiel ihm schnell ein seltsamer Geruch auf: Schwefel … Gleichzeitig ein Indikator dafür, *welche* Art von Kreatur hier wohl ihr Unwesen trieb: ein Dämon. Was für eine Art genau jedoch aus jener reichen Vielfalt, die an diesen Wesen existierte, ließ sich nicht sagen. So oder so allerdings blieb ihm nicht viel Zeit, sich darüber Gedanken zu machen. Immer wieder musste er stattdessen Hindernissen ausweichen, die erst im letzten Moment in Sicht kamen, denn natürlich hatte niemand die Laternen entzündet. Doch für wen auch? Hinzu kam, dass sein Ziel sich äußerst schnell bewegte, schneller als ein Pferd vermutlich, noch dazu das Gelände offenbar hervorragend kannte – keine guten Voraussetzungen, weder für eine Verfolgung noch für einen Kampf.

Nach einiger Zeit wurde das Schnaufen und Stampfen endlich lauter, der Geruch nach Schwefel stärker. Er kam näher … Nicht sein Verdienst allerdings – offenbar hatte die Kreatur ihre Schritte aus irgendeinem Grund verlangsamt und verharrte schließlich sogar an einem Ort. Außerdem veränderten sich auch ihre Laute: Statt lautem Brüllen gab sie nun immer wieder ein tiefes Knurren von sich, schnüffelte hin und wieder kurz. Die Bestie lag wohl auf der Lauer, hatte ihre Beute vielleicht sogar schon ausgemacht?

Unter diesen Umständen brauchte der Fremde jedenfalls nicht lange, um sie einzuholen: Schon erklang aus der Abzweigung vor ihm das schabende Geräusch von riesigen Krallen, die an einer Tür kratzten. Die Menschen dahinter konnten ihr drohendes Verhängnis wohl schon spüren, hörten buchstäblich, wie der Tod an ihre Tür klopfte. Der Fremde wiederum nutzte diese Gelegenheit, um sich lautlos an seine Beute anzuschleichen: Vorsichtig bog er um die letzte Straßenecke, die Hand am Heft seines Schwertes, und kniff dann die Augen zusammen … Wegen der tiefen Dunkelheit umher konnte er die Kreatur vor sich nicht genau erfassen, ein seltsames, schwaches Leuchten aus dem Haus ließ lediglich vage ihre Umrisse erkennen … Sie schien ihn nicht zu bemerken, war zu vertieft in ihre Jagd. Vorsichtig kam er also näher, Schritt für Schritt, zog auf dem Weg bereits lautlos die Klinge aus ihrer Scheide, jeder Muskel in seinem Körper angespannt und bereit, wie eine Bogensehne jeden Moment zu einem tödlichen Stoß loszuschnellen – doch dann: Plötzlich klackerte etwas unter ihm, ein Stein vermutlich, den er mit seinem Fuß losgetreten hatte. Am Tage wäre dieses Geräusch wohl einfach im Getümmel untergegangen, doch hier, in der Stille der Nacht, glich es stattdessen einem Paukenschlag: Augenblicklich wurde die Kreatur so auf ihn aufmerksam, wirbelte mit einem Schnauben herum und baute sich vor ihm auf. Gleichzeitig schlugen wilde Flammen aus ihren Nüstern, tauchten die Straße kurz, nur für einen Moment, in ein bedrohliches, rotes Licht. Gleichzeitig wurden so zum ersten Mal die wahren Ausmaße des unbekannten Wesens erkennbar. Der Fremde wiederum schluckte bei diesem Anblick.

Vor ihm stand ein gewaltiger, muskelbepackter Koloss, mindestens drei Meter groß und ebenso breit, mit schuppiger, dunkelroter Haut und mächtigen, verdrehten Hörnern auf seinem Haupt. Die Kreatur lief auf allen vieren, aber nicht wie ein Hund oder ein Pferd, stattdessen waren ihre Arme länger als ihre Beine und besaßen kolossale Fäuste mit langen Krallen an ihren Enden, die im Stillstand zum Greifen benutzt werden konnten. Am ehesten ließ sich diese Kreatur beschreiben als eine eigenwillige Kreuzung aus einem Gorilla und einem Stier! Sofort knurrte sie ihn aus der Dunkelheit heraus zornig an, ihre Augen flackerten. Mit solch einer Monstrosität hatte der Fremde nicht gerechnet. Er war basierend auf seinen vorangegangenen Erfahrungen mit Dämonen und den (übertrieben klingenden) Beschreibungen der Stadtbewohner von einer Kreatur höchstens von der Größe eines Keilers oder Stieres ausgegangen! Nicht von so etwas! *Damit* konnte er es nicht aufnehmen, nicht in einem direkten Kampf jedenfalls. Vom Boden aus konnte er mit seiner Klinge wohl nicht einmal richtig den Kopf dieses … *Monsters* erreichen! Angesichts dessen gab es in dieser Situation nur eine Option für ihn: Sein Heil in der Flucht zu suchen …

Ohne noch einen Moment zu zögern, rannte er also los, stürmte zurück in die Richtung, aus der er eben noch gekommen war. Die Reaktion der Kreatur auf diese für alle Beteiligten so unerwartete Begegnung ließ derweil nicht lange auf sich warten: Nach einigen Sekunden, in denen sie die jüngsten Ereignisse wohl selbst erst einmal verarbeiten musste, hallte als Nächstes ein ohrenbetäubendes Brüllen durch die Stadt, dicht gefolgt vom Krachen der Pflastersteine, die von einer mächtigen, roten Faust wütend in tausend Teile zersprengt worden waren. Dann stürmte sie auch schon los – ohne Vorwarnung war der Jäger plötzlich zum Gejagten geworden!

Mit bebendem Herzen und getrieben vom aufwallenden Adrenalin beschleunigte der Fremde in der Folge seinen Schritt weiter und weiter, hinter ihm die tobende Kreatur. Schnell schien es ihm, als würde er über das Pflaster fliegen, seine Füße gar nicht mehr die Steine unter ihm berühren. Gleichzeitig verschmolzen die nur schemenhaft erkennbaren Hauswände, die Straße und der Himmel vor seinen Augen zu einem einzigen schwarzen Tunnel. Dennoch kam sein Verfolger schnell näher. An einer Kreuzung schlug er deshalb einen schnellen Haken und wechselte abrupt die Richtung – ein äußerst erfolgreiches Manöver so schien es: Sofort war hinter ihm ein lautes Krachen zu hören, offenbar weil die Bestie beim Versuch, es ihrer Beute gleichzutun, mit voller Wucht in eine Hauswand gekracht war. Lange aufhalten konnte sie dies allerdings nicht: Ihr Brüllen jetzt noch zorniger als zuvor, schälte sie sich sogleich aus den Trümmern und nahm die Verfolgung wieder auf, brauchte nur Sekunden, um erneut zu ihm aufzuschließen. Es sah nicht gut aus für ihn.

Rechts … Noch immer keine Idee … Links … Mit seinen schnellen Richtungswechseln konnte er den Abstand wahren, aber wohin sollte er rennen? Im Labyrinth der Straßen gab es schließlich kein Entkommen, keinen Ort, um sich zu verstecken oder seinen Verfolger abzuschütteln – und ewig würde er nicht weglaufen können, so viel stand fest. Seine Ausdauer würde früher oder später ihre Grenzen erreichen und dann … Bevor er diesen nutzlosen Gedanken zu Ende denken konnte, warf ihn sein Verstand beiseite … Links … Ein überraschtes Schnauben erklang hinter ihm und gleichzeitig verlor die Kreatur an Geschwindigkeit, Trümmer flogen in seine Richtung und prasselten auf den Boden ein wie Regen. Die Kreatur musste irgendein kleines Hindernis gerammt und dieses dabei buchstäblich zerstäubt haben, vielleicht eine kleine Mauer oder einen Brunnen? Rechts … Sich umdrehen und kämpfen war keine Option, sie würde ihn einfach überrennen. Links … Nicht gut … Rechts … Mit jedem Richtungswechsel gelang es der Bestie besser, die Kollision mit den Wänden zu vermeiden, sein Vorsprung schrumpfte zusammen. Diese Jagd würde bald vorüber sein. So oder so … Seine Atemzüge wurden bereits schwerer, der Adrenalinrausch begann zu schwinden. Fast schien es, als könnte er schon den heißen Atem der Kreatur in seinem Nacken spüren, den scharfen Windzug einer Kralle, die nur Millimeter von seinem Hals vorbeirauschte. Kurz stand der Fremde davor, sich doch noch umzuwenden, sein letztes Gefecht doch noch anzunehmen, aber eine plötzliche Veränderung in der Umgebung kam dem zuvor: Auf einmal waren die steinernen Wände auf beiden Seiten verschwunden! Stattdessen lag nun ein offener Bereich vor ihm, fast wie eine gewaltige Halle unter dem Sternenzelt. Er brauchte nicht lange, um zu begreifen, worum es sich dabei handelte: Wie durch ein Wunder hatte die wilde Verfolgungsjagd ihn offenbar zurück zum Fluss geführt! Und damit auch zu einem Ausweg aus seiner verzweifelten Lage! Entsprechend zögerte der Fremde nun auch keine Sekunde mehr: Mit letzter Kraft hechtete er über das Geländer der Brücke, auf der sie sich gerade befanden, hinein in die schwarzen Fluten. Augenblicklich ging ihm daraufhin die Orientierung verloren … Wie ein Blatt im Wind wurde er von den Wassermassen hin und her geworfen, während es die Dunkelheit unmöglich machte, oben von unten zu unterscheiden. Sein Verfolger blieb derweil allein zurück, rasend vor Wut, weil seine Beute entkommen war.

Nur knapp dem Ertrinken entgangen krabbelte der Fremde einige Minuten später außerhalb der Stadt ans Ufer und schleppte sich durch den Schlamm auf trockenen Boden. Mehrmals rutschte er dabei durch den Schlick zurück ins Wasser, musste sich abermals mit letzter Kraft wieder an Land zerren, seine Finger wie Klauen in den Grund schlagen. Hinter den Mauern konnte er derweil noch immer das wütende Brüllen der Bestie hören, die ganz und gar nicht glücklich darüber zu sein schien, ihre Beute auf diese Weise verloren zu haben. Und doch … Ihre Stimme klang nun geradezu beruhigend fern, wie in weit entfernter Donner, wenn man wusste, dass das dazugehörige Gewitter längst weitergezogen war.

Völlig erschöpft rollte er sich schließlich auf den Rücken und blickte gen Himmel, verlor sich nachdenklich im schwarzen Ozean der Sterne über ihm. Er war entkommen, dem Tod ein weiteres Mal von der Schippe gesprungen … Aber war diese Tatsache am Ende nicht bedeutungslos? Wenn er einen solchen Feind, der nur über zügellose Kraft, aber keinen Verstand verfügte, nicht besiegen konnte, wie sollte er dann einen Gegner wie den Grafen bezwingen, der doch ganz offensichtlich *beides* besaß? Eine niederschmetternde Erkenntnis. Mit einem Seufzen hob er angesichts dessen den Arm, ballte dann unzufrieden die Hand zur Faust und ging dabei noch einmal jede Einzelheit seiner Konfrontation mit dem Dämon durch. In einem direkten Kampf zu siegen, war ziemlich unmöglich, so viel stand fest. Die Bestie war zu groß, zu stark und auch zu schnell. Sie würde ihn einfach zermalmen, bevor er überhaupt etwas tun, sich irgendwie wehren könnte – aber vielleicht gab es ja einen anderen Weg? Irgendeine Schwäche musste es doch geben, die er ausnutzen konnte? Schnell kam ihm ein Gedanke: Was tat die Kreatur am Tage? Hinter diesem Mysterium verbarg sich möglicherweise der Schlüssel zum Sieg. Fürchtete sie das Licht? Nein … Zumindest in den ersten Tagen ihrer Herrschaft waren die Straßenlaternen noch jede Nacht entzündet worden und auch die Soldaten hatten angeblich zahlreiche Fackeln getragen. Schlief sie vielleicht einfach nur? Nicht ganz abwegig … Es handelte sich am Ende ja allem Anschein nach um eine Art von …

Tier. Wäre dies tatsächlich der Fall, so sollte es ein Leichtes sein, sie im Schlaf zu erschlagen – relativ gesehen zumindest. Allerdings musste er dafür erst einmal ihr Versteck finden.

Die Sonne stand schon hoch am Himmel, als der Fremde sich schließlich aufrappelte und sodann mit neuer Motivation auf die Suche machte. Jemand hatte eine Beschwörung durchgeführt, so viel stand fest. Auf diese Weise war die Bestie überhaupt erst in die Stadt gelangt. Und der Beschwörer? – Vermutlich tot, vom Produkt seiner eigenen Magie verschlungen. Passend … Aber natürlich machte ein Mangel an lebenden Zeugen das Auffinden der Kreatur nicht wirklich einfacher. Wo sollte er anfangen zu suchen? Ihm blieb nur, dem einzigen Hinweis nachzugehen, den er bis jetzt hatte: Die Richtung, aus der in der Nacht das erste Brüllen der Bestie zu hören gewesen war.

Sein Weg führte ihn so in den Westen der Stadt, wo die Häuser und Villen der reicheren Bürger standen. Interessanterweise hatte es genau in dieser Gegend offenbar auch die ersten Opfer gegeben. Ganz bestimmt war dies kein Zufall. Auch so allerdings wurde dem Fremden recht schnell klar, dass er sich dort auf einer heißen Spur befand: Auf seinem Weg durch die Straßen nämlich begegnete ihm keine Menschenseele, die Gassen waren wie leer gefegt, ausgestorben geradezu. Die Leute hier mussten die Ersten gewesen sein, die aus der Stadt geflohen waren. Einsam und verwahrlost standen ihre Häuser jetzt am Wegesrand, verwaiste Trutzburgen, die sich mit hohen Hecken und Ziegelmauern von der Welt außerhalb des dazugehörigen Grundstücks abschotteten. Schon die meisten Vorgärten konnte man von der Straße kaum einsehen – ganz zu schweigen von den Arealen jenseits der Gebäude! Wie ferne Täler hinter hohen Bergkämmen wurden sie von den Mauern davor gänzlich verborgen. Es ließ sich unmöglich sagen, wie groß die Gärten genau waren, weitläufig jedoch auf jeden Fall – das perfekte Versteck wohl für jene Kreatur, nach der der Fremde suchte. Irgendwo *hier* würde er die Bestie finden, ganz sicher!

Mehreren Stunden ging der Fremde in der Folge durch die einsamen Straßen, musterte jedes Haus gründlich auf Hinweise – ohne Erfolg jedoch, vorerst zumindest. Sicher, viele von ihnen zeigten deutliche Anzeichen von Einbrüchen, eingeschlagene Fenster und aufgebrochene Türen, doch in keinem Fall waren diese Spuren ... *dramatisch* genug, um von jener Art von ungebetenem Gast verursacht worden zu sein, die er zu finden hoffte: Nirgends hatten gewaltige Pranken tiefe Furchen oder gar Löcher in die Fassaden gerissen, nirgends zornige Faustschläge eines der Gebäude zum Einsturz gebracht. Obwohl ... Wenn es derartige Verwüstungen wirklich gegeben hätte, wäre dies vermutlich früher oder später irgendjemandem aufgefallen. Vielleicht nicht den eigentlichen Bewohnern dieser Häuser, die schon lange das Weite gesucht hatten, aber doch sicher den Plünderern, die sich über das unbewachte Eigentum darin hermachen wollten?

Es schien somit, als würde diese Suche wesentlich anstrengender werden, als er gedacht hatte – eine Aussicht, von der sich der Fremde jedoch nicht beirren ließ. Stattdessen setzte er unbeeindruckt seinen Weg fort – und wurde so schon bald für seine Hartnäckigkeit belohnt: Irgendwann erreichte er eine Stelle, an der die lückenlose Aneinanderreihung von Mauern und Hecken plötzlich unterbrochen war und hob daraufhin erst einmal verwundert den Blick ...

Auf der linken Seite der Straße fehlte ein Haus, doch erst seit Kurzem so schien es. Darauf zumindest ließ die Grube voll mit verkohltem Schutt schließen, die einen großen Teil des leeren Grundstücks ausfüllte. Offenbar war das Gebäude, das ursprünglich hier gestanden hatte, schon vor einiger Zeit durch einen Brand vollständig zerstört worden. Dabei hatten die Flammen auch die benachbarten Häuser keinesfalls verschont: Ihre anderswo weißen Mauern standen schwarz vor Ruß, Teile der Dächer fehlten. Offenbar hatte man es nur mit Mühe geschafft, eine noch größere Katastrophe zu verhindern. Aber was war der Grund für diesen so verheerenden Brand gewesen? Er schnupperte ... Lag nicht ein Hauch von Schwefel in der Luft? Vielversprechend.

Vorsichtig kletterte der Fremde also in die Grube hinab und

wühlte dort durch die Trümmer. Das Loch musste ursprünglich der Keller des Hauses gewesen sein, in einer der Ecken konnte man noch die geschwärzten Überreste eines Regals erkennen und auf dem Boden die Holzvertäfelung. Doch was war hier geschehen? Nur ein Unfall? Hatte schlicht eine achtlos abgestellte und dann vergessene Kerze dieses Inferno entfesselt? Oder doch etwas ganz anderes?

Schnell fand er einen Hinweis, der Letzteres wahrscheinlicher werden ließ: Unter einem geschwärzten Balken entdeckte er etwas … *Farbe*?! Eine blassrote Linie zog sich über die Reste der Dielen und wurde rasch intensiver, als er Staub und Asche beiseite wischte. Jemand schien hier etwas … auf den Fußboden gemalt zu haben? Eigenartig, doch angesichts der Breite des roten Striches und seiner sauberen Ausführung wohl keinesfalls nur die Folge eines Versehens … Es ließ sich nicht mehr erkennen, um was für ein Motiv es sich gehandelt hatte, da große Teile davon fehlten, doch in jedem Fall musste es groß gewesen sein, dazu rundlich … Jeder Versuch, noch etwas mehr davon unter den Trümmern zu finden, scheiterte jedoch. Stattdessen wurde nur der Geruch von Schwefel stärker, je mehr er durch die Überreste wühlte. Schließlich gab der Fremde es daher auf, denn eigentlich war ihm ohnehin schon klar, was sein Fund zu bedeuten hatte: Hier musste alles seinen Anfang genommen haben! Hier hatte die Beschwörung stattgefunden! Ziemlich sicher stand das Feuer im unmittelbaren Zusammenhang damit, wie genau ließ sich jetzt jedoch nicht mehr sagen – sowieso ein unbedeutendes Detail aber. Viel wichtiger war, dass er sich auf der richtigen Spur befand! Vermutlich versteckte sich die Bestie ganz in der Nähe! Herauszufinden *wo genau* würde zwar gewiss noch einige Nachforschungen erfordern, war aber trotzdem nur eine Frage der Zeit. Entsprechend zuversichtlich kletterte der Fremde daher auch schließlich aus der Grube und klopfte den Ruß von seiner Kleidung. Mittlerweile war es Mittag geworden, in der Ferne läuteten die Glocken. Somit blieb ihm also noch *reichlich* Zeit.

Obwohl der Fremde inzwischen Fortschritte bei seiner Suche gemacht hatte, war ihm doch mittlerweile auch etwas klar geworden: Das bloße Begutachten der zahllosen, verlassenen Häuser würde ihn wohl kaum an sein Ziel führen. Er brauchte mehr Informationen – über die Fundorte der ersten Opfer und das typische Verhalten der Kreatur. Zunächst jedoch war es an der Zeit, Vorkehrungen für den unweigerlich bevorstehenden Kampf zu treffen – in diesem Fall eine zusätzliche Waffe. Er ging und kaufte einen Revolver – so nannte der Büchsenmacher die eigenartige Pistole mit einer Trommel, welche es erlaubte, insgesamt sechs Schüsse abzugeben, bevor man nachladen musste. Ein seltsames Stück. Eigentlich hatte er nur nach einer einfachen Pistole oder einem Gewehr gesucht, um seinem Gegner notfalls aus der Entfernung zusetzen zu können, aber diese eigenartige Konstruktion schien wie gemacht für seine Zwecke. Der Händler erzählte ihm noch, es handle sich dabei um eine Auftragsarbeit, die in Folge der fürchterlichen Ereignisse niemals abgeholt worden war – eine Tatsache, die man deutlich erkennen konnte: In den Griff war schwarzes Holz mit silbernen Beschlägen eingelassen, der Lauf bestand aus blank poliertem Stahl mit feinen, an Efeu erinnernden Gravuren. Der Fremde interessierte sich jedoch wenig für diese Verzierungen. Ihm genügte es, wenn die Waffe nur funktionierte – etwas, wovon er sich vor dem Kauf *persönlich* überzeugte und dabei schnell gefallen an ihr fand – eine Tatsache, die ihn tatsächlich selbst etwas überraschte. Bisher hatte er es stets vermieden, Schusswaffen zu verwenden – zu laut, zu viel Rauch, zu starker Geruch. Es erschien ihm stattdessen zweckmäßiger, in der Dunkelheit still und heimlich zu kommen und nach getaner Arbeit wieder auf dieselbe Weise zu verschwinden, anstatt jeden in der näheren Umgebung auf sich aufmerksam zu machen und eventuelle Feinde zu warnen – mal abgesehen davon, dass Kugeln bei vielen seiner Gegner auch schlicht *wirkungslos* gewesen wären. Bei dieser Jagd allerdings kam ihm jede zusätzliche Waffe recht.

Nun den Umständen entsprechend bestmöglich ausgerüstet machte er sich also wieder auf den Weg, stattete ein paar der Gasthäuser und Kneipen einen Besuch ab, lauschte Gesprächen auf der

Straße. Schnell hatte er so eine ansehnliche Zahl an Informationen gesammelt:

Das erste Opfer – zumindest nach Wissen der Einheimischen – war offenbar ein etwas zwielichtiger Kaufmann gewesen, den man eines Morgens nicht weit von seinem Haus gefunden hatte – nun, zumindest seine obere Hälfte. Offenbar war er auf dem nächtlichen Heimweg aus einem nahe gelegenen Gasthaus angegriffen worden. Interessanterweise lag der Fundort nicht weit von jener verkohlten Ruine entfernt, über die der Fremde zuvor gestolpert war. Gleiches galt für die nächsten beiden Opfer, die man einen Tag später entdeckt hatte. Von diesem Punkt an allerdings wurde die ganze Sache inkonsistent: Beginnend mit der folgenden Nacht hatte es Angriffe überall in der Stadt gegeben, ohne dass sich dabei noch ein besonderes Muster erkennen ließ. Zusätzlich war auch an diesem Abend das nächtliche Gebrüll zum ersten Mal zu hören gewesen. Es lag nahe warum: Die Kreatur, zunächst eingeschüchtert von der ungewohnten Umgebung, musste schließlich erkannt haben, dass sie in dieser Welt ohne Gleichen war und hatte ihr neues Reich gänzlich in Besitz genommen – nun, nachts zumindest. Tagsüber erholte sie sich stattdessen von ihrem Furor, schlief friedlich irgendwo in der Nähe des abgebrannten Hauses, wo man sie ursprünglich in diese Welt gerufen hatte … Soweit zumindest seine Theorie.

Am späten Nachmittag schließlich brach der Fremde erneut in den Westen der Stadt auf, pirschte erneut durch die menschenleeren Straßen. Ihm blieb nicht mehr viel Zeit … Zunächst hatte er mit dem Gedanken gespielt, seine Suche nach dem Versteck der Bestie erst am folgenden Morgen fortzusetzen – sich von ihr *noch einmal* durch die Straßen jagen zu lassen war immerhin keine besonders schöne Vorstellung. Allerdings wollte er nicht so lange warten. Die Kreatur hatte in der vergangenen Nacht zum ersten Mal seit ihrem Auftauchen kein Opfer gefordert. Vermutlich war sie inzwischen also ziemlich hungrig. Wer konnte schon sagen, was für ein Blutbad der Dämon in diesem Zustand anrichten würde? Nein, wenn irgend möglich musste er es noch in *dieser Nacht* beenden.

Zwischen den Häusern, die infrage kamen, gab es keinen nennenswerten Unterschied, kein Indiz, das darauf schließen ließ, welches das gesuchte war. Sie standen Seite an Seite, aufgereiht wie Perlen auf einer Kette, alle ein wenig anders und doch keines davon in irgendeiner Art und Weise auffällig. Dennoch stellte dies tatsächlich ein wesentlich kleineres Problem dar, als mal wohl vermutet hätte. Der Fremde suchte seine übernatürliche Beute nämlich nicht in erster Linie mit seinen Augen … Nein! Stattdessen hob er immer wieder den Kopf, schnüffelte kurz und verharrte dann einen Moment an Ort und Stelle, bevor er weiterging. Der Grund hierfür war einfach: Wo auch immer die Bestie aufgetaucht war, hatte sie schließlich stets den Geruch von Schwefel mit sich gebracht. Warum genau dies der Fall war, ließ sich zwar nicht sagen, wohl aber, dass die Kreatur sich damit aufspüren lassen sollte. Theoretisch zumindest … Praktisch gesehen dagegen gab es dabei aber natürlich durchaus einige Hindernisse: So war sein Geruchssinn nicht mit dem eines Hundes oder Schweines vergleichbar, gut möglich also, dass die *entscheidende* Spur ihm deshalb einfach entgehen würde, überdeckt von den anderen (und äußerst zahlreichen) Gerüchen einer Großstadt.

Eine unbegründete Sorge jedoch, wie sich schließlich herausstellen sollte: Der Fremde konnte nicht sagen, wie lange er schon unterwegs gewesen war, als er irgendwann plötzlich stehen blieb und noch angestrengter schnüffelte als zuvor. Eigentlich musste ihn sein Weg schon mehrfach an dieser etwas versteckten Straßenecke und den Häusern dort vorbeigeführt haben. Diesmal jedoch … war hier etwas *anders*: Eine günstige Böe hatte ihm einen seltsamen Geruch an die Nase getragen, kaum mehr als ein *Hauch*. Es fiel ihm schwer, diesen Duft wirklich zuzuordnen, nur dass er neu war, konnte der Fremde sagen. Honig? Kümmel? Oder doch … *Schwefel*?! In jedem Fall war er ungewöhnlich.

Nachdenklich streichelte er sich daher als Nächstes über das Kinn und warf einen Blick auf das Gebäude, aus dessen Richtung der seltsame Geruch zu kommen schien: Es war alt, seine bunten, unverputzten Backsteinwände großflächig mit Efeu überwuchert, im Vorgarten standen hohe Hecken, die das Bauwerk von der Straße abschirmten. Dahinter wuchs ein ungepflegt aussehender Rasen, der an vielen Stellen mit allerlei Unkraut durchsetzt war. Alle Fensterläden waren geschlossen, auf dem Dach fehlten einige Ziegel. Den einzigen Zugang zu dem Gelände versperrte ein großes Tor: Eiserne Stangen standen gitterförmig in einen Rahmen geflochten, an einigen Verbindungsstellen hatte sich Rost gebildet und die Scharniere an einem der Flügel waren gebrochen. Das Bauwerk dahinter sah verlassen aus, mehr noch als die übrigen Häuser. Hatte es womöglich schon leer gestanden, bevor die Bestie aufgetaucht war? Das sah alles *sehr* vielversprechend aus …

Als der Fremde seine Hand ausstreckte und die Klinke herunterdrückte, gab das Schloss ein leidiges Quietschen von sich. Es war nicht verschlossen. Ungewöhnlich … Man würde doch denken, dass jemand, der vorhat, länger wegzubleiben, zumindest die Türen verschließen würde? Er ging also hinein, betrat den überwachsenen Weg zur Pforte, wobei der seltsame Geruch sofort stärker wurde und sich nun zweifelsfrei identifizieren ließ: Schwefel! Hier war er richtig, ganz sicher!

Über einen kleinen Pfad neben dem Haus schlich der Fremde also sogleich hinter das Gebäude und fand dort einen kleinen Garten vor: An den Seiten rahmten dunkelgrüne Hecken eine verwachsene Rasenfläche mit einem künstlichen See, einem kleinen Pavillon und verschiedenen Obstbäumen ein. Alles erschien reichlich ungepflegt. Die Bäume, Hecken und vor allem der Rasen waren weit mehr als nur ein wenig aus der Form geraten, wucherten wild und ungezügelt vor sich hin. Wesentlich interessanter jedoch war die rückseitige Veranda des Hauses: Dort nämlich klaffte ein riesiges Loch in der Hauswand, fast als hätte jemand versucht, das Bauwerk regelrecht entzweizureißen. Und mehr noch! Aus den Inneren erklang ein leises, periodisches Geräusch. Es klang wie … Atmen? Nein, *Schnarchen!* – Nun, vielleicht war es ein wenig von beidem, ganz sicher jedoch handelte es sich bei dem Urheber der Laute nicht um einen Menschen oder irgendein gewöhnliches Tier!

Hektisch wandte der Fremde angesichts dessen als Erstes seinen

Blick zum Himmel: Die Sonne war beinahe versunken, färbte nur noch einen Streif von Wolken am Horizont feuerrot. Es blieb ihm nicht mehr viel Zeit! Entsprechend eilig stieg er daher auch als Nächstes die kleine Treppe zur Veranda hinauf und näherte sich vorsichtig der Öffnung, sein Gesicht ebenso entschlossen wie konzentriert, fast wie versteinert. Um ihn herum war es bis auf das Schnarchen nun mucksmäuschenstill, gerade so, als ob die Welt selbst den Atem anhalten würde.

Im Zwielicht der letzten Sonnenstrahlen schlich er vorsichtig auf das Loch zu, vorbei an Teilen eines Tisches und mehreren Stühlen, die über die marmorierten Fliesen verstreut lagen. Er pirschte sich an die Mauer, warf einen vorsichtigen Blick hinein. Der Innenraum des Hauses war verwüstet, zertrümmert lagen Möbel und andere zerstörte Einrichtungsgegenstände in den Ecken. Es stank nach Schwefel. Nicht schwer, den Grund dafür auszumachen allerdings: Auf einem großen, blauen Teppich am Ende des Raumes nämlich lag die Bestie auf dem Rücken und zu ihrer vollen Länge ausgesteckt. Ihr Brustkorb hob und senkte sich bei jedem flachen Atemzug, während sie seelenruhig schlummerte. Eine goldene Gelegenheit! Vorsichtig kam der Fremde also näher. Die Dielen ächzten leise unter seinen Stiefeln, während er sich anschlich, drohten ihn mit jedem Schritt zu verraten – doch zum Glück reagierte die Bestie nicht darauf. Offenbar schlief sie tief und fest, so wie jemand eben, der sich in vollkommener Sicherheit wähnte. Ein tödlicher Fehler!

Er hatte nur *eine* Chance. Die Kreatur vor ihm würde sicherlich augenblicklich erwachen, wenn man sie verletzte, deshalb musste gleich der erste Schlag diesen Kampf entscheiden. Doch wie sollte er das bewerkstelligen? Von Nahem konnte der Fremde nun erkennen, wie dick die schuppige Haut der Bestie eigentlich war, besonders am Kopf und an der Brust. Kein Wunder, dass selbst die Gewehre der Soldaten dagegen machtlos gewesen waren. Auf größere Entfernung mussten deren Kugeln einfach daran abgeprallt sein! Und auch mit einem Schwert würde es wohl alles andere als einfach werden, diese Panzerung zu durchdringen. Schnell schweifte sein

Blick also weiter … und fand schnell einen anderen Angriffspunkt: Interessanterweise war der Hals der Kreatur verhältnismäßig ungeschützt, wenn auch viel zu dick, um ihn mit einem einzigen Streich zu durchtrennen. Damit blieb nur die Kehle als Ziel übrig. Wie praktisch daher, dass diese Schwachstelle aufgrund der Position, in der die Bestie schlief, völlig offen lag. Stellte sich bloß die Frage, ob ein einziger Treffer an diesem Punkt wirklich ausreichen würde, um einen solchen Koloss zu töten? Nun, er musste wohl …

Furchtlos griff der Fremde also zu seinem Schwert, erhob es mit beiden Händen, die Klinge gerade nach unten gerichtet wie einen Dorn. Er nahm einen letzten, tiefen Atemzug und trat näher – doch dann! Plötzlich ballte die Kreatur unvermittelt ihre Pranke zur Faust, schlug nach einem Stück der Decke über sich und zertrümmerte es. War sie aufgewacht?! Das Herz des Fremden setzte einen Schlag aus, ließ ihn an Ort und Stelle erstarren – unnötigerweise jedoch wie sich schnell zeigte: Die Bestie hatte ihre Augen nicht geöffnet, kam nach diesem Ausbruch schnell wieder zur Ruhe. Ein böser Traum vielleicht? Ihr Angreifer trat derweil unbemerkt näher. Schnell hatte er sein Ziel erreicht, wählte noch kurz die perfekte Stelle aus. Anschließend nahm er all seine Kraft zusammen, hob sein Schwert über den Kopf … und trieb die Spitze dann mit einer blitzartigen Bewegung, wie ein Skorpion seinen Stachel, in den Hals der Kreatur. Leider reichte seine Stärke aber trotz allem nicht aus und etwa auf halbem Weg durch das dicke Fleisch kam der stählerne Dorn zum Stillstand, verkantete sich in Muskeln und Knochen. Die Reaktion der Kreatur ließ derweil nicht lange auf sich warten: Mit einem zornigen Schmerzensschrei schlug sie im nächsten Moment die Augen auf, Flammen schlugen aus ihren Nüstern und ein Strom tiefroten, fast schwarzen Blutes floss aus der Wunde an ihrem Hals, wo noch immer das Schwert steckte. Verflucht! Er hatte versagt! Sie war nur verwundet und nicht tot!

Als Nächstes entzündete sich das Blut auf dem Teppich von selbst und hüllte die Bestie innerhalb von Sekunden in einen Ring aus Flammen, der rasch auf die Umgebung übergriff. Sie schien von ihrem unsanften Erwachen noch immer wie benommen zu sein und starrte ihn seltsam abwesend an. Der Fremde wiederum fackelte derweil nicht lange: Bevor die Kreatur zu sich kommen und zur Verfolgung ansetzen konnte, stürmte er auch schon wieder nach draußen auf die Veranda, sprang über das Geländer und rannte dann am Haus vorbei zurück auf die Straße. Im Inneren konnte man unterdessen die Bestie stampfen und toben hören, während sie langsam zu Sinnen kam. Der Fremde jedoch nahm das kaum wahr, stellte sich stattdessen bereits bange Fragen: Würde er es noch einmal schaffen, den Fluss zu erreichen und zu entkommen? Würde dieser Trick überhaupt ein zweites Mal funktionieren? Es blieb ihm keine Zeit, weiter darüber nachzudenken: Plötzlich zerriss ein ohrenbetäubender Schrei die Stille der noch jungen Nacht, gefolgt von einem lauten Krachen. Im nächsten Moment brach die Kreatur auch schon durch die Fassade des Gebäudes hinter ihm und stürmte heran. Doch der Schrei klang irgendwie anders als in der vergangenen Nacht … *Schwächer* … Vielleicht war die Wunde doch tiefer als gedacht? Natürlich aber gab es in diesem Moment keine Möglichkeit, dies herauszufinden; er musste sich schließlich auf seine Flucht konzentrieren!

Blitzschnell schlug der Fremde einen Haken und bog in die Straße rechts von ihm ein, verschwand hinter einer Mauer. Dabei konnte er hinter sich einen scharfen Luftzug spüren, gefolgt von dem Geräusch von stahlharten Klauen, die sich in Stein bohrten. Gerade noch war es ihm wohl gelungen, dem todbringenden Streich auszuweichen – und es sollte nicht der letzte sein: Erneut begann ihre Verfolgungsjagd: er voraus, die Bestie hinterher, unerbittlich nach seinem Leben gierend. Links … Das Stampfen der schweren Füße begann in seinen Ohren zu dröhnen, wurde nur von seinem eigenen Herzschlag übertönt. Rechts … Auf einer langen Allee ohne Abzweigungen kam ihm Kreatur gefährlich nahe. Gerade noch schaffte er es, das Ende zu erreichen und sich in eine Seitenstraße zu retten. Rechts … Links … Wieder rechts … Links … Rechts … Links, rechts … Längst hatte er die Orientierung verloren, mangels Zeit, einen klaren Blick auf die Umgebung zu werfen, sahen alle Straßen gleich aus … Oder?! Lief er etwa im Kreis? Gar noch tiefer in das Häusermeer hinein, weg vom rettenden Fluss? Schon spürte der Fremde die ersten Anzeichen von Erschöpfung in seinen Beinen aufkeimen. Mit jedem Schritt schienen seine Schritte schwerer zu werden. Offenbar war er damit allerdings nicht allein. Auch die Bestie hinter ihm gab inzwischen äußerst … *ungewohnte* Geräusche vor sich: Keuchen, schwere Atemzüge … Gleichzeitig schien er trotz allem an Distanz zu gewinnen?! Selbst auf gerader Strecke?! Wie war das möglich? Schon im nächsten Moment aber fand der Fremde eine Antwort darauf. Ihm wurde klar, dass sich das Blatt gewendet hatte.

Als sie wenig später – und völlig entgegen seiner Erwartung – schließlich doch noch den Fluss erreichten, sprang er daher auch nicht wie in der Nacht zuvor sofort ins Wasser, hetzte stattdessen weiter. Der Berg aus Muskeln hinter ihm tobte derweil, brüllte immer wieder zornig – und doch klang die Stimme der Kreatur nun seltsam schwach, fast mitleiderregend. Schnell hatten sie die Brücke überwunden und liefen wieder zwischen Häusern umher. Links … Rechts … Links … Dann! Plötzlich donnerte es hinter ihm. Offenbar, weil ein schwerer Körper wie eine Kanonenkugel in eine steinerne Wand eingeschlagen war. Sofort blickte der Fremde daraufhin zurück und wurde so in dem bestätigt, was er bereits vermutet hatte: Augenscheinlich war sein mittlerweile erheblich geschwächter Verfolger gestolpert und daraufhin gestürzt, lag noch immer halb unter den Trümmern der Mauer begraben, in welche die Kreatur gerade gekracht war. Hinter ihr konnte man derweil deutlich eine Spur aus brennendem Blut erkennen. Sie konnte sich kaum erheben, lechzte nach Luft. Derweil griff der Fremde nach seinem Revolver. Zwischen ihm und der Bestie lagen nun etwa einhundert Meter Entfernung. Ja … Hier, *in dieser Straße* würde er es beenden.

Langsam erhob die Kreatur sich wieder und schüttelte den Schutt ab. Schon auf den ersten Blick konnte man dabei erkennen, dass der Blutverlust und die Anstrengung der Jagd einen deutlichen Tribut gefordert hatten: Das Feuer in ihren Nüstern war zu zwei kleinen, bläulichen Flammen zusammengeschrumpft, ihre Bewegungen wirkten nun langsam und unbeholfen. Trotzig streckte sie nun ihren Kopf zum Himmel und stieß ein lang gezogenes Heulen aus, ganz anders als jeder andere Laut, den die Bestie je zuvor von sich gegeben hatte. Furcht und Schmerz klangen in diesen Tönen, die Vorboten ihres nahenden Endes – und doch war es noch nicht vorbei: Ein letztes Mal setzte sie sich unter Aufwendung ihrer verbliebenen Kräfte in Bewegung. Der Fremde jedoch zeigte sich an diesem Punkt unbeeindruckt: Ruhig hob er seinen Arm und zielte, der Abstand war komfortabel, bot reichlich Zeit, um den Schuss zu setzen ... Bäng! Die Kugel traf die Kreatur an der Kniescheibe, riss durch den Schock des Einschlags ihr Bein nach hinten fort und ließ sie so mit einem dumpfen Schlag vorüberfallen. Die Wirkung dieses Sturzes selbst war dabei weit verheerender als der Schuss, der ihn verursacht hatte: Eine eiserne Klinge ragte nun blutverschmiert aus ihrem Nacken hervor, hatte diesen durchstoßen. Die Wucht des Aufschlages musste das Schwert jenen letzten Rest des Weges durch Fleisch und Knochen getrieben haben wie der Hammer einen Nagel in ein Holzbrett.

Bewegungslos blieb die Bestie daraufhin in dem sich bildenden See aus ihrem eigenen Blut liegen, schien darin langsam zu versinken, atmete schwer, war kaum noch lebendig. Ihr Scharfrichter eilte derweil mit großen Schritten heran, während sich ringsum Türen und Fenster öffneten; dahinter zunächst neugierige, dann fassungslose Augen, die es nicht wagten zu blinzeln. Die Schreie der sterbenden Bestie mussten diese Leute aufgeweckt, die ungewöhnlichen Laute sie entgegen jeglicher Vernunft hervorgelockt haben. Wortlos sahen sie zu, wie der Fremde nähertrat, seinen Revolver an den gehörnten Kopf der Bestie hielt. Der Gnadenstoß. Gegen die Dunkelheit und im Schein der züngelnden Flammen war er für seine Beobachter nicht viel mehr als eine Silhouette, eine Silhouette, die nun siegreich über dem schier unbesiegbaren Schrecken stand, der sie so lange terrorisiert hatte! Als Nächstes hallte auch schon der erlösende Schuss durch die leeren Straßen, echote zahllose Male zwischen den Häusern wider ... und verstarb schließlich wieder. Dann wurde es still. Eine solch friedliche Stille hatte es des Nachts schon seit langer Zeit nicht mehr in der Stadt gegeben. Nur die Schritte des Fremden störten diese Idylle, als er eilig das Weite suchte und in der Dunkelheit der Nacht verschwand.

DRITTES KAPITEL

Nach seiner siegreichen Konfrontation mit dem Dämon reiste der Fremde weiter nach Osten, zunächst entlang der großen Handelswege und dann weiter über weniger ausgetretene Pfade. Bald wichen so die lichten Laubwälder am Wegesrand eng zusammenstehenden Tannen und Kiefern. Die wenigen, engen Straßen in diesen Landen wirkten fast wie Tunnel, auf beiden Seiten umgeben von einem meterhohen, schier undurchdringlichen Dickicht aus Ästen und dunkelgrünen Nadeln. Schon wenige Meter abseits des Wegesrands konnte man nichts anderes mehr als Dunkelheit zwischen den Reihen aus borkigen Stämmen erkennen. Mit dem ersten Schnee wiederum reduzierte sich diese Welt dann auf nur zwei Farben: das Schwarz der lichtlosen Dunkelheit an den Seiten und das blendende Weiß der Straße, der Baumkronen und des stets wolkenverhangenen Himmels. Lediglich die fernen Bergspitzen weit jenseits der Wipfel erlaubten es, sich zumindest ein wenig zu orientieren. Fast unnötig zu sagen, dass eine Reise unter diesen Umständen natürlich alles andere als einfach war. Zu der unerbittlichen, gerade in den Nächten fast beißenden Kälte kamen die Massen an Schnee, die sich schnell höher und höher auftürmten. Fast einen halben Meter hoch lagen sie mancherorts schon, nur noch ein wenig mehr und er würde wohl bis zum Frühling in einem der Täler ausharren müssen – ein Gedanke, der ihm natürlich *überhaupt* nicht zusagte. Noch dazu durch seine eigene Schuld! Eigentlich hatte er geglaubt, problemlos vor dem Wintereinbruch die andere Seite des Gebirges erreichen zu können. Andere Reisende hatten ihn in diesem Glauben noch bestätigt! Doch offenbar waren sie genauso unwissend gewesen wie er, hatten ihn stattdessen auf einen Irrweg geleitet. In gewisser Weise könnte man es daher durchaus als ironisch bezeichnen, dass er hier, an einem Ort, an dem er doch eigentlich gar nicht sein wollte, endlich das finden sollte, wonach er schon so lange gesucht hatte …

Schließlich überquerte der Fremde mit viel Mühe einen weiteren Pass und stieg dahinter in ein kleines Tal hinab. Die Wege hinter ihm waren wegen des Schnees beinahe unpassierbar gewesen. Würde es in der folgenden Nacht auch schneien, so wie in den Nächten zuvor, dann dürfte der nächste Pass wohl unpassierbar sein. Mittlerweile aber erwartete der Fremde ehrlich gesagt auch gar nicht mehr, es bis zur gegenüberliegenden Seite des Gebirges zu schaffen. Allein die Durchquerung des Tales vor ihm würde wohl mindestens bis zum frühen Abend dauern. Gut möglich also, dass er bereits ohne es zu wissen sein erzwungenes Winterquartier erreicht hatte.

Mehr als unzufrieden mit dieser Vorstellung beschleunigte der Fremde in der Folge seinen Gang, stapfte energisch durch den luftigen, weichen Schnee. Er kam zunächst gut voran, schöpfte gar Hoffnung, es vielleicht doch noch bis zum Pass auf der anderen Seite zu schaffen. Jenseits davon sollte eine Stadt liegen, die Berge waren angeblich niedriger – eine Chance, dem Winter hier doch noch zu entrinnen? Allein, es sollte anders kommen.

Etwa auf halbem Weg ins Tal ließ ihn etwas am Wegesrand zunächst langsamer werden und dann nachdenklich innehalten. Dort zeichnete sich im frischen Schnee eine Spur ab: Ein menschlicher Fußabdruck? – Nun, zumindest sah es danach aus: Ein wenig größer vielleicht, an den Zehenspitzen konnte man zudem etwas erkennen, das wie die Abdrücke von … Klauen aussah? Seltsam … Ein Mensch, der bei diesen Temperaturen barfuß durch den Wald lief? Unwahrscheinlich … Ihm waren zwar einige Häuser aufgefallen, als er vom Pass her das Tal überblickt hatte, aber diese lagen noch *mindestens* eine Stunde entfernt. Jemand, der ohne Schuhe von dort losgelaufen wäre, hätte es wohl kaum bis hierher geschafft – zumindest nicht, ohne dass demjenigen vorher die Füße abgefroren wären! Auch über den Pass konnte diese Person somit eigentlich nicht gekommen sein … Was hatte das zu bedeuten? Die Spuren führten jedenfalls in den Wald und verschwanden schnell zwischen den Bäumen, was natürlich noch weniger Sinn ergab. Schon begann sein Verstand los zu grübeln, suchte fieberhaft nach einer Erklärung … Dann allerdings, nach einigen Minuten, schüttelte er plötzlich den

Kopf, setzte sich bereits wieder in Bewegung. Unsinn … Spuren eines Wolfes oder eines Bären waren das, keine menschlichen. Seine reichen Erfahrungen mit den Kreaturen der Dunkelheit ließen ihn Dinge sehen, die gar nicht da waren! Er musste sich auf den Weg vor ihm konzentrieren!

Gegen Mittag, es rieselten bereits wieder einzelne Schneeflocken vom Himmel, kam endlich das erste Gebäude in Sicht: Es war aus dunklem Holz gebaut, hob sich deutlich von der weißen Winterwelt umher ab. In die Dachbalken waren kunstvolle Muster geschnitzt: Tannen, Hirsche, Bergspitzen. Einige Berge erkannte er sogar aus der Umgebung wieder.

Das Dorf lag an der tiefsten Stelle des Tals, von einem der Berge floss mit vielen Windungen ein Bach durch die hügelige Landschaft dort hinunter und mündete schließlich in einen kleinen See. Gut zwei Dutzend Häuser standen locker darum verstreut, manche davon größer oder kleiner als das erste, aber alle von derselben Machart: dunkles Holz, Schnitzereien. Daneben gab es an vielen Stellen außerdem noch Scheunen und Ställe, bei denen man allerdings auf Verzierungen verzichtet hatte.

Misstrauisch schaute der Fremde sich um. Niemand war zu sehen, aber aus den Schornsteinen umher quoll dicker Rauch. Im Schnee konnte man außerdem frische Fußspuren erkennen, die sich wie eine Linie durch den frischen Schnee zogen. Mit jedem Haus, an dem er vorbeikam, wurde diese Spur breiter, weiter ausgetreten von zusätzlichen Fußpaaren, deren Abdrücke sich teilweise überlappten und so zu einer durchgehenden Linie verschmolzen. Ein Stück weiter war dieser Trampelpfad dann bereits zu einer regelrechten Straße angewachsen. Es dauerte nicht lange, bis er auch herausfand, was der Grund für diese winterliche Prozession war: Schon trat hinter einem kleinen, bewaldeten Hügel ein weiteres Gebäude in sein Sichtfeld. Zahlreiche Menschen standen vor der Tür dieses kleinen Hauses und schienen aus irgendeinem Grund reichlich aufgeregt zu sein. Einige Männer trugen etwas auf einer Trage heraus, doch aus der Ferne konnte der Fremde nicht erkennen, um was es sich handelte. Ein Möbelstück vielleicht? Er musste seine Neugier zügeln, näherzukommen wäre in diesem Moment wohl keine gute Idee gewesen. Jemand, der bei dieser Witterung und zu dieser Jahreszeit über den Pass kam, erregte schon genug Aufmerksamkeit. Wenn er sich jetzt auch noch allzu offen für Geschehnisse innerhalb der Dorfgemeinschaft interessiert hätte, die ihn nichts angingen, wäre man sicherlich misstrauisch geworden.

Er ging also erst einmal weiter und tat so, als ob ihn die Menschentraube gar nicht interessieren würde. Die Intensität des Schneegestöbers nahm unterdessen zu, schwache Böen, die zunehmend an Stärke gewannen, kündeten von einem bevorstehenden Schneesturm. Der Fremde beantwortete diesen Anblick mit einem unzufriedenen Seufzen. Unter diesen Umständen weiterzuziehen, war unmöglich. Ihm blieb wohl nicht viel anderes übrig, als zumindest die Nacht hier zu verbringen, in der Hoffnung, dass vielleicht weniger Schnee fallen würde als erwartet – eine fahle Hoffnung jedoch wie es schien.

Ein Stück weiter erreichte er schließlich ein größeres Gebäude und hielt dort inne. Es handelte sich offensichtlich um ein Gasthaus. Darauf zumindest ließ das große, hölzerne Schild schließen, das mit Ketten am Dachbalken befestigt war. Es bestand aus demselben Material wie die Häuser und wies dieselben aufwendigen Schnitzereien auf. »Zum torkelnden Keiler« stand in verschnörkelter Schrift darauf geschrieben. Eigentlich ungewöhnlich an einem so abgelegenen Ort ein Gasthaus zu finden, aber vielleicht kamen in den Sommermonaten mehr Leute durch das Tal, als man denken würde? Sein Blick schweifte angesichts dieser Frage zum Himmel, folgte einen Moment dem Spiel der Schneeflocken, dann jedoch verwarf er den Gedanken. Nun, was auch immer der Grund war, ihm sollte es jedenfalls recht sein! Dies würde also sein Quartier für die folgenden Wochen sein? Es hätte schlimmer kommen können. Jetzt brauchte er lediglich noch eine Geschichte. Eine, die erklärte, was er zu dieser Jahreszeit so mutterseelenallein hier im Nirgendwo suchte – und eine, die gar nicht erst die Idee aufkommen lassen würde, er könnte irgendeine Art von zwielichtiger Gestalt sein.

Keine besonders große Herausforderung für ihn; es handelte sich schließlich nicht um das erste Mal. Wenig später trat er so auch schon ein.

Der Innenraum war dunkel, die geschlossenen Läden vor den Fenstern ließen keinen einzigen Sonnenstrahl herein. Nur das schwache Feuer im Kamin spendete etwas Licht, ließ das große, über der Feuerstelle aufgehängte Geweih lange Schatten werfen. Umher standen zahlreiche Tischgruppen mit dazu passenden Stühlen, beanspruchten fast den gesamten Platz in dem großen Raum für sich. Es sah nicht so aus, als wäre jemand zu Hause ... Hatte sich der Besitzer des Gasthauses ebenfalls den Schaulustigen angeschlossen? Der Fremde sah sich ein wenig um, konnte aber niemanden finden. Gerade als er deshalb schon wieder gehen wollte, hörte er schließlich Schritte und kurz darauf öffnete sich ganz am Ende des Raumes eine unscheinbare Tür. Durch sie trat als Nächstes ein großer Mann wohl etwa in seinen Vierzigern mit dichtem, nussbraunem Haar und einem lockigen, an der Spitze verzwirbelten Bart. Er schien äußerst verwundert über den frühen Besuch, hieß den Fremden jedoch trotzdem sofort wärmstens willkommen.

Auf den ersten Blick wirkte der Wirt zugegebenermaßen ein wenig grimmig, doch wenn man mit ihm sprach, stellte man schnell fest, dass er ein überaus freundlicher und gutherziger Mann war – allerdings auch ein etwas leichtgläubiger. Er schien nicht einen Moment an der Geschichte des Fremden zu zweifeln, als dieser vorgab, Teil einer Reisegruppe gewesen zu sein, die vom frühen Wintereinbruch überrascht worden war. In einem Schneesturm vor zwei Tagen habe er den Rest der Gruppe verloren, sei daraufhin umgekehrt. Der Pass, über den sie ursprünglich gekommen waren, sei zu diesem Zeitpunkt aber schon blockiert gewesen. Es gab keine Nachfragen. Stattdessen machte der Wirt ihm gleich ein gutes Angebot, sollte er den Rest des Winters in seinem Hause verbringen müssen. Viel freundlicher als dort war der Fremde bisher noch kaum empfangen worden. Entsprechend nahm er an, ohne groß darüber nachzudenken.

Sein Zimmer lag im Obergeschoss des Hauses, auf der Rückseite. Vom einzigen Fenster aus konnte man hervorragend den nahen Waldrand überblicken. Durch das Gebäude wurde es zudem von neugierigen Blicken abgeschirmt. Ansonsten war der Raum recht spärlich eingerichtet: Ein Bett, ein Tisch, ein Stuhl, dazu ein kleiner Schrank – kein Luxus, aber doch alles Notwendige. Der Fremde jedenfalls zeigte sich zufrieden und legte erschöpft sein Gepäck ab, bevor er sich einige Minuten auf dem Bett ausruhte. Er konnte sich noch immer nicht so recht mit dem Gedanken anfreunden, aber … Vielleicht war es gar keine so schlechte Idee, den Winter hier zu verbringen? Wer konnte schon sagen, wie die Unterbringungsmöglichkeiten in den folgenden Tälern aussehen würden? Womöglich gab es die Stadt gar nicht, von der man ihm erzählt hatte, und er stünde am Ende allein im Nirgendwo, gestrandet und verloren in der verschneiten Wildnis? Letztlich jedoch schob er die endgültige Entscheidung dahin gehend auf, entschloss sich, vielleicht erst noch einmal *genauer* nachzufragen, was genau das für *Hilfsarbeiten* waren, von denen der Wirt im Gegenzug für den fast schon verdächtig niedrigen Preis seines Zimmers gesprochen hatte.

Als der Fremde nach einem kurzen Nickerchen wieder die Treppe zum Vorraum hinabstieg, konnte er schon von Weitem aufgeregte Stimmen hören. In seiner Abwesenheit waren offenbar zwei Männer angekommen und unterhielten sich nun angeregt mit dem Wirt. Instinktiv verlangsamte er seine Schritte, blieb schließlich außer Sichtweite auf dem letzten Drittel der Treppe stehen und lauschte.

Ihr Gespräch drehte sich um einen Dorfbewohner, der in der vergangenen Nacht unter rätselhaften Umständen zu Tode gekommen war. Lag darin der Grund für den Menschenauflauf, den er zuvor gesehen hatte? Nun, in jedem Fall bot sich ihm hier eine ausgezeichnete Gelegenheit, um an Informationen zu gelangen. Niemand würde sich schließlich wundern, wenn er zufällig die Treppe hinunter kam und sich in die bereits laufende Unterhaltung einklinkte. Scheinbar nichts ahnend schritt der Fremde also die letzten Stufen hinunter und zeigte sich als Nächstes reichlich überrascht über die große Zahl der dort anwesenden Personen. Schnell stellte er sich vor, erzählte erneut seine erfundene Geschichte. Anschließend kehrte man dann rasch zum ursprünglichen Thema zurück – worauf dem Fremden schnell klar wurde, dass hier *weit mehr* vorging, als selbst er jemals geahnt hätte:

Diese ganze, schreckliche Angelegenheit hatte offenbar vor etwas mehr als einem Monat begonnen, kurz vor dem ersten Schnee. In einigen Dörfern in der Nähe, allerdings in anderen Tälern, hatte man des Nachts Wolfsgeheul gehört. Nicht ungewöhnlich, hätte man denken können, aber in dieser Gegend war tatsächlich seit fast dreihundert Jahren kein Wolf mehr gesehen, geschweige denn gehört worden! Nachvollziehbar, dass das plötzliche Auftauchen des Raubtiers die Leute deswegen erst einmal reichlich beunruhigt hatte – nicht für lange jedoch. Wie sich herausstellte, schien der Wolf nämlich herzlich wenig Interesse an Menschen oder ihren Siedlungen zu haben, jagte wohl Hirsche und anderes Wild, zeigte sich nicht einmal aus der Ferne. Man nahm seine Anwesenheit deshalb stillschweigend hin, eine Jagd auf diesen »gutmütigen« Wolf schien immerhin Zeitverschwendung zu sein. Leider dachte aber nicht jeder so. Als sich der Wolf schließlich in eben jenes Tal verirrte, in dem sich der Fremde nun befand, hatte es dort einen Mann gegeben, der den Wolf entgegen allen anderslautenden Erfahrungen dennoch für gefährlich hielt. Es sei nur eine Frage der Zeit! Wenn der Griff des Winters härter und das Wild rarer werden würde, dann seien das Vieh und auch die Menschen nicht mehr sicher, so seine Einschätzung. Zunächst hatte sich der Mann noch damit begnügt, bloße Reden zu schwingen. Als der Wolf dann aber auffällig lange in ihrem Tal verweilte, war er rastlos geworden. Mehrere Male hatte er erfolglos versucht, andere Männer des Dorfes davon zu überzeugen, dass der Wolf erlegt werden musste – doch niemand war bereit gewesen, sich seiner Jagd anzuschließen. Eines Abends, nach einer weiteren, hitzigen Diskussion, war er so schließlich bewaffnet mit einem Gewehr und einem Messer allein losgezogen. Man hatte noch versucht, ihn aufzuhalten … erfolglos jedoch. In der folgenden Nacht war es dann erst einmal verdächtig ruhig geblieben, stundenlang hörte man nichts aus dem Wald, weder Wolfsgeheul noch Schüsse. Es schien fast, als wären sowohl der Wolf als auch sein Jäger einfach verschwunden. Erst weit nach Mitternacht hatte es schließlich ein Lebenszeichen gegeben, von dem nicht wenige buchstäblich aus dem Schlaf gerissen worden waren: Schüsse und lautes Wolfsgeheul waren durch das Tal gehallt, minutenlang, Zeichen eines Kampfes offenbar. Nach einiger Zeit jedoch waren diese Geräusche dann ebenso plötzlich wieder verstorben, hatten die Zuhörer vorerst über den Ausgang der Konfrontation im Dunkeln gelassen. Was nur hatte sich verborgen vor ihren Augen in den Tiefen des Waldes zugetragen?

Es sollte bis zum frühen Morgen dauern, bevor zumindest etwas Licht in diese Angelegenheit kam: Mit der Dämmerung war der Jäger schließlich zurückgekehrt, mehr tot als lebendig allerdings. Er war halb erfroren gewesen, seine Kleidung zerrissen und sein halb nackter Körper mit Schnitten und Schürfwunden übersät. Seinen linken Arm hatten die spitzen Zähne des Tieres gar durchbohrt und so regelrecht verstümmelt! Noch schlimmer als seinen körperlichen Zustand allerdings musste man seinen geistigen beschreiben: Er sprach wirr, konnte zunächst keinen zusammenhängenden Satz formen, erkannte offenbar niemanden wieder. Nur durch viel gutes Zureden kam er letztlich weit genug zu Sinnen, um über die Ereignisse der vergangenen Nacht zu berichten – obwohl das, was er daraufhin sagte, zugegebenermaßen nicht weniger verrückt klang: Es sei kein gewöhnlicher Wolf gewesen, der dort draußen sein Unwesen getrieben hatte, sondern eine gewaltige Bestie, die aufrecht gegangen war wie ein Mensch, und über unglaubliche Stärke und Wildheit verfügt hatte! Nur durch sein Können und dazu *viel Glück* sei es ihm überhaupt gelungen, sie zur Strecke zu bringen und lebendig zurückzukehren! Wirklich glauben wollte ihm diese Geschichte natürlich niemand, schien sie doch eher einem Schauermärchen entsprungen als der Realität. Vielleicht hatten ihm seine Sinne in der Dunkelheit lediglich einen Streich gespielt? Oder er sprach noch immer im Delirium, nicht nur sein Körper, sondern auch sein Geist gezeichnet von der Konfrontation? Seinen Jagderfolg andererseits konnte man ihm nicht absprechen, denn das nächtliche Heulen war von da an verschwunden geblieben.

In den folgenden Tagen waren die Vorkommnisse jener Nacht dann natürlich ein beliebtes Gesprächsthema im Dorf gewesen. Es stellte sich schließlich die Frage, wie viel von der Geschichte des Jägers wirklich der Wahrheit entsprach. Nicht wenige machten sich über seine Beschreibung des Wolfes lustig, hielten sie für bloße Übertreibung, ein Versuch, sein Handeln heroischer und weniger töricht erscheinen zu lassen. Andere jedoch zeigten sich auch beunruhigt. *Irgendetwas* hatte er schließlich dort draußen erlegt – so viel stand immerhin fest. Aber hatte es sich dabei wirklich bloß um einen einfachen Wolf gehandelt? Insbesondere die Bisswunde an seinem Arm schien eigentlich viel zu groß dafür. Um was für eine Kreatur hatte es sich wirklich gehandelt und wo war sie hergekommen? Die Menschen sollten bald eine Antwort auf diese Frage erhalten, mit all dem Schrecken, der damit verbunden war.

Gut zwei Wochen später geschah es, in einer Vollmondnacht: Wie aus dem Nichts riss ein Heulen die Bewohner des Dorfes aus dem Schlaf. Doch es klang jetzt nicht mehr weit entfernt wie zuvor, sondern schien seinen Ursprung stattdessen ganz in der Nähe zu haben! Der Wolf befand sich in ihrem Dorf! Aufgeregt griffen die Männer zu den Waffen und machten sich auf die Suche nach dem Tier. Es dauerte so nicht lange, bis sie eines der Häuser als Ursprungsort des Geheuls ausgemacht hatten. Eilig wollten sie den Bewohnern zu Hilfe eilen … Doch diese Hilfe kam offenbar zu spät. Als die Männer dort eintrafen, war es bereits wieder still geworden. Sie fanden nur noch ein leeres Gebäude vor, vollkommen verwüstet. Überall lagen zerschmetterte Möbel auf dem Boden, die Fensterläden waren eingeschlagen und in den Wänden konnte man Spuren von gewaltigen Klauen erkennen. Schlimm genug, doch *wem* dieses Haus gehörte, ließ ihren Schrecken erst richtig aufwallen. Es handelte sich um das Haus des Jägers, jenes Mannes, der den Wolf doch eigentlich zur Strecke gebracht haben wollte! Sein einziger Bewohner war nun spurlos verschwunden! Was hatte das zu bedeuten?! Doch eine Antwort auf diese Frage mussten sie nicht lange suchen … Während sie noch alle zusammen in der Ruine standen und versuchten, sich einen Reim auf dies alles zu machen, hallte plötzlich ein wütendes Heulen aus dem Wald und verschlug ihnen den Atem … War *Rache* der Grund für diesen Angriff gewesen, Vergeltung für die unprovozierte Aggression seitens der Dorfbewohner?! Eine Vorstellung, die für sich allein schon schrecklich genug war, dann allerdings dämmerte ihnen, dass tatsächlich *noch weit mehr* hinter dieser Angelegenheit steckte. Die Zeichen waren schließlich eindeutig: Der Vollmond, ein Wolf in der Gestalt eines Menschen und schließlich ein Angriff aus Rache, eine Art und Weise, auf die ein gewöhnliches Tier niemals handeln würde. Die Legenden kannten etwas, eine Sage, welche die Teile dieses seltsamen Puzzles zu einem sinnvollen Bild zusammensetzen konnte: Ein Werwolf!

Glücklicherweise war es in der Folge bei diesem einen Opfer geblieben. Die Bestie machte von da an wieder Jagd auf Wild oder brach in den einen oder anderen Stall ein, riss ein Schwein oder eine Kuh, aber keine Menschen. Es war ein Tribut, den man ihr zahlte, in der Hoffnung, sie würde im Frühjahr weiterziehen. Nach einiger Zeit hatten sich die Dorfbewohner so wieder in relativer, wenn auch trügerischer Sicherheit gewähnt. Sie lernten, mit dem unheimlichen Heulen in der Nacht und der unterdrückten Furcht zu leben – was blieb ihnen schließlich auch anderes übrig? Niemand im Dorf hatte noch den Mut – nein! – besser die *Tollkühnheit*, sich dem Wolf entgegenzustellen. Vermutlich war das aber auch besser so.

Doch letztlich sollte der Schrecken dennoch ein weiteres Mal in das Dorf zurückkehren: Offenbar geschah es in jener Nacht, bevor der Fremde das Tal erreicht hatte – am Morgen fand man das leblose Opfer: Ein Mann lag tot in seinem Bett, die Laken im eigenen Blut getränkt. Ein gezielter Biss in den Hals hatte ihn verbluten lassen, zweifellos das Werk des Werwolfs, doch anders als beim letzten Mal hatte man diesmal seltsamerweise keine Zeichen von Gewaltanwendung finden können: kein zertrümmertes Mobiliar, keine eingeschlagenen Fenster, keine Klauenabdrücke an den Wänden – und auch kein Heulen.

Seine Frau, die am Abend zuvor in der Küche sitzend eingeschlafen war, hatte die ganze Nacht über kein lautes Geräusch aufgeweckt. Augenscheinlich war der Mörder wie ein Geist in aller Stille gekommen und wieder gegangen, ohne auch nur die kleinste Spur zu hinterlassen! Natürlich war das Dorf nun ob dieser Tat in Aufruhr, zeigte sie doch eine bisher ungekannte Mordlust! Wer konnte sich jetzt noch sicher fühlen, wenn der Wolf scheinbar wahllos tötete, dazu ohne eine Spur zu hinterlassen?! Sie waren ratlos.

Die Männer verabschiedeten sich schließlich und gingen. Draußen dämmerte es schon. Das Gespräch hatte fast zwei Stunden gedauert, kein Moment davon verschwendete Zeit allerdings. Schnell nahm der Fremde noch ein deftiges Mahl zu sich, das der Gastwirt ihm zubereitet hatte – sein erstes in einer Woche –, und zog sich dann auf sein Zimmer zurück. Einige Zeit später konnte er durch den dünnen Boden hören, wie auch die drei übrigen Personen im Gebäude – der Gastwirt, seine Frau und sein Sohn – dasselbe taten. Jemand ganz anderes dagegen schien gerade erst richtig wach zu werden: Kaum hatte sich die Nacht gänzlich über das Tal gelegt, jenen hellen, roten Schein über den Gipfeln erdrückt, da tauchte auch schon das Heulen des Wolfes auf: Ein hoher, lang gezogener Ton, der allmählich anschwoll und immer lauter wurde, bis er die Wahrnehmung seiner Zuhörer gänzlich ausfüllte. Schnell begann das Heulen an den Berghängen rings um das Tal widerzuhallen und aus der einzigen Stimme wurde rasch ein ganzer Chor. Es war ein unheimliches Gefühl, dieses Konzert mitanzuhören, fast als ob man von allen Seiten umzingelt wäre. Mehrere Minuten lang riss der Ton nicht ab. Schwer zu sagen, ob dies an der Ausdauer des Sängers lag, oder ob dies nur die Echos eines lang verklungenen Heulers waren, der wieder und wieder von den Felswänden zurückgeworfen wurden. Schließlich jedoch wurde es endlich still, das allgegenwärtige Gefühl von Anspannung löste sich. Nicht für lange allerdings: Schon ein paar Minuten später begann das Konzert erneut, diesmal noch lauter, noch andauernder, fast als versuche der Sänger, seine vorherige Leistung noch zu übertreffen. Außerdem klang es näher. Sicherheitshalber rückte der Fremde deshalb den Schrank vor das Fenster, dann versuchte er zu schlafen. Draußen tobte unterdessen ein Schneesturm, übertönte mit der Zeit zumindest ein wenig das Heulen des Wolfes mit jenem des Windes. Trotzdem würden die meisten Dorfbewohner in dieser Nacht wohl kein Auge zutun. Selbst der Fremde hatte damit schließlich seine Schwierigkeiten.

Als der Fremde erwachte, war es bereits Mittag. Er rückte den Schrank beiseite und öffnete das Fenster, ließ seinen Blick über die Landschaft davor schweifen: Der Himmel war nun wolkenlos und strahlend blau, keine Spur mehr von den Schneewolken der vergangenen Tage – wohl aber von ihrer Fracht: Die dicke, weiße Schneedecke reflektierte das Sonnenlicht und blendete ihn regelrecht.

Er brauchte nun zwei Dinge: Silberkugeln und einen Plan, um den Werwolf anzulocken. Beides war nicht gerade einfach zu beschaffen, aber die Kugeln würden wohl das größere Problem werden. Woher sollte er das Silber nehmen? Selbst wenn es an einem so abgelegenen Ort überhaupt welches gab, würde man es ihm wohl kaum einfach so überlassen – und wie sollte er es formen? Andererseits wussten die Menschen hier ja inzwischen recht genau, womit sie es zu tun hatten und vermutlich auch, wie diesem Feind beizukommen war. Vielleicht würde sich also etwas ergeben? Er schloss also das Fenster und machte sich auf den Weg nach unten. Dabei fiel ihm auf, wie eng der Gang war, der von den Zimmern zur Treppe ins Erdgeschoss führte. Zwei erwachsene Männer hätten dort kaum nebeneinander durchgehen können. Es war perfekt für seine Zwecke. Allerdings würde dem Wirt wohl kaum gefallen, was er vorhatte …

Bei seiner Ankunft im Erdgeschoss wischte sein Gastgeber gerade die Tische ab. Man konnte ihm ansehen, dass er wenig geschlafen hatte: Dunkle Ringe hingen unter seinen geröteten Augen, zudem stand ihm die Sorge ins Gesicht geschrieben. So stellte er auch keine Fragen, als der Fremde zielstrebig an ihm vorbei zur Tür trat. Dieser hatte beschlossen, einen kleinen Spaziergang zu machen. Vielleicht würde ja ein wenig frische Luft ihn auf die richtige Idee bringen?

Als er aus der Tür trat, kam ihm sofort die eisige Winterluft entgegen, fast schneidend strich sie über sein Gesicht. Jemand hatte einen kleinen Bereich um den Eingang freigeräumt, jenseits davon war der Schnee nun knietief. Er ging ein paar Schritte und sah sich um: Weit und breit war niemand zu sehen. Es gab wohl keinen Grund für die Leute, herauszukommen; erst recht nicht nach so einer Nacht.

Durch den schweren, nassen Schnee ging es nur langsam voran, die weiße Pracht klebte geradezu an seinen Beinen und ließ sich nur mühsam abschütteln. Schon nach einigen Metern war er kurz davor, umzukehren, dann allerdings fiel sein Blick auf etwas Interessantes: eine kleine Hütte am Waldrand. Aus dem Schornstein drang kein Rauch, so wie bei all den anderen Gebäuden umher. Außerdem standen die Fenster weit offen. Dies musste das Haus des Jägers sein, jenes Mannes, der sich auf die Jagd nach dem Wolf gemacht und wenig später mit seinem Leben dafür bezahlt hatte. Nun da sein einziger Bewohner verschwunden war, stand das Gebäude leer, niemand hatte sich die Mühe gemacht, die zerstörten Türen und Fenster zu reparieren.

Sich den Ort des Verbrechens einmal selbst anzusehen, war vermutlich keine schlechte Idee, deswegen bahnte sich der Fremde als Nächstes auch mühsam einen Weg durch den Schnee. Im Inneren sah es genauso aus, wie man ihm beschrieben hatte: Trümmer, Holzsplitter, Spuren von Klauen … aber seltsamerweise kein Blut. Hatte er sich nicht gewehrt, nicht zumindest versucht, die Bestie abzuwehren? Nein … Selbst wenn der Mann sich nicht gewehrt hätte, wäre er wohl kaum einfach *weggetragen* worden. Schließlich tötet ein Raubtier seine Beute für gewöhnlich an Ort und Stelle, auch wenn es sie nicht sofort frisst. Wie sollte das ohne Blutvergießen möglich sein? Etwas stimmte hier nicht …

Der Fremde sah sich also weiter im Haus um, begutachtete die Reste des Mobiliars und suchte nach versteckten Hinweisen auf die Ereignisse, die sich dort zugetragen hatten. Nach einiger Zeit entdeckte er so einen kleinen, fensterlosen Raum, in dem die Überreste eines zerschlagenen Bettes und einiger anderer Möbelstücke herumlagen; ein Schlafzimmer offenbar. Hier waren die Schäden noch größer als im Rest des Hauses, aber seltsamerweise gab es auch dort keinen einzigen Tropfen vergossenen Blutes …

Er stöberte ein wenig durch die Trümmer, nicht gerade einfach in der Dunkelheit, aber seine Suche wurde schnell belohnt: Im Zwielicht konnte er etwas ausmachen, das ihn anblitzte, wie ein einziger Stern in einer sonst sternfreien Nacht. Vorsichtig grub er den seltsamen Gegenstand aus … Es handelte um eine Pistole, seltsamerweise geladen. Offenbar hatte sie auf dem Nachttisch neben dem Bett gelegen, unter dessen Trümmern die Waffe nun begraben lag. Vorsichtig pulte er die Ladung heraus und betrachtete die seltsam ungleichmäßig geformte Kugel dann im schwachen Licht … Offenbar war das Projektil handgefertigt, mühsam aus seiner ursprünglichen Gestalt umgeformt, damit man es als Munition verwenden konnte. Mehr noch als seine Machart jedoch faszinierte den Fremden das Material, aus dem die Kugel bestand: ein auffällig helles Metall, mit einem seltsamen, weichen Glanz. Es handelte sich um Silber, kein Zweifel! Was für ein Glücksfall! Hastig wühlte er durch die Trümmer umher und versuchte, noch mehr zu finden – mit Erfolg: Nach einigem Suchen kam tatsächlich noch eine weitere silberne Kugeln zu Vorschein, die in einem kleinen Säckchen verpackt zwischen den Trümmern lag.

Mehr als zufrieden mit seinem Fund machte sich der Fremde anschließend eilig an den Rückweg. Wäre er zu lange fortgeblieben, hätte der Wirt sicher angefangen, unangenehme Fragen zu stellen. Während seine Beine also so schnell wie möglich durch den Schnee zurück zum Gasthaus stapften, setzte sein Gehirn die Teile des Puzzles zusammen …

Alles ergab nun einen Sinn: Anscheinend hatte der Mann bei seiner Rückkehr nicht gelogen! Der Werwolf war tatsächlich durch seine Hand gestorben! Allerdings hatte er für diesen Triumph auch einen schrecklichen Preis gezahlt: Die Wunden, welche die Bestie ihm während des Kampfes zugefügt hatte, waren ihm schließlich zum Verhängnis geworden. Mit einem einzigen Biss war der Fluch auf ihn übergegangen! Bittere Ironie, dass sein mutiges, wenn auch tollkühnes Handeln so am Ende rein gar nichts an der Situation geändert hatte. Das Stück war dasselbe geblieben, nur die Darsteller ausgewechselt.

In jener Vollmondnacht war sich der Mann wohl bewusst gewesen, was ihm bevorstand, und hielt eine Silberkugel bereit – nicht um sich zu verteidigen, sondern um seinem Leben ein Ende zu machen, sollte dies notwendig sein. Das erklärte einfach alles: Warum es nur dieses eine Mal einen Angriff auf Menschen gegeben hatte, warum der Wolf bis zum nächsten Vollmond verschwunden blieb und auch warum es keine Blutspuren am Tatort gab. Offenbar war der Mann aus irgendeinem Grund – vermutlich Furcht – nicht in der Lage gewesen, sein Leben zu beenden, hatte sich stattdessen verwandelt und dann sein eigenes Heim verwüstet, bevor er in den Wald verschwunden war. Dort hatte er dann seinen Platz als Werwolf eingenommen. Einzig der jüngste Angriff passte irgendwie nicht ins Bild … Etwas hatte sich offenbar verändert, ganz *gravierend* verändert – und zwar so sehr, dass er nun gezielt Jagd auf Menschen machte. Aber warum nur? Nun, am Ende war das wohl unerheblich. Wenn die Bestie erst einmal erlegt wäre, würde das schließlich auch keinen Unterschied mehr machen. Er war nun jedenfalls im Besitz der benötigten Silberkugeln und hatte auch schon eine Idee, wie man sie zur Anwendung bringen konnte. So weit, so gut also.

Bei seiner Rückkehr hatte sich im Gasthaus wieder dieselbe Runde versammelt wie am Abend zuvor – plus einiger zusätzlicher Teilnehmer. Die lebhaften Gespräche in seiner Stube mussten den Wirt abgelenkt haben, denn ihm schien nicht bewusst zu sein, wie lange der Fremde tatsächlich fort gewesen war. Das Thema der Unterhaltung blieb unterdessen unverändert: Inbrünstig diskutierten die Männer über einen Weg, der Bestie Herr zu werden: Gift? – Würde nicht funktionieren, wenn man den Legenden Glauben schenkte, und das taten sie. Angeblich waren Werwölfe immerhin immun gegen jegliche Form davon. Fallen stellen? – Man wurde sich schnell einig, dass es mit ziemlicher Sicherheit keine Falle gab, die bei so einer monströsen Kreatur funktionieren würde – zumindest keine, deren Konstruktion mit den ihnen zu Verfügung stehenden Ressourcen möglich war. Am Ende liefen ihre Überlegungen somit immer wieder auf dasselbe hinaus: Es gab anscheinend keine Lösung für dieses Problem. Dem Monster war nicht beizukommen. Eine bittere Erkenntnis.

Der Fremde saß die ganze Zeit über bei ihnen, beobachtete, wie sich die Stimmung langsam verschlechterte, aber mischte sich selten in ihre Gespräche ein. Nur wenn einer der Männer glaubte, eine gute Idee zu haben, und die anderen ihn nicht sofort vom Gegenteil überzeugen konnten, hatte der Fremde die entsprechenden Argumente parat. Das Letzte, was er jetzt brauchen konnte, waren schließlich irgendwelche Leute, die sich in seine Arbeit einmischten! Erst nach einigen Stunden war ihr Reichtum an untauglichen Einfällen schließlich erschöpft. Vielleicht lag es aber auch daran, dass sich langsam, aber sicher die Folgen des Schlafmangels zeigten, jedenfalls wechselte das Thema schließlich zu weniger betrüblichen Dingen. Der Fremde wiederum zog sich an diesem Punkt zurück, um Vorbereitungen für die bevorstehende Nacht zu treffen. Eingehend prüfte er seine Waffen, stählte sich für den bevorstehenden Kampf und ging dabei jedes Detail seines Planes – und möglicherweise daraus entstehende Komplikationen – im Kopf wieder und wieder durch. Dann hieß es warten.

Die Sonne sank rasch und die Geräusche von unten wechselten zwischen leisem Reden und kurzen, lauten Ausbrüchen von Lachen oder Geschrei hin und her. Mehrere Male knarrte die Eingangstür, weil jemand nach Hause ging. Die Kirchturmglocken läuteten mehrmals: 18 Uhr, 19 Uhr … Gleichzeitig nahm die Zahl der Stimmen stetig ab. Schon schloss sich die Tür zum letzten Mal, der Wirt räumte noch die Tische ab, dann gingen er und seine Familie ebenfalls zu Bett.

In einem anderen Teil des Hauses dagegen begann sich wenig später etwas zu regen: Behutsam öffnete der Fremde das Fenster und lauschte in die Nacht hinein … Stille … Kein Heulen, keine Klauen, die sich ihren Weg durch den Schnee bahnten. Es war noch zu früh, das musste es sein. Also wartete er … Doch nichts tat sich, stundenlang … Das einzige Geräusch, das hin und wieder durch die sternenklare Nacht hallte, war das leise Knacken der Fichte nicht weit vom Fenster, deren Äste unter der Last des Schnees ächzten. Ansonsten lag eine friedliche Stille auf der nahezu lichtlosen Welt umher, die offenbar selbst der Werwolf nicht zu stören wagte.

Es war schon weit nach Mitternacht, als der Fremde sein Vorhaben schließlich aufgab. Es hatte keinen Sinn, noch länger zu warten, wenn der Wolf ja doch nicht herauskam. Mündigkeit war ein Risikofaktor, besonders jetzt da sich die Jagd wohl noch viele Tage hinziehen konnte. Er erfuhr am nächsten Morgen, dass es nicht ungewöhnlich war, wenn der Wolf zwischenzeitlich einige Nächte lang stumm blieb. Beim ersten Mal hatten Leute schon geglaubt, er sei fort, aber nach drei Tagen hatte er wieder geheult, als ob nichts gewesen wäre.

In der dritten Nacht stand der Vollmond hoch am Himmel, der Schnee glitzerte in seinem Licht fast wie die Sterne. Die perfekte Nacht für einen Werwolf, um einen kleinen Ausflug zu machen, würde man denken, aber es blieb dennoch still. Auch die vierte und fünfte Nacht verging ereignislos.

In der sechsten Nacht schließlich entdeckte der Fremde etwas am Waldrand: Ein gelbes Augenpaar reflektierte in der Ferne das Mondlicht. Endlich! Er hielt den Atem an und griff zu seiner Waffe. Die Kreatur, zu der die Augen gehörten, lief derweil ins Freie und sah sich um. Sie war von niedriger Statur und schien auf allen vieren zu laufen. Wenig später traten viele weitere dieser Wesen unter den Bäumen hervor. Die Gruppe verweilte eine Zeit lang am Rande des Waldes, bis sie plötzlich ohne erkennbaren Grund losrannten und wieder zwischen den Fichten und Tannen verschwanden. Wild … Er seufzte enttäuscht und nahm die Hand wieder von der Waffe. Dämliche Viecher …

Ab der siebten Nacht wartete der Fremde nicht mehr am Fenster. Es war sinnlos, sich ohne Aussicht auf Erfolg die Nächte um die Ohren zu schlagen. Aber was war geschehen? Er konnte es sich nicht erklären. Wohin war der Werwolf so plötzlich verschwunden? Unterdessen begannen die Dorfbewohner wieder einmal zu hoffen, dass es endlich vorbei war.

An den darauffolgenden Tagen stiegen die Temperaturen merklich und die Schneedecke würde wesentlich dünner, dünn genug, dass die meisten Pässe wohl wieder passierbar sein sollten. Ein Glücksfall, denn derartiges Wetter war dort eigentlich äußerst ungewöhnlich zu dieser Jahreszeit. Der Fremde wiederum beschloss, diese Gelegenheit zu nutzen und weiterzureisen, immerhin hatte er schon zwei Wochen in dem Dorf verbracht und der Wolf war ja offensichtlich verschwunden. Inzwischen wusste er zudem, dass es gut eine Tagesreise entfernt *tatsächlich* eine Stadt gab (nicht jedoch hinter dem nächsten Pass, sondern dem übernächsten). Auch wenn es ihm Unbehagen bereitete, den Werwolf einfach weiter sein Unwesen treiben zu lassen, hatte es keinen Sinn, einem Phantom hinterherzujagen. Womöglich war die Kreatur bereits kurz nach seiner Ankunft in ein anderes Tal geflohen und nun schon buchstäblich über alle Berge. Es war sinnlos, noch länger dortzubleiben – und außerdem: Wer konnte schon sagen, ob sich ihre Wege nicht anderswo noch einmal kreuzen würden?

Am nächsten Morgen allerdings machte dem Fremden dann doch noch etwas einen Strich durch seine Rechnung: Ein neuerlicher Vorfall erschütterte das Dorf: Wieder versammelten sich die Menschen an einem Haus, zwei Männer trugen die Leiche einer Frau heraus. Es waren dieselben Umstände wie beim letzten Opfer: Tod durch Verbluten, keine Spuren eines gewaltsamen Eindringens – es handelte sich sogar um dasselbe Haus! Die Frau des letzten Opfers war nun selbst zur Beute des Wolfes geworden so schien es.

Mit dieser jüngsten Tat erreichte der Schrecken nun eine völlig neue Dimension: Zuvor hatten die Menschen sich relativ sicher fühlen können, wenn sie den Wolf in der Ferne hatten heulen hören – so ließ sich immerhin zu jeder Zeit abschätzen, wie nah oder fern die Kreatur ihnen gerade war. Doch jetzt gab es kein Heulen mehr und damit auch keine Sicherheit … Wie sich gezeigt hatte, konnte die Bestie nun jederzeit und überall zuschlagen, ohne Vorwarnung oder auch nur eine Spur ihres Eindringens. Wer war jetzt noch sicher? Wen würde es als Nächstes treffen?

Einige der Dorfbewohner zogen es deshalb ernsthaft in Erwägung, das Dorf zu verlassen, solange die Pässe noch frei waren. Es war schließlich keine besonders schöne Vorstellung, auf der Höhe des Winters mit einer solchen Bestie im Tal gefangen zu sein.

Der Fremde erfuhr von alldem tatsächlich erst, als er gerade aufbrechen wollte. Die Leiche war bereits auf den Friedhof in die Leichenhalle gebracht worden, die Menschentraube am Tatort aufgelöst. Etwas störte ihn, aber er konnte nicht genau sagen was … Lediglich, dass sich die Situation irgendwie … *falsch* anfühlte. Unwichtig jedoch! Der Wolf war jedenfalls zurückgekehrt, das zählte. Er würde am Ende also doch nicht unverrichteter Dinge abziehen müssen – und wenn das Wetter auch nur noch *einen* Tag länger hielt, würde er vielleicht sogar trotzdem seine Reise fortsetzen können.

Als es zu dämmern begann, zog der Fremde sich zurück. Unten im Gastraum hatte sich am Nachmittag die übliche Runde versammelt, aber auch sie gingen heute früh nach Hause. Die Stimmung war wegen der jüngsten Ereignisse ohnehin getrübt gewesen. So musste er nur noch darauf warten, dass sich auch übrigen Bewohner des Hauses zurückgezogen hatten. Es gab schließlich keinen Grund, sie unnötigerweise in Gefahr zu bringen – auch wenn er ihr Heim zugegebenermaßen als Schlachtfeld missbrauchen würde.

Gegen Mitternacht war es dann endlich so weit: Er hatte den Sohn des Wirtes lange weinen hören, weil er vor Angst nicht hatte einschlafen können. Vermutlich war er in dieser Nacht nicht die einzige Person mit diesem Problem gewesen. Draußen herrschte derweil pechschwarze Finsternis, der wolkenverhangene Mond spendete kaum Licht, als der Fremde nach draußen blickte. Würde sich der Wolf in dieser Nacht zu erkennen geben? Oder hatte er aus irgendeinem Grund seine Stimme verloren? Nicht, dass diese Tatsache einen Unterschied gemacht hätte. Solange der Wolf sich überhaupt im Tal aufhielt – und dies konnte ja mittlerweile als ziemlich sicher gelten – würde er seinen Plan in die Tat umsetzen können. So änderte es dann auch nicht viel an der Situation, als einige Zeit später tatsächlich ein fernes Heulen auftauchte. Es bestand kein Zweifel mehr: Der Wolf war zurückgekehrt.

Kurz lauschte der Fremde noch bei offenem Fenster dem Gesang, stählte sich wie in so vielen Nächten zuvor – und schritt dann schließlich zur Tat: Entschlossen zog er sein Messer hervor und umschloss es fest mit der Handfläche der anderen Hand, riss die Klinge anschließend ruckartig aus dieser Umarmung. Sofort durchfuhr daraufhin ein scharfer Schmerz seinen Körper, Blut lief über die Klinge und tropfte auf den Boden. Dies war seine beste Chance, den Werwolf anzulocken, sogar seine *einzige* vermutlich. Mit einfachem Tierfutter würde sich die Kreatur wohl kaum ködern lassen, frisches Fleisch war zu dieser Jahreszeit nicht verfügbar und Wurst oder Pökelfleisch hatte nicht den richtigen Geruch. Daher blieb ihm nur diese etwas … *unkonventionelle* Methode. Ob sie *wirklich* funktionieren würde, war dabei aber trotzdem fraglich.

Eilig verteilte er also sein Blut auf der Fensterbank und im Schnee unterhalb des Fensters, presste es regelrecht aus seiner Hand, indem er sie mit aller Kraft zur Faust ballte. Hoffentlich würde der Instinkt der Bestie sie so in ihr Verderben locken …

Schnell verband er sich die verletzte Hand mit einem bereitgelegten Stück Stoff und brachte sich anschließend im Flur, direkt neben der offenen Tür in Stellung. Dort angekommen griff er nach seinem Revolver, überprüfte noch einmal die Trommel. Sechs Patronen … Bei der zweiten und der letzten hatte er mit viel Mühe die ursprünglichen Kugeln durch eine silberne ersetzt. Gar nicht so einfach tatsächlich, ohne das richtige Werkzeug. Es blieb nur zu hoffen, dass sie trotzdem funktionieren würden. Draußen war in der Zwischenzeit jedenfalls das Heulen verstummt und die Echos verstarben eines nach dem anderen. An ihrer Stelle legte sich nun stattdessen eine gespenstische Stille über das Tal. Er lauschte, doch sein Herzschlag war das einzige Geräusch weit und breit – die Ruhe vor dem Sturm.

Schier endlose Minuten harrte er nun auf seiner Position aus, bestimmt eine Stunde, wenn nicht mehr. Dann: ein Knirschen! Jemand lief durch den Schnee, die weiche Decke ächzte regelrecht unter dem schweren Körper … Langsam, aber zielstrebig kamen die Schritte näher, setzten nur hin und wieder kurz aus, wichen einem leisen Schnüffeln. Es war so weit! Stück für Stück kam die nichts ahnende Kreatur näher und ihre Geräusche wurden deutlicher: Schnüffeln … Knirschen … Schnüffeln … Ein verwirrtes Jaulen. Offenbar befand sich der Wolf nun direkt unterhalb des Fensters und leckte dort an dem frischen Blut – nur für einen Moment allerdings, dann folgte noch intensiveres Schnüffeln. Die Kreatur folgte der Spur die Wand hinauf, berauschte sich an ihrem Duft. Schon hallte ein lautes Krachen durch die Dunkelheit, gefolgt von dem Geräusch ihrer Klauen, die sich mühelos in Holz bohrten. Mit einem gewaltigen Satz war der Werwolf offenbar vom Boden bis zum Fenster hinaufgesprungen, hatte bei seiner Landung den Fensterrahmen und einen Teil der Wand zertrümmert. Anschließend jedoch stand er erst einmal still und begutachtete regungslos den Raum, in dem er sich nun befand. Schnüffeln … Knurren … Zwar hatte ihn der Geruch des Blutes angelockt, nun aber war der Wolf anscheinend unschlüssig, wie es weitergehen sollte. Vielleicht hatte er dort ein verletztes Tier oder etwas Ähnliches erwartet und war nun verwirrt, woher das Blut stammte? Durchaus verständlich von seinem Standpunkt aus natürlich.

Der Fremde andererseits wusste diese Chance zu nutzen: Blitzschnell sprang er hinter der Wand hervor, als ihm seine innere Stimme sagte, dass der richtige Zeitpunkt gekommen war, und trat furchtlos in den Raum … Vor einem großen Loch in der Wand, das einmal das Fenster gewesen war, stand nun ein massiges Ungetüm, bestimmt zwei Meter groß, der ganze, muskulöse Körper mit schwarzgrauem Fell bedeckt und die Hände und Füße mit scharfen Klauen bewaffnet. Wilde Augen funkelten ihm entgegen, darunter blitzten ihn lange, weiße Zahne an wie Dolche in der Dunkelheit! Jeder andere wäre bei diesem Anblick wohl vor Furcht erstarrt, aber er zögerte nicht, zielte und betätigte dann den Abzug: Bäng!

In weniger als einem Augenaufschlag durchquerte die Kugel den gesamten Raum – leider jedoch ohne etwas zu treffen. Stattdessen sauste sie einfach nur durch das Loch in der Wand davon und verschwand in den Tiefen der Nacht. Schneller nämlich als menschlichen Augen folgen konnten, hatte ihr Ziel einen Satz zur Seite gemacht, um dem Geschoss auszuweichen, war auf dem Bett gelandet. Dort brachen sogleich Holz und Federn unter dem Gewicht des Tieres, ließen Splitter umherfliegen. Der Fremde hatte dies schon vorausgesehen ... Solange genug Platz zur Verfügung stand, war ein Werwolf mit seinen unglaublichen Reflexen in der Lage, selbst einer Kugel auszuweichen. So hatte der unerwartete Angriff dann auch in erster Linie nur eines erreicht: Er hatte das Tier wütend gemacht – *sehr* wütend! Seine Augen funkelten wild, ein aggressives Knurren war zu hören. Augenblicklich zog der Fremde sich daraufhin in den Flur zurück – keine Sekunde zu früh jedoch: In der Bewegung konnte der hinter sich noch einen scharfen Luftzug spüren, dann prasselten Holzsplitter, die von rasiermesserscharfen Krallen aus dem Türrahmen gerissen worden waren, wie Regen auf die gegenüberliegende Wand.

Im nächsten Moment standen sie sich dann auch schon in der Enge des Ganges erneut gegenüber – ganz nach Plan jedoch. Von dem Mangel an Platz dort wurde der Werwolf sichtlich behindert, bei jeder Bewegung stieß er gegen eine der Wände, konnte nicht springen und auch nicht vorwärtsstürmen, wie er es wohl nur zu gern getan hätte. Der Fremde andererseits hatte so im wahrsten Sinne des Wortes eine lebendige Zielscheibe vor sich: Er legte an und zielte in aller Ruhe, während sein Gegenüber sich mühsam durch den engen Tunnel zwängte, dabei knurrte und mit den Zähnen fletschte. All diese Drohgebärden waren jedoch vergebens, er drückte ab: Bäng! – Unaufhaltsam preschte das tödliche Geschoss als Nächstes auf sein Ziel zu, nichts schien es aufhalten zu können ... bis plötzlich etwas gänzlich Unerwartetes geschah: Sein Instinkt ließ den Werwolf auf dieses kleine, sich schnell nähernde Objekt reagieren, wie auf jeden anderen Angreifer auch – mit Aggression. Entsprechend hämmerte seine mächtige Pranke dann auch sofort mit aller Kraft auf den sich blitzartig nähernden Feind ein, kaum dass dieser in Reichweite gekommen war, krachte ungebremst in die Dielen. Darauf wiederum folgte sogleich ein schmerzverzerrtes Jaulen, ließ das Gebäude regelrecht erzittern. Wenn das Geschoss auch abgelenkt worden war und seine tödliche Wirkung verfehlte hatte, so war es doch offenbar keinesfalls wirkungslos geblieben: Es musste sich tief ins Fleisch gebohrt haben und verursachte der Kreatur nun unvorstellbare Schmerzen – nicht genug jedoch, um sie lange aufzuhalten, wie es schien: Kaum war sein Ruf verhallt, richtete sich der Wolf auch schon wutentbrannt wieder auf und stürmte vorwärts. Sein Blut tropfte bei jeder Bewegung leise auf den Boden, während er nun wie ein Bohrer durch den engen Korridor brach und dabei die Wände aufriss – Plan B also. Er hatte eigentlich gehofft, es würde nicht dazu kommen.

Der Sturm aus Zähnen und Krallen kam schnell näher, während der Fremde eilig die Stufen hinabstieg und sich in den großen Hauptraum begab. Sicherlich nicht der optimale Schauplatz für ihren Kampf, aber wenigstens würden die zahlreichen Tische und Stühle ihn zu jedem Zeitpunkt zumindest erahnen lassen, wo sich sein Kontrahent befand. Er sah sich um … Im Kamin glomm schwach die Glut und spendete ein wenig Licht, nur Umrisse der zahlreichen Sitzgruppen ringsum waren schemenhaft erkennbar. Der Wirt und seine Frau schienen sich nicht zu rühren, vermutlich hatten sie sich schon, als der Wolf oben durch das Fenster gebrochen war, irgendwo versteckt. Gut … So waren sie außer Gefahr.

Entschlossen wandte der Fremde sich also um und sah die Stufen hinauf, von wo ihm sofort zorniges Knurren und Hecheln entgegenhallten. Auch der Wolf hatte inzwischen die Treppe erreicht, seine Augen leuchteten schwach und verrieten so seine ungefähre Position. Der Fremde zögerte bei diesem Anblick nicht lange, setzte einen Schuss: Bäng! Die Kugel traf ihr Ziel in die Schulter, ohne eine nennenswerte Wirkung zu erzielen jedoch. Die Kreatur zeigte keine Reaktion, nicht einmal ein leises Wimmern. Stattdessen verschwanden die Augen im nächsten Moment plötzlich und der Fremde spürte etwas über seinen Kopf hinwegrauschen. Kurze Zeit später bebte der Boden und er konnte hinter sich das Geräusch von brechendem Holz hören. Sein Ziel war verschwunden, verschmolzen mit der Finsternis umher. Zweifellos brachte sich der Wolf gerade in Position für einen ebenso lautlosen wie vernichtenden Angriff – doch ein Stück Holz, das unter seinen Klauen brach, verriet ihn! Geistesgegenwärtig sprang der Fremde deshalb zur Seite, als er hinter sich etwas hörte, und landete unsanft auf dem Boden. Wo er gerade noch gestanden hatte, war derweil eine schwere Tatze in den Fußboden geschmettert, scharfe Klauen gruben sich in die Dielen. Knurren … Er konnte vor sich das Atmen des Wolfes hören und drückte ab: Bäng! Daneben! Wieder war sein Ziel verschwunden, wieder krachte es hinter ihm. Bruchstücke klapperten über den Boden und kamen allmählich zur Ruhe … Knurren … Jaulen … Der Ursprung der Geräusche war nicht auszumachen, sie schienen von allen Seiten gleichzeitig zu kommen. Hinter ihm! Nichts … Leise Schritte hallten durch die Dunkelheit, nur hin und wieder wurde ein Stück Holz unter den Tatzen zerquetscht und knackte. Seine Augen suchten angespannt die schwarze Weite um ihn herum ab, aber in dem undurchdringlichen Schleier war nichts zu erkennen. Knurren … Die Zeit schien stillzustehen … Dann! Plötzlich konnte er in den Augenwinkeln rechts neben sich eine Bewegung ausmachen und eröffnete das Feuer: Bäng! – Wieder daneben! Verflucht! Wie erwartet war es praktisch unmöglich, den Werwolf zu treffen, wenn es für ihn genug Platz zum Ausweichen gab – und die Dunkelheit, in der ein Tier natürlich besser sehen konnte als ein Mensch, machte das Ganze auch nicht besser.

Eine letzte Kugel war noch übrig, gleichzeitig die zweite Silberkugel. Was sollte er tun? Versuchen, wieder nach oben zu gelangen? Nein … Die Kreatur würde das wohl kaum zulassen. Schließlich schnupperte und knurrte sie bereits gierig in der Dunkelheit umher, wartete auf einen günstigen Moment. Hektische warf der Fremde deshalb auch den Kopf immerzu hin und her, verfolgte jedes

Geräusch im Raum, seine Nerven zum Zerreißen gespannt. Obwohl er den Wolf dank der zahlreichen Trümmerstücke inzwischen deutlich hören konnte, wie dieser um ihn herumschlich, so gelang es ihm doch nicht, seinen Gegner genauer zu lokalisieren. Immer wieder schien die Kreatur zu verschwinden und wenig später an einem völlig anderen Ort wieder aufzutauchen – völlig unmöglich natürlich, auf diese Weise irgendetwas zu treffen. Er war dem Tode geweiht, so schien es, unfähig den nächsten Angriff vorauszusehen oder ihm auszuweichen. Schon sah er den Moment gekommen; ein leises Klicken erklang aus einer Ecke des Raumes und ließ ihn entschlossen die Waffen herumreißen, um zumindest seinen Kontrahenten mit sich zu nehmen. Allerdings … Irgendwie klang das Geräusch … *seltsam* … Nicht wie Klauen, die ein Stück Holz beiseiteschoben. Außerdem schien da noch etwas anderes zu sein, leiser, kaum hörbar … Stimmen?!

Es blieb ihm keine Zeit, darüber nachzudenken, denn im nächsten Moment offenbarte sich der Ursprung der Laute auch schon von selbst: Plötzlich flog in der Ecke des Raumes eine Tür auf und ein schwacher Lichtschein erhellte die Umgebung. Gleichzeitig sprang der Wirt mit einem wilden Kampfschrei in seine Stube, hob das Gewehr, das er in seinen zitternden Händen hielt, und zielte auf das Monster vor ihm … Bäng! Getroffen gab der Werwolf als Nächstes ein kurzes, überraschtes Jaulen von sich, begann dann hin und her zu taumeln und sackte schließlich in sich zusammen. Eine Kugel hatte unbarmherzig seinen Brustkorb durchbohrt und jenes bannende Metall bis zu dem darin liegenden Herzen getragen – allerdings war es nicht etwa die Waffe des Wirtes gewesen, die jenen tödlichen Schuss abgegeben hatte. Nein! Der arme Mann war im selben Moment vor Schreck erstarrt, als er sein Ziel vor sich erblickt hatte! Der Fremde andererseits war augenblicklich zur Tat geschritten, als der Wolf im schwachen Licht direkt vor ihm aufgetaucht war, dazu abgelenkt durch das unerwartete Auftauchen einer weiteren Person und von der plötzlichen Helligkeit geblendet. Innerhalb von Sekundenbruchteilen war ihr Kampf so vorbei: Der Werwolf lag nun bewegungslos am Boden und atmete kaum noch, während der

Fremde triumphierend über seinem geschlagenen Gegner stand. Am Ende war dieser in der Tat nicht mehr als ein Tier gewesen, zwar größer, stärker und schneller als jedes andere, aber dennoch frei von jeglicher Art von menschlichem Verstand, nur seinen Instinkten unterworfen. Ein letzter Atemzug, dann war es vorbei. Die Augen der bemitleidenswerten, verfluchten Kreatur schlossen sich für immer … Eine Erlösung, womöglich für alle Beteiligten.

Nur langsam begann der Fremde nach seinem Sieg in letzter Sekunde zur Ruhe zu kommen, die Anspannung löste sich, der Adrenalinrausch verflog. Doch dann … Während sein Herzschlag sich verlangsamte, sein Gehirn sich wieder auf etwas anderes als das bloße Überleben konzentrieren konnte, keimte plötzlich ein eigenartiger Gedanke in ihm auf: Wäre eine Kreatur wie jene, die nun vor ihm lag, *wirklich* in der Lage gewesen, ein Fenster zu öffnen und lautlos in ein Gebäude einzudringen? Mehr noch! Selbst wenn sie könnte, *würde* sie diese Mühe überhaupt auf sich nehmen? – Und vor allem: Warum sollte ein Tier, das doch nur tötet, um an Nahrung zu gelangen, sein Opfer verbluten lassen und das Fleisch nicht anrühren? Etwas stimmte nicht … Fieberhaft suchte er nach einer Antwort für dieses Mysterium, aber es schien keine zu geben. Was hatte das zu bedeuten?

Unterdessen kam der Wirt wieder zu Sinnen, hinter ihm warf seine Frau einen kurzen Blick an der Türschwelle vorbei. Beide waren noch immer überwältigt, wie erschlagen von den Ereignissen. Bald tauchten von draußen Stimmen auf, zweifellos andere Dorfbewohner, die den Bedrängten zur Hilfe kommen oder vielleicht auch nur mit eigenen Augen sehen wollten, welches Blutbad der Werwolf angerichtet hatte. Entsprechend überrascht reagierten diese daher auch, als sie das Monster dort stattdessen tot zwischen den zertrümmerten Tischen vorfanden. Sicher wären die Leute als Nächstes in überschwängliche Dankesbekundungen ausgebrochen, sobald sie begriffen hätten, *wer* diesen Schrecken von ihnen genommen hatte – doch dafür blieb keine Zeit: Bevor ihn jemand aufhalten konnte, rannte der Fremde auch schon los und stürmte aus dem Gebäude. Die Erkenntnis hatte ihn getroffen wie der Blitz. Natürlich! Er hatte die Leichen ja nie selbst gesehen! Wie dumm von ihm, sich auf das Urteil der Dorfbewohner zu verlassen, die sich nicht mit diesen Dingen auskannten! Hier ging weit mehr vor sich, als es auf den ersten Blick den Anschein hatte!

Schnell kam die Kirche in Sicht, ein kleiner Turm aus Holz mit einem ebenso kleinen Kirchenschiff. Hinter dem Gebäude wiederum lag, von einer niedrigen Ziegelmauer umgeben, der Friedhof der Gemeinde. Mit etwas Glück wäre der Beweis noch immer dort. Zu dieser Jahreszeit war der Boden gefroren und damit steinhart. Zweifellos bewahrte man die toten Körper in der Zwischenzeit irgendwo auf, bis man sie im Frühling beerdigen konnte.

Er wurde schnell fündig: Auf dem Friedhofsgelände stand ein kleines Gebäude mit einem runden Dach, die Tür war unverschlossen. Er ging hinein … und tatsächlich: Dort lagen zwei Särge etwas erhöht auf einem Sockel. Ja! Genau danach hatte er gesucht. Vorsichtig schob der Fremde die Deckel zur Seite, immer achtsam, die Abdeckungen nicht zu beschädigen. Als Nächstes setzte sein Herz einen Schlag aus – verständlich jedoch, denn was er dort sah, ließ das Adrenalin wie einen Blitz durch seinen Körper fahren. Er konnte es kaum fassen, glaubte im ersten Moment, seine Augen würden ihm bloß ein Streich spielen, doch ganz offensichtlich war, was er dort vor sich sah, Realität: Beide Opfer wiesen ein Paar punktförmiger Wunden am Hals auf, durch die sie verblutet sein mussten! Es war viele Jahre her, dass er das letzte Mal gelächelt hatte, aber nun konnte er es sich nicht verkneifen. Unglaublich, dass es nach all den Jahren der Suche schließlich der *Zufall* war, der ihn fündig werden ließ … Lautloses Kommen und Gehen, Tod durch Blutverlust und nun die Wunden am Hals. Er kannte die Kreatur, welche solche Spuren hinterließ, er kannte sie nur *zu gut* … Wie blind war er gewesen, dass er es nicht früher erkannt hatte? Die letzten beiden Morde waren nicht das Werk des Werwolfes, sondern das eines *Vampirs* gewesen!

VIERTES KAPITEL

Als er wieder aus der Krypta trat, war die Nacht um ihn herum zum Leben erwacht: Von überall her erklangen Stimmen und Schritte, Menschen riefen sich gegenseitig verschiedene Dinge zu. Offenbar befand sich das gesamte Dorf trotz der späten Stunde in Aufruhr. Ein jeder schien herbeizueilen, um sich persönlich vom Ableben des Werwolfs zu überzeugen, weil die Nachricht darüber einfach zu schön klang, um wahr zu sein. Ihn dort tot am Boden liegen zu sehen, musste für sie einer Erlösung gleichkommen, dem plötzlichen Ende eines schrecklichen Alptraums. Kein Wunder also, dass sich zumindest vorerst niemand so *wirklich* für denjenigen zu interessieren schien, der die Bestie zur Strecke gebracht hatte – was dieser Person aber tatsächlich auch ganz recht war. Anstatt sich mit bedeutungslosen Dankesbekundungen überschütten zu lassen, hatte der Fremde so Gelegenheit, sein weiteres Vorgehen planen, stand nun regungslos wie eine Statue zwischen den Gräbern und blickte nachdenklich zum wolkenverhangenen Himmel hinauf …

Sicher, er wusste nun, dass sich irgendwo im Dorf ein Vampir versteckt hielt, doch diesen zu finden, würde sicherlich nicht leicht werden. Den Dorfbewohnern schien schließlich nichts aufgefallen zu sein, das auf die Anwesenheit eines Vampirs hindeutete, sonst hätten sie wohl kaum den Werwolf für die jüngsten Morde verantwortlich gemacht. Vermutlich verkroch sich die Kreatur tagsüber an einem abgelegenen Ort, einem Heuboden oder Keller, war so bis jetzt völlig unentdeckt geblieben. Oder konnte es sein?! Versteckte vielleicht jemand den Blutsauger *wissentlich*? Möglicherweise, weil es sich um einen engen Familienangehörigen handelte, der erst kürzlich jenem dunklen Fluch zum Opfer gefallen war? Nun, so oder so würde es wohl nicht einfach werden, sein Ziel aus der Reserve zu locken, insbesondere da er das Überraschungsmoment mit seinem Sieg über den Werwolf ja bereits verspielt hatte. Eine durchaus realistische Einschätzung seiner Situation, doch trotzdem auch eine … *inkorrekte*, wie sich bald zeigen sollte.

Es dauerte nicht lange, bis eine Gruppe von Dorfbewohnern mit ihren Lampen unangenehm nahe an seiner momentanen Position vorbeikam. Sicherlich hätten sie ihn durch den gitterähnlichen Zaun erspäht, der das Friedhofsgelände umgab, und so zog sich der Fremde hastig hinter die Krypta zurück. Lediglich ein paar Minuten musste er dort allerdings ausharren, dann waren die drei Personen auch schon wieder außer Sichtweite – was es tatsächlich umso seltsamer machte, dass er trotzdem nicht allein auf dem Friedhof war, als er wieder hinter der Wand hervortrat: Direkt neben dem großen Tor kauerte jetzt jemand hinter einem großen Busch. Wer immer diese Person auch war, sie musste erst vor Kurzem dort eingetroffen sein, versteckte sich offenbar aus demselben Grund wie er. Doch warum? Vorsichtig trat der Fremde näher, schlich über den schneebedeckten Boden – vergebens jedoch: Schon mit dem ersten Schritt verriet ihn das Knirschen des Schnees unter seinen Füßen und die unbekannte Person wandte sich erschrocken um. Woraufhin er allerdings mindestens im gleichen Maße erschrak: Schließlich funkelten ihn plötzlich zwei blutrote Augen aus der Finsternis an wie flammende Sterne! Unglaublich! Es schien, als hätte sein Ziel am Ende *ihn* gefunden und nicht umgekehrt!

Einige Augenblicke lang standen sich die beiden nun erst einmal regungslos gegenüber, fixierten den jeweils anderen mit einem erschrockenen Blick. Keiner von ihnen schien so recht begreifen zu können, wie es zu dieser unerwarteten Begegnung gekommen war. In ihrer Verwirrung sahen sie sich bloß wortlos an, wagten dabei nicht einmal zu blinzeln, und versuchten angestrengt, den nächsten Schritt ihres Gegenüber zu erahnen.

Der Fremde war schließlich der Erste, der sich aus dieser Starre lösen konnte: Ganz langsam senkte er die Hand, griff nach seinem Revolver, den er aus Gewohnheit schon auf dem Weg zum Friedhof nachgeladen hatte – und ließ diesen dann plötzlich hervorschnellen, wie den Kopf einer giftigen Schlange: Bäng! Sofort zerriss ein donnernder Knall die Stille der Nacht, wurde aber schnell von den umgebenden Schneemassen verschluckt. Vermutlich konnten schon die Leute im einige dutzend Meter entfernten Gasthaus ihn deshalb nicht mehr hören, ebenso wie den schmerzverzerrten Schrei des Vampirs. Die Kugel hatte ihn in die Seite getroffen, ihr Ziel durch die Wucht des Einschlages beinahe umgeworfen. Ein Volltreffer hätte man denken können, doch der Fremde hatte tatsächlich auf die Beine seines Kontrahenten zielen wollen, diese aber im Düster des Friedhofs verfehlt. Ausnahmsweise suchte er schließlich Informationen und nicht nur ein schnelles Ende seiner Jagd. So oder so schien der Vampir allerdings durch seine Verletzung bewegungsunfähig gemacht worden zu sein, kauerte stöhnend am Boden. Vorsichtig kam der Fremde also näher, immer einen Finger am Abzug. Schnell musste er dabei jedoch feststellen, dass sein Kontrahent offenbar bei Weitem nicht so wehrlos war, wie es zunächst ausgesehen hatte: Vielleicht waren es seine krachenden Schritte in der dicken Schneedecke gewesen oder auch nur das generelle Herannahen eines bewaffneten Feindes. Jedenfalls stieß der Blutsauger auf einmal einen panischen Schrei aus und wirbelte herum. Natürlich eröffnete der Fremde daraufhin sofort das Feuer, doch trotz der kurzen Entfernung traf seine Kugel seltsamerweise nicht ihr Ziel. Stattdessen prallte sie mit einem leisen, metallischen »Ping!« von einem großen, dunklen Objekt ab, das der Vampir ihm offenbar gerade entgegengeschleudert hatte. Nur knapp verfehlte ihn dieses Geschoss in der Folge und schlug dann mit einem lauten Krachen in irgendetwas hinter ihm ein. Er brauchte einen Moment, um zu begreifen, dass es sich dabei um einen *Grabstein* gehandelt haben musste. Derweil hatte sein Gegner hastig die Flucht angetreten.

Sofort setzte der Fremde ihm nach, stürmte seinerseits durch das offenstehende Tor vor ihm – der Vorsprung des Vampirs jedoch war beträchtlich: Wie ihm Wahn musste die Kreatur sich durch den Schnee geschlagen haben und stand bereits ein gutes Dutzend Meter entfernt. Im schwachen Mondlicht konnte man jetzt recht gut seine Silhouette erkennen: eine dürre, ausgemergelte Gestalt, gekleidet in kaum mehr als Lumpen … und doch erstaunlich schnell zu Fuß. Am liebsten hätte der Fremde natürlich sofort die Verfolgung aufgenommen, aber durch die Dunkelheit war die Sicht einfach zu schlecht. Ohne eine Fackel oder etwas Ähnliches hätte er sein Ziel in der Wildnis vermutlich schnell verloren – trotz der weithin sichtbaren, roten Spur im Schnee. Außerdem konnte er seine restliche Ausrüstung nicht einfach so zurücklassen.

Vorsichtig schlich sich der Fremde also erst einmal zwischen den Häusern zur Herberge zurück … Niemand durfte ihn sehen, für Fragen oder Dankesbekundungen blieb jetzt schließlich keine Zeit. Doch die Dorfbewohner schienen sowieso viel zu sehr mit dem toten Werwolf beschäftigt zu sein, um ihn zu bemerken. Ohne größere Mühe gelang es ihm daher auch, heimlich zur Rückseite der Herberge zu gelangen. Dort angekommen wiederum ließ er seinen Blick an der Hauswand entlangschweifen … Unter einem der Fenster zeichnete sich etwas Dunkles im Schnee ab: Blut – sein eigenes, um genau zu sein. Hier war er richtig! Schnell sprang der Fremde also an der Fassade hoch und zog sich dann über einige hervorstehende Balken und Bretter nach oben, kletterte durch das Loch, welches der Werwolf zuvor hinterlassen hatte, ins Innere. Dort war es noch immer dunkel. Offenbar hatte sich bisher niemand für sein Zimmer interessiert – gut so. Es dauerte nur ein paar Minuten, erforderte nur einige wenige Handgriffe, dann verschwand er auch schon wieder auf demselben Weg, auf dem er gekommen war, und nahm endlich die Verfolgung des flüchtigen Vampirs auf.

Schnell waren die wenigen Lichter des Dorfes hinter ihm verschwunden; er stand allein in der Wildnis. Im Lichte seiner Fackel warfen die Bäume umher lange Schatten, fast als seien sie die Säulen einer gewaltigen Halle. Zweifellos konnte der Vampir den Schein hinter sich erkennen, lief deswegen umso schneller. Trotzdem handelte es sich allerdings keinesfalls um eine heillose Flucht: Vielmehr führte der Weg des Blutsaugers in einem seltsamen Zickzackkurs zwischen den Bäumen hin und her, wechselte immer wieder die Richtung. Offenbar ein verzweifelter Versuch, seinen

Verfolger abzuschütteln – mit wenig Erfolg jedoch, wie man hinzufügen muss. Deutlich ließen sich schließlich die Spuren im frischen Schnee erkennen, immer wieder gespickt mit einzelnen roten Punkten. Zudem wagte es der Vampir offenbar nicht, sich zu weit von jenem schmalen Pfad zu entfernen, der dort durch den Wald führte. Offenbar lag sein Ziel am Ende dieses Weges. Doch um was konnte es sich dabei bloß handeln? Es schien in dieser Richtung schließlich nichts anderes als Bäume und Berghänge zu geben?

Nun, er würde es bald herausfinden; hoffentlich zusammen mit den ersten hilfreichen Informationen im Hinblick auf sein großes Ziel. Getrieben von diesem Gedanken marschierte der Fremde bald wie im Wahn, immer schneller und schneller, fühlte weder Müdigkeit noch die beißende Kälte. Unterdessen wurde die Schneedecke stetig dicker und der Wald um ihn herum lichter, bis nur noch ein paar vereinzelte Kiefern davon übrig blieben. Stattdessen ragte nun zu seiner rechten eine hohe Felswand auf, während sich zu seiner linken, jenseits einer bröckelnden Klippe, ein schwarzer Abgrund auftat. Ein Pass offenbar. Allerdings stand zu bezweifeln, dass es sich dabei um einen weithin bekannten Pfad über das Gebirge handelte. An vielen Stellen wäre schließlich selbst für einen Handkarren zu wenig Platz gewesen – mal ganz abgesehen von dem abenteuerlichen Zustand der Straße: Überall lagen umgestürzte Bäume oder Geröll im Weg, immer wieder fehlten Teile desselben und bildeten so tödliche Fallen für unachtsame Reisende. Dies musste ein alter Schleichweg sein, den die meisten Bewohner dieser Gegend lange vergessen hatten. Seltsam, dass der Vampir ihn kannte. Stammte er von hier? Vielleicht … Eine weitere Frage, die es zu beantworten galt und die seinen Verfolger nur noch weiter anspornte.

Nach einigen Stunden war die Spur der Blutstropfen versiegt, aber die Fußabdrücke zeigten ihm nach wie vor, dass er sich noch immer auf dem richtigen Weg befand. Ohne Pause marschierte der Fremde also vorwärts, dem rötlichen Schimmer entgegen, der inzwischen hinter den Bergkämmen hervorlugte. Bald würde die Sonne aufgehen und ihre Strahlen den Vampir zwingen, sich irgendwo zu verkriechen – gleichzeitig das Ende dieser Jagd. Wie eine Ratte würde der Blutsauger dann in der Falle sitzen, gefangen in einer Höhle oder irgendeinem anderen behelfsmäßigen Unterschlupf.

Mittlerweile hatten sie den höchsten Punkt des Passes lange überschritten und der Pfad ein unangenehm starkes Gefälle angenommen; zudem wurde er auch rasch breiter. Kaum mehr als eine halbe Stunde dauerte es von diesem Punkt an, dann wich die Bergwand schließlich einem Meer aus verschneiten Baumwipfeln. Die andere Seite! Endlich! – Doch es gab nicht nur gute Nachrichten: Der Pfad endete hier abrupt, versiegte wie ein Rinnsal in einem dichten Wald … Zudem hatte es erneut zu schneien begonnen und die Spuren, denen er bisher gefolgt war, so unter einer feinen Schicht aus flaumartigem Schnee begraben. Schon fürchtete der Fremde, sein Ziel deshalb am Ende doch noch verloren zu haben. Dann jedoch fiel ihm an einem großen Felsen in der Nähe eine schon aus der Ferne deutlich erkennbare Verfärbung auf: Es handelte sich um einen unregelmäßigen, dunklen Fleck, fast als hätte dort jemand mit einem großen Pinsel auf den Stein gemalt. Beim Näherkommen stellte er dann fest, dass es sich um Blut handelte, relativ frisches sogar. Darunter lag ein kleines, metallisches Objekt – eine Revolverkugel, anscheinend mit Gewalt aus dem Fleisch gerissen. Der Fremde nickte zufrieden, warf seine Sorgen, den Vampir verloren zu haben, beiseite. Ob es eine Spur für ihn zum Folgen gab oder nicht machte jetzt keinen Unterschied mehr. Er wusste schließlich, dass sich der Vampir irgendwo in diesem Tal aufhielt und nach der Zielstrebigkeit zu urteilen, mit welcher der Blutsauger hierhergekommen war, musste dieser irgendeine Art von Unterschlupf in der Umgebung besitzen. Nur *wo* bloß?

Die ersten Strahlen der Morgensonne krochen über die Bergkämme und legten ein sanftes Glitzern über die Baumkronen. Seine Beute hatte höchstens eine Stunde Vorsprung, ihr Versteck musste sich also ganz in der Nähe befinden. Auf der Suche danach ließ er seinen Blick über das Tal schweifen … und wurde schnell fündig: An einem Berghang weit in der Ferne konnte man etwas erkennen: Ein großes, steinernes Gebäude schmiegte sich an die

Felswand. Ein guter Unterschlupf, aber zu weit entfernt – mindestens vier Stunden Fußweg. Allerdings … Wenn dort jemand ein derartiges Gemäuer errichtet hatte, dann sollte es eigentlich auch eine Siedlung irgendwo in der Nähe geben. Angestrengt suchte sein Blick also als Nächstes das Meer aus verschneiten Wipfeln nach Unregelmäßigkeiten ab, einen Hinweis auf die Anwesenheit eines Dorfes – erfolglos jedoch. Nicht unbedingt überraschend aber. Die Bäume standen alle recht hoch, dazu zog sich eine Reihe von Hügeln durch das Tal. Gut möglich, dass das Dorf in einer Senke zwischen ihnen lag. Was sollte er jetzt also tun? Der Wald vor ihm war unheimlich dicht, ließ an vielen Stellen nicht einmal Licht, geschweige denn Schnee den Boden erreichen. Geradezu perfekt, um sich darin zu verlaufen und in der Folge Tage, wenn nicht Wochen darin herumzuirren. Andererseits musste auch der Vampir diesen Weg genommen haben. Vielleicht gab es also ganz in der Nähe eine Straße? Mit Sicherheit ließ sich dies aber natürlich nur auf eine Weise herausfinden … Entgegen besseren Wissens schlug sich der Fremde daher schließlich *doch* durch die Büsche am Waldesrand und trat in die Dunkelheit dahinter. Was blieb ihm auch anderes übrig? Sofort wurde er von einem seltsam federnden Gefühl unter seinen Füßen begrüßt, fast wie lebendes Gewebe, offenbar das Resultat von unzähligen Schichten brauner Tannennadeln, die den Boden bedeckten. Immer wieder knackten über ihm einzelne Äste, die unter dem Gewicht des Schnees ächzten. Ansonsten jedoch herrschte eine geradezu gespenstische Stille …

Schnell hatte er zwischen den endlosen Reihen von nackten Stämmen die Orientierung verloren, glaubte schon, im Kreis gelaufen zu sein, als der Waldrand kurz nachdem dieser hinter seinem Rücken verschwunden war, vor ihm wieder auftauchte – ein Trugschluss jedoch: Tatsächlich handelte es sich um einen erstaunlich breiten Waldweg, der wie eine Schneise durch das Meer der Bäume geschnitten war. In einer Richtung stieg er an, in der anderen war er abschüssig, hielt anscheinend geradewegs auf die Burg an der Felswand zu, die man nun über den Baumwipfeln gerade noch erkennen konnte. Der Fremde wiederum nickte bei diesem Anblick nur zufrieden. Hier war er richtig! Ganz sicher! Entsprechend fiel seine Rast auch nur kurz aus. Schnell nahm er etwas Proviant und ein wenig Wasser zu sich, stärkte sich für den bevorstehenden Kampf. Dann überprüfte er noch einmal seine Waffen und übrige Ausrüstung, bevor er seinen Weg eilig fortsetzte – fast ein Spaziergang natürlich, verglichen mit dem, was hinter ihm lag.

Es dauerte nicht lange, bis hinter einer Biegung auch schon etwas auftauchte: In nicht allzu großer Entfernung schien der Pfad plötzlich viel breiter zu werden, außerdem konnte man etwas erkennen, dessen Form und Farbe nicht in die winterliche Landschaft passte: Tiefbraune Flächen, die sich scharf vom Schnee abhoben. Ein Dorf! Nicht einmal eine Stunde hatte der Fremde dorthin gebraucht. Ja, dies war der Ort! Von dort musste der Vampir gekommen sein und hierher war er geflohen, anscheinend in dem Glauben, seinen hartnäckigen Verfolger in den Bergen abgeschüttelt zu haben. Vermutlich ahnte die Kreatur nicht einmal, dass dieser nun strammen Schrittes direkt auf ihre Zuflucht zu marschierte!

Auf den ersten Blick schien es sich um eine Siedlung wie jede andere zu handeln, nicht anders als jene, aus der der Fremde gekommen war. Auf den zweiten jedoch wurde schnell mehr als offensichtlich, dass hier etwas nicht mit rechten Dingen zuging: Die Türen und Fenster der Häuser standen allesamt weit offen, ohne eine Spur von den Bewohnern; aus keinem der Schornsteine drang Rauch. Offenbar war das Dorf verlassen – allerdings zweifellos noch nicht besonders lange: Obwohl der Wind in einige der Häuser bereits Schnee hineingeweht hatte, gab es ansonsten keine anderen Spuren des Zerfalls, fast als ob diese Gebäude gestern noch bewohnt gewesen wären. Es herrschte eine gespenstische Stille in dieser Geisterstadt, nur von Zeit zu Zeit unterbrochen vom Knacken der schneebeladenen Äste und dem Heulen des Windes umher …

Irgendwo, in einem der Häuser versteckte sich seine Beute, da war sich der Fremde sicher – und er hatte nun den ganzen Tag Zeit, um diese zu finden. Durch das Tageslicht saß der Vampir schließlich wie eine Ratte in der Falle! Eine geradezu ideale Situation hätte man

denken können, aber tatsächlich gab es doch ein paar Schwierigkeiten: Das Dorf war nämlich recht groß, mehrere dutzend Häuser
standen dicht beieinander. Die meisten davon besaßen ein oder
zwei Stockwerke, manche auch drei, mit langen Balkonen, die unter
einem Dach um das gesamte Gebäude führten. Vermutlich gab es
in den meisten außerdem einen Keller – reichlich Platz zum Verstecken also. Obwohl es erst früher Vormittag war, bestand somit
die Gefahr, dass es ihm nicht gelingen würde, sie alle vor Einbruch
der Nacht zu durchsuchen.

Entsprechend eilig machte der Fremde sich daher auch sofort an
die Arbeit: Er betrat eines der Häuser und sah sich um: Im Inneren
war es durch die offenen Fenster und Türen erstaunlich hell. Nichts
wies derweil auf den Aufenthaltsort der Leute hin, die hier gewohnt
hatten – tatsächlich schien es sogar fast so, als ob das Bauwerk noch
immer bewohnt sei. Alles befand sich an seinem Platz, es gab keine
Unordnung, die darauf hingewiesen hätte, dass die Bewohner über-
stürzt aufgebrochen wären. Selbst ihre Wertgegenstände hatten sie
offenbar zurückgelassen. Seltsam … Was ging hier bloß vor? Nachdenklich öffnete er alle Schränke, untersuchte jede Ecke, in der sich
jemand verstecken könnte, jederzeit bereit, sein Schwert ins Herz
des Unholds zu stoßen – bloß dass sich dieser dort nirgends aufzuhalten schien. Auch der Keller und der Dachboden waren leer. Auf
zum nächsten Haus also.

Eines nach dem anderen durchforstete der Fremde in den folgenden Stunden die Gebäude, konnte jedoch keine Spur der Kreatur
finden, die er suchte. Unterdessen stieg die Sonne schnell höher
und höher, überschritt schließlich ihren Zenit, als er gerade einmal die Hälfte des Dorfes abgearbeitet hatte. Notgedrungen blieb
dem Fremden so nichts anderes übrig, als seine Taktik zu ändern:
Anstatt jedes Haus zu durchkämmen, ging er nun hastig durch die
Straßen, konzentrierte sich auf jene, die ihm ungewöhnlich vor-
kamen. Zum Beispiel das Gasthaus, dessen Türen und Fenster mit
Brettern vernagelt waren, eine Kapelle am Waldrand und den Friedhof daneben, wo man offenbar die Gräber geöffnet und die Särge
darin auf einem großen Scheiterhaufen verbrannt hatte; oder auch

eine etwas abseits gelegene Scheune. Alles recht vielversprechend, doch trotzdem wurde er an keinem dieser Orte fündig – eine Tatsache, die ihn allerdings nur noch mehr anspornte, seine Schritte noch weiter beschleunigte.

Schließlich erreichte der Fremde so ein kleines Haus in einer Seitenstraße. Er musste schon einige Male in der Nähe vorbeigekommen sein, hatte das unscheinbare Gebäude, das von Weitem kaum zu erkennen war, aber wohl bis jetzt übersehen – durchaus ein Versäumnis, unterschied es sich doch in *ganz erheblicher* Weise von den anderen umher: Die Fenster waren allesamt geschlossen, ebenso wie die schwere Eingangstür. Entsprechend herrschte im Inneren tiefe Finsternis, als er eintrat – wie gemacht für eine Kreatur, die das Licht scheute. Am vielversprechendsten allerdings war wohl die fest verschlossene Kellertür im hinteren Bereich des Hauses. Die Spuren auf dem Boden davor ließen klar erkennen, dass sie vor Kurzem erst bewegt worden war. Sein Herz begann schneller zu schlagen. Dies musste der Ort sein!

Schnell ging der Fremde durch das Gebäude und öffnete alle Türen und Fenster, ließ das schwindende Tageslicht hinein – es gab schließlich keinen Grund, auf den Vorteil zu verzichten, den ihm die Sonne gewährte. Dann konzentrierte er seine volle Aufmerksamkeit auf die Kellertür. Sie aufzubrechen, würde nicht einfach werden, so viel stand fest: Der Rahmen war mit Eisen verstärkt, schloss fast bündig mit dem beweglichen Teil aus dickem, harten Holz ab. Testweise rammte der Fremde mit seinem ganzen Gewicht dagegen, ohne den geringsten Effekt jedoch – nun, auf die Tür zumindest. Dahinter allerdings regte sich sofort etwas: Kratzen … Klappern … Seltsame Geräusche erklangen von dort unten, augenscheinlich als direkte Reaktion auf seinen Versuch, die Tür zu öffnen. *Etwas* war dort unten … oder *jemand* …

Eilig verbarrikadierte der Fremde also den Keller und machte dann eine Runde um das Gebäude, um etwaige Fenster zu suchen, die ihm den Einstieg oder seiner Beute die Flucht hätten ermöglichen können – erfolglos jedoch. Einerseits beruhigend natürlich, andererseits verkomplizierte es die ganze Sache aber auch. Er würde also wohl oder übel einen Weg finden müssen, die Tür zu öffnen. Kein einfaches Unterfangen: Die Scharniere waren in die Wand eingebettet und zumindest von seiner Seite unerreichbar; das Schloss zwar alt, aber an den wichtigen Stellen noch immer vollkommen intakt. Es gab keine Möglichkeit, irgendwo einen Hebel anzusetzen und die Tür aufzustemmen. Nachdenklich zog er schließlich sein Messer hervor und stocherte damit dann einige Zeit laienhaft im Schlüsselloch herum – ohne Kenntnis der richtigen Vorgehensweise allerdings ein ziemlich sinnloses Unterfangen, so schien es, weshalb er auch bald aufgab und stattdessen genervt gegen das Hindernis trat. Pah! Kaum zu glauben, dass nach all den Jahren der Suche und den Gefahren, die diese mit sich gebracht hatte, es nun eine gewöhnliche *Tür* war, die ihn vor ein unlösbares Problem stellte! So wie es aussah, würde ihn hier wohl nur rohe Gewalt weiterbringen – und es dauerte tatsächlich auch nicht lange, um das richtige Werkzeug dafür aufzutreiben: Nach einigem Stöbern entdeckte der Fremde in einer kleinen Kammer unter der Treppe nach oben Spitzhacke und Vorschlaghammer. Mit diesen wiederum brach er sich anschließend buchstäblich durch die Barrikade, schlug erst die Türplatte ein und riss dann das Schloss heraus. Alles andere als unauffällig natürlich, aber der Vampir sollte mittlerweile ohnehin bemerkt haben, dass jemand versuchte, sich Zugang zu seiner Zuflucht zu verschaffen.

Nach getaner Arbeit musste der Fremde erst einmal verschnaufen – nicht jedoch ohne sich jederzeit für einen Angriff bereit zu halten. Doch nichts dergleichen geschah. Zwar erklangen immer wieder Geräusche aus der Dunkelheit jenseits der Schwelle, leises Rascheln und Wimmern, doch sonst regte sich nichts. Vorsichtig trat der Fremde also näher. Sofort stieg ihm daraufhin der Geruch von Verfall in die Nase, ließ ihn zurückweichen. Offenbar lagerten dort unten Lebensmittel, die nun vor sich hin schimmelten und verfaulten, nur passend aber für die Kreatur, die sich dort unten versteckte.

Entschlossen stieg der Fremde als Nächstes die Stufen hinab, in einer Hand seinen Revolver, in der anderen die kleine Lampe, welche am Treppenabsatz gehangen hatte. Ihr Licht war schwach, doch besser als nichts. Jeden Moment rechnete er damit, dass der Vampir ihn aus der Finsternis vor ihm anspringen würde – unnötigerweise jedoch. Nur die bereits vertrauten Geräusche kamen ihm aus der schwarzen Wand entgegen: Rascheln … Wimmern … *Quieken*? Es dauerte nicht lange, dann hatte er auch schon den Fuß der Treppe erreicht, stand nun in einem niedrigen Raum vollgestopft mit zahlreichen Regalen, von denen viele bis zur Decke reichten. Mit seiner Ankunft dort war es plötzlich verdächtig still geworden, nichts regte sich … Er machte einen Schritt vorwärts, leuchtete in den Gang zu seiner rechten – und hörte daraufhin einen Laut hinter sich! Sofort wirbelte der Fremde herum, richtete den Lauf seiner Waffe auf den Ursprung … doch dort war nichts? Stattdessen erklang im selben Moment hinter ihm ein Geräusch, ließ ihn sich abermals blitzartig umwenden … Wieder vergebens jedoch. Etwas bewegte sich dort in der Dunkelheit, bloß zu schnell, als dass er es erfassen konnte! Seine Nerven nun zum Zerreißen gespannt stellte der Fremde die Lampe ab und griff nach seinem Schwert, trat einen Schritt zurück. Waren es mehrere? Wieder raschelte es aus einer anderen Richtung. War er in eine Falle getappt?! Wie als Antwort darauf spürte er als Nächstes, wie etwas an seinen Beinen vorbeihuschte! Die Vorhut! Jeden Moment musste der Angriff beginnen! Er machte sich bereit … aber nichts geschah. Stattdessen raschelte es mittlerweile in allen Ecken und man konnte leises Quieken hören, als ob der Keller selbst plötzlich zum Leben erwacht wäre!

Er seufzte. Ratten … Vermutlich hatte sie der Geruch angelockt, oder sie lebten schon immer dort, labten sich an dem reichen Buffet. Allerdings stellte sich natürlich trotzdem die Frage, ob sie die *einzigen* Bewohner dieses Kellers waren … Vorsichtig schlich der Fremde also hin und her, suchte sorgfältig den gesamten Raum ab, inspizierte die Regale, Schränke und vereinzelten Kisten. Dabei fanden sich zugegebenermaßen zahlreiche Ratten, aber leider kein Vampir – weswegen er auch bald wieder reichlich frustriert die Stufen hinaufstieg. Dort weiterzusuchen, war Zeitverschwendung; etwas anderes als Ungeziefer beherbergte der Keller offenbar nicht.

Wieder an der Oberfläche verfiel der Fremde nun schon ein wenig in so etwas wie milde Panik: Ihm lief die Zeit davon … Zwei, vielleicht drei Stunden Tageslicht blieben noch, dann würde die Sonne hinter den Bergen versinken, die Nacht sich wie ein Damoklesschwert über ihn senken. Entsprechend hektisch ging er daher auch in der Folge durch die Straßen. Welche Häuser sollte er durchsuchen, welche auslassen? Mit jeder Sekunde des Nachdenkens verging mehr und mehr der kostbaren Zeit! Immer schneller trugen ihn deshalb seine Beine durch die Straßen, sein Blick huschte zwischen den unzähligen Gebäuden hin und her, verharrte nur Sekundenbruchteile an einer Stelle. Schon zum dritten Mal machte er jetzt seine immer gleiche Runde durch das Dorf – doch dann! Plötzlich erstarrte der Fremde und stand einen Moment lang wie versteinert auf der verschneiten Straße, bevor er hastig ein Stück zurückging. Etwas in dem letzten Haus hatte sein Interesse geweckt. Was genau jedoch konnte er im ersten Moment nicht sagen. Auf den ersten Blick sah das Innere von besagtem Gebäude aus wie alle anderen um es herum: offene Türen und Fenster, eine Schicht Schnee, die durch diese hineingeweht worden war. Allerdings … Irgendwie schien der weiße Teppich auch teilweise seltsam *weit* in die Stube hineinzureichen. Schnell kam er näher – und tatsächlich! Wie eine Spur zogen sich immer kleiner werdende Häufchen von Eingang zu einer Treppe im hinteren Bereich, bedeckten sogar noch die ersten Stufen. Kein Zweifel, jemand musste dort entlanggelaufen sein! Ungläubig schüttelte der Fremde bei diesem Anblick erst einmal den Kopf. Seine Beute schien nicht einmal *versucht* zu haben, ihre Spuren zu verwischen, ließ all die Mühe, die er sich bei der Suche gemacht hatte, fast schon *lächerlich* überflüssig erscheinen. Unfassbar! Glaubte der Vampir tatsächlich, er hätte seinen Verfolger in den Bergen abgeschüttelt?! – Nun, falls ja, dann würde der nächste Schritt vermutlich einfacher werden als gedacht.

Wieder konnte der Fremde den Adrenalinrausch in sich anschwellen fühlen, das Pochen seines Herzens hören, wie es lauter und lauter wurde … Lautlos trat er wenig später, die Waffen gezückt, in das Zwielicht hinter der Pforte, ließ seinen Blick über das Innere des verlassenen Hauses schweifen … Doch nichts regte sich – keine Überraschung allerdings. Schon von außen hatte man immerhin recht deutlich erahnen können, wo *genau* sich der Blutsauger vermutlich versteckte: Bei einem einzigen Zimmer im Obergeschoss nämlich war das Fenster verdächtigerweise geschlossen gewesen.

Schnell schlich er also zur Treppe, stieg vorsichtig die Stufen hinauf, immer achtsam seine Anwesenheit nicht durch ein Ächzen der Dielen zu verraten. Dennoch … Irgendwie schien man seine Anwesenheit bemerkt zu haben, denn etwa nach der Hälfte des Aufstieges tauchten über ihm leise Schritte auf – nicht jedoch von jemandem, der panisch die Flucht ergriff, weswegen er seinen Weg auch mit unveränderter Geschwindigkeit fortsetzte. Fast quälend lange dauerte es so, bis er schließlich die Tür zu jenem Zimmer erreichte und diese sich mit einem jämmerlichen Quietschen öffnete.

Ein Bett, ein hoher Schrank, zwei Regale, mehr stand nicht in dem kleinen Raum dahinter. Er sah nicht weniger verlassen aus als der Rest des Hauses oder all die anderen Gebäude in der Stadt und doch erstarrte der Fremde im ersten Moment kurz, öffnete erschrocken die Augen. Jemand war hier! Ein leises, unterdrücktes Atmen erklang von irgendwoher, ließ sich aber nicht lokalisieren.

»Ich weiß, dass du da bist! Komm heraus, oder ich schieße!«, rief er daher als Nächstes drohend.

Wenn möglich wollte der Fremde es vermeiden, den Vampir noch weiter zu verletzen – vorerst zumindest. Lebende waren schließlich in der Regel gesprächiger als Tote oder Schwerverletzte. Doch man gab ihm keine Antwort. Stattdessen setzte das Atemgeräusch nur kurz aus – vor Schreck offenbar – kehrte jedoch bald wieder – nur um im nächsten Augenblick abermals zu verstummen, weil ein Schuss die fast perfekte Stille zerriss. Nur Sekundenbruchteile später brach die Kugel dann auch schon ein Loch in die Fensterläden auf der anderen Seite des Raumes, ließ einen schwachen Strahl des schwindenden Sonnenlichts die Dunkelheit erhellen. Ein Warnschuss – ohne den gewünschten Effekt allerdings.

»Komm heraus! *Jetzt*!«, verlieh der Fremde seiner Forderung deshalb noch einmal Nachdruck.

Aber wieder folgte nur Stille … Damit waren die Verhandlungen beendet. Ohne noch weitere Zeit zu verschwenden, schlug er nun die Tür bis zum Anschlag auf, ließ sie gegen die dahinterliegende Wand krachen. Gut, dahinter versteckte sich also schon mal niemand. Wie sah es unter dem Bett aus? Schon hallte ein weiterer Schuss an den Wänden wider und ein kleines Metallgeschoss verschwand in der Schwärze zwischen Rahmen und Bodendielen – ohne jedoch eine Reaktion hervorzurufen. Damit blieb nur noch der Schrank. Vorsichtig trat der Fremde also näher, vergewisserte sich noch einmal, dass es keine anderen Verstecke im Raum gab. Unnötige Vorsicht allerdings, denn nun, da er direkt davor stand, konnte er eindeutig sagen, dass das Atmen von dort drinnen kam.

Es folgte eine kurze Pause, eine letzte Chance für den Versteckten, sich zu ergeben, während sein Verfolger sich noch einmal stählte. Doch die Gelegenheit verstrich ungenutzt – stattdessen bohrte sich im nächsten Moment mit lautem Knall und darauffolgendem Krachen eine Kugel durch die Schranktür, etwa auf der Höhe, wo sich bei einem Menschen die Beine befinden mussten. Sofort war ein schmerzverzerrtes Stöhnen aus dem Inneren zu hören, dann flogen die Schranktüren auf und eine Person fiel heraus, stürzte ungebremst zu Boden. Dort angekommen wiederum begann sie sich dann vor Schmerzen zu winden und zu schreien, ihre charakteristischen, blutroten Augen deutlich erkennbar.

Blitzschnell, noch bevor sein Gegner richtig begreifen konnte, was überhaupt geschehen war, rauschte der Fremde nun auch schon heran, drehte diesen auf den Rücken und drückte den Blutsauger dann mit einem Fuß zu Boden. Gleichzeitig zeigte das Schwert in seiner einen Hand auf das Herz des Vampirs und der Revolver in der anderen auf dessen Kopf, machte klar, dass es kein Entkommen gab. Obwohl diese Vorsichtsmaßnahmen angesichts des *Zustands* seines Gegenübers zumindest im ersten Moment reichlich übertrieben zu sein schienen: Es handelte sich um eine dürre, ausgemergelte Gestalt mit blasser, fast grauer Haut und zerzausten, braunen Haaren. Die Kleider an seinem Leib konnte man nicht mal mehr als Lumpen bezeichnen. Ein Wunder eigentlich, dass er in diesem Zustand auf dem Weg über den Pass nicht erfroren war – ein bemitleidenswerter Anblick. Doch das würde zumindest den nächsten Schritt umso einfacher machen.

Drohend erhob der Fremde also seine Stimme, stellte als erstes jene Frage, die ihn bereits seit seiner Ankunft in dem Geisterdorf beschäftigte:

»Was ist hier passiert? Wo sind die restlichen Bewohner des Dorfes?«

Doch man gab ihm keine Antwort, stattdessen versuchte der Vampir nur noch energischer, sich zu befreien, stellte dabei nicht einmal für eine Sekunde Augenkontakt her. Erst als sich nur wenige Zentimeter von seinem Kopf entfernt mit lautem Knall eine Kugel in die Dielen bohrte, erstarrte er endlich und sah auf, schien erst jetzt die Anwesenheit des Fremden richtig bemerkt zu haben. Dieser wiederholte seine Frage daraufhin noch einmal:

»Wo sind die anderen Bewohner des Dorfes? Sprich!«

Wieder folgte darauf erst einmal nur Schweigen. Fast panisch sprang der Blick des Vampirs durch den Raum, während er offenbar große Schwierigkeiten hatte, die richtigen – oder besser überhaupt *irgendwelche* Worte zu finden. Es dauerte einige Sekunden, bis er etwas zur Ruhe gekommen war und schließlich zum Sprechen ansetzte, seine Stimme weinerlich und kraftlos, fast wimmernd:

»Si-Sie wollten … fliehen … aber d-der *der Meister* hat es nicht … nicht erlaubt! Alle tot! Alle getötet! Der B-B-Berg hat sie geholt!« Auf einmal weiteten sich seine Augen, fast als wäre ihm plötzlich etwas Schreckliches bewusst geworden, seine Stimme wurde lauter. »Nein! N-Nichts … nichts verraten! Der Z-Zorn des Meisters! Er sieht alles! ALLES!«

Der Fremde andererseits hob interessiert die rechte Augenbraue … *Meister*? Das klang vielversprechend …

»Wer ist dein Meister? Wo finde ich ihn?«, blaffte er seinen unfreiwilligen Gesprächspartner daher an, erhöhte noch einmal den Druck auf dessen Brust.

Allerdings war diese zusätzliche … *Überzeugungsarbeit* … offenbar reichlich überflüssig. Entgegen seinen vorausgegangenen

Worten zeigte sich der Vampir nämlich *erstaunlich* gesprächig, erwiderte sofort:

»Lebt auf dem S-Schloss … Beobachtet uns … Sieht *alles*! Hat mich … MICH auserwählt!« Seine Stimme verkümmerte zu einem Flüstern, ob aus reiner Ehrfurcht oder weil er fürchtete, dass allein der Klang dieses Namens unheilbringend war, ließ sich nicht sagen. »Den *G-G-Grafen* nennen sie ihn, Herrn aller Vampire! Unseren K-König! Sein Wille ist Gesetz … Widerstand zwecklos …« Ohne ersichtlichen Grund begann der Vampir zu lachen. »Hahahaha … Er wird kommen! Mich retten! Gleich … Gleich! Lauf, kleines Menschlein! *Lauf*!«

Er schien im ersten Moment recht überzeugt von dieser Tatsache zu sein, schon im nächsten jedoch schlug sein Gesichtsausdruck auf einmal zu einer todernsten, verzweifelten Miene um:

»Nein … Zwecklos … K-Kein Entkommen … Keine Gnade …«, wobei unklar blieb, ob es sich dabei um eine Warnung an seinen Gegenüber handelte oder doch bloß ein Selbstgespräch.

So oder so hörte ihm der Fremde aber nur mit einem Ohr zu, der Rest seines Verstandes ganz auf ein anderes Detail konzentriert, das einfach zu unglaublich erschien, um wahr zu sein … *Der Graf*?! Hier?! Er hatte sich eigentlich darauf eingestellt, für Jahre einer dünnen Spur aus Blut folgen zu müssen – von einem Vampir zum nächsten, vom Verwandelten zum Verwandler –, bis dieser Weg ihn schließlich zu jenem *einen* Blutsauger führen würde, der am Ende der Kette stand. Und nun das! Wie benommen starrte er eine Weile ins Leere, unfähig sein Glück zu begreifen, bevor seine Aufmerksamkeit schließlich notgedrungen wieder zu dem Vampir unter seinem Fuß zurückkehrte. Dieser war mit der Zeit offenbar unruhig geworden, versuchte nun immer energischer, sich zu befreien:

»Meister! MEISTER! Rettet mich!«, rief er heiser.

Sein Peiniger jedoch ließ nicht locker – immerhin waren aus dem Häufchen Elend vor ihm sicherlich noch einige weitere nützliche Informationen herauszubekommen:

»Wie viele von euch gibt es noch hier? Wo verstecken sie sich?

Auch auf dem Schloss?«, schrie er fast, um sich der Aufmerksamkeit seines Gegenübers zu versichern.

Vergebene Mühe jedoch: Offenbar hatte der Blutsauger mittlerweile gänzlich den Verstand verloren. Immer wieder rief er verzweifelt nach seinem »Meister« oder begann ganz plötzlich zu lachen, brach dazwischen in sinnloses Gebrabbel aus oder sprach in verstellten Stimmen mit sich selbst. Obwohl seine Verwandlung noch nicht lange her sein konnte, schien nichts mehr von dem Menschen übrig zu sein, der er einst gewesen war. Ein schreckliches Schicksal. Vielleicht noch schrecklicher als der Vampirismus an sich. Hier blieb nur eines zu tun: Mit einem schnellen Schwertstreich war es vorbei, sein Kopf rollte ein Stück und kam schließlich zur Ruhe, während sich der Boden darunter rot färbte. Einen Moment lang krampfte der Körper des Vampirs noch, erschlaffte dann jedoch schnell. Trotzdem war sein Gesicht – im Moment des Ablebens eingefroren – nicht von Schmerz oder Furcht verzerrt, sondern erschien vollkommen friedlich, fast dankbar. In diesem Fall kam der Tod wohl einer Erlösung gleich.

Mit einem tiefen Seufzen fiel der Blick des Fremden als Nächstes auf den dünner werdenden Lichtstrahl, der durch das Loch in den Fensterläden fiel. Draußen wurde es schon dunkel … Er fühlte einen Anflug von Müdigkeit, unterdrückte diesen jedoch mit einem trotzigen Schütteln seines Kopfes. Auch wenn er es vermutlich bitter nötig hatte, dies war nicht die Zeit, nicht der Ort dafür. Jeden Moment könnte schließlich eine ganze Armee von Vampiren über ihn hereinbrechen … und außerdem wartete dort oben, in dem steinernen Gemäuer, welches über dem Tal thronte, jenes Ziel auf ihn, dem er sein ganzes Leben verschrieben hatte: Rache – Nein! Rechtschaffene Vergeltung für das Leid, das ihm angetan worden war. Die Kindheit und Familie, die man ihm geraubt hatte! Dieser Gedanke allein reichte aus, um jegliche Müdigkeit zu vertreiben, ihn im Gegenteil umso wacher werden zu lassen.

Schnell verließ er also das Haus und trat auf die Straße, ging ein Stück, bis die Bergwand auf der gegenüberliegenden Seite des Tals in Sicht kam. Auch wenn die Gipfel darüber noch immer im letzten

Licht der sinkenden Sonne glühten, war die Burg, welche er zuvor gesehen hatte, doch bereits in der Dunkelheit versunken, ihre Umrisse schier untrennbar mit dem Berg verschmolzen. Nur in einem Zimmer des Gemäuers brannte Licht, stand wie ein Leuchtfeuer gegen das Meer aus Schwärze um es herum. So wie es aussah, führte ein Waldweg am Ende des Dorfes mehr oder weniger direkt darauf zu – trotzdem ein Weg von ein, vielleicht zwei Stunden. Der Fremde verlor deshalb auch keine Zeit mehr, ließ das Dorf eilig hinter sich und stapfte dann durch den Schnee, jener von ihm so lange herbeigesehnten Konfrontation entgegen.

FÜNFTES KAPITEL

Nun da sich die Nacht über das Tal gesenkt hatte, wirkte der zuvor so breite Waldweg plötzlich seltsam schmal. In dem wenigen Licht, das seine Fackel und der wolkenverhangene Mond spendeten, ließ sich nicht erkennen, was in der makellosen Schwärze jenseits der Büsche und Sträucher links und rechts lag. Fast wie ein enger Tunnel zwängte sich der Pfad zwischen den hohen Wänden aus Baumkronen hindurch, wechselte immer wieder unvermittelt die Richtung oder spaltete sich gar auf. Dank des immerzu sichtbaren, hell strahlenden Fixsterns an der Felswand war es jedoch trotzdem recht leicht, auf dem richtigen Weg zu bleiben. Es dauerte eine gute Stunde, dann begannen die Bäume umher auch schon kleiner zu werden, ihre Reihen sich zu lichten. Gleichzeitig setzte eine spürbare Steigung ein, der Boden fühlte sich härter an.

Bald unterbrachen nur noch ein paar wenige Büsche und Felsen die ansonsten makellose Schneedecke unter der sich zweifellos nackter Stein verbarg. Der Fremde war nun fast an seinem Ziel. Direkt vor ihm führte eine Serpentine den Hang hinauf, direkt zum großen Eingangstor der Burg, einem rechteckigen Gebäude mit Türmen in drei der vier Ecken und einem großen Balkon, von dem man das ganze Tal überblicken konnte, in der vierten.

Offenbar fürchteten sich die Bewohner nicht vor ungebetenen Besuchern, denn das Tor war unverschlossen und stand sogar einem Spalt weit offen, als er dort ankam. Eine Einladung vielleicht? Oder doch nur Unachtsamkeit? Ihn beschlich ein ungutes Gefühl. Wie viele Vampire versteckten sich neben dem Grafen wohl noch in dem Gebäude? Er musste auf der Hut sein.

Die Pforte war in einem guten Zustand und ließ sich geräuschlos öffnen, gerade weit genug, dass er hindurchpasste. Dahinter lag ein kleiner Hof, an dessen Seite sich mehrere Türen in der steinernen Mauer aneinanderreihten. Die meisten davon waren jedoch verschlossen oder festgerostet, schienen seit Jahren, vielleicht Jahrzehnten nicht bewegt worden zu sein. Nur das große Tor jenseits des Eingangs befand sich in einem besseren Zustand. Vorsichtig trat der Fremde also ein.

Als Nächstes fand er sich so in einer großen Halle wieder, wenn auch einer reichlich verlassenen. Jedwede Form von Mobiliar fehlte in diesem riesigen Raum; kein Fenster unterbrach das graue Mauerwerk. Stattdessen gab es nur nackte Wände und dazwischen Säulen aus schmucklosem Stein, die im Licht seiner Fackel lange Schatten warfen. Wie ein Kranz standen sie um einen freien Bereich in der Mitte, direkt vor dem Kamin dort. Einst musste hier das Zentrum des Burglebens gelegen haben, nun allerdings war davon nicht mehr viel zu erkennen. Offenbar nutzten die neuen Bewohner des Gemäuers diesen Ort nicht. Wenig überraschend deswegen auch, dass dort kein wärmendes Feuer brannte und nur einige Lampen umher ihr schummriges Licht spendeten. Sie schienen erst vor Kurzem aufgehängt worden zu sein, waren noch schwer von dem darin enthaltenen Öl. Eigentlich konnte das nur eines bedeuten. Erwartete man ihn etwa?! Obwohl, eigentlich war es wohl töricht zu glauben, dass man sich an einen derartigen Feind einfach so anschleichen könnte. Schnell ließ der Fremde am Eingang noch seinen Rucksack zurück, nahm nur das Nötigste mit, und wagte sich dann weiter vor.

Im hinteren Teil der Halle gab es zwei offene Türen, jeweils in einer Ecke des Raumes, hinter denen sich je ein Treppenhaus mit einer engen Wendeltreppe darin verbarg. Während der Fremde langsam zwischen den Säulen auf sie zuging, blickte er mehrmals zurück. Ihn beschlich ein ungutes Gefühl … Immer wieder schien es ihm, als würde etwas oder *jemand* im Zwielicht der Säulen neben ihm hin und her huschen. Schwer zu sagen jedoch, ob es nicht nur das Flackern seiner Fackel war, das diesen Eindruck erweckte, weil die Schatten dadurch immer wieder abrupt ihre Form änderten. Allerdings konnte er auch das unangenehme Gefühl nicht abschütteln, von irgendwo her beobachtet zu werden. Es schien, als würde ihm eine dunkle Präsenz auf Schritt und Tritt folgen. Bereiteten sich die Vampire vielleicht schon auf einen Angriff vor?! Würden sie sich jeden Moment auf ihn stürzen?! Angespannt umklammerte er angesichts dieser Vorstellung das Heft seines Schwertes, immer fester und fester, jederzeit bereit, einen möglichen Überraschungsangriff zurückzuschlagen. Doch nichts dergleichen geschah … Unbehelligt erreichte er den Treppenaufgang und sah sich noch ein letztes Mal um. Nein … Dort war niemand. Seine Sinne spielten ihm wohl einen Streich.

Das obere Stockwerk besaß offenbar die Form eines einzigen langen Ganges, der einmal im Kreis zwischen den vier Ecken des Gebäudes verlief. An den Seiten standen in regelmäßigen Abständen eiserne Türen und krude, quadratische Säulen, unterbrachen so immer wieder die glatten Steinwände. Auch dort hatte man Lampen aufgehängt, wenn auch offenbar schon vor wesentlich längerer Zeit. Dennoch gab es keine Anzeichen für die Anwesenheit irgendwelcher Wachen, um den Herr dieses Hauses vor möglichen Eindringlingen zu warnen. War der Graf wirklich in dieser Weise über jede Furcht erhaben? Nun, ihm sollte es recht sein. Hochmut kam schließlich vor dem Fall, so sagte die Volksweisheit.

Nachdem er sich orientiert hatte, öffnete der Fremde die Tür, die ihm am nächsten war, und spähte hinein. Ein leerer Raum, unbeleuchtet. An einigen Stellen konnte man auf dem Boden lange Kratzer erkennen, die von schweren Gegenständen stammen mussten, die hier vor langer Zeit hin und her bewegt worden waren. Durch ein großes, unverglastes Fenster wehte ein leichter Luftzug in die Kammer, Schnee sammelte sich unter dem Sims. Die meisten anderen Räume sahen ähnlich aus, nur in einem fand der Fremde mehrere Holzkisten und einige alte Möbel, erstere gefüllt mit Gegenständen des täglichen Gebrauchs: Besteck, Teller und Töpfe, Nadeln, Wollknäuel, Bürsten, Spielzeug. Alles davon schien sehr alt zu sein, begann zum Teil schon zu zerfallen. Seltsam, dass gerade solche Dinge hier zurückgelassen worden waren und man alles andere entfernt hatte.

Schnell war der Fremde an der Frontseite angekommen und seine Anspannung wuchs. Von hier hatte er aus dem Tal das Licht gesehen, hier *musste* also jemand sein! Doch seine Erwartung wurde zunächst enttäuscht: Hinter den ersten beiden Türen fand er erneut nichts als trostlose Leere vor, hinter der dritten allerdings … Dort gab die verwitterte Holzplatte sogleich den Blick auf einen hell erleuchteten Raum frei. Sofort zog der Fremde sein Schwert und sah sich um. Es gab einen Tisch mit einem Stuhl davor, zwei Schränke und sogar ein Bett. Zwar waren die Möbel heruntergekommen, doch zweifellos lebte in diesem Zimmer jemand – und tatsächlich ließ sich auch recht gut erahnen, um *was* für Kreaturen es sich dabei handeln musste: Mehr als verdächtig wirkten schließlich die eindeutig nachträglich angebrachten Läden vor den beiden Fenstern. Jede noch so kleine Ritze darin hatte man sorgfältig mit Stofffetzen abgedichtet und dann mit irgendetwas verklebt. Im Moment standen sie weit offen, in geschlossenem Zustand jedoch würde dieser Schutzschild zweifellos jegliches Tageslicht aussperren. Auch in den nächsten drei Kammern fand er dieselbe karge Einrichtung und einen vergleichbaren Sonnenschutz vor, keine Spur jedoch von ihren Bewohnern. Niemand versteckte sich dort in einer dunklen Ecke, unter den Betten oder in den Schränken – wobei Letzteres aber auch schwer möglich gewesen wäre, denn diese hatte man buchstäblich bis zum Überlaufen mit teuren Kleidungsstücken gefüllt; ein krasser Gegensatz zum Rest der Zimmer.

Schließlich erreichte der Fremde einen Raum, der augenscheinlich zu einer Art Küche umfunktioniert worden war: Um einen behelfsmäßigen Herd stapelte sich dreckiges Geschirr, die Feuerstelle war noch warm und auf einem Tisch standen mehrere Teller mit Essen darauf – Reste offenbar. Gerade wollte er eine Kostprobe davon nehmen, da erklangen plötzlich Schritte von draußen auf dem Gang und ließen ihn herumwirbeln. Schwert und Revolver in den Händen stürmte er wieder hinaus, bereit loszuschlagen! Von dem erwarteten Feind fehlte jedoch leider jede Spur. Hatte er sich das Geräusch nur eingebildet? Nein … Es bestand ja kein Zweifel, dass jemand außer ihm hier war! Sie versteckten sich bloß – aber tatsächlich hatte er auch schon eine recht gute Idee wo.

Ein Stück vor ihm war eine große, zweiflüglige Tür in die Wand eingelassen, gleichzeitig wurde der Korridor dort unvermittelt breiter, formte fast so etwas wie einen Vorraum. Noch viel auffälliger jedoch war etwas anderes: Einer der Türflügel stand einen Spalt weit offen, ließ so einen dünnen Lichtschein in den Korridor fallen. Eine Einladung womöglich? Oder doch nur Unachtsamkeit? Der Fremde konnte sich nicht erinnern, zuvor von dort Licht gesehen zu haben, jemand musste die Tür also gerade erst geöffnet haben. Entsprechend vorsichtig trat er daher näher. Schnell musste er so erkennen, dass sich diese Tür ganz erheblich von allen übrigen umher unterschied: Das Holz war neu, hatte noch nicht den üblichen, braungrauen Farbton angenommen, die Metallteile glänzten ihn blank poliert an und auch die Scharniere befanden sich im besten Zustand. Offenbar gerade erst frisch geölt gaben sie keinen Laut von sich, als er die Tür ein Stück öffnete, um vorsichtig einzutreten.

Jenseits der Schwelle wiederum fand sich der Fremde als Nächstes scheinbar in einer gänzlich anderen Welt wieder: Als wäre die Zeit in diesem *einen* Teil des Gemäuers buchstäblich stehen geblieben, stand er nun in einem hohen Raum, wie er prunkvoller nicht hätte eingerichtet sein können: Teure Teppiche und Möbel füllten jeden Zentimeter des Bodens aus, ein großer Kronleuchter an der Decke tauchte das Ganze in ein beinahe taghelles, warmes Licht. Prall gefüllte Bücherregale, Gemälde und Wandteppiche verbargen die unansehnlichen Mauern dahinter, marmorne Statuen flankierten den offenen Durchgang zu dem Balkon gegenüber des Eingangs, den man schon von außen hatte sehen können. Geradezu überwältigt von diesem Anblick wanderte der Blick des Fremden ungläubig von einer Kostbarkeit zur anderen. Dann jedoch ließ ihn plötzlich ein unnatürlicher Luftzug in seinem Nacken zusammenfahren. Hinter ihm! Sofort wirbelte er herum, griff schon nach seinem Schwert, doch … dort war niemand? Seltsam … Für einen Moment hätte er schwören können, einen alles durchbohrenden Blick in seinem Nacken zu spüren. Kalter Schweiß tropfte auf den Boden, sein Herzschlag wurde schneller, während er weiter den Prunk um sich herum mit den Augen erkundete.

Schnell fiel seine Aufmerksamkeit auf einen reich gedeckten

Tisch, der etwas abseits, direkt vor einem großen Kamin mit prasselndem Feuer darin stand. Auf den silbernen Tellern und Platten dort stapelte sich buchstäblich das Essen, glitzerte im Schein des nahen Feuers verführerisch. Es handelte sich um verschiedene Sorten gebratenen Fleisches und andere Köstlichkeiten: Pasteten und Würste, Eintöpfe und Suppen, selbst frisches Obst. An den beiden Enden des Tisches standen Stühle, einer davon eigentlich mehr ein Thron als ein gewöhnliches Sitzmöbel, mit gepolsterter Lehne, goldenen Einlagen und zahlreichen Schnitzereien. Gerade in Griffweite davon stand ein kunstvoll geformtes Glas mit einer auffälligen, roten Flüssigkeit darin – augenscheinlich Wein, obwohl es in Anbetracht der Umstände wohl ein anderes »Getränk« sein musste. Ja, hier war er richtig.

Langsam tastete sich der Fremde nun in den Raum vor. Das Gefühl des Unbehagens, welches er von dem Moment an gespürt hatte, da er über die Schwelle getreten war, wurde derweil immer stärker. Eine unheimliche, geradezu erdrückende Präsenz füllte den Raum im wahrsten Sinne des Wortes aus, machte selbst das Atmen schwer.

Schnell hatte er den Tisch erreicht, ließ seinen Blick noch einmal von Nahem über das Festmahl schweifen. Alle Speisen darauf waren frisch, an manchen Stellen dampfte das Fleisch sogar noch. Bis vor Kurzem musste noch jemand hier gewesen sein, ganz sicher! Doch wo waren diese Personen jetzt? Spielte man ein Spiel mit ihm? – Wie als Antwort darauf erklang plötzlich ein leises Klimpern aus einem anderen Teil des Raumes, ließ ihn zusammenzucken. Hektisch suchte der Fremde daraufhin die Umgebung nach dem Ursprung des unerwarteten Geräusches ab. Wo? Wo bloß war es hergekommen?! Doch er wurde nicht fündig. Nichts regte sich um ihn herum, nur das leise Prasseln des Feuers war zu hören. Verunsichert wanderte sein Blick schließlich zurück zum Tisch, die Hand um das Heft seines Schwertes ließ ein wenig locker. Was er dort allerdings sah, ließ ihn sogleich erschrocken die Augen aufreißen: das Weinglas! Eben noch mit jener roten Flüssigkeit gefüllt war es nun plötzlich leer, ein einziger Tropfen lief an der Seite herunter und befleckte die blütenweiße Tischdecke. Er war nicht allein! Kaum noch eine Überraschung daher, dass als Nächstes wie von Geisterhand und mit einem ohrenbetäubenden Knall die Tür hinter ihm zufiel, gefolgt von dem leisen Klicken des Schlosses.

Schon begannen seine Hände zu zittern – nicht vor Furcht jedoch, sondern vor Aufregung. Auf diesen Kampf hatte er sein Leben lang gewartet! Dennoch konnte der Fremde sich eines gewissen, mulmigen Gefühls nicht erwehren. Mit dem Zufallen der Tür war die unheimliche Präsenz, die auf dem Raum lastete, geradezu unerträglich geworden und die gespenstische Stille tat ihr Übriges. Sein Herz raste, pochte in seinen Ohren und drohte so, das Geräusch eines herannahenden Feindes zu übertönen. Doch glücklicherweise ließ dieser ohnehin auf sich warten. Seine Nerven zum Zerreißen gespannt, blieb dem Fremden so nur, den Raum zu sondieren und sich bereit zu halten. Nervös pendelte sein Blick hin und her. Wo könnte sich die mysteriöse Person versteckt halten? Auf den Bücherregalen? Vielleicht hinter einem der Möbelstücke? Möglicherweise auch auf dem Balkon? Oder hatte sie gar mit der zuschlagenden Tür den Raum verlassen, war geflohen? Er schüttelte schnell den Kopf angesichts dieses Gedankens. Nein, diese Art von Gegner würde nicht fliehen, besonders nicht vor einem Sterblichen wie ihm.

Immer wieder und wieder tastete der Fremde in den folgenden Minuten den Raum mit seinen Augen ab, konnte sich einfach nicht davon überzeugen, nichts übersehen zu haben – ohne Erfolg jedoch: Es gab keine verräterischen Schatten, die hinter den Möbeln hervorlugten, keine Schleifspuren auf dem Boden vor den Bücherregalen, welche die Anwesenheit eines geheimen Durchgangs angezeigt hätten, kein einziger Laut. Dann kam ihm ein Gedanke: War sein Gegner vielleicht unsichtbar?! Diese Vorstellung ließ seine Anspannung noch einmal wachsen, langsam aber sicher legte sich die Furcht wie eine eisige Kralle um ihn, lähmte seine Glieder und seinen Verstand gleichermaßen. Jede Faser seines Körpers schrie danach, das Weite zu suchen, Ausdruck blanken Instinkts. Doch der Fremde blieb standhaft, erduldete das Martyrium, dass jede Sekunde wie Stunden erscheinen ließ, dann … Plötzlich hörte er eine Stimme hinter sich, die ihm einen kalten Schauer über den Rücken jagte:

»Sucht Ihr jemanden, mein Freund?«

Sofort wirbelte er herum, seine Starre augenblicklich überwunden ... aber dort war niemand? Stattdessen erklang die Stimme noch einmal, jetzt aus einem völlig anderen Teil des Raumes:

»Ihr sucht nach mir, oder?«

Diesmal kam sie aus Richtung des Balkons und tatsächlich stand dort nun jemand vor dem Durchgang, der nach draußen führte. Seine blutroten Augen funkelten wie Sterne gegen die Dunkelheit außerhalb des Gemäuers.

Es handelte sich um einen schlanken, hochgewachsenen Mann mit kurzen, schwarzen Haaren, die sorgsam zurückgekämmt waren und so deutlich vereinzelte, graue Strähnen erkennen ließen. Seine Kleidung bestand aus einem schwarzen Hemd und einer schwarzen Hose mit filigranen, silbernen Stickereien darauf, darüber trug er eine graue Weste mit goldenen Knöpfen und einem aufwendigen Muster. Über seinen Schultern hing außerdem noch ein langer, fast schon übertrieben wirkender Umhang mit einem hohen Kragen, dessen Außen- und Innenseite jeweils tiefschwarz, respektive blutrot gefärbt waren. Das Gesicht des Unbekannten sah nicht sonderlich jung aus, genauso wenig alt, irgendwie zeitlos, auch wenn es hier und da eine Falte gab. Mit seinen scharfen, doch schmalen Zügen und der markanten, hakenartigen Nase vermittelte es sofort das Gefühl, mit jemand Wichtigem zu sprechen. Freundlich, fast gütig lächelte der Vampir den Fremden einen Augenblick an, bevor er erneut zu sprechen begann, seine Stimme kühl und ein wenig kratzig wie bei einem älteren, erlauchten Herrn, der von Kindesbeinen an gelernt hatte, jedes seiner Worte sorgsam auszuwählen:

»Ich muss schon sagen, *ziemlich* unverfroren von Euch, einfach so meinen Untergebenen zu töten!« Er wedelte mit dem Finger und schüttelte dabei leicht den Kopf. »Andererseits ...? Vielleicht sollte ich Euch auch dankbar sein? Mein kleines Spiel wurde ohnehin langsam langweilig und auf diese Weise muss ich mich nicht selbst um seine ... nun ...« Der Blick des Vampirs wanderte zur Decke, während er offenbar versuchte, ein möglichst verharmlosendes Wort zu finden »... *Entsorgung* kümmern. Ha! Oder besser kümmern lassen!« Offenbar erheiterte ihn dieser Gedanke, denn seine Brust hob sich zu einem einzelnen, tonlosen Lacher.

Zum Schein ließ sich der Fremde auf dieses makabre Gespräch ein, um seinen Gegenüber in Sicherheit zu wiegen, während er sich in eine günstige Position für den Angriff brachte:

»Welches Spiel?«, fragte er und versuchte dabei, möglichst interessiert zu wirken.

Offenbar war der Vampir aber nur *zu gern* bereit, auf diese Frage einzugehen:

»Oh! Eines meiner liebsten! *Wer enttarnt den geheimnisvollen Vampir?* Freut mich, dass Ihr so interessiert seid – kommt nicht oft vor ehrlich gesagt. Leider …« Seine Stimme klang fast schon ein wenig aufgeregt, während er fortfuhr. »Also: Man muss nur einen gewöhnlichen Menschen aus seinem ruhigen und langweiligen Leben reißen und ihn in einen Vampir verwandeln – das ist der erste Schritt.« Seine Augen rollten verächtlich, »Zuerst wird er natürlich versuchen, weiterzuleben wie bisher und seine Verwandlung einfach geheim halten, aber das hält niemand lange durch. Zumindest hat es bisher noch keiner mehr als ein paar Wochen geschafft. Und Ihr könnt mir glauben, dass ich dieses Spiel schon viele, *viele* Male gespielt habe! Was aber natürlich auch gut so ist, denn sonst wäre das Ganze ja *todlangweilig*!«

Die Miene des Fremden verdunkelte sich zusehends angesichts dieser lebhaften Beschreibung des Undenkbaren – was seinen Gesprächspartner allerdings nicht besonders zu stören schien. Im Gegenteil fand er offenbar großen Gefallen an dieser Reaktion und fuhr so mit wachsendem Enthusiasmus fort:

»Dann kommt der Punkt, an dem es lustig wird: Oh ho ho! Ich liebe diesen Teil! Mit jedem Tag, der vergeht, wird der Durst stärker und stärker, immer stärker; schließlich stark genug, um selbst den Willensstärksten zu brechen, sodass er über seine Mitmenschen herfällt. Herrlich!« Er lachte. »Vielleicht verwandelt unser Protagonist dann sogar noch ein paar mehr Leute? Mehr Spieler bedeuten immerhin auch mehr Spaß! Beim ersten Mal ist es übrigens nie ein Angehöriger, aber interessanterweise auch niemand besonders verhasstes, einfach irgendjemand, den man nur flüchtig kennt und dessen Verlust für einen selbst nur wenig Bedeutung hat. Verrät eine Menge über die *ach so* hochgelobte menschliche Moral, nicht wahr?«

Mittlerweile hatte sich der Fremde seinem Gegenüber mit kleinen Schritten bis auf gut zwei Meter Entfernung genähert, schloss langsam die Hand um das Heft seines Schwertes. Dem Vampir konnte diese Annäherung nicht entgangen sein, doch zeigte er sich gänzlich unbeeindruckt, erklärte stattdessen seelenruhig weiter:

»Am Anfang versteht natürlich niemand außer dem Täter selbst den Grund für die ebenso seltsamen wie plötzlichen Todesfälle in der Nachbarschaft. Zunächst werden diese üblicherweise auf irgendeine Krankheit oder einen seltsamen Aberglauben geschoben. Vielleicht macht man auch schlicht ein wildes Tier dafür verantwortlich …« Er rieb sich vergnügt die Hände. »Erst langsam, während sich die Leichen mit jeder Nacht höher stapeln, fangen die Leute schließlich an zu begreifen, was *wirklich* vor sich geht. Dann wird der Jäger plötzlich zum Gejagten – eine ganz und gar dramatische Wendung!« Genüsslich hoben sich seine Mundwinkel, bevor er in leises Lachen ausbrach. »Ohoho! Das Gesicht von Leuten, die feststellen, dass einer ihrer Familienangehörigen das halbe Dorf auf dem Gewissen hat! Köstlich!« Mit diesem Wort leckte sich der Vampir demonstrativ die Lippen, schien einen Moment lang buchstäblich den Geschmack der beschriebenen Situation auszukosten.

Der Fremde machte sich derweil zum Sprung bereit, peilte schon die Stelle an, wo er den Kopf des Monsters vor ihm vom Hals trennen würde. Vermutlich wäre er im nächsten Moment losgestürmt, hätte diese Sache endlich zu Ende gebracht, doch dann fiel ihm auf, dass sein Widersacher tatsächlich aufmerksam jeder seiner Bewegungen zu folgen schien. So hielt er vorerst noch inne, wartete noch auf den richtigen Moment.

»In letzter Zeit hat das Spiel allerdings etwas an seinem Reiz verloren, muss ich zugeben. Die Menschen sind heutzutage so seltsam … *konfliktscheu*. Wenn früher auch nur der *Verdacht* bestand, dass sich unter ihnen ein Vampir versteckt, haben die Leute sofort ihre Fackeln und Mistgabeln hervorgeholt und jede Spur verfolgt, um den *großen, bösen Blutsauger* aufzuspüren. Unnötig zu sagen, dass dabei natürlich auch hin und wieder … *Fehler* passieren, ein Unschuldiger auf offener Straße gepfählt, verbrannt, ertränkt, viergeteilt oder lebendig begraben wurde – ach es gibt ja so viele Methoden! Manchmal sind es gar die nächsten Verwandten, die dem Spuk mit einem Pfahl oder einer Axt ein Ende machen. Wunderbar! Blut, Schweiß und Tränen, wie im Theater – nur dass es *echt* ist! Die Realität schreibt doch immer noch die besten Dramen! In diesem Fall hier allerdings …«

Mit einem resignierten Kopfschütteln trat der Vampir ein Stück in den Raum hinein, sodass er einen Blick auf das in Dunkelheit versunkene Tal werfen konnte, ohne dem Fremden dabei seinen Rücken zuzukehren.

»Als die Leute dort unten erfuhren, *wer* ich bin, hat das gesamte Dorf vom einen auf den anderen Moment die Koffer gepackt und ist geflohen, müsst Ihr wissen. Kaum zu glauben!« Er verstellte verhöhnend seine Stimme. »Der Graf! Der Graf! Rette sich wer kann! – Pah! Feiglinge!« Ein erheitertes Kichern drang aus seinem Mund. »Allerdings sind sie damit nicht besonders weit gekommen. Wegrennen verstößt schließlich gegen die Spielregeln! Gut möglich, dass ich bei der Lawine, die sie alle zusammen begraben hat, ein ganz *klein* wenig nachgeholfen habe? Kein besonders zufriedenstellendes Ende natürlich. Doch dann, gerade als ich dachte, das Spiel wäre schon vorbei: Plötzlich stellt sich heraus, dass es da einen kleinen Pass gibt, von dem niemand weiß, und schon hat mein kleiner Vampir einen neuen Spielplatz. Auf dem es zu allem Überfluss auch noch einen Werwolf gibt, der natürlich zuerst für die Todesfälle verantwortlich gemacht wird! Ha! Deswegen liebe ich dieses Spiel so. Man weiß einfach *nie*, was passieren wird.«

Ein Spiel?! Die Art und Weise, wie der Graf dieses Wort immer wieder und wieder verwendete, um seine unaussprechlichen Taten harmlos, gar unschuldig erscheinen zu lassen, versetzte den Fremden zunehmend in Rage. Er hatte viel über die Gräueltaten des Grafen gehört, doch sie nun aus erster Hand zu hören, war noch um ein

Vielfaches verstörender. Der Vampir schien den Schmerz und das Leid, das er über die Menschen brachte, die unzähligen verlorenen Leben, lediglich als Werkzeuge zu seiner Unterhaltung zu sehen. So musste es damals auch bei seinem Dorf gewesen sein! Dieser Gedanke allein machte es ihm schwer, sich zu beherrschen, nicht sofort loszupreschen, doch er musste sich gedulden, den richtigen Moment abwarten. Auch wenn dieser auf sich warten ließ. Wann immer er versuchte, seinem Gegenüber näherzukommen, hielt ihn dieser mit einem durchdringenden Blick auf Abstand, nur um sofort wieder abgelenkt zu wirken, sobald er sich entfernte. Fast war es, als spielte man mit ihm, wie eine Katze mit einer gefangenen Maus. Vermutlich diente das Ganze dazu, ihn zum Zuhören zu zwingen, ein Publikum für diese Zurschaustellung blanken Wahnsinns zu schaffen. Wohl oder übel musste er sich wohl noch ein wenig länger darauf einlassen.

»Und dann kommt *Ihr* daher! Tötet einfach so erst den Werwolf und dann auch noch meinen armen Vampir! An einem einzigen Tag! Euch ist schon bewusst, dass Ihr ein ganz gewaltiger *Spielverderber* seid, oder?« Die Enttäuschung stand dem Grafen ins Gesicht geschrieben. »Außerdem ...«

Plötzlich war es so weit: Unvermittelt wandte sich sein Gesprächspartner um, wollte wohl auf etwas in der Nähe des Tisches deuten. Der Fremde wiederum sah sofort seine Chance gekommen: Kaum waren die leuchtend roten Augen des Vampirs hinter dessen Kopf verschwunden, da stürmte er auch schon los, entfesselt wie eine Bogensehne. Bloß dass es kein *Pfeil* war, den er dem Monster vor sich entgegen sandte, sondern kalter, messerscharfer Stahl! Unaufhaltsam schnellte die Klinge als Nächstes dem Hals des nichts ahnenden Vampirs entgegen, hatte diesen in Sekundenbruchteilen erreicht und ließ den Sieg so schon fast sicher erscheinen – doch dann! Im letzten Moment, als das Schwert quasi schon seine Haut berührte, vollführte der Graf auf einmal eine blitzschnelle Bewegung und entging so dem todbringenden Streich. Er schien von diesem plötzlichen Angriff derweil nicht im geringsten Maße überrascht zu sein, seufzte nur, bevor er den Anschlag auf sein Leben unbeeindruckt kommentierte:

»Ah ja, kommen wir zum *eigentlichen* Grund Eures Besuches. Ihr seid hergekommen, um mich zu töten, nicht wahr? Hat lange keiner mehr versucht, ehrlich gesagt. Ich bin schon *so* gespannt, was Ihr Euch ausgedacht habt. Ich weiß noch, einmal hat ein *äußerst* einfallsreicher Herr versucht, mich mitsamt meinem ganzen damaligen Wohnsitz in die Luft zu sprengen! Ohh … Sein Tod war höchst schmerzhaft … Von der Explosion in kleine Stückchen gesprengt …« Er seufzte nostalgisch und breitete dann demonstrativ seine Arme aus. »Nun gut, dann versucht mal Euer Glück!«

Sein Kontrahent ließ sich das nicht zweimal sagen: Mit einem Schrei stürmte der Fremde als Nächstes auf ihn zu, sein Schwert in der einen Hand, ein kleines, silbernes Kreuz in der anderen. Wie einen Schild hielt er das Kleinod vor sich und versetzte dem Grafen dabei mehrere schnelle Hiebe. Dieser jedoch wich den Angriffen geradezu mühelos aus, tänzelte mit ebenso dramatischen wie ausladenden Bewegungen zwischen der Klinge hin und her. Im ersten Moment schien ihn dieses ungleiche Duell noch einigermaßen zu unterhalten, erkennbar an den zahlreichen vergnügten Grimassen, die er beim Ausweichen schnitt, den spöttischen Kommentaren, die er abgab:

»Oh! Knapp, knapp!«

»Ausgezeichnete Klingenführung, mein Freund!«

»Fast! Nur ein *Stückchen* weiter nach links …«

»Noch einmal! Ja, *genau* so!«

Bald jedoch schlug sein Gesichtsausdruck in Enttäuschung um, seine Bewegungen wurden weniger übertrieben:

»Verzeiht, aber … ist das wirklich … *alles*?«, fragte er und warf dem Fremden einen spöttischen Blick zu.

Dieser jedoch reagierte gar nicht darauf, versuchte weiter verzweifelt, den Teufel vor ihm irgendwie mit seinem Schwert zu erreichen, schlug wie im Wahn um sich – bis ihn plötzlich ein Faustschlag mitten ins Gesicht trat und mehrere Meter rückwärts durch das Zimmer fliegen ließ. Klirrend fielen Schwert und Kreuz derweil zu Boden, schlitterten ein Stück und kamen dann neben ihm zur Ruhe, während sein Hut unweit seiner ursprünglichen

Position landete. Sofort griff er nach seinem Revolver, drückte noch am Boden liegend und ohne richtig zu zielen ab … Doch nichts geschah?! Nur ein leises Klicken erklang, aber kein Knall der gezündeten Ladung, kein Geschoss verließ den Lauf. Er brauchte nur einen Moment, um festzustellen, dass diese Fehlfunktion offenbar auf das Fehlen von Patronen in der Trommel zurückzuführen war. Unmöglich! Er hatte doch am Eingang des Gemäuers noch einmal überprüft, ob seine Waffe geladen war?! Hatte man ihn entwaffnet? Aber *wie*?!

Bevor der Fremde auch nur versuchen konnte, sich einen Reim auf diese verstörende Tatsache machen, erhielt er allerdings schon von anderer Seite eine Antwort: Beiläufig öffnete der Graf, der mittlerweile am Tisch vor dem Kamin stand und gerade nach einem Apfel griff, seine linke Hand, ließ so einen Regen von Patronen neben sich niedergehen:

»Also … Wie soll ich das sagen? Vielleicht ist Euch das nicht bewusst gewesen, aber für *gewöhnlich* haben die Leute, die mich töten wollen, sich zu diesem Zweck irgendeinen aberwitzigen Plan ausgedacht. Ich finde es immer wieder erstaunlich, auf was für Ideen die Sterblichen dabei kommen. Was also ist *Euer* Plan? Ihr seid doch wohl kaum *ohne* einen hierhergekommen, oder? Das wäre immerhin ziemlich enttäuschend! Nun rückt schon damit heraus!«, höhnte er.

Derweil griff der Fremde kommentarlos in seine Tasche. Dort hatte er eine kleine Flasche mit Weihwasser verstaut. Das Gefäß war speziell geformt, stabil beim Transport, jedoch auch fähig bei einem Aufprall unmittelbar in tausend Stücke zu zerspringen – sein letzter Trumpf. Während er sich mühsam aufrichtete, zog er diesen nun hervor, versuchte, das Gefäß so lange wie möglich mit seinem Körper zu verbergen, bevor er weit ausholte, um es seinem Widersacher entgegenzuschleudern. Wie lange die gesegnete Flüssigkeit den Vampir in Schach halten würde, ließ sich nicht sagen. Hoffentlich lange genug, damit er sein Schwert greifen und dieses dem Blutsauger durch die Brust stoßen konnte. Objektiv gesehen kein schlechter Plan, doch leider sollte dieser jäh scheitern: Als Hand und Flasche nämlich den höchsten Punkt des Wurfbogens erreicht hatten, er gerade den Griff lockern wollte, zerbarst ihm das Glas plötzlich einfach ohne ersichtlichen Grund zwischen den Fingern! Ein Ereignis, das der Graf nur mit einem spöttischen Kommentar würdigte und dann genüsslich in den Apfel in seiner Hand biss.

»Oh, Verzeihung, war das wertvoll?«

Der Fremde allerdings hörte das gar nicht mehr, fiel stattdessen geschlagen auf die Knie. Unglaublich, dass er nach all den Jahren, in denen er sich vorbereitet, jede Schwachstelle seines Gegners studiert hatte, nun doch so *vollkommen* hilflos dastand. Nicht im Traum hätte er geglaubt, dass all die Geschichten, welche den Grafen als schier unbesiegbar darstellten, ohne jene Schwächen seiner Artgenossen, tatsächlich wahr sein könnten. Das hieß … Nein … Er hatte sie einfach nur nicht glauben *wollen*. Das hätte schließlich bedeutet, dass seine Mission, sein ganzer Lebensinhalt, kaum mehr als ein unerreichbarer Traum gewesen wäre. Diese bittere Realität hatte ihn hier aber letztendlich doch noch eingeholt, so schien es …

Eine Weile stand der Graf nun einfach nur da, beobachtete den Fremden erwartungsvoll, während er nach und nach den Apfel in seiner Hand aß. Offenbar ging der Vampir zunächst davon aus, dass sein Kontrahent noch immer ein Ass im Ärmel hatte, sich in dessen Taschen noch weitere Überraschungen verbergen würden. Schließlich jedoch warf er den Rest seiner Mahlzeit in das nahe Feuer und setzte eine beinahe mitleidige Miene auf:

»Hmm …« Er legte nachdenklich eine Hand an sein Kinn. »Nun, das ist neu … Ihr habt gar keinen Plan, oder? Nur mit Eurem Mut bewaffnet seid Ihr hergekommen und wolltet Euch einem übermächtigen Feind stellen, triumphieren, wo so viele vor Euch gescheitert sind – *sehr* viele … Dumm nur, dass Mut nicht gerade eine besonders effektive Waffe ist. Man kann damit immerhin niemand erstechen, niemandem den Kopf abschlagen oder den Bauch aufschlitzen. Insofern bin ich mir nicht sicher, ob ich Euch tapfer oder einfach nur naiv nennen sollte – oder gar *dumm*?« Sein Brustkorb hob sich zu seinem einzelnen, tonlosen Lacher. »Nun, am Ende ist es egal. Unser kleines … Geplänkel hat trotzdem Spaß gemacht, solange es dauerte. Das ist die Hauptsache. Und was meinen Preis als Sieger angeht … Warum besprechen wir das nicht bei einem kleinen Spaziergang?«

Unfähig, Gegenwehr zu leisten, da ihn in diesem Moment aller Mut verlassen hatte, wurde der Fremde als Nächstes am Kragen gepackt und auf den Balkon geschleift, wobei der Vampir leise vor sich hin pfiff. Wenig später baumelte er dann auch schon über dem Abgrund, unter ihm nur Schwärze. Zweifellos war es von dort ein ebenso langer wie tödlicher Weg nach unten. Ein letztes Mal sah der Graf ihm ins Gesicht, die Furcht einflößenden, blutroten Augen schienen ihn regelrecht zu durchbohren, beinahe als ob sie in die tiefsten Tiefen seiner Seele blicken könnten. In einem letzten Akt des Trotzes antwortete der Fremde darauf mit einem zutiefst hasserfüllten Blick, spie dem Blutsauger so seine ganze Abscheu entgegen – was sogleich eine seltsame Reaktion hervorrief. Fasziniert hob der Graf seine linke Augenbraue.

»Dieser Blick … Er ist irgendwie anders … Nicht so verzweifelt wie die Glücksritter, die sich mit ihrem Sieg über mich einen Namen machen wollen und plötzlich erkennen müssen, dass es eine *sehr* dumme Idee war, mich herauszufordern. Aber auch nicht so selig wie die *oh so* Rechtschaffenen, die sich mir nur stellen, um die Welt zu einem besseren Ort zu machen … Und die, wenn sie auch gescheitert sind, einem Lohn für ihren Kampf gegen das Böse entgegenfiebern, der sie im nächsten Leben erwartet. Hmm …« Nachdenklich schloss er kurz die Augen, als läge ihm die Antwort auf der Zunge. »Diese süße Emotion … Wie heißt sie doch gleich? – Ah! Der Hass!« Seine Stimme wurde ungewohnt ernst. »Dies hier ist eine *persönliche* Angelegenheit, nicht wahr? Helft mir auf die Sprünge … Wenn habe ich umgebracht? Freunde, Familie, Freunde der Familie? Oder doch alle drei?« Er lachte leise. »Oh ich weiß! Gab es da nicht ein kleines Dörfchen, idyllisch gelegen am einen kleinen Wald …? Ich hatte geglaubt, wenn ich es niederbrenne, würde das die anderen Leute umher vielleicht wachrütteln, sie dazu bringen, ihre Fackeln und Mistgabeln hervorzuholen … Aber nein, ich habe es ja schon erzählt, alles Feiglinge heutzutage. Stattdessen haben sie sich verkrochen und kein Wort mehr darüber verloren!«

Es ließ sich nicht sagen warum, doch offenbar hatten die Erinnerungen an seine Gräueltaten einen Denkprozess im Verstand des Vampirs in Gang gesetzt. Seltsam abwesend blickte er eine Zeit lang in die Nacht hinaus und ging dabei mit dem Fremden in seiner Hand zu einem anderen Teil des Balkons, nahe an der Wand des Gemäuers. Dort angekommen schließlich begann der Graf wieder zu sprechen, schüttelte den Kopf.

»Ich mag Euren Blick … So voller Hass, voller Rachedurst.« Er zuckte mit den Schultern. »Wirklich schade, dass Ihr Euch nicht ein ganz klein wenig mehr angestrengt habt – Ihr hättet es *wirklich* schaffen können! *Wirklich*! So allerdings … bleibt mir leider nichts anderes übrig, als mich zu verabschieden …« Ein diabolisches Grinsen huschte über sein Gesicht. »Guten Flug, mein Freund!«

Mit diesen Worten ließ er sein Opfer plötzlich fallen, überantwortete es der Schwerkraft. Während der Fremde zu stürzen begann, konnte er noch ein leises, gackerndes Lachen hören.

Zwar dauerte der Sturz nur Sekunden, doch im Meer der Finsternis, wo es nichts außer Schwärze gab, kam es dem Fremden trotzdem wie eine Ewigkeit vor. Er fiel und fiel, als würde die Zeit stillstehen – bis es plötzlich einen ebenso schmerzhaften wie unerwarteten Zusammenprall gab: Sein Becken stieß unsanft mit etwas zusammen, dann seine Schulter, dicht gefolgt von seinem linken Bein. Im nächsten Augenblick wurde der Fremde auch schon von einer unbekannten Macht wild hin und her geschleudert. Brust, Beine und Schultern machten wiederholt Bekanntschaft mit einem unbekannten Objekt und ließen ihn sich wild überschlagen. Oben und unten, links und rechts, nichts davon ließ sich noch eindeutig zuordnen. So ging es eine ganze Weile, bis ihn schließlich ein heftiger Schlag auf den Kopf das Bewusstsein verlieren ließ …

SECHSTES KAPITEL

Es war schon hell, als er wieder erwachte. Wo jedoch war ihm nicht sofort klar. Blattlose Äste und Zweige wippten sanft über ihm im Wind, verdeckten immer wieder, nur für einen Augenblick, die Sonne, welche schon hoch am Himmel stand. Vögel zwitscherten in der Ferne ... Langsam kam der Fremde wieder zu sich, begraben unter einer Ansammlung dünnen Gezweigs. Alle seine Glieder schmerzten, waren wie taub von der Kälte, aber offenbar war nichts gebrochen. Irgendwie hatte er überlebt ... Doch wie? Er brauchte nicht lange, um die Antwort darauf zu finden: Im Tageslicht konnte man nun klar erkennen, was ihm zuvor in der Dunkelheit verborgen geblieben war: Direkt unter dem Balkon wuchs ein großer Baum und reckte sich beinahe zwei Drittel des Weges vom Boden bis zu der breiten Öffnung in der Steinwand empor. Anhand der abgebrochenen und abgeknickten Äste ließ sich recht gut sein Weg nach unten nachvollziehen. Unfassbar! Durch einen glücklichen Zufall hatte der Graf ihn offenbar just an jener Stelle fallengelassen, wo das Geäst am dichtesten war und so die Wucht des Sturzes am besten hatte abfedern können – aber halt ... Würde jemand, der schon länger dort lebte und deshalb eigentlich von der Pflanze wissen müsste, wirklich einen solchen Fehler machen? Noch dazu jemand, der im Dunkeln hervorragend sehen konnte? Hatte man nicht einmal einen Blick auf die Leiche geworfen, sich vom Tod des Eindringlings überzeugt? Anscheinend nicht ...

Immer noch verwirrt über seine wundersame Rettung setzte sich der Fremde schließlich auf und bemerkte dabei im Augenwinkel, wie etwas neben ihm die Sonne reflektierte, wand sich daraufhin um. So fand er als Nächstes seine gesamte Ausrüstung fein säuberlich im

Schnee neben sich aufgereiht vor: Schwert, Revolver, Hut, selbst das kleine Silberkreuz und seine Tasche, die er am Eingang der Burg zurückgelassen hatte. In diesem Moment wurde jene Vermutung, die schon vor einiger Zeit in einer fernen Ecke seines Verstandes aufgekeimt war, augenblicklich zur Gewissheit: Nicht Glück oder das Schicksal hatten ihn gerettet – er war verschont worden! Warum allerdings konnte sich der Fremde beim besten Willen nicht erklären. Obwohl … Vermutlich war es überhaupt nicht die Mühe wert, im Handeln eines Verrückten, was der Graf ja zweifellos war, einen tieferen Sinn zu suchen …

Schon kehrten die Erinnerungen an die vergangene Nacht wieder lebhaft zurück, um dies zu bestätigen, ließen ihn im Zorn über sein Versagen wütend die Faust in den Schnee schlagen. Dann allerdings überkamen ihn schnell Verbitterung und Mutlosigkeit. Er hatte versagt, war in jedweder Hinsicht besiegt worden, noch dazu von jenem *einen* Feind, den zu bezwingen er sein ganzes Leben verschrieben hatte. Bei diesem Gedanken spürte er sofort, wie sich ein geradezu bleiernes Gefühl von Sinnlosigkeit über sein Gemüt legte. Vielleicht … vielleicht war sein großes Ziel, sein einziger Lebensinhalt ja von vorneherein unerreichbar gewesen? Zumindest für einen Sterblichen wie ihn? Kaum mehr als ein naives Hirngespinst, eine leere Hoffnung? Immerhin stand den zahlreichen Geschichten, die von der Bosheit und der schieren Unbezwingbarkeit des Grafen erzählten, keine einzige gegenüber, die von einer Schwäche berichtet hätte.

Kurz stand der Fremde davor, gänzlich zu verzweifeln, sein Blick schweifte leer über das Tal – dann jedoch keimte plötzlich ein Hoffnungsschimmer in seinem Verstand auf: Nein! Nur weil es bisher noch niemandem gelungen war, eine Schwäche des Grafen zu finden, musste dies nicht heißen, dass es auch tatsächlich keine gab! Wie viele Geheimnisse dieser Welt waren den Menschen schließlich über Jahrtausende verborgen geblieben, bis sie jemand entdeckt hatte? Ja! Er würde einen Weg finden, den Grafen zu bezwingen, das schwor sich der Fremde. Egal wie lange es auch dauern würde! Der Blutsauger sollte noch bitterlich bereuen, ihn verschont zu haben!

Dennoch ... Trotz dieses Versprechens an sich selbst begann von diesem Tage an auch der Zweifel an jenem Kampfgeist zu nagen, der zuvor so lange ungebrochen geblieben war.

In den folgenden Monaten zog der Fremde nun erst einmal ziellos durch das Land, ging weiter seinen üblichen Geschäften nach. Aus irgendeinem Grund konnte er sich nicht davon abhalten, weiter übernatürlichen Vorkommnissen hinterherzujagen, auch wenn es nun ja eigentlich gar keinen Grund mehr dafür gab. So sehr war ihm diese Arbeit über die Jahre offenbar in Fleisch und Blut übergegangen, dass er nicht einmal mehr darüber nachdachte, wenn ihm irgendwo ein Gerücht zu Ohren kam. Häufig steckte er so schon mit beiden Beinen in einer neuen Angelegenheit, bevor ihm klar wurde, dass er doch eigentlich seine Zeit verschwendete. Obwohl ... Wenn er damit anderen ein ähnliches Schicksal ersparen konnte wie sein eigenes, war ihm das die Arbeit eigentlich fast schon wert.

Auf seiner Suche nach einem Weg, den Grafen zu töten, kam der Fremde unterdessen einfach nicht weiter, war doch nicht einmal klar, wo er beginnen sollte. Nachts quälten ihn deshalb dunkle Träume, raubten ihm den Schlaf. Immer wieder und wieder erschien das Gesicht des Grafen vor ihm und verhöhnte ihn, während die Ereignisse jener Nacht erneut ihren Lauf nahmen, jedes Mal mit demselben bitteren Ergebnis. Frühling und Sommer kamen und gingen auf diese Weise und bald zeigten sich die Wälder in ein Meer herbstlicher Farben gekleidet. Der Fremde war zu dieser Zeit im Norden des Kontinents unterwegs, weit weg von den hohen Bergen des Südens. Es war ein seltsames Gerücht, das ihn dorthin geführt hatte, in jenes Land voller Moore und Sumpfgebiete: Man erzählte sich, dass dort des Nachts ein geisterhafter Reiter aus dem Morast emporsteige, und scheinbar wahllos Jagd auf die Bevölkerung einiger Dörfer machte. Natürlich konnte der Fremde dies nicht auf sich beruhen lassen.

Kurz vor der Dämmerung kam endlich eine Gemeinde in Sicht – oder besser ihre Lichter. Viel mehr konnte man durch die dichten

Nebelwände, die mit den letzten Sonnenstrahlen aus den Sümpfen umher aufgezogen waren, nicht mehr erkennen. Man fühlte sich auf dem langen, schnurgeraden Feldweg wie in einem Tunnel, umgeben von unheimlichen weißen Wänden, die selbst zwischen den Häusern nur wenig von ihrer Dichte einbüßten. Dort stand das einzige Gasthaus in der näheren Umgebung, ein sicherer Hafen für Wanderer, ob sie sich nun verirrt hatten oder nur auf der Durchreise waren. Dennoch zeigten sich die Leute dort über den abendlichen Besucher schon etwas verwundert. Vermutlich waren Gäste, besonders von außerhalb, selten geworden, seit der Reiter seine Schreckensherrschaft begonnen hatte. Trotzdem ließ die Gastfreundschaft der Menschen nichts zu wünschen übrig. Vermutlich hätten sie dem Fremden sofort bereitwillig einige Fragen zu den jüngsten Ereignissen beantwortet, doch er war zu erschöpft, um gleich mit der Suche nach Informationen zu beginnen, hatte seit einer Woche kein richtiges Bett gesehen. Entsprechend war sein Schlaf tief und traumlos in dieser Nacht, zudem ausnahmsweise frei von den üblichen Albträumen.

Am nächsten Morgen waren die dichten Nebelschwaden verschwunden und offenbarten, was hinter ihnen lag: Etwas erhöht schlängelte sich der Feldweg auf einem Damm durch die Landschaft, daneben lag auf beiden Seiten das Moor: Große Pfützen waren von dunkelgrünen Gräsern gesäumt, dazwischen gab es immer wieder Bereiche, die wie Inseln anmuteten. Der Boden schien dort fester zu sein und erlaubte so auch größeren Pflanzen wie Bäumen das Wachstum. Eigentlich ein recht friedlicher Anblick …

Die Leute zum Sprechen zu bringen war derweil nicht sonderlich schwer, denn die meisten nahmen offenbar an, dass der Fremde völlig unwissend bezüglich der schrecklichen Vorgänge in ihrer Mitte war – nachvollziehbar allerdings. Es wäre ihnen wohl verständlicherweise nicht im Traum eingefallen, dass jemand gerade *deswegen* gekommen sein könnte. Pflichtbewusst informierten sie den armen Tor also, wo er da hineingeraten war, immer mit dem abschließenden Hinweis, doch am besten *schleunigst* das Weite zu suchen, wenn ihm sein Leben lieb wäre.

In der Gegend gab es eine uralte Legende, die von einer Kreatur erzählte, die nur »Der Moorkönig« genannt wurde. Es handelte sich dabei um einen geisterhaften Reiter ohne Kopf, der nach Einbruch der Nacht aus dem Moor emporstieg und ziellos auf seinem Geisterpferd durch den Nebel galoppierte. Eine unheimliche Erscheinung, keine Frage, allerdings war in der Geschichte seltsamerweise nie die Rede davon gewesen, dass er irgendjemanden verletzt hätte. Sein Schrecken ging stattdessen vielmehr von seiner bloßen Anwesenheit aus, die zumindest in den letzten Jahrhunderten zudem reichlich rar geblieben war – oder besser: nicht existent. Tatsächlich konnte sich niemand erinnern, auch nur jemanden *gekannt* zu haben, der den Geist je mit eigenen Augen gesehen hätte. So war die Legende mit der Zeit mehr oder weniger in Vergessenheit geraten, hatte höchsten noch dazu gedient, ungezogenen Kindern Angst einzujagen, denen man erzählte, der Moorkönig würde sie ins Moor verschleppen, wenn sie nicht spurten – bis zu jenem schrecklichen Abend.

Wie so häufig zu dieser Jahreszeit hatten sich schon am Nachmittag dicke Nebelbänke über das Moor gelegt und das Dorf so mit einem weißen, undurchsichtigen Wall umgeben. Mit der Zeit waren die Schwaden dann immer dichter und dichter geworden, bis man nicht einmal mehr die Hand vor Augen hatte erkennen können. Ungewöhnlich, sicher, aber bis dahin doch keine besonders besorgniserregende Begebenheit. Erst als schließlich mit Einbruch der Nacht seltsame, bunte Lichter in den Tiefen der Nebelwand auftauchten, war den Leuten etwas mulmig zu Mute geworden – zu Recht, wie sich schnell herausstellen sollte: Kaum war es dunkel geworden, tönte auch schon ein schreckliches Wiehern durch die Dunkelheit, gefolgt von dem Klappern von Hufen. Kurze Zeit später war der Moorkönig dann leibhaftig aus dem Nebel aufgetaucht und hatte auf offener Straße einen Mann mit seinem geisterhaften Schwert erschlagen – nur um danach wieder ebenso plötzlich zu verschwinden, wie er zuvor aufgetaucht war! Dreimal hatte sich dieses blutige Schauspiel seitdem schon wiederholt, jedes Mal in einer anderen Gemeinde umher. Das Schrecklichste daran waren aber nicht einmal die Morde an sich, sondern die scheinbar *vollkommen willkürliche* Methodik der Angriffe: Es schien keinen Zusammenhang zwischen den Toten zu geben, keinen Hinweis darauf, wie sie überhaupt den Zorn des Geistes auf sich gezogen hatten. So konnte sich niemand mehr sicher fühlen, nicht einmal in seinen eigenen vier Wänden! Zudem zeigte sich der Reiter mitunter mehrere Wochen nicht, ließ die Leute schon Hoffnung schöpfen, nur um diese alsbald wieder zu zerschmettern.

Was nun den Grund für dieses Blutbad anging – wenn es denn überhaupt einen anderen als bloße Mordgier gab –, hatten die Dorfbewohner derweil eine ganze Reihe von Theorien. Die bei Weitem verbreitetste davon war, dass sich der Reiter auf der Suche nach seinem Kopf befand, den jemand entwendet hatte, und nun nicht zu Morden aufhören würde, bis er diesen zurückbekam. Einige Male hatte man deswegen schon versucht, Gegenstände ins Moor zu werfen, die man für besagten Kopf hielt – jedoch ohne Erfolg.

Sicherheitshalber hörte sich der Fremde noch ein wenig in den anderen Dörfern in der Nähe um, nur um auszuschließen, dass man ihm eventuell unabsichtlich ein wichtiges Detail vorenthalten hatte. Die am weitesten entfernte Siedlung lag dabei kaum mehr als eine halbe Stunde entfernt, wenig mehr als ein langer Spaziergang. Wenn man ihn ansprach, gab er vor, eine bestimmte Person zu suchen, einen entfernten Verwandten. Der Name war so außergewöhnlich gewählt, dass die Einheimischen ihn kaum aussprechen konnten. Auch in den anderen Gemeinden allerdings erzählte man ihm die gleichen Geschichten.

Kein bisschen klüger kehrte er so am Abend schließlich zum Gasthaus zurück, beobachtete anschließend vom Fenster im ersten Stock, wie die Nebelschwaden langsam immer näher an das Dorf herankrochen. Bald waren sie so dick, dass man selbst das Nachbarhaus kaum noch erkennen konnte … Geradezu perfekte Bedingungen für den geisterhaften Reiter hätte man denken können, und tatsächlich zeigten sich die Leute auch entsprechend nervös – unnötigerweise allerdings. Trotz allem blieb es in dieser Nacht ruhig. Der Reiter ließ weder von sich hören noch zeigte er sich, ebenso die gespenstischen Lichter, die ihn stets zu begleiten schienen. Eine äußerst erfreuliche Tatsache natürlich, nicht nur für die Dorfbewohner. Auch der Fremde begrüßte die zusätzliche Zeit zum Nachdenken, zerbrach sich lange und intensiv den Kopf über diese ganze Sache … Es gab da schließlich noch ein paar Dinge, die nicht so recht zusammenzupassen schienen. Zum Beispiel: Wenn die ursprüngliche Legende wirklich schon so alt war, wie man ihm erzählt hatte, wohin war der Geist dann all die Jahrhunderte verschwunden gewesen? Und was hatte ihn dazu gebracht, gerade *jetzt* zurückzukehren? War wirklich etwas an der Sache mit dem gestohlenen Kopf dran? In gewisser Weise schien das schon irgendwie Sinn zu ergeben. Es erklärte bloß nicht die Willkür bei der Auswahl seiner Opfer – und die im krassen Gegensatz dazu stehende Zielstrebigkeit bei den Angriffen selbst: Ohne auch nur einen Moment zu zögern, war der Reiter offenbar bei jedem einzelnen davon aus den Schwaden aufgetaucht, sofort auf die jeweilige Person zugestürmt – egal wo sich auch befand, auf offener Straße oder in einem Gebäude – und anschließend wieder verschwunden. Es stand daher außer Frage, dass es einen Zusammenhang zwischen den Toten geben musste. Nur welchen? Sie konnten schließlich nicht *alle* den Kopf des Reiters gestohlen haben! Nein … So wie es aussah, würde er wohl zunächst noch ein paar mehr Informationen brauchen – und eventuell einen Weg, den Geist zu vernichten, sollte sich keine andere Lösung finden. Nicht gerade eine leichte Aufgabe. Von all den übernatürlichen Kreaturen, mit denen er es über die Jahre zu tun gehabt hatte, waren Geister schließlich die am schwersten fassbaren.

Die nächsten zwei Tage geschah nun erst einmal rein gar nichts. Tagsüber regnete es fast ununterbrochen, gelegentlich gab es sogar kurze Gewitter. Die damit verbundenen niedrigen Temperaturen unterdrückten die Nebelbildung größtenteils und erlaubten den Dorfbewohner so, sich zumindest ein *wenig* sicherer zu fühlen. Zudem stellte das schlechte Wetter auch einen glaubwürdigen Grund für den Fremden dar, noch ein paar Tage länger zu bleiben, zumal der Reiter die Menschen dort ja für den Moment zumindest in Ruhe zu lassen schien. Kurze Pausen zwischen den Schauern nutzte er für kleine Spaziergänge durch die Felder, die wie dicke Bänder um die Ortschaften herum angelegt worden waren. Zum größten Teil hatte man die Ernte bereits eingefahren, nur auf einigen wenigen Äckern standen noch Pflanzen. Immer wieder schweifte sein Blick über die ausgedehnte Moorlandschaft jenseits davon, versuchte, etwas Ungewöhnliches zu finden ... Ohne Erfolg jedoch. Obwohl ... wenn es etwas allzu Offensichtliches dort draußen zu sehen gegeben hätte, wäre es den Dorfbewohnern sicherlich längst aufgefallen. Bald verlagerte er seine Aufmerksamkeit daher auf die Dörfer selbst, versuchte, so viel wie möglich über ihre Geschichte herauszufinden, insbesondere die jüngste natürlich – zumindest soweit das möglich war, ohne allzu großes Misstrauen zu erregen.

Im Zuge dieser Nachforschungen führte ihn sein Weg am Morgen des dritten Tages auch in die Kirche der bei Weitem größten Gemeinde dort. Es handelte sich um ein niedriges Gebäude ziemlich genau in der Mitte des Dorfes, das man – zumindest als Außenstehender – wohl kaum direkt als Gotteshaus identifiziert hätte: Anstatt aus Stein, wie der Fremde es gewohnt war, bestanden seine Wände aus Fachwerk, der übliche Glockenturm fehlte und stand stattdessen etwas abseits daneben. Vermutlich war dies der weichen Beschaffenheit des Moorbodens geschuldet, der ein allzu schweres Gebäude nicht hätte tragen können, vielleicht aber auch einfach des Mangels an Steinbrüchen in der Umgebung.

Trotz ihres ungewöhnlichen Äußeren unterschied sich das Innere der Kirche dann aber doch nicht sonderlich von der üblichen Einrichtung einer solchen Stätte: Jenseits eines kleinen Eingangsraumes erstreckte sich eine große Halle, zwischen deren weiß gestrichenen Wänden zahlreiche Bänke standen, allesamt auf den Altar an der Rückwand ausgerichtet. Nur hin und wieder hatten ihre Reihen Lücken und machten so Platz für einen jener dicken Holzpfeiler, die den darüberliegenden, flachen Dachstuhl trugen. Durch eine Reihe von Fenstern gerade unter der Decke schien zudem die Morgensonne hinein und erhellte den Raum mit ihrem warmen Licht, ließ das teilweise vergoldete Kruzifix über dem Altar leicht schimmern.

Es war noch früh, dennoch hielten sich bereits einige Personen dort auf: Ein Mann fegte den Boden, zwei Frauen saßen an einer Ecke und unterhielten sich mit dem Pfarrer. Keiner von ihnen beachtete den Fremden sonderlich, als er in den Raum trat und sich ein wenig umsah. Langsam schweifte sein Blick einmal umher, ohne jedoch etwas Ungewöhnliches zu entdecken – keine große Überraschung jedoch. Wenn es hier etwas gegeben hätte, das auch nur mit dem Reiter in Verbindung stehen *könnte*, wäre dies doch sicherlich jemandem aufgefallen? So wandte er sich auch schnell wieder zum Gehen, schritt dem Eingang entgegen und war mit den Gedanken schon bei der Auswahl seines nächsten Ziels. Kurz vor der Pforte allerdings hielt er dann doch noch einmal inne, reckte nachdenklich den Kopf … War da etwas? Es kam ihm so vor, als könnte er eine Stimme hören, ganz leise, kaum mehr als ein Säuseln, das immer wieder vom Gespräch der beiden Frauen und dem Geräusch des Besens übertönt wurde. Jemand schien zu beten. Nur wo? Der gesamte Raum war gut einsehbar. Es gab eigentlich keinen Ort, an dem sich jemand hätte verstecken können. Es sei denn … Sein Blick wanderte zu einer Einbuchtung an der Seite des Gebäudes unweit des Altars. Er war eigentlich davon ausgegangen, dass sich dort nur eine kleine Sakristei befand – eine grobe Fehleinschätzung jedoch, wie sich schnell herausstellte: Kurze Zeit später nämlich tauchte ein älterer Mann aus eben dieser Nische auf, grüßte noch den anderen, der mit Fegen beschäftigt war, und machte sich anschließend eilig auf den Weg zum Ausgang.

Im Vorübergehen warf er dem Fremden noch einen misstrauischen Blick zu und trat dann auch schon ins Freie. Dieser ließ sich davon allerdings nicht sonderlich einschüchtern, trat stattdessen schnell in den Hauptraum zurück und versuchte unauffällig, einen Blick auf jenen mysteriösen Ort neben dem Altar zu erhaschen. Schon aus einiger Entfernung musste er dabei erkennen, dass die Einbuchtung offenbar wesentlich größer war, als sie von Weitem ausgesehen hatte. Tatsächlich gab es dort eine kleine Tür, die wohl zu der von ihm vermuteten Sakristei führte, daneben befand sich aber auch noch etwas … anderes. Es handelte sich um eine Art …

Schrein? Auf einem Podest aus dunklem Holz mit einem seidenen Deckchen darauf stand ein kleiner, gläserner Kasten mit goldenem Rahmen, den zahlreiche kunstvolle Ornamente schmückten. Darin wiederum lag ein Gegenstand, wie ihn der Fremde ganz bestimmt nicht dort zu finden erwartet hatte: Auf ein kleines, rotes Kissen war doch tatsächlich ein menschlicher Schädel gebettet! Für einen Moment war er wie elektrisiert. Könnte dies der Kopf des Reiters sein?! Nein … Unmöglich! Nach dem, was man ihm erzählt hatte, waren ja bereits Versuche unternommen worden, dem Geist sein Eigentum zurückzugeben. Wohl kaum hätten die Bewohner dabei einen solch offensichtlichen Gegenstand einfach ignoriert – und außerdem machte der Schädel nicht den Eindruck, als ob er erst seit Kurzem hier verehrt wurde. Eine falsche Fährte vermutlich, obwohl ein paar Nachforschungen in diese Richtung wohl trotzdem nicht schaden konnten.

Es dauerte nicht lange, einen willigen Gesprächspartner zu finden. Der Pfarrer der Kirche war offenbar *mehr* als nur stolz, einen derartigen Schatz in seiner Obhut zu haben, und erzählte ihm nur allzu gern die Geschichte desselben: Demnach habe der Schädel einst einem heiligen Mann gehört, einem Missionar, der ausgezogen war, um die Heiden zu bekehren, die einst in diesen Landen gelebt hatten. Nach anfänglichen Erfolgen war ihm am Ende sein Missionseifer zum Verhängnis geworden und ihn hatte jenes Schicksal ereilt, das er mit vielen seiner Kollegen aus dieser Zeit teilte: Unglücklicherweise geriet er an einen Stamm, dessen Mitglieder partout nicht bereit waren, ihren alten Glauben aufzugeben, nur weil irgend so ein (aus ihrer Sicht) dahergelaufener Irrer ihnen lustige Geschichten erzählte. Weil der Missionar sie aber trotzdem nicht hatte in Frieden lassen wollen, töteten sie ihn schließlich kurzerhand und schickten den Leichnam als Warnung an seine Anhänger zurück, die ihn begruben. Irgendwie war sein Schädel dann später in das Inventar jener kleinen Kirche gelangt. Wie und wann wusste der Pfarrer nicht genau, aber auf jeden Fall musste es noch zu Bauzeiten des Gebäudes gewesen sein, denn der Platz für die Reliquie war nicht erst nachträglich hinzugefügt worden. Schon von jeher beteten die Bewohner des Dorfes in Zeiten der Not dort, angeblich hatte der heilige Gegenstand schon so manche Krankheit geheilt, Dürren oder Schädlingsplagen beendet. Nur gerechtfertigt daher, dass man Anfang des Jahres nach langem Sammeln von Spenden offenbar endlich einen repräsentativeren Ersatz für die bleierne Schatulle beschafft hatte, in welcher er bis dahin jahrelang aufbewahrt worden war. Wie erwartet konnte der Schädel also definitiv nicht dem Reiter gehören.

Nachdenklich kehrte der Fremde nach seinem Besuch in der Kirche erst einmal in das Gasthaus zurück. Er war in den letzten zwei Tagen mit seiner Lösung für das Geisterproblem des Dorfes praktisch nicht weitergekommen und so langsam aber sicher lief ihm die Zeit davon. Bis jetzt hatte es nicht geregnet an diesem Morgen, stattdessen stand die Sonne allein am wolkenlosen Himmel. Gut möglich, dass es an diesem Abend wieder Nebel geben würde – und tatsächlich tauchten schon am späten Nachmittag die ersten Schwaden auf, während er am Fenster saß und über das wenige grübelte, das er hatte in Erfahrung bringen können.

Aufgrund des zeitlichen Abstands zwischen den Angriffen und deren Zielstrebigkeit stand außer Frage, dass alle Opfer *irgendwie* den Zorn des Reiters auf sich gezogen haben mussten. Warum ließ sich nicht mit Sicherheit sagen, allerdings lag natürlich nahe, dass es etwas mit dem verlorenen Kopf des Geistes zu tun hatte. Waren die Toten vielleicht unabsichtlich damit in Kontakt gekommen und deshalb fälschlicherweise für den Dieb gehalten worden? Möglich, nach aktuellem Stand wahrscheinlich sogar, doch leider half ihm das trotzdem nicht weiter. Das hätte immerhin bedeutet, dass sich der Kopf irgendwo an einer viel besuchten Stelle befand, aber nicht als solcher zu identifizieren war – nicht einmal durch dem Geist selbst, sonst hätte sich dieser sein Eigentum ja schon längst zurückgeholt. Die Suche nach der Nadel im Heuhaufen also. Letztendlich blieb dem Fremden daher nur, resigniert den Kopf zu schütteln und leise zu seufzen. Er würde dieses Problem wohl auf die harte Tour lösen müssen, ein alles andere als leichtes Unterfangen leider.

Mit der Dämmerung schlossen sich die Nebelbänke schnell um das Dorf und wurden zusehends dichter. Fast schien es, als wollten die weißen Wände es zermalmen, die Häuser und ihre Bewohner im fahlen Dunst ersticken. Schon waren die Straßen wie ausgestorben, jegliche Stimmen oder Schritte verstummt. Die Leute schienen bereits zu ahnen, was ihnen bevorstand, beteten wohl noch, dass es anders kommen würde – doch ihre Gebete sollten an diesem Abend unerhört bleiben … Kaum war die Sonne gänzlich versunken, das letzte, rote Glühen jenseits der weißen Wände verloschen, tauchte auch schon etwas in den Tiefen des Nebels auf: Ein seltsames Leuchten, wie von einer besonders hellen Lampe. Nach und nach tauchten immer mehr dieser Irrlichter auf, erstrahlten in allen erdenklichen Farben; rot, grün, blau oder gelb. Manche von ihnen pulsierten oder bewegten sich, während andere einfach nur stillstanden und mit gleichbleibender Intensität leuchteten. Schnell hatten sie das Dorf gänzlich umzingelt, während sich eine gespenstische Stille über die Welt umher legte – nicht für lange allerdings: Plötzlich erklang in der Ferne ein lautes, markerschütterndes Wiehern, das einem das Blut in den Adern gefrieren ließ! Gleichzeitig tauchte das leise Klappern von Hufen auf und kam rasch näher: Klack-Klack. Klack-Klack. Sicherheitshalber ging der Fremde in Deckung, griff nach dem kleinen Fläschchen mit Weihwasser in seiner Tasche. Auch wenn es unwahrscheinlich war, ließ sich immerhin nicht ausschließen, dass *er* das Ziel des bevorstehenden Angriffs war. Ob ihm der Inhalt des Gefäßes in seiner Hand in diesem Fall allerdings viel helfen würde, stand zu bezweifeln. Angespannt lauschte er deshalb auch auf das Hämmern der geisterhaften Hufe, das sich mittlerweile wie Donnerschläge anhörte, versuchte, die Richtung auszumachen, in die es sich bewegte: Klack-Klack. Klack-Klack … Unterdessen begann sich ein unnatürliches Gefühl von Schrecken wie ein zu enges Kleidungsstück um ihn zu legen, ließ sein Herz immer schneller schlagen, füllte seine Ohren mit lautem Pochen – dem einzigen Geräusch außer dem rhythmischen Klappern der Hufe: Klack-Klack. Klack-Klack … Minutenlang saß er so wie erstarrt in der Ecke neben dem Fenster, lauschte gezwungenermaßen dem unheilvollen Konzert, bis ... Ohne erkennbaren Grund verstarben die Geräusche auf einmal abrupt, wichen einer makellosen, bedrückenden Stille, die einen erschrocken den Atem anhalten ließ – nur für einen einzigen, geradezu quälend langen Moment allerdings, dann meldete sich der Reiter mit einem weiteren, dröhnenden Wiehern zurück, setzte sich abermals in Bewegung: Klack-Klack. Klack-Klack ... Klack-Klack. Klack-Klack ... Diesmal jedoch wurde das Klappern schnell leiser, entfernte sich rasch, während ringsum eines nach dem anderen die Irrlichter verloschen. Wenig später war es dann auch schon verschwunden, ließ einzig jene gespenstische Stille zurück, die seiner Ankunft vorausgegangen war. Offenbar hatte der Geist ein weiteres Opfer gefordert, in einem der anderen Dörfer ringsum vermutlich.

Am folgenden Morgen wachte der Fremde schon vor den ersten Sonnenstrahlen schweißgebadet in seinem Bett auf. Einer seiner üblichen Albträume hatte ihn heimgesucht und ihm die Nachtruhe geraubt. Danach war jeder Versuch, noch einmal einzuschlafen, vergebens, also setzte er sich auf und begann zu grübeln: So wie es aussah, gab es nicht viel, das er gegen den Geist unternehmen konnte ... Von dem verschwundenen Kopf fehlte nach wie vor jede Spur. Der Körper, welchen zu verbrennen den Geist hätte zwingen können, seine letzte Reise anzutreten, lag wahrscheinlich irgendwo im Moor versunken. Damit blieb ihm eigentlich nur ein direkter Kampf – wozu es aber wohl auch nicht kommen würde. Der Reiter interessierte sich immerhin nicht im Geringsten für ihn und selbst wenn sich ein Weg finden ließe, dies zu ändern, bräuchte er immer noch eine Waffe, die den Geist überhaupt verletzen konnte. Außerdem dürften die Dorfbewohner wohl ziemlich schnell misstrauisch werden, wenn er nach den Ereignissen der vergangenen Nacht noch viel länger bleiben würde. Unweigerlich kam ihm angesichts dieser Situation etwas in den Sinn, das er eigentlich stets ausgeschlossen hatte: Wäre es nicht das Klügste, sich in diesem Fall geschlagen zu geben? Einfach seine Sachen zu packen und weiterzuziehen? Dieser Gedanke widerstrebte ihm zutiefst, doch bestand überhaupt eine Alternative dazu? So wie es aussah, war er ja quasi machtlos, dem Treiben des Geistes ein Ende zu setzen. Ziemlich genauso wie damals dem Grafen – eine bittere Erkenntnis.

Erst am späten Vormittag raffte er sich endlich auf und beschloss, einen kurzen Spaziergang zu machen; ein letzter Versuch, etwas Nützliches in Erfahrung zu bringen. Falls ihm dies wieder nicht gelänge, so hatte der Fremde beschlossen, würde er noch am Nachmittag das Dorf verlassen, geschlagen von dort abziehen. Weiter im Norden gab es offenbar eine Stadt, die sich so gerade noch am späten Abend erreichen lassen sollte.

Unbeholfen humpelte er also die Treppe hinunter – natürlich aber nur eine kleine Schauspieleinlage seinerseits. Vor Schreck über das plötzliche Auftauchen des Reiters sei er gestürzt, habe sich wohl den Knöcheln verletzt. Ziemlich an den Haaren herbeigezogen zugegebenermaßen, aber man glaubte ihm dennoch, wunderte sich so zumindest etwas weniger darüber, dass er nicht mit dem ersten Licht das Weite gesucht hatte. Zudem kam der Fremde darüber mit dem Gastwirt ins Gespräch, erfuhr so etwas mehr über die Ereignisse der vergangenen Nacht: Wie vermutet hatte der Reiter diesmal in einem Nachbardorf zugeschlagen, war dort einfach durch die Wand in ein Haus gestürmt und hatte einen alten Mann ermordet – einen der frömmsten Menschen umher noch dazu! Wenn selbst so jemand nicht sicher war, wer dann?!

Schließlich verabschiedeten sie sich und der Fremde trat missmutig ins Freie. Er wusste nicht wirklich, wohin er als Nächstes gehen sollte, wanderte deswegen mehr oder weniger ziellos durch das Dorf und humpelte dabei möglichst sichtbar, um seine vorgetäuschte Verletzung zu verdeutlichen. Nach einiger Zeit erreichte er so den kleinen Platz in der Mitte der Siedlung, wo auch die Kirche lag. Mindestens ein Dutzend Menschen standen dort und unterhielten sich mit bangen Gesichtern über den jüngsten Angriff. Offenbar wollten einige von ihnen das Dorf verlassen, zumindest vorübergehend, diskutierten die möglichen Ziele ihrer Flucht. Der

Fremde jedenfalls verlangsamte seinen Schritt, kam letztlich ganz zum Stehen und lauschte.

Zunächst lernte er auf diesem Wege nicht viel Neues, lediglich wohin man von hier am besten weiterreisen konnte, dann allerdings ... Einige der Leute schienen noch immer auf göttlichen Beistand zu hoffen, worauf eine Frau irgendwann empört zu schreien begann:

»Wie könnt ihr immer noch darauf hoffen, dass er uns retten wird?! Habt ihr schon vergessen, *wen* der Reiter letzte Nacht geholt hat?! Jeden Morgen habe ich ihn gesehen, wie er an der Reliquie gebetet hat! Für seine und unser aller Sicherheit! Und nun ist er tot!«, nach diesem letzten Satz brach sie in Tränen aus.

Die Miene des Fremden andererseits versteinerte bei diesen Worten. Ein alter Mann, der jeden Morgen an der Reliquie gebetet hatte?! Konnte es sein? Handelte es sich etwa um jenen, den er gestern in der Kirche gesehen hatte?! In kaum mehr als ein paar Augenblicken setzte sein Verstand nun das Puzzle zusammen, ließ ihn seine eigene Blindheit verfluchen, während er sich in Richtung der Kirche in Bewegung setzte, darüber gar seine vorgespielte Verletzung vergaß. Wie hatte er das übersehen können?!

Obwohl sich niemand im Inneren befand, war die Tür des Gotteshauses unverschlossen. So konnte er unauffällig eintreten und dann eilig zur Stelle losstürmen, wo die Reliquie aufbewahrt wurde. Dort angekommen wiederum begann sein Blick sofort den Schrein zu sondieren ... und tatsächlich: Die gläserne Vitrine, in der sich der Schädel befand, besaß ein großes, goldenes Schloss. Bei genauerem Hinsehen entpuppte sich dieses jedoch als unverriegelt. Mühelos konnte man den Kasten öffnen. Der Fremde nickte bei diesem Anblick nur, bestätigte es doch seine Vermutung. Alles ergab nun einen Sinn ... Was dort vor ihm lag, war tatsächlich der Kopf des Reiters! Jahrhundertelang hatte der Schädel in einer bleiernen Schatulle auf heiligem Boden geruht, war auf diese Weise wohl ebenso unerreichbar wie unauffindbar für den Geist gewesen. Erst mit dem Austausch des Gefäßes hatte sich dies geändert. Offenbar war einigen wenigen

Besuchern des Schreins die unverschlossene Vitrine aufgefallen und sie hatten die Gelegenheit genutzt, um den heiligen Gegenstand zu berühren – ein tödlicher Fehler: Vermutlich konnte der Geist die Anwesenheit seines verlorenen Kopfes zumindest außerhalb der Kirche spüren und ebenso die jener, die damit in Berührung gekommen waren. Nach einer Ewigkeit des Schlummers musste ihn dies wieder erweckt und schnell rasend vor Wut gemacht haben, weil er annahm, dass die Dorfbewohner sein Eigentum vor ihm versteckten – was in gewisser Hinsicht ja sogar stimmte.

Nun da der Fremde dies wusste, würde es ein Einfaches für ihn sein, dem Schrecken endlich ein Ende zu bereiten. Vorsichtig öffnete er den goldenen Deckel, berührte dann den Schädel einige Sekunden lang an der Stirn und verschloss anschließend das Ganze wieder sorgsam. Damit sollte das nächste Ziel des Reiters nun feststehen. Anschließend hieß es dann erst einmal: warten …

Am frühen Abend, vor Einbruch der Dunkelheit gab es einen kleinen Gottesdienst – die Menschen dort hatten Beistand immerhin bitter nötig. Auch danach blieben viele Leute noch mit sorgenvollen Gesichtern auf den weiß gestrichenen Bänken sitzen und unterhielten sich, beteten teilweise auch. Der Fremde wiederum stand zu diesem Zeitpunkt bereits ungeduldig vor der Kirche, beobachtete, wie sich die bleichen Schwaden abermals aus dem Moor erhoben. Allem Anschein nach würde der Nebel heute noch dichter werden als zuvor – und auch die anderen Vorboten des bevorstehenden Unheils ließen nicht lange auf sich warten: Kaum war die Sonne versunken, tauchte auch schon das erste, schwache Leuchten hinter den weißen Wänden auf, die diesmal so mächtig waren, dass man ihr Gewicht selbst beim Atmen spürte. Wie ein feines Tuch schienen sie einem die Luft abzuschnüren, immer stärker und stärker.

Es dauerte wohl etwa eine Stunde, dann war das Dorf wie am Abend zuvor buchstäblich umzingelt von den Irrlichtern. Wenn man im Freien stand, wirkte diese stumme Armee noch einmal wesentlich beängstigender. In jeder Richtung konnte man sie sehen, selbst direkt über einem am Himmel. Einige schienen gar zwischen den Häusern umherzukriechen! Kein Wunder also, dass die Straße vor der Kirche schnell wie ausgestorben war. Einzig der Fremde stand dort und hörte in die gespenstische Stille hinein. Mit dem ersten Auftauchen der Irrlichter hatten einige Leute in dem heiligen Gebäude hinter ihm Zuflucht gesucht, beteten nun wohl verzweifelt, dass das Unvermeidliche ausbleiben würde. Ihre Gebete jedoch sollten unerhört bleiben: Wenig später erklang auch schon erneut das Wiehern des Geisterpferdes und das Geräusch seiner Hufe setzte ein, begann durch die Nacht zu hallen: Klack-Klack. Klack-Klack … Sofort konnte der Fremde spüren, wie sein Puls zu rasen begann, das Adrenalin seine Hände zittern ließ. Dies war die Stunde der Wahrheit …

Obwohl jede Faser in seinem Körper danach zu schreien schien, sein Verstand beinahe von dem Instinkt überwältigt wurde, sich so schnell wie möglich in der Kirche in Sicherheit zu bringen, harrte er im Freien aus, lauschte angestrengt dem Geklapper: Klack-Klack. Klack-Klack … Zweifellos kam der Reiter näher, die Irrlichter begannen derweil wild zu tanzen, fast als versuchten sie verzweifelt, sein Opfer zu warnen. Klack-Klack. Klack-Klack … Auf seinem Arm konnte der Fremde sehen, wie sich langsam die Haare aufstellten, trotzdem wich er nicht zurück. Klack-Klack. Klack-Klack … Sich wie eine Ewigkeit anfühlenden Minuten stand er stattdessen dort, blickte gehetzt hin und her, bis seine Augen schließlich das erblickten, worauf er gewartet hatte: In der weißen Wand rechts von ihm begann sich ein fahles Leuchten abzuzeichnen, wurde rasch intensiver. Gleichzeitig schien plötzlich die Temperatur zu fallen, ließ seinen Atem vor ihm kondensieren.

Jetzt! Wie entfesselt stürmte der Fremde nun auf die Kirchenpforte zu, riss deren Flügel auf. Die Menschen im Inneren zuckten daraufhin erschrocken zusammen, klammerten sich verzweifelt aneinander und konnten im ersten Moment gar nicht richtig begreifen, was gerade geschah. Ohne sie eines Blickes zu würdigen, rannte der Fremde derweil durch die Halle zum Reliquienschrein, riss den Deckel herunter und griff nach dem Schädel darin. Auf dem Weg zurück nach draußen versuchten ihn zwei kräftige Männer noch aufzuhalten, erhoben sich und versuchten, den Eindringling zu ergreifen, der gerade ihre heilige Stätte entweiht hatte. Oder wollten sie ihn doch nur davon abhalten, dem todbringenden Geist direkt in die Arme zu laufen? Glaubten sie, er habe vor Furcht den Verstand verloren? Nun, so oder so war ihre Mühe vergebens: Durch einen mächtigen Schlag mit dem Rücken seiner freien Hand fegte der Fremde den ersten Angreifer beiseite, warf dann den anderen mit einem Tritt gegen die Brust um, noch bevor dieser sich gänzlich erhoben hatte.

Wenige Sekunden später stand er dann auch schon wieder unter freiem Himmel, hörte hinter sich die verstörten Rufe der Dorfbewohner – sein geringstes Problem in diesem Moment allerdings: Er war immerhin nicht allein dort draußen. Direkt vor ihm, auf der gegenüberliegenden Seite des Platzes, ragte nun hoch zu Pferde eine furchterregende Gestalt auf, tauchte die umgebenden Häuser und die Straße in ein fahles Licht. Es handelte sich um einen blassgrünen, teilweise durchsichtigen Mann auf einem ebensolchen Ross, gekleidet in eine Art von Rüstung, wie sie der Fremde noch nie zuvor gesehen hatte. In seiner Silhouette klafften zahlreiche Löcher, ließen ihn ein wenig wie einen alten, ausgefransten Stofffetzen erscheinen. Am auffälligsten jedoch war wohl sein fehlender Kopf. Schon rechnete der Fremde mit einem Angriff! Doch nichts geschah …

Aus irgendeinem Grund schien sich der Geist der Tatsache bewusst zu sein, dass man ihm nach so langer Zeit endlich sein Eigentum zurückgeben wollte, verweilte ruhig an Ort und Stelle.

Der Fremde allerdings war von seinem Anblick im ersten Moment wie gelähmt. So viel Schreckliches hatte er schon in seinem Leben gesehen und doch konnte er in diesem Moment fühlen, wie seine Knie langsam weich wurden, der Schrecken in seine Glieder fuhr und diese erzittern ließ. Er konnte sich nicht rühren, so sehr er es auch versuchte! Schnell wurde der Geist angesichts dessen ungeduldig, hob nun drohend sein Schwert und streckte die andere Hand fordernd in Richtung seines Gegenübers aus. Noch einmal schien es daraufhin plötzlich kälter, der Frost geradezu beißend zu werden.

In einem Akt größter Willensanstrengung löste sich der Fremde daraufhin schließlich doch noch aus seiner Starre, holte aus und schleuderte den Schädel seinem Besitzer entgegen. Wie von einer unsichtbaren Macht geleitet schwebte dieser daraufhin in die ausgestreckte Hand des Phantoms, viel weiter als der Wurf ihn eigentlich hätte tragen können. Kaum hatten die Gebeine ihr Ziel erreicht, versagte auch schon der Griff des Reiters um sein immer noch erhobenes Schwert, ließ es lautlos zu Boden stürzen. Sofort schien die Kälte nachzulassen, ebenso die Aura des Schreckens, welche der Geist bis zu diesem Moment ausgestrahlt hatte. Er konnte sein Glück offenbar zunächst kaum fassen, verharrte einen Moment regungslos und begann dann langsam, fast zaghaft, sein wiedergefundenes Haupt an dessen angestammten Platz zu setzen. Dort angekommen wiederum verschmolz der Schädel augenblicklich mit dem übrigen, geisterhaften Körper, der sich wie eine Haut darüberzustülpen schien. Blaue Flammen schlugen aus den leeren Augenhöhlen.

Endlich wiederhergestellt wandte sich der Geist anschließend in Richtung des Fremden, nickte diesem anerkennend zu. Kurz schien es Letzterem noch, als könne er eine leise Stimme hören, war jedoch unfähig, deren Worte zu verstehen. Dann wandte sich der Reiter ab und zog die Zügel seines Pferdes an, ließ es sich aufbäumen und ein letztes, gewaltiges Wiehern hallte durch die Dunkelheit. Als Nächstes dann zerstob ihre Form in einer hellen Explosion gleißend hellen Lichts und machte die Nacht vorübergehend zum Tage, ließ die Welt umher in ein einziges, reines Weiß versinken. Dann wurde es still … Schnell kehrte die Dunkelheit zurück und der Reiter war verschwunden – diesmal für immer so schien es, ebenso die bunten Irrlichter und selbst der Nebel umher. Es war vorbei.

Angelockt von dem seltsamen Schauspiel traten nun sogleich einige Leute aus der Kirche. Ringsum öffneten sich Türen und Fensterläden und zahlreiche Augen blickten neugierig auf die Straße, zunächst noch das Schlimmste fürchtend. Doch dort waren weder der Geist noch sein Erlöser zu sehen, einzig das von Ersterem fallen gelassene Schwert steckte noch immer im Boden und verblasste langsam.

Der Fremde hörte ihre verwunderten Stimmen nur noch aus der Ferne. Er hatte in jenem Moment, da umher wieder die Konturen der Häuser aufgetaucht waren, sofort die Beine in die Hand genommen. Unmöglich zu sagen schließlich, wie man auf seine Taten reagieren würde – auch wenn dadurch zweifellos zahlreiche Leben gerettet worden waren. In solchen Momenten neigten die Menschen seiner Erfahrung nach leider zu unvorhersehbarem Verhalten … Und Dank wollte er ja ohnehin keinen haben! Schnell griff er noch seinen bereits bereitgestellten Rucksack und versteckte sich dann bis zu seinem Aufbruch am frühen Morgen in einer Scheune.

SIEBTES KAPITEL

Im Sommer des folgenden Jahres war der Fremde in freundlicheren Gefilden unterwegs: Eine malerische Landschaft mit sanften, saftig grünen Hügeln dehnte sich vor ihm aus, so weit das Auge reichte. Erst in der weiten Ferne, fast schon hinter dem Horizont, konnte man einige braune Bergkuppen erkennen. An den Wegesrändern standen Bäume und kleine Gebüsche, rahmten die Felder abseits der Straße ein, wo das Getreide und andere Feldfrüchte dicht an dicht standen. Wenn man von einer erhöhten Position über das Land blickte, sah das Ganze so fast wie ein gewaltiges, natürliches Mosaik aus, in das sich die zahlreichen Städte und Dörfer nahtlos einfügten. Es war hier, wo das Leben des Fremden schon bald eine … *unerwartete* Wendung nehmen sollte.

Schon an den Toren konnte er erkennen, dass offenbar eine besonders geschäftige Stadt vor ihm lag. Trotz der nachmittäglichen Hitze, welche die Luft zwischen den roten Backsteinhäusern mit farblich passenden Ziegeln wild flimmern ließ, drängten sich zahlreiche Menschen vor den Mauern. Nur mit Mühe gelang es ihm, sich durch die Menge zu kämpfen und ins Innere zu gelangen, wo es etwas weniger voll war. Dort angekommen wurde ihm dann allerdings auch recht schnell klar, worin der Grund für diesen Menschenauflauf lag: Entlang der Hauptstraße hatten zahlreiche Händler ihre Stände aufgebaut, boten von Nahrungsmitteln über Werkzeuge bis hin zu Schmuck praktisch alles Erdenkliche feil. Selbst exotischere Waren wie Pelze oder Muscheln konnte der Fremde erspähen, wenn sich die Wand aus Köpfen vor ihm kurz lichtete und so den Blick auf die Auslagen freigab. Nicht aber, dass er sich dafür besonders interessiert hätte wohlgemerkt. Sein nächstes Ziel bestand vielmehr darin, eine Herberge zu finden; nur für eine Nacht allerdings. Gleich morgen mit der Dämmerung wollte er weiterziehen.

Weiter im Stadtinneren verlor die Menge schließlich rasch an

Dichte und wurde übersichtlicher, sodass man sich nicht mehr so eingeengt fühlte wie zuvor. Die Händler hier verkauften Dinge des täglichen Bedarfs: Mehl, Kartoffeln, Gemüse, keine Luxusgüter, deswegen hielt sich der Ansturm wohl in Grenzen. Eine ganze Weile schlenderte der Fremde fast schon gedankenverloren durch das lockere Getümmel, betrachtete die verzierten Dachgiebel der Häuser an den Seiten und die Händler an ihren Ständen. Auf einer großen Kreuzung allerdings ließ ihn schließlich etwas innehalten: Völlig unerwartet stieß er mit seinem Fuß plötzlich gegen ein unbekanntes Objekt am Boden und wäre beinahe darüber gestolpert. Als er hinabsah, entpuppte sich dieses schnell als ein wunderbarer, knallroter Apfel, der von irgendwoher auf die Straße gerollt sein musste. Doch von wo? Er sah sich um … Schnell fiel ihm so eine ganze Reihe weiter Äpfel auf, die über die ganze Straße verstreut lagen und gerade dabei waren, von unachtsamen Füßen zertreten oder zumindest noch weiter verteilt zu werden. Niemand schien sich groß um diese Verschwendung zu scheren … Oder doch? Es dauerte einen Augenblick, den Ursprung der ungewöhnlichen Stolpersteine zu finden, dann allerdings entdeckte er auf der anderen Seite der Kreuzung, am Boden vor einem vergleichsweise kleinen Stand, einen großen, runden Korb. Er musste gerade erst umgefallen sein, enthielt noch gut ein Drittel seines ursprünglichen Inhalts. Davor kniete eine junge Frau in einem langen, grauweißen Gewand. Verzweifelt versuchte sie, die heruntergefallenen Äpfel aufzusammeln. Ein Unglück, keine Frage, aber nicht die Art, die in seinen Aufgabenbereich fiel. Normalerweise wäre er daher wohl einfach weitergegangen, an diesem Tag allerdings war etwas anders … Vielleicht lag es an der Hitze, aber eine Emotion, die er für gewöhnlich zu unterdrücken versuchte, erlangte unerwartet die Kontrolle über sein Handeln: Mitleid. Immerhin schien keiner der anderen Passanten dem armen Mädchen helfen zu wollen, das mittlerweile schon den Tränen nahe war, weil es die Früchte nicht schnell genug auflesen konnte und diese sich deswegen mehr und mehr zerstreuten.

Schnell sammelte der Fremde also alle unversehrten Äpfel ein, die sich umher finden ließen, und trug sie dann zurück zu ihrem Ursprungsort. Die junge Frau wiederum fuhr vor Schreck regelrecht zusammen, als er die Früchte mit einem klopfenden Geräusch in den Korb zurückfallen ließ. Offenbar hatte sie ihn in ihrer Panik nicht bemerkt, brauchte so erst einmal einen Moment, um überhaupt zu begreifen, was gerade geschehen war. Dann jedoch lächelte sie dem Fremden dankbar zu. Natürlich versuchte dieser sofort, ihre Geste zu erwidern, doch sein Gesicht schien in diesem Moment aus irgendeinem Grund wie versteinert zu sein ... Warum auch immer konnte er seinen Blick nicht mehr von ihr abwenden ... Nie zuvor hatte der Fremde eine solche Schönheit erblickt: Ihr rundes, ausladend freundliches Gesicht mit ihren geradezu leuchtendend grünen Augen und den insbesondere um die Nase herum zahlreichen kleinen Sommersprossen schien ihn regelrecht hypnotisiert zu haben. Sanft wog sich ihr langes, rotblondes, fein säuberlich zu einem Zopf gebundenes Haar im Wind, während sie sich einen Moment wortlos gegenüberstanden. Erst das verärgerte Rufen eines nahen Passanten, der gerade auf einen der Äpfel getreten war, konnte ihre Blicke schließlich wieder entzweien. Ohne viel darüber nachzudenken, machte sich der Fremde daraufhin hastig daran, die verbliebenen, unzertretenen Früchte aufzusammeln, versuchte dabei, so oft wie möglich noch einmal Augenkontakt herzustellen.

Es dauerte eine ganze Weile, doch schließlich war der Korb zumindest wieder bis zu zwei Dritteln gefüllt, etwas, das ohne seine tatkräftige Unterstützung wohl kaum möglich gewesen wäre. Entsprechend ausgiebig dankten ihm daher auch die junge Frau und ihr Vater, der in der Zwischenzeit wiedergekehrt war, für seine Hilfe – eine reichlich seltsame Situation für den Fremden tatsächlich. Zur Abwechslung einmal eine Würdigung für seine Taten zu erhalten, fühlte sich irgendwie ... *seltsam* an, angenehm und unangenehm zu gleich ... Vielleicht war ein wenig Dank hin und wieder ja gar nicht so schlecht ...? Nun, nicht das dies von Bedeutung gewesen wäre, immerhin dürfte es wohl so schnell nicht mehr vorkommen. Er verabschiedete sich jedenfalls eilig und ging dann seiner Wege, konnte sich allerdings aus irgendeinem Grund nicht davon abhalten, noch mehrmals zurückzublicken, bis der Stand schließlich außer Sicht war.

Es dauerte nicht lange, eine Herberge zu finden, die seinen Anforderungen entsprach. Obwohl das Gasthaus etwas abseits in einer Sackgasse lag, handelte es sich dabei aber offenbar keinesfalls um einen Geheimtipp: Schon von der Straße konnte man von drinnen laute Stimmen, das Klackern von Krügen und Tellern, ja sogar hin und wieder Gesang hören. Alles andere als ideal für jemanden, der eine ungestörte Nachtruhe suchte, hätte man denken können, doch der Fremde war diese Art von Unruhe tatsächlich mehr als gewohnt. Es gehörte zu den Unannehmlichkeiten, die das Reisen nun einmal mit sich brachte.

Das Zimmer, das man ihm gab, war eine schmucklose Kammer direkt unter dem Dach mit einem verhältnismäßig kleinen Bett und im Vergleich dazu fast schon übergroßen Schrank. Durch ein Fenster mit dickem, milchigem Glas konnte man hinunter auf die Straße vor dem Gebäude sehen. Kein Luxus natürlich, aber durchaus den Preis wert, den er dafür zahlte – zudem beruhigte es ihn irgendwie, von dieser erhöhten Warte den Überblick über alles unter ihm behalten zu können. Erschöpft ließ sich der Fremde also auf das Laken fallen, nicht um zu schlafen, nur um einen Moment seine Füße auszuruhen, und blickte dabei durch das Fenster nach draußen.

Die Sonne stand bereits tief und tauchte die vereinzelten, dünnen Wolken in ein sanftes Rot, während am Horizont schon die Dunkelheit der Nacht hervorkroch. Etwas beschäftigte ihn … Ein Bild, das hartnäckig in seinem Kopf herumspukte und immer wieder vor seinem inneren Auge erschien. Es handelte sich um die junge Frau, die er am Nachmittag getroffen hatte. Ihr Lächeln, um genau zu sein. Irgendetwas daran ließ ihn nicht mehr los, erlaubte ihm nicht, zur Ruhe zu kommen. Rastlos ging er deshalb nach einiger Zeit in seinem kleinen Zimmer auf und ab, während es unten immer lauter wurde … Offenbar füllte sich der Gastraum noch weiter. Schließlich entschloss er sich, noch einmal zum Markt zurückzukehren, noch mal mit ihr zu reden. Vielleicht würde das ihm ja einen freien Kopf bescheren? Ablenkungen dieser Art konnte er sich in seinem Geschäft immerhin nicht leisten.

Leider kannte der Fremde den Weg zum Markt nicht genau. Durch das lange Herumwandern auf der Suche nach einer Gaststätte hatte er ein wenig die Orientierung verloren, dementsprechend dauerte es eine Weile, um dorthin zurückzufinden. Einige Male glaubte er gar, sich verlaufen zu haben, wenn er an einem Haus oder an irgendeinem anderen markanten Punkt vorbeikam und sich eigentlich *sicher* war, dort schon einmal gewesen zu sein. Nach einigen Irrwegen tauchte dann am Ende einer Gasse aber doch noch jener große Platz auf, welcher sich ziemlich genau im Zentrum der Stadt befand. An seinem Südende stand eine große Kirche, deren mächtige Glockentürme weit über die übrigen Gebäude hinausragten, gegenüber begann die breite Hauptstraße und führte aus der Stadt heraus. Jetzt da die Dunkelheit bereits begonnen hatte, sich über die Dächer zu senken, waren hier weit weniger Menschen unterwegs, wodurch alles völlig anders aussah. Dennoch war der Fremde nach einiger Zeit sicher, sich auf dem richtigen Weg zu befinden, legte in freudiger Erwartung das letzte Stück bis zu der Stelle, wo er den Stand vermutete, fast rennend zurück – doch seine Hoffnungen wurden enttäuscht: Zwar befand sich der Stand noch immer an derselben Stelle, allerdings war er nun kaum mehr als ein hölzernes Skelett, genauso wie all die anderen um ihn herum. Schon vor einiger Zeit mussten die Händler umher ihre Körbe und Kisten mit Waren eingepackt und sich damit auf den Heimweg gemacht haben. Angesichts der Uhrzeit keine besonders große Überraschung allerdings. Entsprechend ärgerte sich der Fremde auch auf dem Rückweg über seine eigene Torheit, blickte mit Unverständnis auf das eigene Handeln. Es war fast, als hätte er für einen Moment jeglichen Sinn und Verstand verloren. Nach einer deftigen Mahlzeit ging er daher auch mit vielen Fragen im Kopf zu Bett ... und fasste dabei den festen Entschluss, am nächsten Morgen *auf jeden Fall* noch einmal am Markt vorbeizugehen, bevor er die Stadt verlassen würde – nur um dieser ganzen Sache auf den Grund zu gehen natürlich.

Am nächsten Morgen wurde der Fremde von wildem Vogelgezwitscher direkt vor seinem Fenster geweckt. Es klang ungewöhnlich laut, vielleicht weil eine Katze oder ein größerer Vogel die Tiere aufgeschreckt hatte. Nach einigen Minuten legte sich das Getöse zwar wieder, nicht aber bevor es ihn mehr als gründlich geweckt hatte. Ein kurzer Blick nach draußen offenbarte derweil, dass es noch recht früh sein musste: Die ersten, schwachen Sonnenstrahlen tauchten die Dächer ringsum in ein bläuliches Licht, waren aber nicht stark genug, um die Dunkelheit auch nur ansatzweise zu vertreiben. Verschlafen beobachtete der Fremde in der Folge, wie die Intensität des Lichtes langsam zunahm und sich dabei dessen Farbe allmählich von blau nach gelb wandelte.

Schließlich gelang es ihm, sich aufzuraffen und die verbliebene Müdigkeit abzuschütteln. Hastig zog er sich an, packte seine Sachen, frühstückte noch und machte sich dann auf den Weg – zum Markt natürlich. Trotz der frühen Stunde waren dort schon erstaunlich viele Menschen unterwegs, hauptsächlich Händler, die ihre Stände aufbauten und Waren einräumten. Kein Wunder also, dass auch die junge Frau und ihr Vater bereits emsig bei der Arbeit waren: Während sie verschiedene Lebensmittel und andere Waren sorgsam in die Auslage einräumte, schaffte ihr Vater mit einem kleinen Handkarren schon zwei weitere Kisten heran. Dabei waren die beiden so in ihre Arbeit vertieft, dass sie den Fremden überhaupt nicht bemerkten, bis er direkt neben ihnen stand. Zugegebenermaßen hatten sie aber wohl auch nicht erwartet, ihn noch einmal wiederzusehen – noch dazu auf diese Weise.

Gern half er ihnen ein wenig, bot sich damit doch die willkommene Gelegenheit, ins Gespräch zu kommen. Auf diesem Weg erfuhr der Fremde schnell auch den Namen der jungen Frau: Johanna. Sie lebte mit ihren Eltern in der Stadt – nicht weit von der Herberge, in der er übernachtet hatte tatsächlich – und schien diese Heimat bisher praktisch nicht verlassen zu haben. Wie gebannt lauschte sie daher den Erzählungen über die fernen Orte und Länder, die der Fremde auf seinen Reisen schon besucht hatte – wobei dieser gewisse, düsterere Details hinsichtlich der dortigen übernatürlichen Kreaturen aber natürlich ausließ. Ihr warmherziges Lachen, mit dem sie auf seine unbeholfenen Scherze reagierte, mochten diese noch so unsinnig sein, und das erstaunte Gesicht, das sie immer wieder machte, weil es ihr schwerfiel, das Erzählte zu glauben, verzauberten ihn jedes Mal aufs Neue. Ewig hätte er sich mit ihr unterhalten können, doch schon bald tauchten die ersten Kunden auf und sie mussten sich wohl oder übel verabschieden.

Es sollte an diesem Punkt nicht mehr sonderlich überraschend erscheinen, dass der Fremde entgegen seinem ursprünglichen Plan erst einmal in der Stadt blieb. Morgens und abends half er Johanna und ihrem Vater, in der Zeit dazwischen verdingte er sich mit Gelegenheitsarbeit – nicht weil es ihm an Geld gemangelt hätte jedoch, sondern nur, um den Tag über etwas zu tun zu haben. Schnell verflog derweil das anfängliche Misstrauen von Johannas Vater – auch weil er wohl über ein zusätzliches Paar tüchtiger Hände recht froh war – und es dauerte nicht lange, bis man ihn auch dem Rest der Familie vorstellte, von der er rasch ein Teil wurde. Ein Umstand nebenbei, an die sich der Fremde nach den vielen Jahren der einsamen Jagd tatsächlich erst einmal gewöhnen musste. Dennoch, zum ersten Mal seit vielen Jahren fühlte er sich dort wahrhaft glücklich, ein Gefühl, das ihm bisher nur aus seinen fernen Kindheitserinnerungen bekannt gewesen war. Johannas Gegenwart hatte eine geradezu heilende Wirkung auf sein düsteres Gemüt und schnell gerieten die Erinnerungen an Tod, Gewalt und all die anderen schrecklichen Dinge, die er in seinem Leben gesehen hatte, in Vergessenheit. Selbst seine zuvor nicht enden wollenden Albträume verschwanden schließlich. Wenn er nur bei ihr bleiben konnte, zählte für ihn nichts anderes mehr, nicht einmal sein Racheschwur. Warum auch? Immerhin schien dieses Unterfangen ja ohnehin praktisch keine Aussicht auf Erfolg zu haben. Was für einen Sinn hatte es also, seine Zeit mit einem derartigen, vollkommen hoffnungslosen Ziel zu vergeuden?

Ohne Reue beschloss er daher nach einigen Wochen, die Vergangenheit endlich hinter sich zu lassen und stattdessen in die Zukunft zu blicken.

Bald wurde es Herbst und nachdem die Bauern ihre Ernte eingebracht hatten, sollte es wie jedes Jahr ein großes Fest in der Stadt geben. Schon am Tag zuvor begann man dafür, die Straßen mit zahlreichen bunten Fahnen und Girlanden zu schmücken, sodass diese in allen erdenklichen Farben erstrahlten. Als der große Tag dann endlich gekommen war, versammelten sich Jung und Alt auf dem großen, zentralen Platz und es wurde ausgelassen getanzt und gesungen, gegessen und getrunken. Natürlich fehlten auch der Fremde und Johanna nicht bei diesem Ereignis. Ihre Mutter hatte ihr zu diesem besonderen Anlass eigens ein farbenfrohes Kleid genäht – zu einem ganz bestimmten Zweck zweifellos, doch diesem sollte es zumindest vorerst nicht dienen. Eine ganze Weile lang standen die beiden stattdessen nur an der Seite und betrachteten die tanzenden Paare auf dem Platz vor ihnen, folgten dem komplizierten Reigen mit den Augen. Viele der Frauen trugen ähnliche Kleider wie Johanna, mit bunten Mustern und langen Röcken, die fast bis zum Boden reichten. Eigentlich hätte es offensichtlich sein müssen, dass sie ebenfalls mitmachen wollte, doch leider war der Fremde bei solchen Dingen etwas schwer von Begriff. Schließlich, als sie das Warten nicht mehr länger aushielt, ergriff Johanna ihn deshalb einfach am Hemdsärmel und zerrte ihn mit Gewalt in die Mitte des Platzes. Zunächst leistete der Fremde noch Widerstand, doch ihm wurde schnell klar, dass er in diesem Fall nicht wirklich etwas mitzureden hatte.

Es erforderte nur ein paar Schritte und schon waren die beiden auf allen Seiten von anderen Menschen umringt, bahnten sich mühsam einen Weg durch die Menge. Dann, kaum dass sie eine Stelle erreicht hatten, die ausreichend Platz dafür bot, ergriff Johanna auch schon die Hände ihres Partners und begann, sich mit ihm rhythmisch im Takt der Musik hin und her zu wiegen. Zunächst befürchtete der Fremde, sich nun schrecklich zu blamieren, denn vom Zusehen allein war es ihm vollkommen unmöglich gewesen, irgendein System in den komplizierten Bewegungen der tanzenden Paare zu erkennen – eine reichlich unbegründete Furcht jedoch, wie sich schnell herausstellte: Als er sich umsah, musste er nämlich schnell feststellen, dass es vielen anderen offenbar ganz ähnlich ging wie ihm. Nicht dass dies groß von Bedeutung gewesen wäre allerdings, denn im Inneren der Menschenmenge, abgeschirmt von etwaigen kritischen Blicken, tanzte ohnehin jeder, wie er gerade wollte. Johanna jedenfalls schien überglücklich zu sein, konnte gar nicht mehr aufhören zu lachen. Vermutlich hatte sie schon als kleines Mädchen jedes Jahr diesem Schauspiel beigewohnt und geträumt, eines Tages selbst hier zu tanzen.

Gegen Abend wurde die Stimmung des Festes allmählich ausgelassener, die Stimmen lauter. Unter die Töne der Instrumente mischten sich Zusehens das Klackern von aneinandergeschlagenen Bierkrügen und der lallende Gesang der Betrunkenen. Der Fremde und Johanna jedoch bekamen davon kaum etwas mit, weil sie zu diesem Zeitpunkt schon länger ein Stück außerhalb der Stadt unter einer großen Buche im Gras lagen. Die beiden waren auf der Suche nach einer ruhigen Ecke dorthin gekommen, ihre Arme und Beine vom vielen Tanzen wie ausgelaugt. Vollkommen erschöpft blieb ihnen so nur, der Sonne zuzusehen, wie sie langsam hinter dem Horizont verschwand.

Es dauerte nicht lange, da tauchten auch schon die ersten Sterne über ihnen auf. Mit dem Einbruch der Dunkelheit nahm ihre Zahl dann stetig zu, bis es so aussah, als hätte jemand ein schier endloses, schwarzes Laken gespickt mit zahllosen, kleinen Lichtern darauf über der Welt aufgespannt. Schnell erkannte der Fremde darauf einige jener Sternbilder wieder, die ihm seinerzeit die Mönche im Kloster gezeigt hatten, wenn er wegen seiner Albträume nicht hatte schlafen können: Großer Wagen, Drache, Schwan, Pegasus. Mit dem Finger deutete er auf die Sterne und zeichnete die gedachten Linien zwischen ihnen in die Luft – woraufhin ihm Johanna immer wieder mit einem Kichern widersprach. Ihrer Meinung nach sahen die meisten der Konstellationen dem Gegenstand oder Tier, nach dem diese benannt worden waren, nämlich so *überhaupt* nicht ähnlich. Schnell fing sie deshalb an, sich eigene Namen auszudenken, die ihrer Meinung nach besser dazu passten – in vielen Fällen konnte man das nicht einmal abstreiten.

Eine gefühlte Ewigkeit lagen sie dort im Gras, beobachteten die Sterne und unterhielten sich dabei über allerlei Dinge. Wie lange genau konnte der Fremde nicht sagen. Irgendwann jedenfalls drehte er seinen Kopf zur Seite, weil es von dort schon seit Längerem keinen streichen Widerspruch mehr gegeben hatte, und stellte so fest, dass Johanna offenbar schon vor einiger Zeit eingeschlafen war. Mit einem langen Gähnen setzte er sich daraufhin erst einmal auf und blickte zur Stadt hinüber … Es musste schon recht spät sein, die Lichter und Geräusche des Festes waren fast vollständig verschwunden. Vorsichtig hob er die Schlafende also auf und trug sie dann sacht nach Hause, immer achtsam, kein unnötiges Geräusch zu machen, während er mit ihr durch die menschenleeren Straßen wandelte.

An dieser Stelle mag es nun fast so erscheinen, als ob die Geschichte des Fremden schon an ihrem Ende angelangt wäre. Immerhin hatte er sein Glück gefunden, seine düstere Vergangenheit endlich hinter sich gelassen, allein … Leider sollte besagte Vergangenheit ihn schließlich doch wieder einholen, seine große Reise damit erst richtig beginnen …

Der Tag, an dem es geschah, war eigentlich einer wie jeder andere. Wie immer hatte der Fremde Johanna und ihrem Vater am Morgen auf dem Markt geholfen und war anschließend durch die Stadt unterwegs gewesen. Mehrere Male lief ihm dabei ein kalter Schauer über den Rücken, fast als ob ihn jemand beobachten würde. Ein böses Omen? Vielleicht hätte schon das ihn alarmieren sollen, doch er dachte sich nichts dabei. Warum auch? Wer hier sollte ihm schließlich etwas Böses wollen?

Auf diese Weise dauerte es dann auch bis zum Nachmittag, bevor er das heraufziehende Übel endlich bemerkte: Etwas früher als sonst hatte sich der Fremde an diesem Tag auf den Weg zum Haus von Johannas Eltern gemacht – das Wetter war gut, wie geschaffen für einen kleinen Spaziergang vor der Arbeit. Als er jedoch an seinem Ziel ankam, bemerkte er sofort, dass etwas nicht stimmte: Johanna stand nicht wie üblich schon wartend in der Tür. Erst einmal natürlich kein unmittelbarer Grund zur Besorgnis, insbesondere da er ja wie gesagt recht früh dran war. Schnell stellte sich jedoch heraus, dass auch im Haus jede Spur von ihr fehlte – mehr noch! Angeblich war sie seit dem Mittagessen nicht mehr dort gewesen! Ihre Mutter hatte sich nichts dabei gedacht und angenommen, sie sei mit dem Fremden in der Stadt unterwegs. Es wäre immerhin nicht das erste Mal gewesen, dass die beiden bei einem Spaziergang die Zeit vergessen hätten.

Mit einem flauen Gefühl im Magen machte sich der Fremde daraufhin allein auf den Weg zum Markt. Sicherlich wartete sie dort schon auf ihn, war nur aus irgendeinem Grund vorausgegangen! Ja, das musste es sein! Trotz dieser Versuche, sich selbst zu beruhigen, legte er den Weg dennoch fast rennend zurück. Kaum mehr als ein paar Minuten dauerte es so, bevor der Stand an der Kreuzung in Sicht kam … und seine Miene daraufhin abermals versteinerte. Sie war nicht dort! Und auch ihr Vater hatte sie seit dem Vormittag nicht mehr gesehen! Als der Fremde ihm erzählte, dass Johanna verschwunden war, verlor er ein wenig an Farbe und schaute besorgt. Eigentlich hatte sie sich am Morgen auf den Heimweg gemacht, so wie immer.

Ohne ein weiteres Wort zu wechseln, stürmte der Fremde daraufhin davon. Allein bei dem Gedanken, dass Johanna etwas zugestoßen sein könnte, spürte er einen dumpfen Schmerz in seiner Brust. Er musste sie finden! Doch wie? Plötzlich kam ihm die Stadt, die er mittlerweile doch eigentlich wie seine Westentasche kannte, so *unendlich* groß vor … Trotzdem hielt er sich nicht lange mit der Schwierigkeit der vor ihm liegenden Aufgabe auf, eilte stattdessen im schwächer werdenden Licht der sinkenden Sonne rastlos durch die Straßen und überprüfte jeden Ort, an dem sie sein könnte, fragte jeden, den er kannte. Aber wohin der Fremde auch kam, niemand hatte Johanna gesehen. Mit jedem Schritt wuchs so seine Verzweiflung. Wie konnte es sein, dass ein Mensch einfach so verschwindet, als sei er buchstäblich vom Erdboden verschluckt worden?! Im nächsten Moment allerdings wurde ihm klar, dass er nur *allzu* viele Antworten auf diese Frage kannte.

Er war schon der vollkommenen Verzweiflung nahe, als er endlich doch noch eine Frau fand, die glaubte, Johanna begegnet zu sein: Am frühen Nachmittag habe sie an einer Straßenecke nahe der Markstraße mit einem seltsamen Mann geredet. Wie ein edler Herr habe dieser ausgesehen, mit teuren Kleidern und noblem Gehabe. Ein Rätsel, wie die beiden überhaupt ins Gespräch gekommen waren, denn der Unbekannte stammte ganz sicher nicht aus der Gegend – noch kein Grund zur Erleichterung, doch zumindest ein Lichtblick. In der Hoffnung, den geheimnisvollen Mann zu finden, klapperte der Fremde so als Nächstes die verschiedenen Gasthäuser der Stadt ab; die teureren zuerst natürlich. Auch wenn es sich vermutlich nur um eine zufällige Begegnung gehandelt hatte, konnte diese ihm doch zumindest einen Hinweis auf ihren Aufenthaltsort geben … Doch seltsamerweise schien niemand dort den mysteriösen Mann gesehen zu haben, umso seltsamer bedachte man dessen doch reichlich auffälliges Aussehen. Auch von den Wirten konnte sich keiner an eine Person erinnern, auf welche die Beschreibung passte. Es kam dem Fremden fast so vor, als jage er einem Geist hinterher, der aus welchem Grund auch immer einzig aufgetaucht war, um sich mit Johanna zu unterhalten und dann wieder zu verschwinden …

Die Nacht hatte sich schon vor einiger Zeit über die Stadt gesenkt, als der Fremde langsam aber sicher zu spüren begann, wie die Erschöpfung Besitz von seinem Körper ergriff. Seine Beine schmerzten und fühlten sich schwer wie Blei an, nur mit Mühe ließen sie sich noch heben – und doch konnte er es sich nicht erlauben, innezuhalten und zu verschnaufen. Er musste weiter!

Die Straßen waren nun fast leer, nur ein paar zwielichtige

Gestalten gingen außer ihm im Licht der Straßenlaternen umher. Mittlerweile hatte er alle Orte in der Stadt abgeklappert, wo jemand für die Nacht unterkommen konnte, war unzählige Male zum Haus von Johanns Eltern zurückgekehrt, in der Hoffnung, dass sie vielleicht wieder aufgetaucht wäre – vergebens jedoch. Sie blieb verschwunden, ebenso wie der Unbekannte, mit dem sie sich offenbar unterhalten hatte. Dennoch wollte – nein *konnte* der Fremde die Suche nicht aufgeben, lief bald nur noch ziellos durch die Stadt. Schon hinter der nächsten Ecke könnte schließlich seine Geliebte warten, verletzt … oder vielleicht sogar Schlimmeres?! Irgendwann war der Fremde zu erschöpft, um weiter zu rennen, schleppte sich stattdessen nur noch durch die menschenleeren Straßen, während Verzweiflung und Trauer ihn langsam überwältigten. Um ihn herum war es nun seltsam still, nur hin und wieder konnte man ein leises Rascheln oder den Schrei eines nachtaktiven Vogels hören. Eine kleine Fledermaus schien ihm zu folgen … Wo konnte sie bloß sein? Wo nur? Unaufhörlich hämmerte diese Frage in seinem Kopf.

Wie lange genau er durch die schlafende Stadt geirrt war, konnte der Fremde nicht sagen, als er letztendlich doch an einer Mauer halt machen musste, um nicht zusammenzubrechen. Sein ganzer Körper zitterte, während er dort vollkommen erschöpft nach Luft rang und an der Hauswand langsam zu Boden sank. Es dauerte mehrere Minuten, bis endlich das Gefühl in seinen Gliedern wiederkehrte und er genug Kraft aufbringen konnte, um aufzustehen – gerade rechtzeitig tatsächlich: Kaum hatte der Fremde sich aufgerichtet und begann zu überlegen, wo er als Nächstes suchen sollte, tauchte nämlich ganz in der Nähe ein Geräusch auf: Schritte … Instinktiv begann er daher zu schleichen, versuchte, sich so lautlos wie möglich zu bewegen, während er auf dem Ursprungsort der Geräusche zuhielt. Eines stand dabei schnell fest: Wer auch immer dort umherging, versuchte jedenfalls nicht, seine Anwesenheit zu verbergen, und hatte es offenbar ebenso wenig besonders eilig. Bloß ein nächtlicher Spaziergänger vielleicht? Doch wo war dieser so plötzlich hergekommen?

Vorsichtig stahl sich der Fremde also zur nächsten Straßenecke und warf einen Blick in den dunkeln Korridor zwischen den Hauswänden dahinter … Dort war die Luft rein, aber das Geräusch der Füße auf dem steinernen Boden kam eindeutig näher, weiter als ein paar Straßen konnte die Person nicht entfernt sein. Gerade wollte er sich wieder verstohlen in Bewegung setzten, da ließ ihn etwas unvermittelt herumwirbeln: Hinter ihm! Für einen Moment hatte er geglaubt, einen bohrenden Blick in seinem Rücken spüren zu können, aber natürlich war dort niemand. Wie auch? In der nächtlichen, fast unnatürlichen Stille konnte man auf so kurze Entfernung immerhin jeden Atemzug hören! Unmöglich dass sich unter diesen Bedingungen jemand unbemerkt an ihn hätte heranschleichen können. Etwas verwundert setzte er seinen Weg also fort, bewegte sich langsam aber sicher auf die Schritte zu. Dann jedoch verschwanden diese plötzlich. Die andere Person musste aus irgendeinem Grund angehalten haben. Hatte man ihn etwa bemerkt?! Kurz hielt der Fremde die Luft an und lauschte, bevor er sich weiter lautlos in die Richtung bewegte, aus der die Geräusche eben noch gekommen waren. Kaum mehr als ein paar Meter konnten es noch bis dorthin sein, vermutlich befand sich sein Ziel schon jenseits der Kreuzung, die vor ihm lag.

Vorsichtig kam er näher und wagte einen Blick in den rechten Arm der Querstraße … und tatsächlich stand dort jemand, blickte vollkommen regungslos zum Himmel. Fast schien es, als würde die Person auf etwas warten … oder jemanden? Der Fremde allerdings hielt sich nicht mit dieser Frage auf, stürmte stattdessen los, weil er sofort erkannt hatte, *wer* dort stand. Sein Herz machte erleichtert einen Sprung bei diesem Anblick: Auch wenn ihre Haare etwas in Unordnung geraten waren und ihr Kleid an einigen Stellen zerrissen oder schmutzig – es gab keinen Zweifel, dass es sich um Johanna handelte! Er hatte sie gefunden! Endlich! Außer sich vor Erleichterung rief er ihren Namen … Ohne damit eine Reaktion hervorzurufen allerdings. Stattdessen senkte sie nur den Blick, wirkte dabei seltsam abwesend. Umso schneller eilte der Fremde dann auch heran, jegliche Erschöpfung verflogen, und öffnete gerade noch rechtzeitig die Arme, um seine Geliebte aufzufangen, als diese im nächsten Moment offenbar völlig entkräftet von ihrer Odyssee zusammenbrach. Im Fallen konnte er so nur für einen Augenblick ihre leuchtend roten Augen aufblitzen sehen, bevor er sie mit beiden Armen fest umschloss, nie mehr loslassen wollte. Es gab kein Wort, welches die Freude beschreiben könnte, die der Fremde in diesem Moment fühlte, wie tonnenschwere Gewichte fiel die Sorge von ihm ab. Alle dunklen Vorahnungen und Befürchtungen hatten sich letztlich als Hirngespinste herausgestellt, wenn sie auch etwas mitgenommen aussah, Johanna war in Sicherheit! Nun blieb nur noch, sie… Moment?! *Rot*?!

Nur einen kurzen Moment lang hatte die Freude seine Wahrnehmung getrübt, die Erleichterung ihn geblendet und schon war es zu spät: Bevor der Fremde reagieren konnte, spürte er auch schon, wie sich zwei spitze Zähne in seinen Hals bohrten. Der plötzliche Wechsel von überschwänglicher Freude hin zu blankem Entsetzen ließ ihn daraufhin augenblicklich versteinern, sein Verstand unfähig die Ereignisse zu verarbeiten, während ein leises Schlürfen in seinen Ohren klang. Was hatte das zu bedeuten?! – Nun, eigentlich hätte die Antwort darauf offensichtlich sein müssen, insbesondere für ihn, und doch war diese gleichzeitig viel zu schrecklich, um auch nur daran zu denken … So konnte er nichts anderes tun, als ungläubig ins Leere zu starren. Schnell legte sich ein Schleier über sein Bewusstsein, alle Kraft wich aus seinen Gliedern, als würde diese mit dem Blut herausgesogen. Schließlich blieb so nur noch das Gefühl von Johannas weichen Lippen und der Wärme des Blutes auf der Haut übrig, sein übriger Körper vollkommen taub.

Gerade begann die Ohnmacht ihn zu überwältigen, da hörte er plötzlich etwas und kam daraufhin noch einmal erschrocken zu Sinnen:

»Gib Acht, dass du ihn mir nicht tötest, mein Kind! Das würde uns schließlich *beiden* das Herz brechen!«, klang es heiter neben ihm.

Johanna gehorchte diesem Befehl ohne zu zögern und ließ augenblicklich von ihrer Beute ab. Gleichzeitig trat ein Mann in sein Sichtfeld, seine Augen wie zwei leuchtende, rote Sterne gegen den Nachthimmel. Keine Überraschung mehr jedoch, denn schon an der Stimme hatte der Fremde die Person – nein das *Monster* – erkannt, dass nun vor ihm stand: der Graf! Genüsslich badete der Vampir erst einmal einige Augenblicke in dem verhassten Blick seines Gegenübers, der zu keiner anderen Form von Gegenwehr mehr fähig war, bevor er weitersprach:

»Seid ehrlich! Ihr hattet nicht erwartet, mich so schnell wiederzusehen, oder? Nein? Nun, sicherlich fragt Ihr Euch jetzt, warum ich den weiten Weg gekommen bin, nur um Euch zu besuchen.« Der Graf trat einen Schritt näher. »Vielleicht habt Ihr gar geglaubt, bei unserem letzten Treffen einzig durch die *Gunst des Schicksals* entkommen zu sein?«

Er lachte kurz, gefolgt von einer längeren Pause, in der sein bohrender Blick fragend auf dem Fremden verharrte. Als dieser jedoch keine Antwort gab, beziehungsweise geben konnte, fuhr er stattdessen selbst fort:

»Nein, vermutlich nicht … Nur ein vollkommener Narr wäre schließlich so naiv. Sicher wart Ihr Euch der Tatsache bewusst, dass ich Euch gehen ließ? Aber was könnte bloß der *Grund* dafür gewesen sein? Irrsinn? Gleichgültigkeit? *Mitleid* gar?!« Seine Schultern hoben sich spöttisch. »Sicher habt Ihr Euch über diese Frage lange den Kopf zerbrochen – aber keine Sorge, ich will es Euch verraten. Immerhin hängt damit auch der Grund meines Besuches heute zusammen.« Er schwieg einen Moment, wurde dann abrupt ernster, fast nostalgisch. »Wisst Ihr … Es ist lange her, dass mich jemand herausgefordert hat und dann auch noch so *überaus* unterhaltsam dabei war. Ach! Der Hass, der Rachedurst, welcher damals in Euren Augen loderte! Geradezu inspirierend! Und eine Seltenheit dazu. Normalerweise hat schließlich niemand, der mich persönlich kennengelernt hat, großes Interesse an einem Wiedersehen. Leider … In *Eurem* Fall jedoch war mir sofort klar, dass Ihr niemals aufgeben würdet, einzig der Tod Euch davon abhalten könnte, es immer und immer wieder zu versuchen. Ich freute mich schon auf die vielen weiteren Begegnungen, die es ohne Zweifel geben würde – doch dann …«

Bisher hatte der Graf ruhig und unbeschwert gesprochen, nun jedoch mischte sich unvermittelt ein Anflug von (vermutlich gespieltem) Zorn in seine Stimme. Zumindest zum Schein reichlich ungehalten deutete er so als Nächstes mit dem Kopf in Johannas Richtung:

»… kommt dieses … *Weibsbild* … daher und verdreht Euch den Kopf! Lässt alles andere nebensächlich erscheinen, selbst Euren Rachefeldzug!« Der Vampir schüttelte den Kopf und verdrehte die Augen, seufzte dabei übertrieben. »Ja, ja, die Liebe … Nicht, dass ich es nicht verstehen könnte – sie ist ja schon ein hübsches Ding …« Seine Hand strich sanft über ihre Wange. »Trotzdem kann ich es aber natürlich *nicht* erlauben, dass man Euch in dieser Art und Weise vom *Wesentlichen* ablenkt. Eine passende Strafe musste her – etwas, worüber *ich* wiederum sehr lange nachgedacht habe. Natürlich wäre es ein Leichtes gewesen, sie einfach verschwinden zu lassen. Es kommt immerhin *ständig* vor, dass Leute bei einem Spaziergang außerhalb der Stadtmauern unerwartet von einem Rudel Wolfe zerfleischt oder ihnen auf offener Straße die Kehle aufgeschlitzt wird. Allerdings erschien mir das unnötig grausam – ich bin ja kein Unmensch. Obwohl …« Mit diesen Worten brach er plötzlich in wildes Gelächter aus, schien sich einen Moment gar nicht einzukriegen können, bevor er heiser noch hinzufügte: »Nun, wenn ich genauer darüber nachdenke, würden mich wohl doch schon ein *paar Leute* als einen solchen bezeichnen.«

Inzwischen fühlte der Fremde mehr und mehr den Zorn in sich hochkochen, das Einzige vermutlich, was ihn überhaupt noch bei Bewusstsein hielt. Am liebsten wäre er dem Vampir sofort an die Kehle gesprungen, hätte versucht, ihn an Ort und Stelle zu erdrosseln, doch in seinem momentanen Zustand war das natürlich unmöglich – eine Tatsache, die den Grafen nebenbei äußerst zu erheitern schien, als er mit einem Lächeln weitersprach:

»Jedenfalls … Sehr zu Eurem Glück – und vermutlich noch mehr zu dem Eurer Angebeteten hier – kam mir dann allerdings schnell eine gänzlich andere Idee: Möglicherweise war diese Begebenheit ja vielmehr ein Glücksfall als ein Ärgernis? Eröffnete sich damit doch die Möglichkeit, das Drama um ein weiteres … *Element* zu bereichern: meine Version der klassischen Jungfrau in Nöten! Mit unserer lieblichen Hauptdarstellerin hier …« Er deutete in Johanns Richtung. »Der Rest meiner kleinen Vorstellung ergab sich dann fast wie von selbst: Im ersten Akt verschwindet die holde Maid spurlos und der Held – das nebenbei seid *Ihr* – macht sich verzweifelt auf die Suche nach seiner Liebsten. Wirklich spaßig, Euch zuzusehen, wie Ihr kreuz und quer durch die ganze Stadt gelaufen seid – noch dazu mit solch übermenschlicher Ausdauer! Dann das große Finale: In einer menschenleeren Straße bei hellem Mondschein findet Ihr sie endlich wieder … Doch oh Schreck! Offenbar hat sich die holde Maid während ihrer Abwesenheit ein *ganz klein wenig* verändert! Was für ein Finale!« Er setzte zu einer tiefen Verbeugung an. »Ich hoffe, meine kleine Vorstellung hat Euch gefallen?«

Sein unfreiwilliger Hauptdarsteller jedoch antwortete nicht darauf, sackte stattdessen nur in sich zusammen, weil jegliche verbleibende Kraft aus seinem Körper gewichen war. Ein einziger Gedanke dominierte nun seinen Verstand, ließ Wut augenblicklich in Verzweiflung umschlagen, während er in Johannas leere, blutrote Augen über sich starrte: Es war *seine Schuld*, *sein Werk*, was er nun vor sich sah. Einzig und allein die Tatsache, dass Johanna *ihm* begegnet war, hatte dieses düstere Schicksal über sie gebracht! Nur um *ihn* zu quälen, hatte man sie in eine derartige, abscheuliche Kreatur verwandelt! Diese Erkenntnis allein reichte aus, jeglichen Widerstand in ihm zu brechen.

Schon wurde ihm schwarz vor Augen, eine eisige, bittere Kälte legte sich wie eine Decke um ihn – eine Reaktion, die der Graf derweil süffisant kommentierte:

»Hoppala! Eure Liebste scheint ja geradezu *unersättlich* zu sein! Ho, ho, ho!« Er wandte sich ihr zu und wedelte tadelnd mit dem Finger. »Nun, ich fürchte, Ihr werdet nicht mehr lange bei Bewusstsein bleiben – sie hat wirklich ordentlich zugeschlagen, so scheint es. Ein wenig mehr und Ihr würdet vermutlich gar nicht mehr unter uns weilen, deswegen will ich die Verabschiedung kurz halten. Ach ja … Und natürlich braucht Ihr Euch keine Sorgen um … ähm …« Sein Blick wanderte nachdenklich zum Himmel. »Wie hieß sie doch gleich …? Na ja, ist ja auch egal. Ihr braucht Euch jedenfalls keine Sorgen um Eure Angebetete hier zu machen. Natürlich wird sie so lang wie nötig meine *volle* Gastfreundschaft genießen. Kommt uns bei Gelegenheit mal besuchen, in Ordnung? Wir wollen ja nicht, dass die Arme am Ende noch *einsam* wird. Bis dahin gehabt Euch wohl, mein Freund! Es war mir eine Freude!«

Mit diesen abschließenden Worten machten er und Johanna auch schon kehrt und spazierten seelenruhig davon. Während er in die Ohnmacht abdriftete, konnte der Fremde das rhythmische Geräusch ihrer Schritte hören, wie es sich langsam entfernte …

ACHTES KAPITEL

Als der Fremde erwachte, war er von nahezu vollkommener Dunkelheit umgeben. Nicht einmal Umrisse ließen sich in der Schwärze ausmachen, deshalb blieb ihm nichts anderes übrig, als mit bloßen Händen die Umgebung abzutasten – was jedoch schnell nur noch mehr Fragen aufwarf: Der Boden war hart wie Stein, bedeckt mit einer dünnen Schicht, die sich wie Sand anfühlte, dazu seltsame dünne … *Stöckchen*? An manchen Stellen türmten sie sich zu hohen Wänden auf und bildeten so eine undurchdringliche Barriere. Die einzige Möglichkeit, sich zu orientieren, bestand aus einem schwachen Lichtschein weit über ihm, der jedoch nicht bis zum Boden reichte. Was war dies für ein Ort? Träumte er etwa? Ja, das musste es sein! Johannas Verwandlung, das plötzliche Auftauchen des Grafen, bei alldem handelte es sich nur um einen schlechten Traum, ein Produkt seiner Fantasie, die noch immer von den Jahren der Jagd gezeichnet war! Er musste nur aufwachen, dann würde alles wieder so sein wie vorher! Leichter gesagt als getan … So sehr der Fremde auch versuchte, das Land der Träume hinter sich zu lassen, es wollte ihm einfach nicht gelingen. Schließlich setzte er sich deshalb in Bewegung, tastete sich langsam vorwärts, um zumindest aus der erdrückenden Finsternis umher zu entkommen.

Schnell fand sich eine Richtung, in der ihm nicht jene seltsamen Stöckchen den Weg versperrten, sondern harter Stein – eine Mauer offenbar. Doch was lag dahinter? Vorsichtig legte er sein Ohr auf das Hindernis … und tatsächlich! Von der anderen Seite erklang eine Vielzahl von Geräuschen: das Rauschen des Windes, Vogelgesang, Hundegebell. Dort schien buchstäblich eine andere Welt zu beginnen. Vorsichtig setzte er sich deshalb als Nächstes in Bewegung, immer eine Hand an der Wand, um nicht erneut die Orientierung zu verlieren, die andere vor sich ausgestreckt, um etwaige Hindernisse zu lokalisieren. Eine ganze Weile stolperte der Fremde so durch die Dunkelheit, während sich sein Gehörsinn stetig schärfte, bald eine ganze Reihe weiterer Geräusche jenseits der Mauer erkennen ließ. Gleichzeitig begann er sich zu fragen, ob diese überhaupt ein Ende hatte oder ob ihre Unendlichkeit nicht vielmehr Teil dieses … Alptraums war. Schließlich jedoch stieß seine Hand endlich auf ein Hindernis: Offenbar machte die Wand vor ihm einen abrupten Knick, zweifellos eine Ecke des Gebäudes, in dem er sich befand – und mehr noch: In der Ferne vor ihm konnte er nun einen schwachen Lichtschein erkennen. Sofort hielt der Fremde darauf zu, wurde jedoch schon im nächsten Augenblick abrupt gebremst, weil erneut eine Wand aus kleinen Stöckchen ihm den Weg versperrte. Dieses Mal allerdings gab es eine kleine Lücke zwischen dieser und ihrer steinernen Schwester, durch die er sich mit viel Mühe zwängen konnte. Jenseits davon wiederum wurde es dann abrupt heller: Zwar konnte der Fremde immer noch nicht genau sagen, wo er sich befand, doch wenigstens zeichnete sich am Boden vor ihm nun eine helle Linie ab – eine Tür offenbar. Endlich! So schnell es in der Dunkelheit möglich war, bewegte er sich in der Folge darauf zu. Ein schwerer Riegel versperrte dort den Weg nach draußen, ließ sich nur widerwillig bewegen, als würde er sich bewusst gegen den Benutzer stemmen. Beim Aufschwingen gaben die Scharniere ein krächzendes Geräusch von sich, das Reiben von Metall auf Metall, Rost auf Rost. Trotzdem riss der Fremde die Tür regelrecht auf. Kaum mehr als einen Spalt allerdings, dann ließ ihn ein spitzer Schmerz erschrocken zurückweichen. Wie sengend heiße Klingen schienen sich die Sonnenstrahlen in seine Haut zu bohren, ließen ihn augenblicklich einen Satz zurück machen. Was ging hier vor? Draußen war es geradezu gleißend hell, das Licht so blendend, dass es schmerzte, wenn er die Augen nicht zu Schlitzen zusammenkniff. Dann dämmerte es ihm: Unmöglich?! Panisch griff er sich an den Hals und suchte nach einer Wunde – ohne Erfolg jedoch. Wo sich Johannas Zähne in die Haut gebohrt hatten, war diese glatt und unversehrt, was ihm sofort einen erleichterten Seufzer entlockte. Natürlich gab es dort keine Wunde. Schließlich war das alles ja nur ein Traum gewesen!

Zutiefst verwirrt von den jüngsten Ereignissen sah sich der Fremde als Nächstes erst einmal um. Im Streulicht von draußen konnte man jetzt erkennen, dass er offenbar in einer Scheune stand: Überall türmten sich Berge von Stroh auf und eine dünne Schicht aus Halmen bedeckte den Boden. Das mussten die seltsamen Stöckchen sein, die ihm zuvor aufgefallen waren. Fragte sich bloß, wie er überhaupt hierhergekommen war? Entsprechend energisch versuchte sein Verstand daher auch in der Folge, die Lücke in seinen Erinnerungen zu füllen, während er vollkommen perplex den Blick über die Berge aus Stroh schweifen ließ. Auch wenn es ihm auf diesem Wege leider nicht gelang, eine Antwort zu finden, so entdeckte er dabei doch schnell etwas anderes, vollkommen Unerwartetes: Ein Stück von der Tür entfernt lag etwas auf dem Boden, das von Weitem aussah wie ein Haufen Seile. Daneben stand ein großer, runder Spiegel, der nun so *überhaupt* nicht in eine Scheune zu passen schien.

Vorsichtig trat der Fremde deshalb näher und stellte so im nächsten Moment fest, dass es sich bei dem seltsamen Bündel um einen Mann handelte, den man dort zur vollkommenen Bewegungsunfähigkeit eingeschnürt hatte. Abgesehen von Kopf und Hals war sein Körper so eng umwickelt, dass keine Lücke mehr zwischen den Seilen blieb. Auf seiner Brust schließlich waren die beiden Enden des Seils zu einer kunstvollen Schleife verknotet, unter der ein gefaltetes Stück Papier klemmte. Schnell trat der Fremde näher und suchte einen Puls. Der Mann war am Leben, schien nur tief und fest zu schlafen. Dann zog er den Zettel hervor und entfaltete diesen:

»Ein Abschiedsgeschenk für meinen geschätzten Freund. Mögen wir uns bald wiedersehen.

Post scriptum: Werft einen Blick in den Spiegel!«, stand darauf.

Ohne sich etwas dabei zu denken, hob der Fremde daraufhin sogleich seinen Blick in Richtung der reflektierenden Glasoberfläche und versteinerte im nächsten Moment: Plötzlich starrten ihn zwei bedrohliche, blutrote Augen an! Ein bohrender Blick, erst entschlossen und gefasst, wandelte sich schnell zu blankem Entsetzten.

Das Gesicht der Person im Spiegel verlor vom einen auf den anderen Moment alle Farbe, wie vom Tode erschrocken. Kein Wunder jedoch, denn es war sein eigenes Spiegelbild, das er dort sah! Erst in diesem Moment begann der Fremde gezwungenermaßen zu begreifen, dass dies mitnichten ein Traum war, sondern schreckliche, schreckliche Realität! Verzweifelt fiel er daher auch als Nächstes auf die Knie, sein Blick wurde leer und anteilslos, während die Tatsachen ihn wie eine Lawine überrollten, seine grausamen, unaussprechlichen Befürchtungen letztlich Gewissheit wurden. Erneut hatte ihm der Graf alles genommen, was ihm in seinem Leben wichtig gewesen war – und wie beim letzten Mal hatte er rein gar nichts dagegen unternehmen können. Johanna war nun ein Monster, nicht anders als all die anderen, welche er über die Jahre zur Strecke gebracht hatte! Dass sie ihn ohne zu zögern getötet hätte, wäre nicht der Graf gerade noch rechtzeitig eingeschritten, ließ daran keinen Zweifel mehr! Vom einen auf den anderen Moment war die sanftmütige und herzliche Frau, die er so lieb gewonnen hatte, plötzlich verschwunden und würde *nie mehr* wiederkehren. Diese Tatsache war für ihn schier unerträglich, ließ sein Denken buchstäblich in Verzweiflung ertrinken, während er geistesabwesend in den Spiegel blickte, die Ereignisse immer wieder und wieder Revue passieren ließ.

Geradezu quälend langsam vergingen so die Stunden, doch mit der Sonne hoch am Himmel und ihrem ebenso gleißendem wie sengendem Licht allgegenwärtig blieb ihm nichts anderes übrig, als zu warten. Wenigstens wachte der gefesselte Mann neben ihm in der Zwischenzeit nicht auf – der Graf musste irgendetwas mit ihm angestellt haben, das ihn weiterhin bewusstlos bleiben ließ. Als es dann endlich dunkel geworden war, befreite der Fremde ihn von seinen Fesseln und legte den Schlafenden dann vor der Türe eines Wohnhauses ab, das nur ein Stück von der Scheune entfernt stand. So würde diesen sicher schnell jemand finden. Anschließend stahl er sich klammheimlich davon – nicht weit allerdings: Der Bauernhof lag tatsächlich nur ein kleines Stück von der Stadt entfernt.

Schnell hatte der Fremde die Tore erreicht und wandelte

daraufhin wieder auf den ihm so wohlbekannten Straßen, allein … irgendwie fühlten sie sich nun seltsam fremd, fast feindselig an. Entsprechend hastig bahnte er sich daher auch einen Weg zu seiner Herberge, immer achtsam, von niemandem gesehen zu werden, der ihn kannte, und mit gesenktem Blick, um die Farbe seiner Augen zu verbergen. Sicher waren Johannas und auch sein Verschwinden mittlerweile weithin bekannt, je schneller und unbemerkter er sich aus dem Staub machen konnte, desto weniger unangenehme Fragen würde man ihm daher auch stellen – im Idealfall gar keine. Welche Erklärung Johannas Eltern und die anderen Leute auch immer für die seltsamen Vorkommnisse hatten, es war mit ziemlicher Sicherheit besser für sie, *daran* zu glauben, als die schreckliche Wahrheit zu kennen.

An seinem Ziel angekommen schlich er sich daher auch sogleich durch einen Seiteneingang in das Gebäude. Auf diese Weise gelang es ihm, ins Obergeschoss zu gelangen, ohne dafür die Wirtsstube durchqueren zu müssen, wo zu dieser *Zeit viele* neugierige Augen auf ihn gewartet hätten. Die Handvoll Münzen auf dem Nachttisch war so alles, was von ihm dort zurückblieb, bevor er eilig die Stadt verließ.

Damit gab es nun nur noch einen Ort, den der Fremde besuchen musste, bevor er sich auf den Weg machen konnte: einen unscheinbaren Erdhügel auf dem Friedhof außerhalb der Mauern, unter einer großen Weide. Dort lagen seine Waffen begraben, eigentlich zur ewigen Ruhe. Er hatte sich nicht dazu durchringen können, sie einfach zu verkaufen oder fortzuwerfen. Schließlich waren diese Besitztümer über die Jahre regelrecht ein Teil von ihm geworden. Dennoch hatte er sie aus den Augen haben wollen – um nicht ständig an seine Vergangenheit erinnert zu werden … oder andere auf deren Spur zu bringen.

Trotz ihrer Zeit unter der Erde waren Schwert und Revolver in gutem Zustand, schienen nicht nennenswert unter ihrem Exil gelitten zu haben. Auch das Silberkreuz war unversehrt, aber wie oft seine Hand auch versuchte, es zu ergreifen, jedes Mal schien ihn eine unsichtbare Kraft davon abzuhalten, die Finger darum zu schließen, und es schlüpfte hindurch. Bedachte man seine Verwandlung war dies aber vermutlich nicht einmal verwunderlich. Schließlich gab er daher auf, bedeckte die Kuhle wieder mit Erde und steckte ein Stück Holz hinein – ein Grab für jene beiden Menschen, die in der vergangenen Nacht gestorben und in anderer Form wiederauferstanden waren.

Anschließend kehrte der Fremde jener Stadt, die ihm wohl mehr als jeder andere Ort auf der Welt eine Heimat gewesen war, den Rücken. Es gab nun nichts mehr, was ihn dort hielt. Auch wenn er ehrlichgesagt nicht wirklich wusste, wohin er überhaupt gehen sollte …

Leicht hätte man denken können, dass der Fremde nun sofort erneut dem Grafen hinterhergejagt wäre, erfüllt von rechtschaffenem Zorn und nur noch gewachsenem Rachedurst. Doch dem war nicht so. Zu schwer wog Johannas Schicksal und auch seine eigene Verwandlung auf ihm, als dass er sich dazu hätte durchringen können. Was für einen Sinn hatte es jetzt schließlich noch, seine sinnlose Jagd wieder aufzunehmen? Seine Geliebte konnte ihm das nicht zurückbringen – und überhaupt ließ sich nicht einmal sagen, wie lange es dauern würde, bevor er *seinerseits* beginnen würde, Jagd auf die Unschuldigen zu machen.

Allein der bloße Gedanke, so zu werden wie der Graf oder irgendeine der anderen blutdürstigen, mörderischen Kreaturen, die ihm in seinem Leben begegnet waren, reichte aus, um ihn in tiefste Verzweiflung zu stürzen. Umso mehr da dieses Ende ja an diesem Punkt schier unvermeidlich schien. Mehr als einmal stand er kurz davor, gänzlich daran zu zerbrechen, weswegen man die folgenden Wochen auch nur als eine Odyssee bezeichnen kann: Ohne ein Gefühl für Zeit oder wo er sich befand, zog der von einem Ort zum anderen, blieb nirgends länger als einen Tag – und selbst das nur aus Zwang. Wäre nicht das unerbittliche Sonnenlicht gewesen, vor dem er sich am Tage verkriechen musste, wäre der Fremde vermutlich ohne Unterbrechung bis ans Ende der Welt gelaufen. Schließlich war er auf der Flucht vor etwas, dem er nicht entkommen konnte: sich selbst.

Anfangs übernachtete er noch wie jeder andere Reisende in Herbergen und Gaststätten, doch mit der Zeit wurde ihm die Gegenwart anderer Menschen zunehmend unangenehm. Sie schienen ihn zu beobachten, tuschelten hinter seinem Rücken, als ob sie ganz genau wüssten, was für eine *Kreatur* da in ihrer Mitte weilte. Es dauerte nicht lange, bis diese Paranoia unerträglich wurde. So oft wie möglich versuchte der Fremde deswegen, andere Verstecke zu finden: Höhlen, Scheunen, Keller, verlassene Häuser oder Dachböden. Hin und wieder ließ sich der Kontakt mit anderen Menschen allerdings nicht vermeiden, denn unerwarteterweise – zumindest für ihn – benötigte sein Körper immer noch »normale« Nahrung und auch Wasser. Was jedoch leider nicht bedeutete, dass sich nicht bald auch weit düsterere … Gelüste bemerkbar gemacht hätten: Es begann kaum wahrnehmbar, nicht mehr als eine leichte, unangenehme Trockenheit im Hals, die nach ein paar Schlucken Wasser wieder verschwand und erst in ein paar Stunden wiederkehrte – doch die Intervalle wurden rasch kürzer. Bald trank der Fremde an einem Tag das Doppelte des Üblichen. Wenig später war es schon das Dreifache. Und selbst *diese* Mengen halfen irgendwann nicht mehr. Das Gefühl der Durstigkeit blieb bestehen, egal wie viel Flüssigkeit er zu sich nahm. Gleichzeitig wurde aus der zunächst nur leichten Trockenheit schnell ein Kratzen und wenig später ein Brennen, das sich nach und nach immer weiter ausbreitete, bis es seinen ganzen Hals und auch den oberen Teil des Brustkorbes für sich eingenommen hatte. Schlucken und Atmen wurde so zunehmend schwerer, gar schmerzhaft. Es fühlte sich im wahrsten Sinne des Wortes so an, als würde seine Kehle langsam, aber sicher von einem unsichtbaren Strick zugeschnürt. Natürlich wusste der Fremde aber schon von Anfang an ganz genau welches … *Getränk* und welches allein ihm Linderung verschaffen konnte, auch ohne seine mittlerweile dolchartig verlängerten Eckzähne zu sehen: *Blut*. Hin und wieder, wenn die Anfälle am unerträglichsten waren, erschien ihm die Vorstellung, etwas davon zu kosten – nur einen Tropfen – plötzlich gar nicht mehr so abstoßend, so undenkbar … Dennoch blieb der Fremde standhaft, selbst als die Folgen des Entzuges ihn mehr und mehr zu schwächen begannen. Auf diese Weise konnte er sich zumindest vorübergehend noch an den tröstenden Gedanken klammern, mehr *Mensch* als Monster zu sein. Allerdings klangen auch gleichzeitig die Worte des Grafen in seinen Ohren, erinnerten ihn immer wieder an sein scheinbar unausweichliches Schicksal:

»Das hält niemand durch … Mit jedem Tag wird der Durst stärker und stärker … bis er über seine Mitmenschen herfällt …«

Nein! Dazu würde er es nicht kommen lassen, eher seiner eigenen Existenz ein Ende setzen! Ihm standen dunkle Tage bevor, so schien es …

Glücklicherweise brauchte man nicht viel für ein Leben auf der Flucht, deshalb konnte der Fremde lange von dem zehren, was er über die Jahre angespart hatte. Dennoch … Letztlich kam es, wie es kommen musste: Langsam aber sicher ging ihm das Geld für die wenigen Dinge aus, die er sich nicht eigenhändig beschaffen konnte – keinesfalls ein plötzlicher Vorgang natürlich. Umso schlimmer daher, dass er vollkommen ratlos war, was eine Lösung für dieses Problem anging. Einer gewöhnlichen Arbeit nachzugehen, war in seinem Zustand natürlich unmöglich und auch die Kopfgeldjagd, mit der er sich bisher verdingt hatte, kam schnell nicht mehr infrage. Allein der bloße Anblick von Blut, der mit diesem Geschäft leider allzu oft einherging – ja der bloße Gedanke daran – erfüllte ihn schließlich mit einer seltsamen, regelrecht unheimlichen Erregung. Sofort überkam ihn dann ein schier unwiderstehlicher Drang, davon kosten zu wollen, nur *einen Schluck*, nur *einen Tropfen*. Wie betäubt verloren sich seine Sinne jedes Mal fast in diesem widernatürlichen Rausch, verlangtem ihm größte Willenskraft ab, um demselben nicht nachzugeben. Es schien, als würde buchstäblich jede *einzelne* Faser seines Körpers danach gieren, sich den roten Lebenssaft einzuverleiben. Mehr als einmal hatte er schon die Waffe feuerbereit an seiner Schläfe gehabt und sich erst im letzten Moment wieder fangen können. So auch einige Tage, bevor die letzte Münze in seinem Beutel schließlich ausgegeben war. Ihm blieb daher nur, die erstbeste Möglichkeit zum Geldverdienen wahrzunehmen, die sich bot, auch wenn diese in seinem momentanen Zustand möglicherweise gefährlich war – in mehr als einer Hinsicht.

Fast wie ein kurzer Lichtblick musste es ihm demnach auch anmuten, dass der Durst in der Folge aus unerklärlichen Gründen etwas nachzulassen schien, sein Geist so klar wurde wie seit Wochen nicht – und sich gleichzeitig eine günstige Gelegenheit ergab, seine finanziellen Probleme zu lösen: Offenbar trieb in der Gegend, in der er momentan unterwegs war, schon seit einiger Zeit eine Räuberbande ihr Unwesen. Sie überfielen Reisende, stahlen Vieh und erpressten Schutzgeld von den Einheimischen, die dieser Bedrohung vollkommen hilflos gegenüberstanden. Zudem waren bereits mehrere Menschen umgekommen, weil sie sich mit den Verbrechern angelegt hatten. Kein Wunder also, dass man mittlerweile ein stattliches Kopfgeld auf jedes einzelne Mitglied der Bande ausgesetzt hatte – im wahrsten Sinne des Wortes nebenbei. Zu sehr fürchteten die Leute schließlich, dass die Verbrecher ein lediglich gefangen genommenes Mitglied ihrer Bande sofort mit Gewalt befreien würden. Mit Gewalt kannten sie sich schließlich aus! Nichtsdestotrotz schien der Preis auf ihre Köpfe die Banditen tatsächlich reichlich wenig zu stören, stattdessen genossen diese vielmehr die daraus resultierende Infamie. Insofern bewirkte das Kopfgeld dann auch recht schnell das genaue Gegenteil von dem, wozu es eigentlich gedacht gewesen war: Anstatt Söldner oder andere Kopfgeldjäger anzulocken, um die Banditen zu jagen, kam stattdessen nur noch mehr Gesindel, dass sich der Bande anschließen wollte. Trotz seiner Umstände beschloss der Fremde daher, diese Chance wahrzunehmen. Die Leute dort waren mittlerweile so verängstigt, dass sie wohl keine Fragen stellen würden, solange er sich nur ihres Problems annahm, zudem für eine mehr als großzügige Entlohnung. Schon ein einziges Kopfgeld wäre wohl genug gewesen, um ihn zumindest über den nächsten Monat zu bringen. Mit einem mulmigen Gefühl machte er sich also eilig auf die Suche, bevor sich sein Zustand wieder verschlechtern konnte.

Das Lager der Banditen zu finden, war tatsächlich nicht besonders schwer. Offenbar legten seine Bewohner nämlich reichlich wenig Wert darauf, unentdeckt zu bleiben, campierten stattdessen unweit einer größeren Straße. Ihre Lagerfeuer tauchten den nächtlichen Wald in ein schwaches, rotes Licht, das man noch von Weitem erkennen konnte, und ließen die Baumstämme umher lange Schatten werfen. Wäre es früher gewesen, hätte man sie vermutlich auch noch Singen und Tanzen hören können. So allerdings war es vergleichsweise still. Vorsichtig eilte der Fremde also näher heran, sprang von einer Deckung zur nächsten, während die Lichter vor ihm heller wurden. Unnötige Vorsicht jedoch, wie sich schnell herausstellen sollte: Tatsächlich gab es auf dieser Seite des Lagers nur eine einzige Wache, die auf einem amateurhaft zusammengezimmerten Hochsitz saß – schlafend, wie man hinzufügen musste. Jenseits des friedlich vor sich hin dösenden Wächters wiederum stand eine hölzerne Hütte, die von einer Vielzahl kleiner Zelte und Hütten umringt war. Das Gebäude musste schon länger dort gestanden haben, als die Banditen es nutzten. Eine Jagdhütte vielleicht? Es war jedenfalls viel zu solide gebaut, als dass eine Handvoll Laien es in ein paar Monaten hätte zusammenzuschustern können.

Es war ruhig dort, die Männer schliefen offenbar alle. Sehr gut … Eilig ließ er seinen Blick über das Lager schweifen und suchte nach einem leichten Ziel, wobei der Fremde schnell feststellen musste, dass er trotz der Dunkelheit erstaunlich gut und weit sehen konnte – doch nicht nur das: Auch sein Gehör schien besser zu funktionieren als zuvor; die Atemgeräusche der schlafenden Menschen in den Zelten vor ihm waren deutlich hörbar. Vermutlich hätte er diese durchaus nützlichen Veränderungen begrüßt, wäre ihm nicht ihre Ursache bewusst gewesen. Seine Verwandlung schritt unerbittlich fort, so schien es … Für den Moment zumindest allerdings eine unbedeutende Tatsache. Er musste sich auf die Aufgabe konzentrieren, die vor ihm lag.

Der Plan war simpel: Einen oder zwei der Banditen erschlagen, die Körper in die Stadt zerren, das Kopfgeld kassieren und dann verschwinden – am besten noch vor dem Morgengrauen. Früher wäre dies eine allzu einfache Aufgabe für ihn gewesen, nun stellte es eine Herausforderung dar. Seine Hände zitterten – nicht aus Furcht, sondern vor Erschöpfung. Die vergangenen Monate hatten ihre Spuren hinterlassen: Durch die spärlichen und unregelmäßigen Mahlzeiten war der Fremde sichtlich ausgemergelt, seine Kehle schien sich mittlerweile zu wenig mehr als einem Schlitz verengt zu haben, sodass ihm selbst das Atmen schwerfiel. Er musste dies schnell hinter sich bringen – und noch wichtiger: Mit so wenig Blutvergießen wie möglich!

Der Wächter auf dem Hochsitz kam somit schon mal nicht infrage. Egal wie tief dieser schlief und wie betrunken er dabei war, selbst ein schwaches Rütteln des Hochsitzes würde ihn wohl entweder aufwecken – oder wahrscheinlicher – hinunterstürzen lassen und so andere alarmieren. Der Fremde ging also weiter, schlich auf der Suche nach einem passenden Opfer zwischen den Zelten umher … Am besten wäre jemand gewesen, der ein wenig abseits der anderen schlief, vielleicht sogar am Rand des Lagers. Leider jedoch ergab sich eine solche Gelegenheit nicht, denn die Bande hatte in letzter Zeit wohl *einiges* an Zulauf gehabt. In den Zelten und um die Feuer schliefen die Männer so dicht an dicht. Sollte er es in dem Haus versuchen? Nein. Es war nicht möglich, mit Sicherheit zu sagen, ob dort drinnen nicht noch jemand wach war, außerdem hätte er dann den Körper durch das ganze Lager schleifen müssen. Stattdessen ließ der Fremde seinen Blick weiter angestrengt schweifen … und wurde so schließlich fündig: Hinter einem Stapel Kisten, nicht weit von einer der nur noch schwach glimmenden Feuerstellen, konnte man eine Hand herausragen sehen. Sie war ihm zuvor nicht aufgefallen, weil sein Fokus auf den Zelten gelegen hatte. Vorsichtig kam er näher … und tatsächlich! Ein Mann schlief dort tief und fest, mit dem Rücken an die Kisten gelehnt und weit weg von allen anderen. Es war perfekt!

Ohne noch länger zu zögern, zog der Fremde daher auch sogleich sein Schwert hervor und machte sich bereit. Zuerst ein Schnitt durch die Kehle, damit dieser vor dem Ende kein Schrei mehr entkommen konnte, dann ein Stich ins Herz. Ganz einfach.

So wie immer. Langsam setzte er dem Nichtsahnenden die Klinge an den Hals, während dessen entspanntes Atmen und ruhiger Herzschlag ihm gleichermaßen in den Ohren dröhnten. Zuletzt griff seine Hand noch nach dem Kopf, um diesen im nun folgenden, entscheidenden Moment zu stabilisieren. Dann folgte auch schon ein schneller, präziser Schnitt – nun, oder *hätte* zumindest, wenn nicht just in diesem entscheidenden Moment ein nahes Geräusch das Adrenalin in seine Adern getrieben hätte:

»Ei… *Eindringling*?!«, tönte verwirrt eine Stimme hinter ihm.

Unnötig zu sagen, dass dieses plötzliche, unerwartete Ereignis die Klinge natürlich im völlig falschen Winkel ins Fleisch schneiden ließ, sie viel zu tief darin versank, fast bis zum Knochen. Als direkte Folge davon spritzte dem Fremden sogleich ein Schwall warmen Blutes entgegen und traf ihn frontal im Gesicht und am Oberkörper. Verflucht! Irgendwo unter den unzähligen Schläfern musste *einer* genau im falschen Augenblick aufgewacht sein, hatte ihn gesehen und sofort Alarm geschlagen! Es dauerte nur Sekunden, dann setzte auch schon ein Echo aus anderen Stimmen von überall her ein, wiederholte die Parole immer wieder und wieder, fast wie im Delirium: »Eindringling! Eindringling! EINDRINGLING!«

Es dauerte nur Sekunden, schon war er umzingelt. Doch der Fremde hatte in diesem Moment tatsächlich ganz andere Probleme: Seine Kehle begann zu brennen, als stünde sie in Flammen, sein Herz hämmerte regelrecht gegen den Brustkorb, während er mit sich kämpfte. Das Blut war einfach überall, in seinem Gesicht, auf seiner Kleidung! Der kleine Ausrutscher während des Schnittes schien ihn regelrecht darin getränkt, keinen trockenen Fleck zurückgelassen zu haben! Die von seinem Körper so ersehnte Flüssigkeit war dadurch nun kaum mehr als eine kurze Zungenbewegung entfernt, so unglaublich verlockend … Doch der Fremde gab dem Trieb nicht nach, presste stattdessen seine Lippen so fest er konnte zusammen. Kein einziger Tropfen würde sie passieren! Dann wandte er sich der lauernden Meute zu, einer Wand aus Augen, die ihn gleichsam grimmig und erschrocken anstarrten. Eines stand fest: Es gab kein Entkommen. So würde es also mit ihm zu Ende gehen? Seltsamerweise störte ihn das aber nicht einmal – nein! Der Fremde begrüßte es sogar. Eigentlich hatte er schon viel zu lange darauf warten müssen. Es gab in dieser Welt ohnehin keinen Sinn mehr für seine Existenz. Lieber ein Ende mit Schrecken, als ein Schrecken ohne Ende. Und außerdem … Wenigstens würde er so als *Mensch* sterben.

Gefasst öffnete er so als Nächstes auch den Mund zu seinem letzten Atemzug, während die Banditen langsam näherkamen, bewaffnet mit Messern und Schwertern, Pistolen und Gewehren. Trotz ihrer Übermacht waren sie von seinem Anblick ganz offensichtlich eingeschüchtert, starrten ihn an, während jede verfügbare Waffe auf ihn gerichtet wurde. Jeden Moment würden sie trotz allem losschlagen, kein Zweifel! Doch dann … Auf einmal breitete sich ein seltsamer Geschmack auf seiner Zunge aus, süßlich, aber auch ein wenig bitter, trotzdem eigenartig erfrischend, wie Quellwasser nach einem langen Marsch. Irgendwie … *belebend*?

Ihm blieb jedoch keine Zeit mehr, nach einer Erklärung dafür zu suchen, denn schon kroch tiefste Finsternis vom Rand seines Sichtfeldes heran und ihm wurde schwarz vor Augen. Alles versank in Dunkelheit, während entsetzte Schreie in seinen Ohren klangen.

NEUNTES KAPITEL

Erneut könnte man nun wohl zu Recht annehmen, dass die Geschichte des Fremden damit schließlich ihr Ende gefunden hätte, wenn auch zugegebenermaßen ein in drastischer Art und Weise *düstereres* als zuvor: Allein und zu eben jener Kreatur verwandelt, die er auf der Welt am meisten hasste, von einfachen Banditen im Wald erschlagen. Und tatsächlich hatte wohl auch der Fremde selbst nicht damit gerechnet, noch einmal zu sich zu kommen. Nun, außer vielleicht unter einem wolkenlosen, blauen Himmel umgeben von Engeln oder inmitten sengender Flammen und gehörnter Foltermeister – wobei Letzteres in seinem Fall natürlich als wahrscheinlicher gelten musste. Obwohl, zumindest im ersten Moment ließ sich eigentlich keine dieser beiden Möglichkeiten so direkt ausschließen …

Langsam, wie aus den tiefsten Tiefen eines schier endlosen Schlafes trieb sein Bewusstsein schließlich wieder Stück für Stück an die Oberfläche. War es endlich vorbei? War er gestorben, schließlich erlöst worden von seiner unsäglichen Existenz? Nun, zunächst schien es wohl so: Seine Augen vermochten nicht zu sehen, alles umher war Schwarz. Kein Laut drang an sein Ohr, nicht einmal der eigene Herzschlag oder das Geräusch von Luft, die beim Atmen in seine Lungen gesogen wurde. Wie sehr er auch versuchte, sich zu bewegen, seine Glieder gehorchten dem Befehl nicht, schienen tatsächlich gar nicht zu existieren. Seine Gedanken waren vollkommen vernebelt, als befände er sich in einer tiefen Trance … oder doch einem Rausch? Fühlte es sich so an, tot zu sein? Ein endloses, schwereloses Dahintreiben durch das Nichts, blind, taub und gelähmt? Allerdings … Während der Fremde noch versuchte, diese erschreckende Vorstellung zu fassen, geschah plötzlich doch etwas: In der Schwärze rechts von ihm tauchte nun ein winziger, strahlender Funke auf, wurde rasch größer und breitete sich dabei in alle Richtungen aus, wandelte die Dunkelheit so allmählich in ein gleißend helles Leuchten. Gleichzeitig verschwand auch das Gefühl der Schwerelosigkeit und ein dumpfer Ton tauchte in der Ferne auf: Bumm-bumm … Bumm-bumm … Ein Rhythmus … Bumm-bumm … Bumm-bumm … Nein, ein *Herzschlag! Sein* Herzschlag! Aber wie war das möglich?! Schnell begannen sich erste Umrisse zu formen: Bäume, Zelte, Menschen … Zunächst immer noch vollkommen benommen konnte er diese Eindrücke jedoch lediglich wahrnehmen, aber nicht verarbeiten, starrte so nur geistesabwesend auf das Bild, das sich langsam vor seinen Augen formte.

Er stand aufrecht auf beiden Beinen, die Schmerzen in seinem Hals waren verschwunden, erlaubten ihm zum ersten Mal seit einer Ewigkeit, frei zu atmen, unbehelligt von jenem unsichtbaren Strick, der so lange seine Kehle zugeschnürt hatte. Wie einen süßen Wein sog der Fremde die milde Nachtluft ein und genoss das angenehm kühle Gefühl, als sich seine Lungen damit füllten. Wie lange schon hatte er sich danach gesehnt? Seine Freude jedoch sollte nur kurz anhalten: Langsam kam er zu sich, begann zu begreifen, *was* genau er dort vor sich sah. Im nächsten Moment stockte ihm so schon wieder der Atem, verzerrte sich sein Gesicht in blankem Entsetzen: Es war ein Blutbad. Überall um ihn herum und zwischen den Zelten verstreut lagen tote Körper, verstümmelt, zerrissen, als hätte sie ein wildes Tier zerfleischt. Einige wiesen Bisswunden auf, deutliche Zahnabdrücke und punktförmige Wunden am Hals oder an den Armen. Es gab nur eine Kreatur, die solche Wunden hinterließ. Der Fremde konnte es nicht fassen! Er musste durch den Geschmack des Blutes in einen wilden Rausch verfallen sein und hatte daraufhin offenbar mindestens ein Dutzend seiner Angreifer niedergemetzelt – genug vermutlich, um die anderen in die Flucht zu schlagen. Trotz seiner Verwandlung eine mehr als erstaunliche Leistung, doch der Fremde konnte sich natürlich nicht darüber freuen. Schließlich stellte das, was er dort vor sich sah, den unwiderlegbaren Beweis dafür dar, dass er sich letztlich vollends in jene Kreatur verwandelt hatte, deren *Vernichtung* doch eigentlich sein Leben gewidmet gewesen war!

Schon griff er nach seiner Pistole, die neben ihm am Boden lag, und setzte sie sich an die Schläfe, drückte ohne zu zögern ab – immer wieder. Klack. Klack. Klack. Klack. Klack. Klack … Sechs Kammern, keine Patrone … Er fiel auf die Knie. Warum? Wie grausam konnte das Schicksal sein, dass es ihm nicht nur gleich *zweimal* alles in seinem Leben genommen hatte, sondern ihm nun sogar die Möglichkeit verwehrte, es zu beenden? Warum nur? *Warum*?! Langsam glitt ihm der Revolver aus der kraftlosen Hand und fiel wieder zu Boden.

Für einen Augenblick stand der Verstand des Fremden nun kurz vor dem endgültigen Zerbrechen. Vermutlich hätte er schon im nächsten Moment eines der zahlreichen Schwerter umher ergriffen und sich auf dieses gestürzt, diesem Wahnsinn endlich, *endlich* ein Ende gesetzt. Dann jedoch schärften sich plötzlich seine Sinne, ließen ihn einen Moment länger an seiner Existenz festhalten: Er war nicht allein! Nicht mehr … Irgendwie hatte es jemand geschafft, sich ihm ohne das leiseste Geräusch zu nähern: Zwischen den toten Körpern, vielleicht zehn Meter entfernt, war wie aus dem Nichts ein Mann aufgetaucht. Dieser hielt nun den Blick gesenkt und schüttelte unentwegt den Kopf, während er die Leichen zu seinen Füßen begutachtete. Wer konnte dieser unerwartete Besucher sein? – Nun, es ließ sich schon mal mit ziemlicher Sicherheit sagen, dass er kein Überlebender des Gemetzels war, sonst hätte er beim Anblick des Mörders seiner Gefährten doch sicher sofort die Flucht ergriffen? Oder zumindest nicht den Blick von diesem abgewandt? Aber wer, der noch bei klarem Verstand war, könnte sich sonst dort aufhalten? Vielleicht ein anderer Kopfgeldjäger? Falls ja, dann sah er jedenfalls nicht danach aus: Der Unbekannte trug einen feinen, schwarzen Mantel, seine hellgrauen Haare waren hinter dem Kopf zu einem ordentlichen, wenn auch relativ kurzen Zopf gebunden. Ein alter Mann, nach seiner Kleidung zu urteilen alles andere als mittellos. Was wollte er hier?

Ebenso verwirrt wie fasziniert setzte sich der Fremde daraufhin in Bewegung, trat ein paar Schritte näher, worauf sein Gegenüber langsam den Kopf hob. Es dauerte nur Sekundenbruchteile, bis ihn so als Nächstes ein Paar blutroter Augen anstarrte. Ein anderer Vampir! Wie?! Gerade wollte er seinen Mund öffnen, um dieser Frage auch verbal Ausdruck zu verleihen, da war der Alte auch schon wieder verschwunden, hatte sich innerhalb eines Wimpernschlags geradezu in Luft aufgelöst. Für einen Moment gaben die Wolken derweil die leuchtende Sichel am Himmel frei und einige Lichtstrahlen erreichten durch das Gewirr der Äste den Waldboden, wo das Phantom eben noch gestanden hatte.

Verunsichert rieb sich der Fremde die Augen und versuchte, einen Hinweis auf den Verbleib des seltsamen Besuchers zu finden – oder wenigstens einen Beweis dafür, dass dieser *wirklich* dort gestanden hatte. Doch seltsamerweise gab es keine Spur von dem geheimnisvollen Alten. Keine Fußabdrücke, kein angestrengtes Atmen einer fliehenden Person, nichts. War das Ganze am Ende nur eine äußerst lebhafte Einbildung gewesen? Das erste Anzeichen seines schleichenden Abstiegs in den Wahnsinn? Nun, so schien es fast – bis ihn einige Sekunden später plötzlich ein lautes, unerwartetes Geräusch aufschrecken ließ: Tock-Tock! Jemand klopfte auf die Rinde eines Baumes. Tock-Tock! Noch einmal. Sofort suchte er aufgeregt nach dem Ursprung und hob seinen Blick, schielte durch das Meer der Stämme vor ihm … und tatsächlich: Neben einem der Bäume stand der alte Mann und sah in seine Richtung, machte mit einer Geste klar, ihm zu folgen. Doch warum? Hatte der Graf ihn geschickt? War dies nur ein weiteres, krankes Spiel auf seine Kosten? – Ja, so musste es sein, wer sonst könnte auch nur das geringste Interesse an ihm haben? Obwohl … Vielleicht gab es auch einen Grund für die Anwesenheit des seltsamen Besuchers, den er noch nicht verstehen konnte? Die Präsenz des Alten war jedenfalls ganz anders als die des Grafen, nicht erdrückend oder unangenehm, sondern vielmehr … beruhigend? Das Gefühl war schwer zu beschreiben, doch irgendwie wusste er sofort, dass von dieser Person keine unmittelbare Gefahr ausging. Es dauerte so nicht lange, bis der Fremde einen Entschluss fasste: Eilig packte er ein, was sich umher auf die Schnelle an Vorräten finden ließ, Brot und etwas getrocknetes Fleisch, und machte sich dann auf in Richtung des mysteriösen Vampirs, der ihn offenbar schon ungeduldig erwartete. Auf dem Weg fiel ihm derweil auf, dass sich seine Schritte seltsam leicht anfühlten, ihn geradezu über den weichen Waldboden fliegen ließen. Es dauerte so nicht lange, bis die Zelte und toten Körper auch schon hinter ihm lagen. Sein Ziel andererseits löste sich derweil abermals in Luft auf – wenn auch nur vorübergehend. In einem Augenaufschlag war der Alte von seiner ursprünglichen Position verschwunden und ein Stück tiefer im Wald erneut aufgetaucht. Wieder bedeutete er, ihm zu folgen. So ging es immer weiter, ohne dabei ein einziges Wort zu wechseln, die brennenden Fragen des Fremden zu beantworten. Wohin führte man ihn? Und warum? Es schien letztlich nur einen Weg zu geben, dies herauszufinden …

Seine Reise mit ungewissem Ziel sollte am Ende mehr als eine Woche dauern, führte ihn auf verschlungenen Pfaden kreuz und quer durch die Wildnis, vorbei an Bergen und Städten, weit nach Süden bis ans Meer. Jedes Mal, wenn sich am Himmel die ersten roten Schleier des Morgenrots zeigten, führte der Alte ihn zu einem sicheren Ort, wo er die Stunden bis zur Dämmerung abwarten konnte und blieb dann bis dahin verschwunden. Seltsamerweise schien ihm das Sonnenlicht nichts auszumachen. Natürlich hätte den Fremden geradezu *brennend* interessiert, wie das möglich war, doch sein Führer ließ sich nicht auf ein Gespräch ein, blieb immer auf Abstand, ignorierte jegliche Zurufe. Schnell gab der Fremde es daher auf.

Am zehnten Tag, etwa eine Stunde nach Sonnenuntergang, hatten sie schließlich ihren Bestimmungsort erreicht, so schien es: Im schwachen Mondlicht kam ein einsames Gebäude auf der Spitze einer Hügelkuppe in Sicht, das leise Meeresrauschen der nahen Küste klang in seinen Ohren. Beinahe nahtlos schmiegte sich das Bauwerk an die Bäume und anderen Pflanzen in der Umgebung an, fast unwirklich, als wäre es Teil der Vegetation und kein Werk von Menschenhand. Der Alte war bereits hineingegangen, als der Fremde ankam, und hatte die Tür offen stehen lassen. Eine Einladung wie es schien … oder doch eine Falle?

Hinter dem niedrigen Mäuerchen, welches das Grundstück umgab, stand ein großer, quadratischer Bau. Von Weitem war sein wahres Ausmaß durch die Bäume und Sträucher verdeckt worden, die ihn überwucherten, doch aus der Nähe sah das Gebäude doch recht beeindruckend aus: Schwere Säulen stützten ein breites Vordach, welches das Erdgeschoss vollständig umgab, darüber ragte das im Vergleich zum Erdgeschoss winzige erste Stockwerk hervor wie ein kleiner Turm. Es handelte sich anscheinend um eine Art Villa, allerdings mutete ihre Architektur irgendwie seltsam an, ganz anders als alles, was der Fremde je gesehen hatte. Einst mussten die verputzten Außenwände in einem hellen Weiß erstrahlt haben und die Dachziegel in einem tiefen, dunklen rot, doch mittlerweile war davon nicht mehr viel übrig: Im Laufe der Jahre hatten Schmutz und Witterung ihnen allmählich die Farben geraubt und alles in eine trostlose Komposition von grau und braun verwandelt. An zahlreichen Stellen gab es zudem kleine Risse in den Wänden, zerbrochene Ziegel und kleine Haufen von abgebröckeltem Putz lagen am Boden. Es war unmöglich zu beurteilen, wie lange das Gebäude schon dort stand, aber es musste eine lange, *lange* Zeit sein – hunderte Jahre, vielleicht mehr? Trotzdem war der Zustand der Villa alles in allem keinesfalls schlecht, zweifellos das Ergebnis gründlicher, wenn auch sparsamer Instandhaltung. Gerade genug, damit das Gebäude bewohnbar blieb, aber nicht so viel, dass man auf den ersten Blick erkennen konnte, dass dies auch wirklich jemand tat.

Im Inneren sah es derweil nicht weniger trostlos aus: Jenseits der Pforte lag eine große Eingangshalle, in der sämtliche Möbel und andere Einrichtungsgegenstände – ja selbst die Türen zu den angrenzenden Räumen fehlten. Eine breite Steintreppe führte zum ersten Stockwerk hinauf. Von dort kam ein schwacher Lichtschein, der sich sanft auf die Stufen legte. Während der Fremde diese als Nächstes langsam nach oben stieg, begann er sich zu fragen, warum er überhaupt hierhergekommen war. Wer oder was auch immer ihn am Ende dieser Treppe erwartete, konnte schließlich nichts an seiner Situation ändern, oder? Nichts von dem Zurückbringen, was er verloren hatte? Seltsam eigentlich, dass ihm dieser Gedanke während der Reise hierher kein einziges Mal in den Sinn gekommen war. Nun, nicht dass dies jetzt noch einen Unterschied gemacht hätte. Schnell verwarf er die Frage deswegen auch wieder, konzentrierte sich auf das, was vor ihm lag. Mit ein wenig Glück erwartete ihn dort oben ja vielleicht endlich der Tod, den das Schicksal und seine eigene Feigheit ihm bisher verwehrt hatten?

Am oberen Ende der Treppe befand sich ein kurzer Gang und an dessen Ende wiederum ein Raum mit einer mächtigen, zweiflügeligen Tür. Einer der Flügel stand weit offen und ließ auf diese Weise jenen Lichtschein nach draußen gelangen, der ihn schon von unten hierher geleitet hatte. Man erwartete ihn offenbar. Misstrauisch trat der Fremde also ein … Kaum dass er die Schwelle überschritten hatte, schloss sich daraufhin auch schon wie von Geisterhand und mit einem leisen Klicken die Tür hinter ihm. Es mag seltsam klingen, aber irgendwie hatte er damit fast schon gerechnet. Vampire schienen ein gewisses Faible für diese Art von Spielerei zu haben.

Er befand sich nun in einem hohen Raum, der als erster überhaupt in dem Gebäude den Eindruck machte, als ob dort tatsächlich jemand leben würde: An der linken Wand hing ein spärlich gefülltes Bücherregal und ein großer Tontopf mit einer verwelkenden Pflanze darin stand daneben; auf der rechten Seite gab es zwei verschlossene Türen und einige kleine, unverglaste Fenster direkt unter der Decke ließen ein wenig Mondlicht hinein. Etwa in der Mitte des Zimmers befand sich weiter ein langer, schwerer Holztisch mit einem gepolsterten Sessel am einen Ende und einem breiten Stuhl am anderen. Auf der glatt polierten Tischplatte stand ein großer, bleierner Kerzenständer, der für das flackernde Licht verantwortlich war, sowie zwei leere Weingläser aus dickem Glas. Ein bestenfalls spärliches Mobiliar.

Eigentlich hatte der Fremde damit gerechnet, dort oben von dem Alten oder irgendjemand anderem erwartet zu werden, doch seltsamerweise stand er zunächst allein im Schein der Kerzen. Zudem war es vollkommen still, kein Laut drang aus den angrenzenden Zimmern und hätte so erahnen lassen, dass sich jemand bereit machte, um ihn zu empfangen. Verwundert sah er sich um. Was sollte das alles? Handelte es sich letztlich doch nur um einen Scherz auf seine Kosten? Hatte man ihn all diese Tage hierhergeführt, nur um ihn letztlich allein zu lassen? Je mehr er darüber nachdachte, desto weniger Sinn schien dies alles zu ergeben …

»Hallo?«, rief er schließlich in den scheinbar leeren Raum hinein und wandte sich dabei in Richtung Ausgang.

Und war als Nächstes schon etwas überrascht, darauf quasi unmittelbar eine Antwort zu erhalten.

»Willkommen, willkommen! Ich hoffe, du hattest eine angenehme Reise, mein Freund?«, tauchte plötzlich eine Stimme hinter ihm auf und begrüßte ihn freundlich.

Erschrocken wirbelte der Fremde daraufhin herum und musste so schnell feststellen, dass jemand in dem Sessel am Ende des Tisches hinter ihm Platz genommen hatte. Zudem waren die Weingläser bewegt worden, standen nun gefüllt mit einer roten Flüssigkeit vor den beiden Sitzmöbeln. Nach einer kurzen Pause ergriff sein Gegenüber dann auch schon jenes, das ihm am nächsten war, und nahm einen Schluck, während er den Fremden wortlos mit seinen blutroten Augen musterte. Er wirkte relativ jung, vielleicht Ende dreißig, sein Haar war dunkelbraun und lockig, seine Gesichtszüge entschlossen und scharf, seine Nase lang und ein wenig eckig. Kurz schien der er noch den Geschmack seines Getränks zu genießen, dann schüttelte er etwas resigniert den Kopf und begann zu sprechen:

»Dein verwirrter Blick verrät mir, dass ich mich wohl zunächst für das Verhalten meines Butlers entschuldigen muss. Vermutlich hat Nestor dich im Voraus nicht über den Grund deiner langen Reise oder dieses Treffens generell aufgeklärt, oder? Habt ihr auf dem Weg hierher überhaupt ein einziges Wort gewechselt? – Falls nein, musst du ihm dies verzeihen. Es fällt ihm … *schwer* … anderen unserer Art zu vertrauen, besonders wenn sie so jung sind wie du. Er hat … schlechte Erfahrungen gemacht. Wenn du verstehst, was ich meine?«

Während sein Gegenüber sprach, trat der Fremde vorsichtig

näher, sah sich misstrauisch um. Er traute dieser ganzen Sache nicht, insbesondere angesichts des allzu freundlichen Gehabes seines Gastgebers. Schnell stand er so etwa auf halber Höhe des Tisches, neben dem Kerzenständer, und hielt dort schließlich inne, um vorerst weiter zuzuhören.

»Aber zur Sache … Mein Name ist Valentin«, stellte sich der Vampir nun vor, »und auch wenn es für dich möglicherweise seltsam klingen mag, ich bin im Moment vermutlich dein einziger Freund auf dieser Welt.«

Eine durchaus kontroverse Behauptung natürlich, weshalb man ihm auch sofort ins Wort fiel:

»Freund?! *Menschen* haben Freunde, aber nicht Monster! Mein einziger Freund, der einzige, den ich *verdiene*, ist eine Klinge in meiner Kehle!«, entgegnete der Fremde ihm, fügte dann noch hinzu, »Dein Lakai hat dir doch sicher schon erzählt, in welcher Situation er mich vorgefunden hat, oder?!«

Valentin wiederum kommentierte dies mit einem Schmunzeln:

»Er zieht es tatsächlich vor, als *Butler* bezeichnet zu werden.«

Was der Fremde aber gänzlich ignorierte:

»Ich kann das … *Blut* noch immer auf meiner Zunge schmecken, will mich deswegen fast übergeben und doch … Gleichzeitig kann ich spüren, wie es mich schon wieder nach *mehr* davon zu verlangen beginnt, dieser ekelhafte, abstoßende Geschmack sich verändert und langsam süß, geradezu verlockend wird! Aber ich erwarte nicht, dass ein Handlanger des Grafen dafür Verständnis hat. Das alles hier ist doch sicherlich nur wieder ein Spiel zu seiner Belustigung, oder?! Als ob er mich nicht schon genug gequält hätte! Sag schon? Wo versteckt er sich?«

Eine Zeit lang blieb es nun erst einmal still, nur das heftige Atmen des Fremden, der sich in Rage geredet hatte, war zu hören und flachte langsam ab. Valentin wartete derweil geduldig, bis sich sein Gesprächspartner zumindest ein wenig beruhigt hatte, bevor er auf die vorgebrachten Anschuldigungen einging – und diese ebenso entschieden wie verständnisvoll zurückwies:

»Nun, deine Zweifel an meinen Motiven sind wohl durchaus

verständlich … wenn auch ungerechtfertigt. Ich bin kein … *Handlanger* des Grafen – ganz im Gegenteil tatsächlich! Oder was glaubst du, warum ich mich hier, irgendwo im Nirgendwo, verstecken muss?« Der Vampir warf dem Fremden einen fragenden Blick zu und hob dabei spöttisch die linke Augenbraue. »Mehr noch! Vermutlich ist der einzige Grund dafür, dass ich überhaupt noch am Leben bin jener, dass er schlicht nicht genug Interesse an mir hat, um sich persönlich meiner anzunehmen.« Er verzog unzufrieden das Gesicht. »Eine äußerst naive Annahme von dir nebenbei, zu glauben, dass *jeder* Vampir auf dieser Welt zwangsläufig ein Untergebener des Grafen wäre. Dafür gibt es einfach viel zu viele von uns, an zu vielen entlegenen Orten. Dennoch kann ich nicht leugnen, dass dieses Treffen möglicherweise von ihm gewollt ist … Du warst tatsächlich erstaunlich leicht zu finden. Ein wenig *zu leicht* meiner Meinung nach.«

Er nahm einen weiteren Schluck aus seinem Glas, jonglierte diesen ein wenig im Mund herum und schlug dabei entspannt die Beine übereinander. Anschließend schien die ganze Angelegenheit für ihn dann auch schon erledigt zu sein und er wechselte beiläufig das Thema:

»Aber vielleicht bin ich in dieser Hinsicht auch einfach nur paranoid? Nestor zufolge ist euch auf dem Weg hierher jedenfalls niemand gefolgt. Kommen wir also zum *eigentlichen* Grund dieses Treffens. Zunächst sollte ich vielleicht klarstellen, dass mir deine *Abenteuer* – wenn ich sie denn so nennen darf – und im Besonderen auch deine Beziehung mit dem Grafen durchaus bekannt sind.«

Eine Aussage, die natürlich eine ganze Reihe von Fragen aufwarf. Wer außer dem Grafen selbst hätte ihm schließlich derartige Informationen geben können?

»Woher?«, fragte der Fremde daher auch sofort.

Doch sein Gegenüber lächelte nur ob dieses Misstrauens:

»Oh, sagen wir einfach … ich habe meine *Quellen*. Und überhaupt … Wenn man es nur *will* lassen sich eine ganze Menge Dinge in Erfahrung bringen, die auf den ersten Blick schier unergründlich scheinen. Alles eine Frage des Interesses – und du wirst sehen, dass ich ein *sehr persönliches* Interesse an dieser ganzen Sache habe.« Er wechselte das hochgelegte Bein und sprach dann weiter. »Wir sind uns in gewisser Hinsicht recht ähnlich, musst du wissen. Auch ich lebte einst allein für meine Rache an jenem … Monster, das du so vorschnell zum Herrn über alle Vampire erhoben hast.«

Noch einmal trank er und ließ dabei seinen Blick schweifen, beinahe als würden lange verdrängte Erinnerungen aus seinem Unterbewusstsein aufsteigen. Unter ihrem Gewicht klang seine Stimme als Nächstes seltsam dünn:

»Aber wie sich unschwer anhand der Tatsache erkennen lässt, dass der Graf noch immer auf Erden wandelt, war ich dabei eher … *weniger erfolgreich*. Genau wie du musste ich irgendwann einen Punkt erreichen, an dem es so schien, als ob dieser Kampf einfach nicht zu gewinnen sei, wollte ihn deshalb schon aufgeben – nur um wenig später auf brutalste Weise wieder davon eingeholt zu werden. Wie bei mir damals ist nun sicher auch *dein* Kampfeswille aufs Neue entfacht worden, gibt es nichts, was du dir sehnlicher wünschst, als ihn für seine Verbrechen zur Rechenschaft zu ziehen! Allein … Was dir fehlt, ist ein Weg, auf dem du dies erreichen kannst. Schließlich dürfte sich an der scheinbaren Unbesiegbarkeit des Grafen in der Zwischenzeit wenig geändert haben – und dies wiederum ist der Punkt, an dem ich helfen kann. *Zusammen* können wir seinem Treiben endlich ein Ende setzen, diese Welt von ihm befreien!«

Aus seiner Sicht vermutlich ein äußerst verlockendes Angebot. Eines, das man quasi nicht ausschlagen *konnte*, doch tatsächlich schien es, als ob sich die beiden am Ende doch weit weniger ähnelten, als er wohl annahm. Von irgendeiner Art von gewecktem Kampfeswillen konnte man im Fall des Fremden schließlich keinesfalls sprechen. Zu sehr lastete noch immer Johannas Verwandlung und das Gewicht seines eigenen Schicksals auf ihm, die Gewissheit, in welche … *Kreatur* man ihn verwandelt hatte. Kein Wunder also, dass er sogleich erbost ablehnte:

»Was?!«, platze es regelrecht aus ihm heraus, kaum dass sein Gegenüber ausgesprochen hatte. »Der Graf?! Das ist es?!« Schnell wurde seine Stimme noch lauter, sein Ton empörter. »*Das* ist der

Grund, weshalb du mich hierhergebracht hast? Bildest du dir wirklich ein, was mit diesem *Bastard* passiert, hätte jetzt noch *irgendeine* Bedeutung für mich?! Sieh mich an! Ich bin nun ein Monster so wie er! *Und keinen Deut besser.* Wenn ich die Welt von irgendetwas befreien wollte, dann sollte ich damit doch stattdessen bei *mir selbst* anfangen!«

Valentin allerdings zeigte sich von diesen Worten reichlich unbeeindruckt, runzelte stattdessen mit einem etwas enttäuschten Gesichtsausdruck die Stirn.

»Für jemanden, der von sich selbst behauptet, kein Mensch mehr zu sein, ist das aber schon eine erstaunlich *menschliche* Argumentation. Dieses Denken in schwarz und weiß …« Er verdrehte die Augen. »Vampire sind böse, Menschen sind gut – tut mir leid, aber so einfach funktioniert unsere Welt leider nicht. Keine Kreatur ist gut oder böse von dem Augenblick an, an dem sie beginnt zu existieren. Ein echtes Monster erkennt man nicht an seinem Äußeren, sondern an seinen *Taten.*«

»Taten?«, fuhr ihn der Fremde daraufhin an. »Hast du nicht zugehört?! Ich habe diese Männer niedergemetzelt, sie ausgesaugt, bis nur noch leere *Hüllen* von ihnen übrig waren! Und es wird nicht das letzte Mal bleiben! Ich kann schon jetzt wieder jene unsichtbare Hand spüren, wie sie mir langsam die Kehle zudrückt, das Verlangen allmählich anschwellen fühlen!«

Seinen Gegenüber jedoch schien dies nach wie vor nicht zu überzeugen, widersprechend schüttelte dieser stattdessen den Kopf:

»Nun, man kann sicherlich darüber streiten, ob das Töten solcher Gesetzloser verwerflich ist, genau wie über die Todesstrafe generell – von der ich nebenbei selbst kein großer Befürworter bin –, aber hast du nicht über viele Jahre genau *damit* dein Geld verdient? Sei ehrlich zu dir selbst! Auch wenn du in dieser Nacht noch ein Mensch gewesen wärst, hätten viele dieser Räuber wohl trotzdem nicht überlebt, oder?«

»Das ist nicht das gleiche!«

»Oh, wirklich? Soweit ich es beurteilen kann, ist das letztendliche Ergebnis aber ein und dasselbe: Die Männer sind am Ende tot. *Wie* du sie getötet hast, ist da doch eher zweitrangig, oder? Und ob das Blut, das dabei vergossen wird, im Staub vertrocknet oder es stattdessen jemand trinkt, macht da doch nun wirklich keinen Unterschied, oder?«

Tatsächlich war diese Logik nicht von der Hand zu weisen, was den Fremden aber tatsächlich nur noch umso wütender machte. Drohend erhob er so als Nächstes den Zeigefinger und versuchte, dieser Diskussion ein Ende zu setzen:

»Genug! Von jemandem, der wie selbstverständlich *Blut* trinkt, während er sich mit mir unterhält, muss ich mich doch nicht über den Unterschied zwischen Mensch und Monster belehren lassen!«

Ein Vorwurf, den Valentin aber zunächst in erster Linie mit Verwirrung aufnahm. Kurz starrte er völlig entgeistert auf das Glas in seiner Hand – und seufzte schließlich genervt. Im nächsten Moment kam dem Fremden dann auch schon ein roter Schwall entgegen, genauer der verbliebene Inhalt des Weinglases in Valentins Hand. Die Flüssigkeit traf ihn mitten ins Gesicht, ließ dabei praktisch sofort einen unerwarteten, alkoholischen Geruch erkennen.

»Das ist *Wein*! Tut mir wirklich leid, aber im Gegensatz zu einem gewissen Grafen versuche ich nicht, wirklich *jedes* Klischee zu bedienen, das es über uns Vampire gibt!«, erklärte man ihm als Nächstes fast schon ein wenig ungehalten über die vorliegende Verwechslung, dann gefolgt allerdings von einem weiteren, verständnisvollen Seufzer. »Ich verstehe deine Situation besser, als du vermutlich glaubst. Es war bei mir selbst schließlich nicht anders. Am Anfang ist es schwer, die … *Veränderungen* zu verarbeiten. Das ist auch der Grund, warum so viele von uns früher oder später den Verstand verlieren. Sie können es einfach nicht mehr ertragen, die Einsamkeit, den ständigen Verfolgungswahn, die Furcht vor sich selbst – und das Gefühl der Schuld natürlich. Das alles nagt an einem. Irgendwann schaltet sich der Verstand dann ab und die Instinkte übernehmen die Kontrolle, lassen einen Menschen buchstäblich zum Tier werden.« Er setzte einen todernsten Blick auf. »Grausamkeit ist eine Krankheit, die leider im Herzen eines jedes Menschen schläft. Und sie kann leicht ausbrechen, wenn die

Zwänge von Gesellschaft und Gewissen ihren Dienst versagen. Falls du nicht selbst früher oder später diesen Weg gehen willst, dann musst du dir *eines* klar machen: Du magst kein Mensch mehr sein – körperlich –, aber das heißt nicht automatisch, dass du damit auch deine *Menschlichkeit* verloren hättest! Selbst für einen Vampir ist es kein Verbrechen, am Leben zu sein. Das ist es für keine Kreatur auf dieser Erde.«

Der Fremde wusste nicht, was er darauf antworten sollte. Es steckte zweifellos eine gewisse Wahrheit in diesen Worten und doch konnte er sie in seinem Herzen nicht akzeptieren, versuchte erfolglos, Argumente dagegen zu finden. Derweil setzte Valentin noch einmal nach:

»Der Durst wird mit der Zeit schwächer und ... *beherrschbarer* – ich beispielsweise trinke höchstens ein- oder zweimal im Jahrzehnt – und auch die Empfindlichkeit für Sonnenlicht verschwindet irgendwann wieder. Wenn man einmal von den offensichtlichen Nachteilen absieht, ist es somit vermutlich gar nicht mal so schlecht, ein Vampir zu sein.«

»Das sind dann aber trotzdem noch ein oder zwei Tote in jedem Jahrzehnt – oder schlimmer: *neue Vampire*!«, rief der Fremde an diesem Punkt fast verzweifelt dazwischen.

Seinem Gegenüber andererseits entglitt angesichts dieses Kommentars sofort ein gequältes Lächeln, ließ ihn fast ein wenig mitleidig die linke Hand vors Gesicht schlagen:

»Ja ... weil es auch nur diesen *einen, einzigen* Weg gibt, an das Blut eines Menschen zu gelangen, der diesen unweigerlich tötet oder in einen Vampir verwandelt?! – Ach! Von jemandem, der nicht nur ein Schwert besitzt, sondern auch noch damit umgehen kann, hätte ich eigentlich ein wenig mehr Einfallsreichtum in dieser Hinsicht erwartet.« Er stellte das leere Glas ab und lehnte sich ein Stück vor. »Hast du überhaupt schon einmal versucht, über all die negativen Veränderungen hinwegzusehen, darüber nachgedacht, dass es vielleicht nicht nur Nachteile gibt? Übermenschliche Kraft und Geschicklichkeit – und nicht zu vergessen ewige Jugend! Als Mensch magst du dem Grafen nicht gewachsen gewesen sein, aber nun hast du eine Ewigkeit Zeit, dir das Wissen und die Fähigkeiten anzueignen, die nötig sind, um ihn endlich der Gerechtigkeit zuzuführen! Eine einmalige Chance!«

Erneut wahre Worte, doch trotzdem nicht genug, um den Fremden zu überzeugen. Im Gegenteil wurde dieser nun zornig, weil Valentin anscheinend einfach nicht begreifen *wollte*, dass ihm inzwischen egal war, was mit dem Grafen geschah:

»Und wozu?! Nachdem er mir nicht nur ein, sondern gleich *zweimal* alles genommen hat, was mir lieb und teuer war auf dieser Welt, soll ich ihm jetzt auch noch den Gefallen tun und seinen Hofnarren spielen, indem ich ihn mit meinen erfolglosen Versuchen belustige, ihn um die Ecke zu bringen?! Selbst wenn du wirklich gefunden haben solltest, was du behauptest, und mich nicht nur als Lakai für irgendwelche halb garen Ideen benutzen willst, die am Ende in erster Linie deinen eigenen Rachedurst stillen sollen – was genau habe ich noch davon, sollte ich wirklich erfolgreich sein? Bringt es mir meine Eltern zurück?! Oder Johanna?! Werde ich davon wieder zu einem Menschen?! Nein … Natürlich nicht. Von Anfang an hat mir dieser sinnlose Rachefeldzug einzig Schmerz und Leid gebracht – und zu mehr ist er auch nicht gut. Das habe ich jetzt endlich verstanden! Wenn auch zu spät. Soll der Graf doch machen, was er will! Mir ist es egal! Ich bin fertig mit ihm – und auch mit *dir*!«

Mit diesen Worten machte er in dramatischer Weise kehrt und stürmte in Richtung Ausgang. Seltsamerweise versuchte Valentin nicht, ihn aufzuhalten, blieb stattdessen nur wortlos sitzen. Erst als sein Gast die Tür erreicht hatte und dort schon nach dem Hebel griff, erhob der Vampir schließlich noch einmal die Stimme:

»Und was, wenn ich dir sage, dass deine Geliebte nicht Herrin ihrer selbst war in jener Nacht, vielmehr unter *seinem* Bann stand? Was, wenn es in der Tat einen Weg gäbe, sie … *zurückzubringen*?«

Augenblicklich erstarrte der Fremde angesichts dessen in seiner Bewegung. Konnte das wahr sein?

»Oh? Wie ich sehe, bist du interessiert?«

Eigentlich bedurfte es an diesem Punkt wohl keiner Bestätigung mehr, doch trotzdem wandte er sich als Nächstes blitzartig um und fixierte seinen Gesprächspartner mit einem todernsten Blick:

»Wie?«, drang die einzige Frage, die ihn in diesem Moment noch interessierte, heiser aus seinem Mund.

Valentin wiederum schloss daraufhin erst einmal kurz die Augen, musste sich offenbar sammeln, seine Worte mit größtem Bedacht wählen, bevor er schließlich einen nicht weniger ernsten Blick aufsetzte und zu erklären begann:

»Du musst wissen … Der Graf hat eine … *seltsame Macht* über all jene, die er höchstpersönlich in Vampire verwandelt hat. Das Bewusstsein einer solchen Person fällt in einen tiefen Schlaf, während sein Wille Körper und Geist gänzlich in Besitz nimmt. Aber vermutlich muss ich nicht weiter erklären. Du hast es immerhin selbst gesehen! Sie hat dich nicht einmal wiedererkannt, als es geschah, oder?« Er blickte nach oben zur Decke. »Glücklicherweise scheint dieser Zustand nicht unumkehrbar zu sein. Wenn der Graf es wünscht, kann er seine Kontrolle ganz oder teilweise aufheben, vorübergehend oder dauerhaft. Was glaubst du also, was geschehen wird, wenn er stirbt und sein Wille damit endgültig verlischt?«

»Das kannst du nicht mit Sicherheit sagen!«

Ein Ausdruck von Pessimismus, der ihm sofort ein verständiges Seufzen einbrachte.

»Nein, das kann ich natürlich nicht. Aber in jedem Fall ist es eine Chance – und ich kann in deinem Gesicht lesen, dass dir eine *Chance* vollkommen ausreicht. Immerhin bist du noch hier! Bleibt nur noch die Frage, ob du dir von mir helfen lässt, oder lieber wieder auf eigene Faust losziehst? Ich weiß, du vertraust mir nicht – eine ebenso nachvollziehbare wie kluge Einstellung in deiner Situation – doch was schadet es, sich zumindest *anzuhören*, was ich zu sagen habe? Die Entscheidung liegt bei dir.«

Anstatt darauf zu antworten, kam der Fremde jedoch erst einmal ins Grübeln:

»Aber … Selbst wenn dein Plan funktionieren sollte, würde es nicht zu lange dauern? Du hast selbst gesagt, dass die meisten von …«, er zögerte bei diesem Wort, »… *uns* irgendwann den

Verstand verlieren. Was für eine Garantie habe ich, dass sie noch dieselbe sein wird, bis wir schließlich Erfolg haben?«

»Keine natürlich … Allerdings übersiehst du eine wichtige Tatsache: Wer nicht bei Bewusstsein ist, kann sich auch keine Gedanken über unnötige Dinge machen. Deine Angebetete hat da tatsächlich einen gewissen … *Vorteil* gegenüber uns anderen Vampiren. Solange der Graf seine Kontrolle aufrechterhält – und das wird er zweifellos tun – dürfte sie sicher sein. Vergiss nicht, dass sie sein Faustpfand gegen dich ist! Er wird nicht zulassen, dass ihr etwas zustößt. Nun, zumindest für den Augenblick nicht.«

Eigentlich klang das zu schön, um wahr zu sein. Ein Hoffnungsfunken, der nur darauf wartete, gleich bei der ersten Gelegenheit in der grausamen Finsternis der Realität zu verglühen. Doch so seltsam es auch klingen mag … Das reichte ihm. Er nahm also Platz auf dem Stuhl am anderen Ende des Tisches und legte seine Füße auf der Tischplatte ab – etwas, wovon ihr Besitzer nebenbei nicht sonderlich begeistert zu sein schien – und streckte dann auffordernd die Hand aus:

»Fang an!«

Valentin wiederum schien dieser Bitte nur *zu* gern nachzukommen:

»Wunderbar! Bevor wir beginnen, will ich dich allerdings schon einmal vorwarnen, dass die Geschichte, welche ich erzählen werde, an einigen Stellen möglicherweise ein wenig langatmig oder gar zäh sein wird. Da es zu einem großen Teil um die Chronik meines eigenen Lebens handelt, fällt es mir manchmal leider etwas schwer, die aus der Sicht eines Zuhörers wichtigen Teile von den belanglosen zu unterscheiden. Aber wie ich sehe, hast du es dir ja schon … *bequem* gemacht, daher sollte dies eigentlich kein Problem darstellen.«

Auf diese Erklärung allerdings folgte erst einmal nur Stille. Ohne Eile lehnte er sich langsam in seinem Sitz zurück und ließ dabei den Blick zur Decke schweifen, ordnete vermutlich ein letztes Mal seine Gedanken, bevor er abermals zu sprechen begann:

»Also: Ich habe es ja bereits erwähnt: Wir sind uns ähnlich, sehr sogar, nicht nur in Hinsicht auf unseren Hass auf den Grafen, sondern auch darauf, wie er uns mitgespielt hat. Meine Geschichte ist lediglich schon etwas weiter ... fortgeschritten. Auch für mich gab es eine Zeit, als einzig der Gedanke an Rache mein ganzes Denken für sich vereinnahmte. Ich kann nicht sagen, wie oft ich mich dem Grafen zum Kampf gestellt habe ... Dutzende Male? Hunderte? Jedes Mal schien es, als ob ich meine Fähigkeiten nur noch um *ein winziges bisschen* verbessern müsste, um ihm ebenbürtig zu sein – meine Kraft, Schnelligkeit, mein Geschick. Das brachte mich dazu, es immer wieder und wieder zu versuchen ... Und doch blieb das Ergebnis stets dasselbe ... In meiner Wut, meinem Rachedurst war ich blind. Es ist beschämend, dies zuzugeben, aber ich bemerkte nicht, dass er die ganze Zeit über nur mit mir spielte wie mit einem Haustier ...«

Ihm entfuhr ein leiser Seufzer, gefolgt von einer kurzen Pause. Er nutze diese Gelegenheit, um sein Glas aus der bereitstehenden Flasche erneut zu füllen, schüttelte dabei den Kopf.

»Irgendwann musste ich so plötzlich feststellen, dass inzwischen dreihundert Jahre vergangen waren ... *Dreihundert Jahre!* Ohne dass ich es bemerkt hatte, war die Welt um mich herum eine andere geworden. Jeder, den ich einst gekannt hatte, war mittlerweile tot und von der Stadt, deren stolzer Bürger ich einst gewesen war, die einst beinahe die gesamte bekannte Welt beherrscht hatte, nur noch Trümmer übrig – nicht mehr als eine Welle, zerschellt an den Klippen der Geschichte.« Er sah auf. »Viel frustrierender jedoch war eine ganz andere Erkenntnis: Obwohl mein Rachefeldzug gegen den Grafen mittlerweile schon mehrere Menschenleben lang andauerte, war es mir in all dieser Zeit nicht gelungen, ihn auch nur ein *einziges* Mal zu verletzen! Eine wahrhaft niederschmetternde Erkenntnis.«

Natürlich konnte der Fremde dieses Gefühl nach seinen eigenen Konfrontationen mit dem Grafen nur allzu gut nachvollziehen, nickte verständig, während Valentin einen Schluck aus dem Glas in seiner Hand nahm.

»Es lag somit die Frage nahe, ob mein Ziel vielleicht von Anfang an unerreichbar gewesen sein könnte. Noch war ich allerdings nicht bereit, aufzugeben. Auch wenn sich ein direkter Zweikampf nicht gewinnen ließ, *irgendeinen* anderen Weg musste es doch einfach geben, ihm beizukommen. Schließlich ist die schärfste Waffe des Menschen ja sein Verstand! Ich fing also an, ihn zu beobachten. Tag und Nacht, in der Hoffnung, dass er eine Schwäche offenbaren würde. Und in der Tat wurden auf diesem Wege schnell gewisse … *Dinge* offenbart.« Sein Blick schweifte abermals ab, während er sich offenbar zu erinnern versuchte. »Es schien tatsächlich eine große Vielzahl von Gegenständen zu geben, die ihn abschreckten oder sogar eine unmittelbare Gefahr für sein Leben darstellten: ungeschälte Karotten, Spiegel, die gesammelten Werke des Cassius Dio, Gabeln mit vier Zinken, Blaubeeren, Silber, Fliegenpilze, der Vollmond – die Liste geht noch weiter.«

Mit einem unzufriedenen Gesichtsausdruck kratzte er sich an der Stirn, schien sich über seine eigene Torheit zu ärgern.

»Als ich anschließend versuchte, aus meinem neugewonnen Wissen Kapital zu schlagen, musste mir allerdings schnell klar werden, dass man mich getäuscht hatte. Mir war ein fundamentaler Fehler unterlaufen: Ich hatte fälschlicherweise angenommen, den Grafen beobachten zu können, ohne dabei auch *selbst* von *ihm* beobachtet zu werden. Tatsächlich war er sich wohl von Anfang an meiner Gegenwart bewusst gewesen. Insofern ist es dann natürlich auch nicht verwunderlich, dass ich zu sehen bekam, was ich sehen *wollte.*«

Man konnte ihm die Resignation über diese Tatsache deutlich ansehen, während er abermals trank.

»Es war etwa zu derselben Zeit, als mir noch etwas anderes auffiel: Ich war nicht allein. Neben mir gab es andere, die dem Grafen nach dem Leben trachteten – und nicht wenige! Keine Vampire allerdings. Menschen! Sie kamen in Gruppen oder auch allein, bewaffnet mit allen vorstellbaren und unvorstellbaren Arten von Waffen: Manche brachten wilde Tiere mit sich, Hunde, Eber, Bären, einmal sogar einen Werwolf! Wobei sich Letzterer zugegebenermaßen schnell als zweischneidiges Schwert herausstellte, kaum freigelassen auch schon seine Meister zerfleischte und anschließend davonlief. Andere bedienten sich Magie in Form seltsamer Rituale,

Beschwörungsformeln oder magischer Artefakte, gar beschworener Dämonen – auch hier habe ich alles gesehen, was man sich vorstellen kann. Und doch blieb das Ergebnis am Ende stets dasselbe: Keiner von diesen armen Narren war erfolgreich, schaffte es auch nur, ihn zu *berühren*. Und keiner von ihnen bekam eine zweite Chance: Der Graf ließ keinen von ihnen am Leben. Nur ein einziges Mal ließ er ein Anzeichen von Schwäche erkennen.«

Bis jetzt hatte sich der Fremde vergleichsweise desinteressiert an dieser ganzen Geschichte gezeigt, bei diesen letzten Worten jedoch wurde er plötzlich hellhörig, nahm erwartungsvoll Haltung an. Valentin andererseits schien sichtlich erfreut über diese Reaktion zu sein. Auffällig lange jedenfalls blieb er in der Folge stumm, ließ die Spannung ansteigen und dabei das Glas in seiner Hand langsam kreisen. Schnell hatte sich sein Blick in der wirbelnden Flüssigkeit verloren, löste sich selbst, während er weitersprach, nicht davon, beinahe als würden ihn seine lebhaften Erinnerungen an jenen Tag blind für die wirkliche Welt umher machen.

»Es war ein bewölkter Oktobermorgen, als sich alles änderte. Meine Zuversicht war über die Jahrzehnte geschwunden und an diesem Tag sollte ihr der letzte Schlag versetzt werden. Wieder einmal hatte eine Gruppe tapferer Dummköpfe sich in die Höhle des Löwen vorgewagt: Vier Männer mit Schwertern; ihre Chancen standen schlecht – schlecht in dem Sinne, dass es keine gab. Der fehlende Einfallsreichtum seiner Kontrahenten schien den Grafen derweil etwas verärgert zu haben, entgegen seiner üblichen Vorgehensweise überließ er ihnen nämlich nicht den ersten Streich. Noch bevor sie überhaupt ihre Waffen gezogen hatten, schnappte er sich auch schon einen von ihnen und schleuderte den armen Tor durch das nächste Fenster. Man konnte ihn auf dem gesamten Weg nach unten schreien hören, bis seine Stimme schließlich mit einem leisen Klopfen verstarb. Seine Mitstreiter indes wurden durch den Tod ihres Waffenbruders sichtlich angespornt, stießen einen gellenden Kampfschrei aus, bevor sie mit ihren Waffen in der Hand losstürmten. Trotzdem schien der Graf reichlich gelangweilt, beachtete die Angreifer zunächst gar nicht. Erst als ihre Klingen ihn beinahe erreicht hatten, verwandelte er sich in Rauch und verschwand für einige Sekunden. Die Männer schauten sich daraufhin erst einmal verwirrt um – zumindest bis als Nächstes einer von ihnen an der Kehle gepackt wurde und zu röcheln anfing, während sein Gesicht schnell alle Farbe verlor. Der Graf war direkt vor ihm aufgetaucht und drückte ihm nun langsam die Luft ab. Natürlich versuchten die verbliebenen beiden Männer daraufhin sofort, ihrem Gefährten zu helfen, und eilten herbei.«

Er machte eine Pause, schloss dabei kurz die Augen.

»Bis zu diesem Punkt hatte es sich tatsächlich nicht um eine besonders außergewöhnliche Episode gehandelt. Dutzende Male war ich zuvor Zeuge von ähnlichen Scharmützeln gewesen – mit dem immer selben Ergebnis natürlich. Diesmal jedoch sollte etwas gänzlich Unerwartetes, gar *Unglaubliches* geschehen: Schon holte einer der Männer aus, um dem Grafen den Kopf abzuschlagen … Für gewöhnlich ließ der Graf nicht zu, dass man ihn verletzte. Ich rechnete also fest damit, dass er im nächsten Moment verschwinden und so der Klinge entgehen würde. Doch stattdessen geschah etwas, das meinen Atem stocken ließ: Das Schwert traf ihn und trennte sein Haupt sauber von den Schultern! Im nächsten Moment rollte der Kopf dann auch schon über den Boden, während sein Körper zusammenbrach und so die Kehle des dritten Mannes freigab.«

Eine Beschreibung, die natürlich mehr als nur eine Frage aufwarf. Entsprechend konnte sich der Fremde auch einen fassungslosen Kommentar nicht verkneifen:

»Unmöglich!«

Sein Gesprächspartner jedoch war nicht überrascht:

»Eine nachvollziehbare Reaktion«, stellte Valentin lediglich fest und nickte, ohne jedoch den Blick vom Glas in seiner Hand abzuwenden. »Auch ich traute meinen Augen nicht. War es wirklich vorbei?! Einfach so? Den drei Überlebenden ging es derweil nicht anders, kurz sahen sie sich noch verwundert an und rangen nach Luft, jubelten schließlich. Nicht lange jedoch. Im nächsten Moment nämlich hallte auch schon eine Stimme durch den Raum, ließ ihre Freude im Bruchteil einer Sekunde zu Nichts zusammenschmelzen:

›Oho! Ein guter Streich, das muss ich wirklich zugeben, besonders mit einer so stumpfen Waffe! Aber ich fürchte, das reicht dann doch nicht *ganz*!‹ Anschließend richtete sich der Körper des Grafen auch schon langsam auf und ging auf seinen abgetrennten Kopf zu, Blut spritzte in pulsartigen Abständen aus dem Hals. Am Ziel angekommen wiederum ergriffen seine Hände sogleich das Haupt und setzten es wieder an seinen angestammten Platz, ließen die Blutung augenblicklich versiegen. Vollkommen wiederhergestellt konnte sich der Graf so als Nächstes umwenden und setzte dabei ein diabolisches Grinsen auf. Dieser Anblick allein war genug, um die verbliebenen drei Männer zu brechen: Sie fielen auf die Knie, ließen ihre Waffen fallen und leisteten keinen Widerstand mehr, als der Graf einen nach dem anderen zum Fenster schleifte und hinauswarf. Anders als ihr Mitstreiter konnte ich sie auf dem Weg nach unten nicht einmal schreien hören.«

Mit diesen abschließenden Worten nahm er einen großen Schluck Wein und sah dann auf, sein Blick todernst.

»Fast unnötig zu sagen, dass nach dieser mehr als deutlichen Zurschaustellung seiner Unbesiegbarkeit natürlich auch *meine* Zuversicht ins Wanken geriet, ihm jemals den Garaus machen zu können. Wenn selbst eine derart grauenvolle Verletzung für ihn so vollkommen harmlos war, gab es immerhin nicht mehr viel, das ich überhaupt noch hätte *versuchen* können. Was sollte schließlich ein wirkungsvollerer Weg sein, eine Kreatur zu töten, als diese zu enthaupten?! Mal ganz abgesehen davon, dass ich zuvor bereits mit eigenen Augen gesehen hatte, dass diese Methode selbst bei Vampiren eigentlich ganz hervorragend funktionierte.« Er schüttelte den Kopf, seufzte dabei. »Ich brauchte eine ganze Weile, um das zu verarbeiten, was ich an diesem Tag gesehen hatte. Monatelang zog ich ziellos durch die Lande, zerbrach mir einzig den Kopf über jene eine brennende Frage: Was für eine Erklärung konnte es nur dafür geben, dass der Graf so schier *unbesiegbar* war? Er schien keine der Schwächen unserer Art zu teilen, besaß dazu zahlreiche Fähigkeiten, die ich bei keinem anderen Vampir jemals gesehen hatte.«

Beinahe als wollte er seinem Gegenüber Zeit geben, um

zumindest einen Moment lang selbst über dieses Problem nachzu-denken, beugte sich Valentin als Nächstes auffällig langsam nach vorne, um das Weinglas abzustellen. Anschließend lehnte er sich in aller Ruhe wieder zurück und faltete dabei nachdenklich die Hände vor seinem Gesicht, stellte Augenkontakt mit dem Fremden her.

»Mangels einer besseren Erklärung tat ich diese Tatsachen zu-nächst auf dieselbe Art und Weise ab wie wohl die meisten: Er ist einfach etwas Besonderes – der *König* der Vampire eben. Irgend-wann allerdings kam mir ein seltsamer Gedanke, zunächst nur eine unsinnige Idee geboren aus meiner Verzweiflung: Vielleicht … war er gar kein Vampir?« Seine Augenbraue hob sich skeptisch. »Im ersten Moment natürlich eine paradoxe Vorstellung, ich weiß, aber welchen anderen Grund könnte es sonst dafür geben, dass er sich von allen anderen unserer Art so gravierend unterscheidet? Schnell kamen mir daraufhin die zahlreichen Geschichten über ihn in den Sinn … Dass er der einst Erste von uns gewesen sei, der *allererste* Vampir. Natürlich musste das nicht notwendigerweise stimmen, doch warf es zumindest einige interessante Fragen auf: Ein Mensch, der von einem Vampir gebissen wird und überlebt verwandelt sich selbst in einen Vampir – das ist eine Tatsache, die uns beiden ja wohlbekannt ist. Aber woher kam dann der erste Vampir? Wer oder was hat ihn gebissen? Oder hatte die Verwandlung dieses *ersten* Vampirs vielmehr einen ganz anderen Grund?«

Demonstrativ setzte Valentin einen entschlossenen Gesichtsaus-druck auf, ballte die Hand zur Faust, während er weitersprach:

»An diesem Punkt war ich mir sicher: Wenn es mir nur *irgendwie* gelingen könnte, den Ursprung unserer Art zu finden, dann würde sich damit auch ein Weg offenbaren, den Grafen zu vernichten! Entschlossen, dieses Geheimnis zu lüften, begann ich also meine Nachforschungen, versuchte, die Geschichte des Grafen durch die Jahrtausende zu rekonstruieren, die Spur seiner Untaten bis zu den Anfängen der menschlichen Zivilisation zurückzuverfolgen. Ge-rade für die ältesten zwei Jahrtausende war es dabei sehr schwierig, überhaupt irgendwelches Material zu finden. Auch Papier und Stein leben schließlich nicht ewig. Mehr als einmal begann ich mich zu fragen, ob meine Suche vielleicht so kurz vor dem Ziel doch noch zum Scheitern verurteilt sein könnte? Nicht weil es die Antwort nicht gegeben hätte, sondern weil sie schon vor langer Zeit unwiederbringlich in Vergessenheit geraten war. Umso größer daher auch meine Freude, als ich schließlich doch noch darüber stolperte, dazu durch reinen Zufall, wie ich hinzufügen muss.«

Seine Hand entspannte sich wieder, sank langsam zur Lehne. Kurz wirkte er seltsam abwesend und schien mit gedämpfter Stimme mehr zu sich selbst als seinem Gegenüber zu sprechen:

»Oder war es am Ende vielleicht doch Vorsehung?« Anschließend jedoch kehrte er augenblicklich wieder zu seinem üblichen Ton zurück und erklärte weiter: »In den Ruinen einer antiken Bibliothek fiel mir ein versiegeltes Gefäß mit einer Reihe von Schriftrollen in die Hände. Es handelte sich um die Abschrift eines viel älteren Textes, verfasst in einer längst vergessenen Sprache, die ich zu diesem Zeitpunkt allerdings nicht einmal lesen konnte. Vermutlich hätte ich das Ganze daher schnell beiseitegelegt, wenn ich nicht auf einer der Rollen einen kurzen Hinweis auf Griechisch gefunden hätte: Es handle sich dabei um die Abschrift eines Epos, die Legende des … *Bluträubers.*« Er verzog nachdenklich sein Gesicht. »Natürlich klang der Name äußerst vielversprechend, obwohl er seltsamerweise, wie ich erst viel später feststellen musste, gar nicht im eigentlichen Text vorkommt. Na ja, jedenfalls kostete es mich letztlich fast ein Jahrhundert, die alte Sprache zu lernen und beinahe noch einmal genauso lange, um den Text selbst zu übersetzten – hauptsächlich weil Teile fehlten oder unleserlich waren. Um ehrlich zu sein, zweifle ich im Nachhinein daran, dass der Verfasser der Abschrift überhaupt die Bedeutung der Zeichen kannte, die er kopierte. In einigen Fällen ging so durch seine Unsauberkeit bei der Übertragung der Symbole die Bedeutung ganzer Absätze verloren! Kein völlig unlösbares Problem allerdings. Mit viel Mühe und Beharrlichkeit gelang es mir am Ende doch noch, den Text zumindest in einen mehr oder weniger *verständlichen* Zustand zu bringen. Und wie ich dabei schnell feststellen durfte, handelte es sich zudem auch um genau das, wonach ich so lange gesucht hatte:

Die verstaubten Schriftrollen erzählten von nichts Geringerem als der Geburt des ersten Vampirs – bei dem es sich nebenbei, und das ist meine feste Überzeugung, um niemand anderes als den Grafen *höchstpersönlich* handelt!«

So weit, so gut. Dennoch konnte sich der Fremde, der langsam, aber sicher die Grenzen seiner Geduld erreicht hatte, an dieser Stelle eine Frage nicht verkneifen:

»Und wie soll mir das weiterhelfen?«, warf er daher ein, als sich ihm die Gelegenheit bot.

Was Valentin wiederum sofort genervt die Stirn runzeln ließ. Offenbar störte es ihn, so rüde unterbrochen worden zu sein, noch dazu an der seiner Meinung nach offensichtlich interessantesten Stelle.

»Ja, ja. Dazu kommen wir gleich noch! Zunächst aber will ich dir eine kleine Zusammenfassung der Erzählung geben – es sei denn natürlich, du willst sie lieber im *Original* lesen.« Sein Finger deutete auf eines der Bücherregale hinter ihm. »Es ist das Buch in der zweiten Reihe von unten, zweihundert Seiten, übersetzt in meine Muttersprache – und meine Handschrift ist übrigens *schrecklich*. Nein? Gut, dann fange ich mal an …«, er räusperte sich, »Es war einmal vor langer Zeit, in einem längst untergegangenen Reich, so alt, dass selbst von den Steinen, aus denen es einst errichtet worden war, heute nur noch Staub übrig ist – man merkt, dass ich auch ein wenig von meiner eigenen schriftstellerischen Kreativität habe mit einfließen lassen, oder? Jedenfalls … In diesem Reich lebten sechs Männer, denen fehlte es an nichts: In ihren Schatzkammern türmten sich Gold, Silber und die herrlichsten Edelsteine. Ihr Wort hatte Gewicht, entschied über Krieg oder Frieden, Leben oder Tod, wenn sie ihn nur aussprachen, wurde jeder ihrer Wünsche erfüllt. Doch trotz allem quälte die Sechs etwas: Die Erkenntnis, dass all ihre Macht und all ihr Reichtum vergänglich waren, dass auch sie eines Tages sterben und damit alles verlieren würden. Natürlich wollten sich die Männer damit nicht einfach abfinden. Fieberhaft, wie im Wahn, suchten sie deshalb einen Weg, das ewige Leben zu erlangen, scheuten dabei weder Kosten noch Mühen, weder Mord noch Blasphemie, um ihr Ziel zu erreichen – buchstäblich jedes Mittel war ihnen recht! Und entgegen aller Wahrscheinlichkeit sollten ihre Mühen nach einiger Zeit tatsächlich Früchte tragen: Durch Heimtücke und Betrug, List und nicht zuletzt Glück nämlich hatten sie es geschafft, das Blut eines Gottes in ihren Besitz zu bringen. Durch Trinken dieses Blutes, so glaubten die Männer, würden sie endlich ihr Ziel erreichen und unsterblich werden.

Nur wenig später versammelten sich die Sechs dann auch schon heimlich in den tiefsten, dunkelsten Stunden der Nacht, während die Stadt um sie herum nichts ahnend schlief, um ihr Ritual durchzuführen. Behutsam wurde das Blut in eine prächtige, goldene Schale gefüllt und in der Mitte eines runden Tisches platziert, um den herum sie saßen. Alles schien bereit, um ihre Träume Realität werden zu lassen, doch dann … Auf einmal, so kurz vor der Erfüllung ihres sehnlichsten Wunsches, zögerten die Männer plötzlich. Keiner von ihnen wollte der Erste sein. Reichlich spät nämlich begannen sie sich zu fragen, ob ihr Handeln nicht unweigerlich göttliche Vergeltung nach sich ziehen müsste? Oder ob das Blut für Sterbliche nicht vielleicht sogar giftig sei? Die Diskussion darüber dauerte eine ganze Weile, bis letztlich doch einer der Männer vortrat und sich bereit erklärte, es trotz allem zu versuchen. Seltsamerweise war es eben jener unter ihnen, der zuvor noch am energischsten auf die Risiken hingewiesen hatte. Erst durch seine Worte tatsächlich waren die anderen so sehr verunsichert worden, dass auch sie zögerten, von dem Blut zu trinken. Aber wie sich bald herausstellen sollte, war dies alles nur Teil seines teuflischen Plans gewesen.

Vorsichtig nahm er also die Schale mit beiden Händen und trank langsam einen großen Schluck. Die Wirkung der Flüssigkeit ließ derweil nicht lange auf sich warten: Nur Augenblicke später begann sein ganzer Körper auch schon zu beben, so sehr, dass er es kaum noch schaffte, die Schale abzustellen, geschweige denn aufrecht zu stehen. Schnell gaben seine Beine nach und er fiel schreiend zu Boden. Mehrere Minuten lang mussten die anderen nun zusehen, wie sich ihr Gefährte vor Schmerzen zu winden schien, dabei ununterbrochen hustete und würgte. Arme und Beine zuckten wild umher, während sein Körper krampfte und wie ein Fisch auf dem Trockenen anmutete, der verzweifelt nach Luft rang. Schließlich jedoch blieb er regungslos liegen.

Natürlich hielten die anderen fünf ihn daraufhin für tot, ein Opfer des göttlichen Zorns ob ihrer blasphemischen Tat. Dann allerdings richtet sich der Totgeglaubte plötzlich doch wieder auf und ließ den anderen Männern den Atem stocken: Seine Augen hatten sich blutrot verfärbt, beinahe als hätten sie die Farbe des von ihm verzehrten Lebenssaftes angenommen. Ein schrecklicher Anblick, beinahe als sehe man einem Dämon ins Auge! – Und doch sollte ihnen das Schrecklichste noch bevorstehen: Im nächsten Augenblick hallten auch schon Schmerzensschreie durch den Raum. Erbarmungslos, mit einem triumphalen, diabolischen Lächeln auf seinen Lippen, schlachtete der Verwandelte als Nächstes die verbliebenen fünf Männer ab, einen nach dem anderen, ohne Gnade. Sie hatten ihren Zweck erfüllt. Nicht im Traum wäre ihm schließlich eingefallen, die Unsterblichkeit mit irgendjemandem zu teilen.

Natürlich wähnte sich der Verräter damit am Ziel seiner Wünsche. Immerhin hatte das göttliche Blut ihm in der Tat ewiges Leben und schier unvergleichliche Macht gewährt – nicht jedoch ohne einen schrecklichen Preis, wie sich schnell herausstellen sollte: Wer einmal von dem göttlichen Blut gekostet hatte, so schien es, war fortan verflucht, auf ewig nach dem Blut anderer zu dürsten, ein Durst, von dem es keine Erlösung gab, außer durch den Tod. Mehr noch! Zu allem Überfluss verbreitete er diesen entsetzlichen Fluch auch noch wie eine Krankheit unter all jenen weiter, deren Blut er stahl, um seine eigene Sucht zu befriedigen! So wurden diese armen Seelen gleichsam verdammt, nach dem Lebenssaft anderer zu dürsten, nach jenem, was man ihnen zuvor gestohlen hatte.« Valentin machte eine dramatische Pause. »Kommt dir das zufällig bekannt vor?«

Damit schien die Geschichte ihr Ende erreicht zu haben. Jedenfalls lehnte sich der Vampir zufrieden zurück und beobachtete wortlos die Reaktion seines Gegenübers, wartete wohl auf dessen Einschätzung. Allerdings brauchte der Fremde erst mal ein wenig

Zeit, um all das zu verarbeiten, was man ihm gerade erzählt hatte. Eine ganze Weile lang saß er so wie weggetreten auf seinem Stuhl, eine Hand im Gesicht, die andere neben ihm baumelnd. Erst nach einigen Minuten regte er sich schließlich wieder und wandte seinen Blick in Richtung der anderen Seite des Tisches, stellte jene Frage, auf die er trotz allem einfach keine Antwort hatte finden können:

»Das ist ja alles schön und gut … aber ich verstehe immer noch nicht, wie mir das jetzt weiterhelfen soll?«

Worauf sein Gastgeber sofort zustimmend nickte.

»Nun, es ist nicht verwunderlich, dass sich dir dies nicht sofort erschließt. Ich selbst habe immerhin jahrelang darüber nachdenken müssen. Lass mich erklären: Wenn man davon ausgeht, dass es sich bei dem Mann in der Geschichte tatsächlich um den Grafen handelt, dann haben wir damit nun endlich die Erklärung für seine Einzigartigkeit gefunden: Nur *er* hat von jenem göttlichen Blut getrunken – im Gegensatz zu allen anderen Vampiren – deswegen besitzen wir auch nur einen *Bruchteil* seiner Macht, seiner Unsterblichkeit. Offenbar ist er durch den Genuss jenes Blutes zumindest körperlich selbst zu einem Gott geworden und somit im wahrsten Sinne des Wortes unsterblich. Im ersten Moment zugegebenermaßen eine Information, die uns scheinbar nicht besonders viel weiterhilft, unser Ziel im Gegenteil nur noch unerreichbarer erscheinen lässt. Wie, wenn überhaupt, könnte man schließlich einen *Gott* töten?!«

Auf diese offenbar rhetorische Frage folgte nun erst einmal Stille. Langsam erhob er sich aus seinem Stuhl und ging zu dem Regal neben ihm hinüber, ließ dort angekommen den Blick über die Bände schweifen.

»Aber … Tatsächlich ist dies wohl gar nicht so schwer, wie es im ersten Moment erscheinen mag – zumindest wenn man den Legenden und Mythen jener Völker Glauben schenkt, die lange vor uns diese Erde bevölkert haben. Darin gibt es zahlreiche Beispiele dafür, wie Götter verwundet werden oder sogar sterben. Allerdings geschieht dies in den wenigsten Fällen durch die Waffe eines Sterblichen, sondern durch ihre eigenen. Alles, was man demnach braucht, um einen göttlichen Feind zu bezwingen, ist eine göttliche Waffe – nun, oder zumindest eine übernatürliche. Etwas, das beispielsweise auf die Klinge an deinem Gürtel mit ziemlicher Sicherheit *nicht* zutreffen dürfte, oder?«

Zugegebenermaßen ergab das sogar irgendwie Sinn … Allerdings schien Valentin bei seinen Überlegungen trotzdem ein wichtiges Detail übersehen zu haben.

»Und wo genau soll ich eine derartige Waffe hernehmen? So etwas liegt schließlich nicht einfach irgendwo in einem Geschäft herum!«

»Oh, durch *Suchen* natürlich! Glücklicherweise besitzt die Menschheit ein kriegerisches Wesen und die Anzahl von Legenden, die von mächtigen, übernatürlichen Waffen erzählen, ist daher schier unbegrenzt. Zugegeben, vermutlich wird sich eine ganze Reihe davon bei genauerer Betrachtung schnell als kaum mehr als wilder Aberglauben herausstellen, aber wenn auch nur *eine* dieser zahlreichen Geschichten wahr sein sollte, reicht das ja trotzdem schon aus! Was wir brauchen, ist etwas, das ihn auf einer anderen Ebene verletzen kann als der physischen – nicht seinen Körper, sondern seinen Geist, seine Seele. Nun, immer vorausgesetzt natürlich, dass er Letzteres überhaupt besitzt. An der Stelle bin ich mir ehrlichgesagt nicht so sicher. Was auch funktionieren könnte, ist eine Waffe unheiligen oder dämonischen Ursprungs. Vielleicht ließe sich damit die Wirkung des göttlichen Blutes aufheben? Oh ja! Oder vielleicht auch einfach nur etwas, das seinen Körper unwiederbringlich vernichten kann?«

Er schien sich wirklich eine ganze Menge Gedanken darüber gemacht zu haben, doch trotzdem blieb der Fremde skeptisch.

»Und dann? Du hast selbst gesagt, dass es dir in über dreihundert Jahren kein einziges Mal gelungen ist, ihn auch nur zu berühren – geschweige denn zu *verletzten*! Gegen einen solchen Feind dürfte doch selbst die mächtigste Waffe der Welt kaum mehr wert sein als ein einfacher Zahnstocher. Mir scheint, dass du nach all den Jahren der Planung am Ende den schwierigsten und wichtigsten Schritt vernachlässigt hast.«

Doch Valentin schüttelte den Kopf.

»Nein ... Dieser letzte Schritt, den du vollkommen richtigerweise als den *wichtigsten* bezeichnest, ist tatsächlich der einfachste von allen. Du müsstest es doch bereits selbst gesehen haben: Nichts liebt der Graf mehr, als seinen Gegnern ihre Machtlosigkeit aufzuzeigen. Wenn du ihm nur deutlich genug machst, dass du dir *absolut* sicher bist, dass die Waffe in deiner Hand ihn zu töten vermag, dann wird er sich von ihr verletzten lassen – einfach nur um das Gegenteil zu beweisen. In seiner Arroganz, seinem vollkommenen Vertrauen in seine Unbesiegbarkeit, wird er nicht einmal in Erwägung ziehen, dass du tatsächlich eine Gefahr für ihn darstellen könntest. Dieser Hochmut wird am Ende sein Verderben sein.«

Mit diesen Worten schloss Valentin einige Sekunden die Augen, runzelte die Stirn und schien dabei ein Gähnen zu unterdrücken. Anschließend ging er zurück zum Tisch.

»Es ist spät geworden ... oder sollte ich eher sagen *früh*?« Dieser Umstand schien ihn zu erheitern, ließ ein Lächeln über seine Lippen huschen. »In ein paar Stunden wird die Sonne aufgehen. Ich schlage vor, du ruhst dich ein wenig aus? Nestor hat ein Zimmer für dich vorbereitet. Wir können morgen Nacht deine verbliebenen Fragen klären, solltest du noch welche haben. Erhole dich zunächst ein wenig von den Strapazen deiner Reise.«

Ein großzügiges Angebot, doch der Fremde musste ablehnen. Noch während Valentin gesprochen hatte, war er aufgestanden und in Richtung Tür gegangen, griff wenig später auch schon nach der Klinke.

»Ich danke dir herzlichst für das Angebot, aber ich habe keine Zeit für eine Rast.«

Sein Gastgeber wiederum versuchte nicht, ihn aufzuhalten, sah ihm nur mit einem Schmunzeln nach und murmelte dabei: »Wie erwartet ...«

Im nächsten Moment schloss der Fremde dann auch schon die Tür hinter sich, konnte dabei noch einmal leise Valentins Stimme hinter sich hören:

»So gehst du dahin, mein Spiegelbild, um das zu tun, was ich nicht konnte, zu beenden, was ich begann ...«

Unerwarteterweise antwortete ihm auf dieses Selbstgespräch allerdings sogleich jemand:

»Oh?! Haben Sie auf Ihre alten Tage den Poeten in sich entdeckt, junger Herr?«, tauchte eine unbekannte Stimme auf und ließ ihn verächtlich schnauben. »Glauben Sie, er wird Erfolg haben?«

»Das liegt nun an ihm, Nestor, ich habe meinen Teil getan …«

ZEHNTES KAPITEL

Wieder einmal befand sich der Fremde damit nun also auf einer Suche und wie zuvor hatte diese ganz erhebliches Potenzial, eine schier endlose zu werden. Seltsamerweise jedoch kümmerte ihn das gar nicht sonderlich – im Gegenteil. Irgendwie war es sogar fast beruhigend, sich in einer vertrauten Situation wiederzufinden, zumindest einen Funken Hoffnung vor sich erkennen zu können. Sicher, manchmal fiel es ihm schwer, diesen im Blick zu behalten, wenn der Durst wieder einmal besonders unerträglich wurde, aber der Gedanke an Johanna, der Gedanke sie noch nicht ganz verloren zu haben, gab ihm die Kraft seine Suche trotz aller Widrigkeiten fortzusetzen. Mit der Zeit schaffte er es so mehr oder weniger, zu der Selbstsicherheit vergangener Tage zurückzufinden.

In den ersten paar Jahren verlief seine Reise zunächst wenig erfolgreich. Genau wie Valentin gesagt hatte, gab es zwar unzählige Legenden, die von allerlei magischen und wundersamen Waffen berichteten, doch leider waren die meisten dieser Erzählungen recht vage, wenn es um … handfestere Informationen ging. Er brauchte aber natürlich zumindest einen Namen – von einer Stadt, einem Berg, wenigstens eines Landes – um zu wissen, wo er überhaupt *anfangen* sollte zu suchen. Ganz zu schweigen davon, dass diese Angaben dann natürlich auch noch *korrekt* sein mussten. Mehr als einmal endete eine vielversprechende Spur tatsächlich in einer Sackgasse, ließ im Rückblick all seine darin gesteckte Mühe und Arbeit geradezu töricht erscheinen.

Schließlich war es eine Sage aus Johannas Heimat, die ihn das erste Mal zumindest an den Rand des Erfolgs bringen sollte: Einst, so erzählte diese Legende, habe dort ein großer Held gelebt, der Sohn eines Gottes, in dessen Besitz sich eine wahrhaft außergewöhnliche Waffe befunden hatte. Außerhalb des Schlachtfelds war dieser magische Speer nicht von jedem anderen zu unterscheiden, außer vielleicht durch seine prachtvollen Verzierungen. Erst wenn der erste Tropfen frisch vergossenen Blutes die Klinge berührte, offenbarte sich seine wahre Macht: Der Stahl entzündete sich dann augenblicklich und brannte fortan mit einem gleißenden, roten Feuer, das nicht gelöscht werden konnte, bis der Kampf vorüber war. Jeder, den die Klinge von da an auch nur streifte, war im wahrsten Sinne des Wortes dem Tode geweiht. Die magischen Flammen verzehrten gierig alles, was mit ihnen in Kontakt kam – Menschen, Tiere, selbst Eisen –, bis nur noch Asche davon übrig blieb.

Zugegebenermaßen war die Geschichte bis dahin allerdings noch nichts Besonderes; eine von unzähligen Legenden lediglich. Interessant machte sie erst ihr Ende: Nach dem Tod des Helden nämlich, so hieß es, hatte man dessen Speer mit ihm begraben, unter einem grünen Hügel, wo er für immer mit seinem Herrn ruhen sollte – und die Lage jenes Hügels wiederum war mehr oder weniger genau bekannt. Tatsächlich musste der Fremde nicht einmal sonderlich danach suchen, da er den ungefähren Ort bereits kannte.

Die Gelegenheit, bei der er das erste Mal von dieser Geschichte gehört hatte, war eine der wenigen während seiner kurzen, glücklichen Zeit mit Johanna gewesen, bei denen er an seine dunkle Vergangenheit erinnert worden war.

Die Sonne stand schon hoch am Himmel, als er an diesem Morgen das Haus von Johanna und ihren Eltern betreten hatte – offenbar gerade noch rechtzeitig, um noch Zeuge eines Streites zwischen Johanna und ihrem Vater zu werden:

»Aber erzähl doch nicht solche Schauergeschichten, Vater! Sicher haben sie sich bloß verirrt!«, hallte die Stimme von Ersterer empört zwischen den Wänden wider, als er die Schwelle erreichte.

Anschließend blieb ihm nicht viel Zeit, um über die Bedeutung des Ganzen nachzudenken. Wie automatisch machte er die paar Schritte in Richtung der Stube, wo die beiden sich befanden. Kaum dass Johanna dort seine Anwesenheit bemerkt hatte, stürmte sie ihm auch schon entgegen.

»Ah! Endlich! *Endlich* jemand, der dir sagen kann, was für einen *Unsinn* du erzählst!«

»Was ist los?«, fragte er darauf sichtlich verwirrt.

Johannas Vater rollte derweil erst einmal mit den Augen und seufzte. Die Sache war offenbar komplizierter, als es im ersten Moment schien. So brauchte er dann auch erst mal einen Moment, seine Gedanken zu ordnen.

»Es gibt einen Wald hier in der Nähe, der angeblich verflucht sein soll«, begann er schließlich zu erklären, »Die Legenden erzählen, dass sich darin ein uraltes Hügelgrab befindet – ob das wirklich stimmt, ist allerdings schwer zu sagen, weil sich normalerweise niemand dort hineintraut. Normalerweise … Vor ein paar Tagen allerdings haben es ein paar Männer von außerhalb wohl doch versucht, Schatzsucher anscheinend. Seitdem hat sie niemand mehr gesehen …«

An dieser Stelle unterbrach seine Tochter ihn:

»Und Vater meint, dass irgendein *Monster*, das in dem Grabhügel lebt, sie gefressen hat! Vollkommener Unsinn, richtig?! Nur eine Schauergeschichte, um kleine Kinder zu erschrecken, damit sie nicht allein in den Wald gehen, richtig?! Richtig?!« Ihre Stimme klang regelrecht verzweifelt.

Es war offensichtlich, was sie nun hören wollte, doch der Fremde stand stattdessen nur wie versteinert da, zu genau wusste er schließlich, dass derartige Geschichten *durchaus* einen wahren Kern haben konnten. So riss ihn dann auch allein der Gedanke daran aus dem Idyll, in dem er die vergangenen Wochen verbracht hatte. Angestrengt versuchte sein Verstand anhand der gegebenen Informationen, jene Kreatur zu identifizieren, die für das Ganze verantwortlich war. Eine Reaktion, die Johanna alles andere als glücklich stimmte.

»Nicht *du* auch noch! Wollt ihr alle, dass ich heute Nacht kein Auge zutun kann?!«, rief sie schließlich aus und stürmte mit Tränen in den Augen davon.

Natürlich folgte der Fremde ihr daraufhin sofort nach. Trotzdem gelang es ihm erst an der hölzernen Bank, die im Garten hinter dem

Haus unter einem großen Kastanienbaum stand, sie einzuholen. Mehr als eine Stunde brauchte er in der Folge, um ihre Nerven zu beruhigen. Allein die Vorstellung, dass es irgendwelche übernatürlichen Kreaturen geben könnte, die in der Nacht umherschleichen und Jagd auf Menschen machen, schien sie bis ins Mark erschüttert zu haben. Nicht verwunderlich, aber eigentlich … Johanna war auch generell sehr schreckhaft, fürchtete sich allein im Dunkeln und wurde selbst von nächtlichen Geräuschen außerhalb des Hauses mitunter stundenlang wachgehalten. Entsprechend waren auch dutzende Beteuerungen seinerseits nötig gewesen, die das Ganze als bloßen Aberglauben – oder »Schauergeschichten«, wie sie es nannte – abtaten, bevor Johanna sich endlich beruhigte. Dies war auch der Grund, warum der Fremde zunächst abwartete, bis sie und ihre Mutter mit Wäschewaschen beschäftigt waren, bevor er zu ihrem Vater zurückkehrte, um diesen noch etwas auszufragen, über jenen Wald und die dunklen Legenden darüber – ein Interesse, das zunächst auf einige Verwunderung stieß. Sehr zur Erleichterung des Fremden stellte sich dabei aber schnell heraus, dass der Schauplatz des Ganzen wohl doch wesentlich weiter entfernt lag, als zunächst von ihm befürchtet; fast eine Tagesreise tatsächlich. Somit war die ganze Geschichte zwar natürlich immer noch beunruhigend, stellte aber keinen unmittelbaren Grund zur Sorge für ihn mehr dar. Schnell verbannte er die Gedanken an diese Angelegenheit daher auch wieder aus seinem Bewusstsein und konzentrierte sich auf andere Dinge. Niemals hätte er an diesem Punkt gedacht, dass er je selbst dorthin reisen würde …

Für jemanden, der die Legenden nicht kannte, sah der kleine Hain vermutlich aus wie jeder andere Wald, nicht mehr als eine Ansammlung von Bäumen, nur ein wenig dichter vielleicht. Die Einheimischen jedoch fürchteten diesen Ort, wagten sich nicht einmal in seine Nähe.

Jedes Kind kannte die Geschichten: Versteckt unter den dichten Baumkronen, tief im Herzen des Wäldchens, das wie eine Insel von einem Meer aus Wiesen umgeben war, erhob sich ein immergrüner

Hügel. Auf den ersten Blick mochte dieser nicht sonderlich besonders erscheinen, doch tatsächlich handelte es sich dabei um ein uraltes Grab, das ein schreckliches Geheimnis barg: Etwas … *Unaussprechliches* lebte dort versteckt im kalten Schoss der Erde. Zwar konnte niemand sagen, um was genau es sich bei der Kreatur oder den Kreaturen handelte, die dort hausten, doch zweifelte niemand daran, dass es sie wirklich gab. Die gespenstischen Laute, die hin und wieder des Nachts aus dem Hain tönten, waren schließlich Beweis genug dafür: Ein wildes Grummeln und Keuchen, Bellen und Knurren. Dies reichte, um jeden fernzuhalten, der noch bei rechtem Verstand war. Jene andererseits, die sich dennoch in das Dickicht vorwagten, verschwanden meist ohne jede Spur, fast als hätte der Wald sie buchstäblich verschluckt. Wie eben auch die Schatzsucher, von denen Johannas Vater einst erzählt hatte.

Als es dämmerte, machte der Fremde sich heimlich auf den Weg. Er hatte den Tag in einem nahe gelegenen Gasthaus verbracht und fühlte sich gut erholt. Mittlerweile war ihm die Nähe anderer Menschen nicht mehr so unangenehm wie zuvor und er wagte es sogar von Zeit zu Zeit, sich unter sie zu mischen – mit größter Vorsicht natürlich. Wobei er sich allerdings schon fragen musste, ob diese nicht doch vollkommen unnötig war. Die meisten Leute schienen die Farbe seiner Augen tatsächlich gar nicht zu bemerken, wenn sie doch einmal einen kurzen Blick darauf erhaschen konnten. Vermutlich taten sie das Gesehene als bloße Einbildung ab, dachten sich nichts dabei – ein Fehler, der sie in einer anderen Situation leicht das Leben hätte kosten können.

In der Dunkelheit sah der Hain aus wie eine grimmige Festung, seine Umrisse standen pechschwarz gegen den sternenklaren Himmel und das schwache Licht des Mondes. Vorsichtig trat der Fremde näher und verlangsamte seine Schritte auf den letzten Metern bis zum Waldrand, schärfte stattdessen seine Sinne. Doch es war ruhig, nichts rührte sich in dem Dickicht vor ihm. Einzig das leise Rauschen der Blätter war zu hören, hin und wieder begleitet von den Bewegungen nachtaktiver Tiere. Ein gutes Zeichen. Das

Überraschungsmoment war auf seiner Seite, so schien es. Vielleicht würde es sich ja gänzlich vermeiden lassen, den mysteriösen Bewohnern dieses Ortes zu begegnen?

Behutsam bahnte er sich also einen Weg durch die dichten Sträucher am Saum des Wäldchens. Jenseits davon, wo tagsüber nur wenig Licht durch das Laubwerk den Boden erreichte, wurde die Zahl an Kräutern und kleineren Pflanzen dann rasch kleiner und das Vorankommen damit einfacher. Der Boden war hier von einer dicken Schicht saftig grünen Mooses bedeckt, das beim Darauftreten leicht nachgab, weil es sich durch den Regen der vergangenen Tage mit Wasser vollgesogen hatte wie ein Schwamm.

Nach einigen Minuten des behutsamen Voranpirschens kam schließlich eine Lichtung in Sichtweite – sein Ziel, so schien es. Misstrauisch sah sich der Fremde daher noch einmal um: Hinter ihm hatten sich die Baumstämme wie ein Vorhang zugezogen und machten es so unmöglich, viel weiter als ein paar Meter zurückzublicken. Die Blätter über ihm fingen das Mond- und Sternenlicht beinahe gänzlich ab. Irgendwie gab ihm dieser Anblick ein schlechtes Gefühl. Man hatte den Eindruck, eingesperrt zu sein, umzingelt geradezu. Trotzdem jedoch setzte er seinen Weg fort, zu vielversprechend war schließlich das, was sich vor ihm befand: In der Mitte einer Lichtung erhob sich ein kleiner, etwa mannshoher Hügel, der wie von einem Teppich mit dichtem Gras überwuchert war. Auf einer Seite gab es außerdem so etwas wie einen Eingang: Ein mächtiger steinerner Bogen, verziert mit Darstellungen von wilden Bestien und einer blutigen Schlacht, umspannte eine ovale Öffnung, die in die pechschwarze Tiefe hinab führte. Er entzündete also eine Fackel und ging hinein, wohl aber war ihm nicht dabei. Irgendetwas stimmte nicht. Es war zu still, fast als würde etwas in der Dunkelheit auf ihn lauern und nur darauf warten, sich bei erster Gelegenheit auf den ungebetenen Besucher zu stürzen …

Der Tunnel, der von der Pforte tiefer in die Eingeweide der Erde führte, war eng und niedrig, deshalb konnte sich der Fremde nur leicht gebückt darin fortbewegen. Mehrmals stieß er sich den Kopf an einer der vielen Wurzeln, die von oben durch die Decke hindurch wuchsen, oder stolperte fast über eine unerwartete Unebenheit am Boden. Ein Glück also, dass der Gang schon nach einigen Metern in eine große, ovale Kammer mündete, die sich ein gutes Stück unter der Erdoberfläche befinden musste. Dort teilte sich der Weg in drei Richtungen. Welche davon sollte er nehmen? Es gab keinen Hinweis darauf, welcher Tunnel der richtige war, geschweige denn wohin sie überhaupt führten. Vermutlich sollten so Grabräuber auf Irrwege geleitet werden? Oder gab es dort unten womöglich noch mehr Schätze als nur jenen Speer, nach dem er suchte?

Nun, so oder so entschloss sich der Fremde schließlich für den mittleren Tunnel. Eine Wahl die, wie sich bald herausstellte, wohl weder richtig noch falsch gewesen war: Auf seinem verschlungenen Weg durch den Stollen kam er nämlich in kürzester Zeit an zahlreichen Stellen vorbei, wo sich zwei Gänge kreuzten oder gabelten. Ein verdammtes Labyrinth … Auch das noch! Dutzende von Gängen waren zu einem dichten Netzwerk verwoben, liefen nach Belieben auseinander und wieder zusammen. Die Tatsache, dass es unter der Erde natürlich keine Möglichkeit gab, sich zu orientieren, machte das Ganze nicht besser. Nach kürzester Zeit hatte er ich so auch schon verlaufen. Das Gewühl aus Gängen schien einfach zu komplex, als dass ein menschlicher Verstand es ohne jahrelanges Studium durchblicken konnte – selbst *mit* den Markierungen, die er nach einiger Zeit in die Wände zu schlagen begonnen hatte.

Der Fremde konnte nicht sagen, wie lange er dort unten herumgeirrt war, als nach einer gefühlten Ewigkeit endlich etwas vor ihm auftauchte. Zunächst hielt er es lediglich für jene Kammer, von der aus seine Odyssee ursprünglich begonnen hatte, eine Annahme, die sich jedoch schnell als falsch herausstellte: Stattdessen betrat er wenig später einen großen, lang gezogenen Raum. Offenbar endete der Weg hier, deswegen stand eigentlich außer Frage, dass er zumindest *etwas* gefunden haben musste – und tatsächlich sah das Ganze sogar recht vielversprechend aus: Die Wände der Kammer waren übersät mit zahlreichen kleinen Nischen, in denen je ein toter Körper zur ewigen Ruhe aufgebahrt lag. Insgesamt mussten es mehrere Dutzend sein, fast schon eine kleine Armee. Bei vielen von ihnen ließen sich zudem noch die Reste diverser Grabbeigaben erkennen: Schilde, Helme, Schwerter, Rüstungen. Wesentlich auffälliger allerdings war der, insbesondere im Vergleich zu ihren einstigen weltlichen Besitztümern, erstaunlich gute Zustand der toten Körper. Natürlich hatten die Jahrhunderte ihren Tribut gefordert, Augäpfel, Haare und andere Weichteile lange zerfallen lassen, die Haut der Leichen war eingesunken und hatte sich wie eine harte, vertrocknete Schale um ihre Knochen gelegt. Dennoch konnte man noch immer eindeutig erkennen, dass dies einst Menschen gewesen sein mussten.

Zögerlich, fast ehrfürchtig, schweifte der Blick des Fremden eine Zeit lang an ihren unberührten Wandgräbern vorbei, bis schließlich etwas anderes seine Aufmerksamkeit auf sich zog: Am anderen Ende des Raumes stand ein seltsames Gebilde, vielleicht ein Altar? Auf jeden Fall sah es wichtig aus, deshalb wollte er zumindest einen Blick darauf werfen. Im Näherkommen stellte sich das unbekannte Objekt so schnell als eine große, steinerne Wanne mit einem ebensolchen Deckel heraus. Ein weiteres Grab, keine Frage, doch musste wer auch immer darin lag etwas ganz Besonderes gewesen sein; möglicherweise ein König? Oder gar ein legendärer Held?! Schnell schob der Fremde also den Grabdeckel beiseite und legte ihn neben der steinernen Wanne ab, warf anschließend einen Blick auf das, was sich darin befand – ein Anblick, der ihn augenblicklich versteinern ließ: Tatsächlich lag ein toter Körper darin, dessen Hände zudem vor der Brust irgendetwas umklammerten … Konnte es sein?! War er wirklich am Ziel? Aufgeregt entriss der Fremde das unbekannte Objekt dem Griff seines ehemaligen Besitzers, brach dabei vertrocknete Haut und morsche Knochen – und tatsächlich! Es handelte sich um einen Speerkopf ganz wie in der Erzählung beschrieben: Lang und schlank, mit zahlreichen, kunstvollen Verzierungen – doch leider auch vom Rost zerfressen, als Waffe nicht mehr zu gebrauchen. Wie ironisch, dass gerade ein Stück Metall dort unten in der Gruft, zwischen all den zerfallenden Körpern, dasjenige Objekt war, an dem der Zahn der Zeit am unerbittlichsten genagt zu haben schien. Der Fremde jedoch wollte es nicht wahrhaben.

Vielleicht war die Klinge ja trotzdem noch zu gebrauchen, ihre Magie noch nicht verblasst? Schon griff er nach seinem Messer, ritzte sich damit leicht den Daumen an und ließ einen Tropfen Blut auf das Metall tropfen. Doch nichts geschah … Kein Feuer, keine Flammen, nicht einmal Rauch. Jahre nach dessen Tod war die treue Waffe ihrem Besitzer letztendlich auf diesem Weg nachgefolgt, so schien es. Verzweifelt versuchte der Fremde es noch einige Male an anderen Stellen der Klinge, kratzte den Rost beiseite, doch es war zwecklos … Unter der braunen Schicht befand sich nicht wie erhofft unversehrtes Metall, sondern lediglich weiterer Rost. Es dauerte nicht lange, dann begann der klägliche Rest der einst so stolzen Klinge auch schon zwischen seinen Fingern zu zerbröckeln.

Niedergeschlagen ließ er die Überreste seines Fundes schließlich zurück in den Sarkophag zu dessen ehemaligem Besitzer fallen. Wie so oft schien ihm das Glück in diesem Fall einfach nicht hold gewesen zu sein. Entsprechend resigniert schüttelte der Fremde daher als Nächstes auch den Kopf und seufzte leise, während er nach dem steinernen Deckel des Grabes griff, um dieses zumindest wieder zu verschließen. Bevor es allerdings dazu kommen konnte, ließ ihn plötzlich etwas in der Bewegung erstarren: Wie aus dem Nichts hallte ein seltsames Geräusch zwischen den Wänden der Kammer wider und durchbrach die zuvor allgegenwärtige, fast unnatürliche Stille … Ein leises Knacken, wie von einem Gelenk, das nach langer Ruhe wieder in Bewegung versetzt worden war. Misstrauisch sah er sich daraufhin um, konnte im flackernden Licht seiner Fackel jedoch nichts Ungewöhnliches erkennen. Hatte er sich das Geräusch nur eingebildet? Wie als Bestätigung des Gegenteils tauchte das Knacken im nächsten Augenblick jedoch erneut auf, diesmal begleitet von einem leisen Rascheln und zudem aus mehreren Richtungen. Es dauert nur Sekunden, dann war das Ganze zu einem regelrechten Konzert angeschwollen, eine dissonante Symphonie aus wildem Knacken, Rascheln und Kratzen. Woher kamen die Geräusche bloß? Handelte es sich nur um die Bewegung des Erdreichs? Oder stand die Kammer nach den Jahrhunderten ihres Bestehens gar kurz vor dem Einsturz?!

Dann sah er es plötzlich: Aus einer der Wandnischen in seiner Nähe kroch eine schwarze Gestalt und streckte ihm gierig die Hand entgegen! Augenblicklich setzte sich der Fremde daraufhin in Bewegung, stürmte zum Eingang der Kammer. Natürlich! Ein uralter Grabhügel, Menschen, die scheinbar spurlos verschwunden waren, nachdem sie sich diesem genähert hatten – eigentlich hätte ihm spätestens, als er die so auffällig gut erhaltenen Körper gesehen hatte, klar sein müssen, *welche* Art von übernatürlicher Kreatur diesen Ort ihr Heim nannte: Untote!

Auf seiner hastigen Flucht zum Eingang konnte der Fremde aus allen Richtungen hören, wie sich unter Knacken und Knurren zahlreiche weitere Kreaturen aus ihren Grabstätten zwängten. Es war, als wären die Wände selbst zu Leben erwacht, überall gab es Bewegung, knochige Gliedmaßen streckten und reckten sich, tote Körper fielen plump zu Boden und krochen anschließend auf ihn zu. Glücklicherweise waren sie jedoch nicht sonderlich schnell dabei, deswegen konnte er sein Ziel ungehindert erreichen.

Damit lag jetzt nur noch das labyrinthartige Tunnelsystem zwischen ihm und der rettenden Oberfläche – und damit auch die eigentliche Herausforderung. Wie sollte er immerhin auf die Schnelle den richtigen Weg finden? War es ihm nicht nur durch Zufall und nach langem Umherirren überhaupt gelungen, zu der Grabkammer zu gelangen? Nun, Nachdenken half hier nicht weiter. Stattdessen rannte er einfach nur los. Zunächst wurden die Geräusche hinter ihm so schnell leiser, sein Vorsprung wuchs beträchtlich. Unter normalen Umständen hätte wohl selbst ein verängstigtes Kind den trägen Kreaturen problemlos entkommen können, doch leider waren die Umstände in diesem Fall alles andere als normal: Aufgrund der niedrigen Decke war es kaum möglich zu rennen, die erdbraunen Gänge schienen zudem stetig enger zu werden, fast als versuchten sie, ihn zu zermalmen. Immer wieder kam er an Kreuzungen und wählte, ohne nachzudenken, rein aus dem Instinkt heraus, einen Weg. Links … Rechts … Geradeaus … Rechts … War er hier nicht gerade erst vorbeigekommen?! Egal! Rechts …

Links … Geradeaus … Doch der ersehnte Ausgang kam nicht in Sicht. Es erschien hoffnungslos zu sein, alle Gänge sahen gleich aus. Möglicherweise hatte es ihn auf seiner mehr oder weniger kopflosen Flucht sogar noch tiefer unter die Erdoberfläche verschlagen?

Völlig außer Atem machte der Fremde schließlich an einer Weggabelung Halt, um ein wenig zu verschnaufen, einen Moment nachzudenken, doch seine Verfolger gönnten ihm keine Ruhe: Deutlich konnte er das Kratzen und Knurren hinter sich hören. Langsam aber stetig kamen die Untoten näher, wie die Klinge des Henkers dem Hals des Verurteilten. Wie weit waren sie noch entfernt? Hundert Meter? Fünfzig? Vielleicht warteten sie schon hinter der nächsten Ecke? Wie um diese Befürchtung zu bestätigen, hallten dem Fremden wenig später auch schon Geräusche aus dem Gang vor ihm entgegen. Offenbar versuchten die Kreaturen, ihn einzukreisen – und waren zudem recht erfolgreich damit, wie es schien!

Schnell wurde die Situation mit jeder Minute, die verstrich, brenzliger: Mittlerweile kamen die Laute aus allen Richtungen und der Ausgang war noch immer nicht in Sicht. Geradeaus … Links … Rechts … Geradeaus … Der Fremde versuchte, seinen Weg so zu wählen, dass die Kreaturen ihm in einer Richtung folgen mussten und ihn nicht einkreisen konnten, doch es war zwecklos: Anscheinend kannten sie sich bestens in dem Labyrinth aus und machten all seine dahingehenden Versuche schnell zunichte. Schon erreichte er die nächste Kreuzung, doch diesmal gab es keinen Weg mehr, den er nehmen konnte: Kratzen und Knurren umgaben ihn nun auf allen Seiten: rechts, links, vorne, hinten! Er war umzingelt, saß wie eine Ratte in der Falle! Damit blieb nur noch, sich ihnen zum Kampf zu stellen. Eine düstere Aussicht allerdings: Seine Feinde waren ihm immerhin zahlenmäßig weit überlegen, zudem praktisch unempfindlich für jede Art von Waffe in seinem Repertoire – und damit nicht genug: Selbst wenn es ihm tatsächlich gelingen würde, ihre Reihen zu durchbrechen, stünde er damit schließlich gerade wieder am Anfang, verirrt und eine Armee von Feinen dicht auf seinen Fersen. Nicht dass ihm besonders viele Alternativen geblieben wären aber. So zog der Fremde dann auch als Nächstes mit dem Mut der Verzweiflung sein Schwert und stürmte in die Richtung, aus der die lautesten Geräusche kamen, entschlossen durch ihre Reihen zu brechen – nicht für lange jedoch. Kaum dass er sich in Bewegung gesetzt hatte, blieb er auch schon wieder stehen, weil etwas vor ihm seine Aufmerksamkeit erweckt hatte.

Ein paar Schritte entfernt gab es eine kleine Einbuchtung in der Tunnelwand, die Überreste eines eingestürzten Ganges vielleicht, nicht tiefer als ein Meter, doch größtenteils verdeckt durch eine dicke Wurzel. Ein ideales Versteck! Ohne weiteres Nachdenken sprang der Fremde dort in Deckung, warf noch seine Fackel in den Gang vor sich. Anschließend presste er seinen Körper mit aller Kraft gegen die erdige Wand und hielt die Luft an, um sich nicht durch Atemgeräusche zu verraten.

Es dauerte nur Sekunden, bevor er auch schon die ersten Untoten hören konnte, die den Gang neben ihm entlangkrochen. Hatten sie ihn gesehen? Wenn ja, war alles verloren. Ein Glück daher, dass es zumindest für den Moment nicht danach aussah. Stattdessen knurrte und stöhnte es nur vor ihm. Sie ignorierten ihn offenbar. Warum jedoch ließ sich nicht sagen.

Nach und nach versammelte sich nun eine ganze Armee schwarzer Gestalten vor seiner Zuflucht, warfen im Licht der Fackel lange Schatten. Manche von ihnen standen aufrecht auf zwei Beinen, andere krochen wie Würmer über den Boden, indem sie sich mit ihren Armen vorwärts zogen. Hin und wieder gaben sie knackende Geräusche, Zischen oder eine Art rhythmisches Stöhnen von sich. Eine Art Sprache vielleicht? Unterhielten sie sich? Sein Puls raste …

Dann! Plötzlich drehte eine der Kreaturen unerwartet ihren Kopf in seine Richtung und blickte dem Fremden direkt in die Augen, starrte ihn einige Sekunden lang regelrecht an! Doch seltsamerweise blieb eine Reaktion auf das Gesehene trotzdem aus. Als wäre nichts gewesen, wendete die Kreatur sich schließlich wieder von ihm ab und kroch davon. Dann dämmerte es ihm: Auch von Untoten forderte die Zeit offenbar ihren Preis: Nach Jahrhunderten des Verfalls besaßen sie keine funktionierenden Augen mehr, um zu sehen, keine Nasen mehr, um zu riechen. Vermutlich war ihnen einzig das Gehör über diese lange Zeit erhalten geblieben – oder womöglich handelte es sich auch nur um eine Art sechsten Sinn, eine übernatürliche Verbindung zu diesem Ort, der ihnen überhaupt erlaubte, ihre Umgebung wahrzunehmen? In jedem Fall schien er für den Moment sicher zu sein.

Eine ganze Zeit lang belagerten die Untoten in der Folge den Eingang seines Versteckes, stöhnten und knurrten einander an. Dabei nahm ihre Zahl immer weiter und weiter zu – ohne ihn zu bemerken jedoch. Schließlich wurden sie seltsam still und wandten sich einer besonders großen Gestalt zu, die relativ spät am Ort des Geschehens eingetroffen war. Ihr Anführer vielleicht? Nun, im nächsten Moment jedenfalls stieß der Riese plötzlich einen eigentümlichen, spitzen Ton aus, irgendeine Art von Befehl offenbar, denn die anderen setzten sich daraufhin augenblicklich in Bewegung, alle in dieselbe Richtung.

Wohin gingen sie wohl? Zurück in ihre Gräber? Nein … So schnell würden die Untoten bestimmt nicht aufgeben. Ihnen musste doch klar sein, dass sich der Eindringling noch immer irgendwo im Tunnelsystem um sie herum aufhielt? Dann kam dem Fremden ein Gedanke: Konnte es sein, dass sie auf dem Weg zum Ausgang waren, um ihm dort den Fluchtweg abzuschneiden? Wenn ja bräuchte er ihnen einfach nur zu folgen! Im ersten Moment klang das sicherlich logisch, doch war eine Meute zerfallender Kadaver wirklich zu derart taktischem Verhalten fähig? Nun, es gab wohl nur einen Weg, dies herauszufinden. Vorsichtig kroch der Fremde also aus seinem Versteck, ganz langsam, um ja keinen verräterischen Laut zu erzeugen, und sah sich um. Keine der Kreaturen war in Sicht, das Kratzen und Knacken bewegte sich von ihm weg. So weit so gut … Schnell ergriff er noch seine Fackel, welche die Untoten vollkommen ignoriert zu haben schienen, und schlich dann den Geräuschen hinterher, immer wachsam, um nicht versehentlich einem Nachzügler in die Arme zu laufen.

Zunächst kamen die Geräusche der Meute noch aus verschiedenen, teilweise sogar entgegengesetzten Richtungen, doch das änderte sich schnell. Nach einigen Minuten hatten sich die versprengten Gruppen von Untoten offenbar vereint und bewegten sich nun gemeinsam auf ihr Ziel zu. Der Fremde folgte den Kreaturen derweil, auch wenn er sich zeitweise fragen musste, ob seine Führer überhaupt selbst den richtigen Weg kannten. Ihr Pfad durch die Stollen schien durch die ständigen Richtungswechsel so vollkommen willkürlich. Dann jedoch wurden die Geräusche auf einmal deutlich leiser, dumpfer, außerdem weniger hallend, als würden sie von etwas verschluckt. Noch bevor er lange über den Grund dieser Veränderung nachdenken konnte, beantwortete sich die Frage auch schon von selbst: Er bog um eine Ecke und fand sich endlich an einem bekannten Ort wieder: der Kammer kurz hinter dem Eingang! Aus dem Tunnel, der nach draußen führte, drang derweil wütendes Stöhnen. Die Freiheit war zum Greifen nah!

Es blieb nun nicht viel Zeit. Die Untoten würden sicherlich nicht ewig dort draußen herumstehen. Der Fremde zog also sein Schwert und stürmte los. Er musste es nur irgendwie schaffen, ihre Reihen zu durchbrechen und den Wald zu erreichen, dann wäre er in Sicherheit. Sie würden ihn im Freien niemals einholen können.

Schon tauchte am Ende des Ganges der schwache Schein des Mondlichts auf. Noch drei Schritte … Seine Lungen füllten sich mit frischer Nachtluft, ein belebendes Gefühl nach der langen Zeit in den engen, dunklen Tunneln. Zwei Schritte … Wie viele von ihnen warteten dort draußen wohl auf ihn? Ein Schritt … Es gab kein Zurück mehr!

Als der Fremde schließlich ins Freie trat, fand er sich sofort mitten im Auge eines Sturms wieder: Die ganze Lichtung wimmelte von Untoten. Es mussten *Hunderte* von ihnen sein, die sich wie ein Ring um den Grabhügel verteilt hatten. Seine Ankunft wurde derweil quasi augenblicklich bemerkt, ebenso schnell kam Bewegung in die Meute. Im nächsten Moment reckten sich ihm dann auch schon zahllose gierige Hände entgegen und versuchten, seine Arme und Beine zu ergreifen. Mit einem beherzten Sprung jedoch gelang es ihm, sich ihrem Zugriff vorerst zu entziehen und dabei gleichzeitig eine Reihe der kleineren Kreaturen hinter sich zu lassen – nur die erste Verteidigungslinie jedoch. Sogleich brachten sich daraufhin drei weitere Untote vor ihm in Stellung, versuchten, ihrem Gegner den Fluchtweg zu versperren – mit wenig Erfolg jedoch: Zwei von ihnen fegte er mit dem Rücken seiner freien Hand aus dem Weg, zerschmetterte ihre brüchigen Körper dabei regelrecht, und teilte den dritten dann mit einem gekonnten Streich seines Schwertes etwas oberhalb der Gürtellinie in zwei, sodass die Arme mit abgetrennt wurden. Auf diese Weise konnte der Untote ihm nicht mehr gefährlich werden, während er an diesem vorbeirannte. Es war nun nur noch ein kurzes Stück bis zu den ersten Bäumen vor ihm und doch schien dieses rettende Ufer so *unglaublich* fern: Von allen Seiten strecken sich nun bleiche Hände nach ihm aus wie eine schwarze Mauer, dutzende Kreaturen warfen sich in seinen Weg. Vielen davon konnte er nur um Haaresbreite ausweichen. Sie versuchten, ihn buchstäblich mit allen Mitteln aufzuhalten – allerdings vergebens: Mit kaltem Stahl und roher Gewalt bahnte sich der Fremde unbarmherzig einen Weg durch ihre Reihen wie ein Bohrer durch weiches Holz, wie ein Lauffeuer durch einen sommertrockenen Wald. Dutzende der Untoten wurden so verstümmelt oder einfach nur davongeschleudert, bevor er schließlich den Rand der Lichtung erreichte.

Dort angekommen wähnte sich der Fremde schon in Sicherheit, wollte gerade zu einem letzten Spurt ansetzen, um die wütende Meute endgültig hinter sich zu lassen – doch dann: Plötzlich spürte er, wie etwas an seinem Arm zog. Offenbar hatte es im letzten Augenblick eine der Kreaturen geschafft, ihn am Oberarm zu packen! Schon griffen daraufhin weitere Hände nach seinen Fußknöcheln und seinen Schultern, versuchten, ihn zu Fall zu bringen und in ihre Reihen zurück zu zerren. Mit aller Kraft stemmte sich der Fremde dagegen, in der vagen Hoffnung, sich vielleicht losreißen zu können. Überraschenderweise hatten die Untoten seiner vollen Kraft aber tatsächlich erstaunlich wenig entgegenzusetzen: Krachend rissen ihre Hände so im nächsten Augenblick auch schon an den Gelenken ab und gaben ihn wieder frei. Ohne noch einmal zurückzublicken, rannte er daraufhin weiter, machte einen Satz durch den Vorhang aus Baumstämmen und Blättern, während die Geräusche hinter ihm rasch leiser wurden. Die zuvor abgerissenen Hände baumelten derweil noch immer an seinen Armen und Beinen und begannen immer fester zuzudrücken – fast wie kleine Schraubstöcke –, doch sie konnten ihn nicht aufhalten. Erst als der Waldrand näherkam, begann das widernatürliche Leben in den untoten Fingern endlich zu verlöschen. Eine nach der anderen verloren die vertrockneten Hände daraufhin den Halt und fielen zu Boden wie überreife Früchte von einem voll beladenen Obstbaum. Die wütenden Rufe ihrer Besitzer waren da schon kaum noch zu hören.

In sicherem Abstand zum Waldrand machte der Fremde schließlich Halt und sah sich noch einmal um. Es war still geworden zwischen den Bäumen, seine Häscher hatten wohl aufgegeben. Anscheinend konnten sie den Hain nicht verlassen. Eine beruhigende Erkenntnis, musste er sich dadurch doch keine Sorgen um die Dörfer in der Umgebung machen. Schnell rückte er also noch seinen Hut zurecht – ein Wunder, dass er diesen bei der wilden Verfolgungsjagd nicht verloren hatte – und ging anschließend seiner Wege.

ELFTES KAPITEL

Man könnte leicht glauben, dass der Fremde nun seine ganze Energie und ungeteilte Aufmerksamkeit, jede wache Sekunde, einzig und allein der Suche nach jener Waffe gewidmet hätte. Schließlich war Valentins Plan die einzige Chance, um Johanna aus den Klauen des Grafen zu befreien. Doch tatsächlich gab es noch eine andere Sache, die ihm keine Ruhe ließ und einen großen Teil seiner Zeit in Anspruch nahm: Wann immer ihm irgendwo Gerüchte über rätselhafte Todesfälle oder andere übernatürliche Vorkommnisse zu Ohren kamen, konnte er einfach nicht anders, als ihnen nachzugehen. Er wusste schließlich nur zu gut, wie hilflos die gewöhnlichen Menschen jenen Schrecken der Nacht ausgeliefert waren, und konnte diese Dinge daher nicht einfach auf sich beruhen lassen. Wer außer *ihm* schließlich war in der Lage, diesen Menschen beizustehen? Klebte ihr Blut nicht auch an seinen Händen, wenn er sie aus egoistischen Gründen einfach im Stich ließ? Hinzu kam außerdem, dass der Fremde sich nach wie vor selbst als einen jener Schrecken der Nacht betrachtete, und das, obwohl er seit dem Treffen mit Valentin kein einziges Leben mehr genommen hatte – zumindest kein menschliches. Mit der Jagd auf »seinesgleichen« hoffte er, sich eine Art Existenzberechtigung erkaufen zu können, die Sünde seiner Existenz zu sühnen, zumindest vorübergehend. Und außerdem war es irgendwie … *beruhigend*, dieser ihm vertrauten Arbeit nachzugehen. Auch wenn er vor seinem neuerlichen Treffen mit dem Grafen eigentlich gedacht hatte, diesen Teil seines Lebens für immer hinter sich gelassen zu haben …

Noch lebhaft konnte er sich an jenen Abend erinnern, als letztlich seine Entscheidung dazu gefallen war. Obwohl … Eigentlich hatte er die *Entscheidung* selbst an diesem Punkt schon lange getroffen, sich lediglich noch nicht dazu durchringen können, dem auch Taten folgen zu lassen. Speziell ging es um seine Waffen und übrige

Ausrüstung; die letzte Verbindung zu seinem früheren Leben. Der einzig logische Schritt an diesem Punkt wäre wohl gewesen, sie zu verkaufen oder einfach fortzuwerfen. All dies war nun schließlich nutzlos für ihn, weckte nur immerzu Erinnerungen, die er eigentlich lieber vergessen wollte. Ohne diese grimmen Andenken hätte es keinen Weg zurück mehr für ihn gegeben. Und doch hatte er immer wieder gezögert, sich endgültig davon zu trennen ... Nach all den Jahren schienen diese Werkzeuge immerhin regelrecht ein Teil von ihm geworden zu sein. Selbst bei dem Gedanken daran, sie nicht mehr griffbereit zu wissen, fühlte er sich seltsam ... *nackt*. Dennoch sollte nur noch ein letzter ... *Schubser* fehlen, bevor er sich letztlich doch dazu bringen konnte, sie aus der Hand zu geben – zumindest vorübergehend.

Allein hatte er an diesem späten Nachmittag auf seinem Bett in der Herberge gelegen und durch das kleine Fenster dicht unter der Decke die sinkende Sonne beobachtet, als plötzlich Klopfen, gefolgt von einem weiteren, gänzlich unerwarteten Geräusch an seine Ohren drang: Johannas Stimme. Zunächst hielt er sie nur für Einbildung, denn eigentlich kannte sie den Weg zu seiner Herberge nicht – zumindest nicht genau. Ein erneutes Klopfen und Rufen jedoch räumte wenig später alle möglichen Zweifel dahin gehend aus. Er konnte nicht sagen, wie sie ihn gefunden hatte, aber natürlich blieb ihm an diesem Punkt keine große Wahl, als seinen Gast hereinzubitten. Dort angekommen, zögerte Johanna derweil nicht, sofort den Grund für ihren Besuch zu erklären:

»Mutter hat gesagt, sie braucht mich nicht zum Wäschewaschen, deswegen dachte ich, wir könnten noch einen kleinen Spaziergang machen, bevor es dunkel wird? Ein Stück außerhalb der Stadt gibt es eine Stelle, wo Wildkirschen wachsen und – oh ...?!« Plötzlich stockte sie, als ihr Schwert und Revolver auffielen, die neben seinem Rucksack in einer Ecke lagen.

Der Fremde wollte sich noch davor stellen, um ihr den Blick darauf zu versperren, doch bevor es dazu kommen konnte, war sie auch schon näher getreten, um ihren Fund genauer zu begutachten.

Ungewöhnlich fasziniert strich Johanna als Nächstes mit der Hand über sein Schwert, ohne es aus der Scheide zu ziehen.

»So etwas braucht man zur Selbstverteidigung, wenn man viel auf Reisen ist, richtig? Aber … ist es wirklich so gefährlich da draußen?«

»Hin und wieder ja. In der Wildnis kann man nie wissen, was einem begegnet, besonders nachts – Räuber, wilde Tiere und …«, er stockte, »… *andere Dinge*.«

Erst beim Sprechen wurde ihm klar, dass dieser letzte Teil selbst in seiner bewusst vagen Formulierung eigentlich fast zwangsläufig Fragen aufwerfen musste. Zum Glück allerdings war seine Gesprächspartnerin mittlerweile schon mit dem Revolver beschäftigt, schien seine Antwort gar nicht richtig gehört zu haben:

»Und das ist … ein *kleines* Gewehr?« Sie kicherte. »Verwendet man das zum Jagen?«

Eine Theorie, die in gewisser Weise ja sogar tatsächlich der Wahrheit entsprach. Entsprechend nahm der Fremde sie auch sofort bereitwillig an, nickte zustimmend:

»Genau …«

Bis zu diesem Punkt mussten seine Besitztümer ihr also noch nicht allzu ungewöhnlich vorgekommen sein – ein Umstand, der sich jedoch schlagartig änderte, als sie einen Blick in die Tasche neben den Waffen warf. Vermutlich war es ein verräterisches Glitzern, das Johanna auf diese Spur brachte und sie daraufhin hineingreifen ließ. Bevor der Fremde es verhindern konnte, hatte sie so auch schon zwei gläserne Ampullen mit Weihwasser hervorgezogen. Wofür diese gut sein sollten jedoch, schien sich ihr beim *besten Willen* nicht zu erschließen.

»Und hier ist … *Wasser* drin?«, fragte sie nur nachdenklich und ließ den Inhalt hin- und herschwappen.

Etwas panisch antwortete der Fremde darauf mit dem ersten, was ihm einfiel: »Na ja … Etwas zu trinken braucht man auf Reisen schließlich auch!«

Diese äußerst durchschaubare Lüge bereute er allerdings noch, bevor Johanna daraufhin fragend ihren Kopf verdrehte.

»Aber ist das nicht viel zu wenig? Außerdem …«, sie griff in die

Tasche und zog seine Feldflasche heraus, die ihr zuvor ebenfalls aufgefallen sein musste, »… hast du doch auch noch das hier?«

Eilig versuchte der Fremde daraufhin, eine andere Ausrede zu finden, versäumte darüber, sie am neuerlichen Blick in die Fundgrube vor ihr abzuhalten. Tatsächlich aber löste dies zumindest sein Problem im Hinblick auf die Weihwasserphiolen, da Johanna sogleich etwas anderes, offenbar noch Interessanteres entdeckt hatte: einen Holzpflock mit einem verräterischen, dunklen Rand um die Spitze.

»Für mein Zelt!«, platze es sofort aus ihm heraus, als er diesen in ihrer Hand sah.

Was wiederum eine unangenehme Pause nach sich zog, in der Johanna verwirrt den Blick durch die Kammer schweifen ließ.

»Welches Zelt?«, fragte sie schließlich und lächelte.

»Ähm … Ich hab es verloren, in einem Sturm ein paar Tage bevor ich damals hier in die Stadt kam«, erklärte er hastig.

Was glücklicherweise nicht etwa Misstrauen, sondern Mitleid hervorrief.

»Ach herrje! Na dann hattest du aber Glück, dass es nicht gerade Winter ist …« Sie griff mit sorgenvollem Gesichtsausdruck nach seiner Hand.

Der Fremde wiederum nutzte diese Chance, um das Thema zu wechseln.

»Wenn wir noch zu den Wildkirschen wollen, dann sollten wir langsam aufbrechen, oder? Es wird bald dunkel werden.«, meinte er und packte dabei unauffällig Weihwasser und Pflock wieder in seine Tasche.

Eine *äußerst* erfolgreiche Ablenkung, denn Johanna blickte sofort erschrocken nach oben zum Fenster, um den Sonnenstand zu begutachten. Offenbar hätte sie über all ihre Entdeckungen den eigentlichen Grund ihres Kommens fast vergessen. Entsprechend drängte sie als Nächstes auch direkt zur Eile.

»Oh ja! Richtig! Schnell, schnell! Lass uns gehen!«

Wenige Minuten später verließen die beiden dann auch schon das Gasthaus und hielten auf die Stadttore zu. An diesem Punkt hatte der Fremde seine endgültige Entscheidung bereits getroffen. Er würde seiner Vergangenheit nicht erlauben, seine Zukunft zu verdunkeln! Johanna und ihre Eltern hatten niemals nach seinem Beruf gefragt oder der Zeit, bevor er in die Stadt gekommen war. Vermutlich hielten sie ihn für einen Söldner oder ehemaligen Soldaten. Und so würde es auch bleiben! Je weniger sie wussten, desto besser … Gleiches galt für etwaige Anhaltspunkte auf sein bisheriges Leben!

Früh am folgenden Morgen hatte er deshalb schließlich seine Waffen und übrige Ausrüstung unter jener großen Weide auf dem Friedhof der Stadt vergraben – immer in Reichweite, doch auch verborgen vor seinen Augen und denen jedes anderen Menschen. Nur eine kurze Ruhe, jäh unterbrochen, als seine Vergangenheit ihn schließlich mit aller Wucht eingeholt hatte. Mit jedem Tag, der seitdem vergangen war, schien eine Rückkehr zu jenen frohen, sorgenfreien Tagen mehr und mehr in weite Ferne gerückt zu sein, gar seine Menschlichkeit selbst ihm allmählich durch die Finger zu schlüpfen.

Mit den Jahrzehnten bemerkte der Fremde mehr und mehr, wie seine körperlichen Fähigkeiten langsam aber sicher über die Grenzen eines Sterblichen hinauswuchsen. Bald konnte er mit Leichtigkeit ein Vielfaches seines eigenen Körpergewichts heben, mehrere Meter hoch springen und sich so schnell bewegen, dass die Augen der meisten anderen Lebewesen ihm nicht mehr zu folgen vermochten. Auch verheilten selbst schwere Verletzungen, wie Knochenbrüche oder tiefe Fleischwunden, innerhalb von Stunden vollständig, ohne dass dabei irgendwelche Narben zurückblieben. Ebenso schärften sich seine Sinne: Ab einem gewissen Punkt konnte er beispielsweise in der Dunkelheit praktisch genauso gut sehen wie bei Licht, seine Ohren nahmen den kleinsten Laut wahr und erlaubtem ihm, sogar in einem Wirrwarr von Stimmen, wie man es auf einem geschäftigen Marktplatz oder in einer überfüllten Taverne fand, jedes einzelne Geräusch vom anderen zu trennen. Zusammen mit seinem reichen Erfahrungsschatz, was die Bekämpfung des Übernatürlichen anging, machten ihn diese neuen Talente zu einem noch mächtigeren Gegner für die Kreaturen, denen er nachstellte – allerdings sollte das auch bitter nötig sein für die Kämpfe, die ihm noch bevorstanden. Wie auch in diesem Fall …

Weit im Osten lag eine große Stadt an der Küste eines stillen Meeres, die Hauptstadt eines mächtigen Kaiserreichs. Mit ihren Türmen aus Gold, die zwischen den zahlreichen Kanälen emporragten, den wunderbaren Plätzen und Parks, viele geschmückt mit Denkmälern, und nicht zuletzt dem prachtvollen Palast des Kaisers selbst war sie im wahrsten Sinne des Wortes ein Juwel. Allerdings … Sich zu sehr von der Masse abzuheben, konnte gefährlich sein. Vielleicht war es so auch gerade jener Glanz, der das Böse erst dorthin lockte?

Alles hatte an einem verschneiten Dezemberabend begonnen: Ein kleines Mädchen spielte im Garten seines Elternhauses unbekümmert im frischen Schnee, unschuldig, nichts ahnend. Als seine Mutter jedoch nur für einen Moment ihren wachsamen Blick abwendete und nach drinnen ging, um etwas zu holen, schlug der Täter zu, blitzschnell und lautlos, wie ein Schatten des Todes höchstpersönlich. Im nächsten Moment lag das Kind auch schon leblos im Schnee, seine Haut war kreidebleich geworden, alles Leben aus dem kleinen Körper gewichen. Ein wahrhaft grausames Bild. Die Ärzte konnten sich den plötzlichen Tod des Kindes derweil nicht erklären. Es gab keine Verletzungen oder sonstige Anzeichen für Gewaltanwendung; beinahe, als wäre es einfach vom einen Moment auf den anderen tot umgefallen.

Zunächst hielt man diese Begebenheit noch für einen Einzelfall, eines jener medizinischen Mysterien, die sich zumindest für den Moment als unergründbar erweisen, aber trotz ihrer Tragik keine Gefahr für die Allgemeinheit darstellen – leider jedoch ein Trugschluss wie sich schnell herausstellen sollte: Tatsächlich gab es in den folgenden Wochen und Monaten nämlich schnell noch viele weitere Opfer, allesamt Kinder, deren Tode nicht weniger rätselhaft blieben als jener erste.

Verständlicherweise ging so schnell die Angst um in den Straßen, unsichtbar und doch allgegenwärtig: Krank vor Sorge verboten die Eltern ihren Söhnen und Töchtern, das Haus zu verlassen, in der Hoffnung, dass sie in den eigenen vier Wänden sicher sein würden. Doch diese Hoffnung sollte sich schnell als trügerisch erweisen und jäh zerschmettert werden: Wer oder was auch immer es war, das die Kinder tötete, selbst Wände aus Stein und fest verschlossene Fensterläden vermochten offenbar nicht, es aufzuhalten. Wie ein Geist kam und ging der Täter und hinterließ dabei keinerlei Spuren seines nächtlichen Besuches, außer dem leblosen Körper seines Opfers, der wie schlafend im Bett zurückblieb. Ein schreckliches, grausames Mysterium. Schnell brachte man die rätselhaften Todesfälle daher mit einer ebenso rätselhaften Erscheinung in Verbindung, die fast zeitgleich das erste Mal aufgetaucht war: Immer wieder berichteten Passanten von einer wunderschönen Frau mit pechschwarzen Haaren in einem leuchtend roten Kleid, die nach Einbruch der Dunkelheit durch die Straßen zog und jedem, dem sie begegnete, ein scheues Lächeln zuwarf. Viele waren von ihrer Schönheit wie gefesselt und versuchten, ihr nachzulaufen, doch im nächsten Moment war die *Frau in Rot*, wie sie genannt wurde, auch schon wieder verschwunden, als hätte sie sich buchstäblich in Luft aufgelöst.

Als die Sonne versunken war und in den Häusern nach und nach die Lichter angingen, huschte eine Handvoll Männer durch die Straßen der Innenstadt und entzündete eilig die Straßenlaternen. Dann wurde es ruhig. Ausgangssperre. Mit dieser Maßnahme hoffte die Gendarmerie, dem schrecklichen Treiben endlich ein Ende machen zu können – bisher mit wenig Erfolg allerdings. Bald würde es in den Straßen nur so vor bewaffneten Wachen wimmeln – kein Problem für den Fremden jedoch, der mit Einbruch der Nacht auf dem Dach eines hohen Gebäudes am Stadtrand Stellung bezogen hatte und sich somit weiter außer deren Sicht- und Reichweite befand.

Zuerst einmal musste er herausfinden, womit er es überhaupt zu tun hatte. Angesichts der eher spärlichen Informationslage kam an diesem Punkt schließlich noch eine ganze Reihe der ihm bekannten

Kreaturen als Übeltäter infrage. Handelte es sich um einen Geist? Eine Hexe? Oder vielleicht doch etwas ganz anderes? Gab es wirklich eine Verbindung zu jener mysteriösen Frau in Rot, wie die Leute vermuteten? Nun, zum Glück gab es eine recht einfache Möglichkeit, diese Frage zu beantworten: Er musste den Täter lediglich auf frischer Tat ertappen. Und natürlich standen seine Chancen dafür wesentlich besser als jene der zahlreichen Wachen, die unter ihm nervös ihre Kreise zogen.

Seit dem letzten Todesfall waren nun schon einige Tage vergangen und wenn das bisherige Muster hielt, stand der nächste damit wohl unmittelbar bevor. Zumindest wenn es nach *ihm* ging, würde es allerdings keine weiteren Opfer mehr geben!

Angestrengt begann der Fremde also in die Nacht hinein zu lauschen und ließ seinen durchdringenden Blick über die spärlich beleuchtete Stadt schweifen, suchte ihre dunklen Ecken und Hinterhöfe nach Bewegungen ab. Dabei klangen immerzu die Schritte der patrouillierenden Wächter in seinen Ohren, die schnell von allen Seiten auf ihn einhämmerten. Diesmal waren es wohl um die fünfzig Gruppen zu je vier Mann, mehr noch als in der Nacht zuvor. Offenbar waren sich auch die Behörden der Tatsache bewusst, dass der nächste Mord unmittelbar bevorstand, und taten deshalb ihr Möglichstes, um diesen zu verhindern.

Nach einer Weile setzte er sich schließlich in Bewegung, sprang leichtfüßig von Dach zu Dach seinem nächsten Aussichtspunkt entgegen. Dies war bereits die dritte Nacht, in der er patrouillierte, dementsprechend hatte der Fremde bereits einige gute Orte dafür ausgemacht. Wenig später stand er so auch schon auf einem kuppelartigen Bau ganz in der Nähe des Flusses und spähte abermals in die Dunkelheit hinein … Ohne dabei etwas Besonderes zu entdecken allerdings. Am Himmel zogen einige Eulen und Fledermäuse ihre stillen Bahnen; eine dunkle Wolke schob sich vor den Mond, verdeckte nur für einen Moment die weiße Sichel am Himmel … Dann! Plötzlich tauchte im Konzert der Schritte eine Unregelmäßigkeit auf, eine neue Stimme! Schnell hatten auch die Wachen das unbekannte Paar Füße bemerkt, das sich da durch die Straßen bewegte, und schlugen Alarm. Der schrille Ton einer Trillerpfeife hallte durch die Nacht und sie spurteten los, ihre Waffen im Anschlag:

»*Halt! Stehenbleiben!*«, erklang es sogleich aus mehreren Kehlen.

Die Jagd dauerte allerdings nur wenige Sekunden, dann hatten sie den Verdächtigen auch schon in einer Seitenstraße umstellt. Es handelte sich um einen Betrunkenen, der wohl von irgendwoher auf die Straße gestolpert war – ein Fehler, der durchaus sein letzter hätte sein können, denn die Wachen hatten Befehl, erst zu schießen und *dann* Fragen zu stellen. Fast schon ein wenig erleichtert führten sie ihn als Nächstes ab. Ihr stiller Begleiter hatte derweil schon unbeirrt seinen Weg fortgesetzt. Ihm war durch das leise Lallen von vorneherein klar gewesen, dass es sich lediglich um einen falschen Alarm gehandelt hatte.

Einige Minuten später machte der Fremde erneut Halt, diesmal auf einem mehrstöckigen Palais im nobleren Teil der Stadt, direkt an dem größten der zahlreichen Kanäle. Von dort hatte man einen hervorragenden Überblick über die Uferpromenade und konnte zudem eine der Hauptstraßen fast auf ihrer gesamten Länge einsehen. Derweil waren die Patrouillen wieder auf ihre üblichen Routen zurückgekehrt. Leise plätscherte der Fluss unter ihm dahin; hinter einer Straßenlaterne tauchte eine Ratte auf, die kurz quiekte und dann in einen Garten huschte. Sie scherte sich offenbar nicht um die Ausgangssperre. Klirr! Irgendwo in einem der Häuser hatte offenbar jemand versehentlich einen Gegenstand aus Porzellan fallen gelassen, vermutlich ein Teller oder eine Schüssel. Im nächsten Moment begann daraufhin eine Frauenstimme laut zu schimpfen. Nichts Außergewöhnliches also, deswegen setzte er seinen Weg auch bald fort.

Ereignislos verstrichen in der Folge die Stunden, während die Stadt langsam in den Schlaf abdriftete. Nach und nach verlöschten die Lichter in den Häusern und ihre Bewohner betteten sich zur Ruhe, manche besorgter als andere. Gleichzeitig zogen aus Westen dicke Wolken auf und schienen diese ohnehin schon düstere Nacht noch ein wenig düsterer machen zu wollen.

Es war schon weit nach Mitternacht, als er schließlich etwas Vielversprechendes hörte: erst ein leises Kratzen, dann das Splittern von Holz. Jemand machte sich an einem Fensterladen zu schaffen, so schien es. Schnell sprang der Fremde also über eine Reihe von Dächern auf die verräterischen Geräusche zu, eilte im Zickzack zwischen Schornsteinen hindurch und landete anschließend auf einer kleinen Mauer, die das Grundstück nicht zur Straße hin, sondern zum Garten eines anderen großen Hauses begrenzte.

Vor ihm lag nun die Rückseite eines prächtigen Anwesens, die Bewohner schliefen bereits, aber offenbar noch nicht lange. Es lag noch der Geruch von frisch gelöschten Kerzen in der Luft. Vermutlich war dies auch der Grund, warum die beiden vermummten Gestalten dort erst zu solch später Stunde begonnen hatten, sich an einem der Fenster zu schaffen zu machen. Eine von ihnen versuchte energisch, die Läden aufzubrechen, während die andere mit einem großen Sack in den Händen dahinterstand und immer wieder Kommandos zischte:

»Da! Drücken!«

»Mit mehr Kraft, Junge!«

»Nicht so laut! Oder willst du, dass sie uns hören?!«, klang es so leise durch die Dunkelheit.

Einbrecher … Keine besonders schlauen allerdings, so viel stand fest. Der Fremde konnte nur mutmaßen, was die beiden dazu getrieben hatte, in dieser Art und Weise ihr Leben aufs Spiel zu setzten, aber besonders gut vorbereitet hatten sie sich jedenfalls nicht: Das Werkzeug, mit dem der Vordere versuchte, die Fensterläden zu öffnen, war nicht größer als ein Messer– eine Feile oder ein Meißel vielleicht. Alles andere als zweckmäßig. Zudem hatte der Benutzer offenbar keine große Ahnung davon, wie genau man damit ein verschlossenes Fenster öffnete. Was nur, glaubten sie, in dem Haus stehlen zu können, das es wert gewesen wäre, dafür erschossen zu werden? Und auf welchem Wege wollten sie überhaupt mit ihrer Beute entkommen? Die Straßen wimmelten doch nur so vor Wachen? Nicht dass die Antworten auf diese Fragen in irgendeiner Weise von Bedeutung gewesen wären. Rein zufällig nämlich war gerade eine Patrouille auf dem Weg genau in ihre Richtung und da die Männer bei ihren erfolglosen Einbruchsversuchen mittlerweile *reichlich* Lärm verursachten, würde man ihrem Treiben wohl schon bald ein Ende setzen. Ein blutiges vermutlich …

Der Fremde konnte in Anbetracht dessen nur den Kopf schütteln. Er hatte keine Zeit für so etwas … Mit zwei kräftigen Hieben ins Genick schlug er die beiden Einbrecher daher bewusstlos, ohne dass diese ihn bemerkten, und machte sich dann auf dem Weg zurück zu seiner Warte. Wenn man sie am Morgen dort im Garten fände, würde sich die Gendarmerie sicherlich ihrer annehmen.

Ereignislos vergingen nun die Stunden, während der Fremde wachsam seine Runden über den Dächern der Stadt zog. Ebenso wie in den Nächten zuvor wagte es offenbar niemand, den friedlichen Schlaf der Stadt zu stören. Bald tauchte so auch schon der erste helle Streif am Horizont auf, kündete vom nicht mehr allzu fernen Sonnenaufgang. In den Straßen rieben sich derweil viele der Wachen müde die Augen und gähnten immer wieder. Die ungewohnten Wachzeiten hatten bei ihnen ihre Spuren hinterlassen, so schien es. Vermutlich waren die Männer daher sogar froh, dass die Nacht so ereignislos geblieben war – ganz im Gegensatz zu ihrem stillen Begleiter, der mit jeder Minute, welche die Dämmerung näherrückte, unruhiger wurde. Irgendetwas stimmte nicht … Er konnte es spüren. Hinter dieser scheinbar so friedlichen Fassade einer schlafenden Stadt ging etwas vor, das sich wie auch immer seiner Wahrnehmung entzog. Doch was nur?

Höchst unzufrieden beschloss der Fremde einige Zeit später, seine Wacht für heute zu beenden. So kurz vor Sonnenuntergang würde wohl nichts mehr geschehen – ein Trugschluss jedoch, wie sich bald herausstellen sollte. Gerade hatte er das Dach des verlassenen Wohnhauses erreicht, wo sich sein Tagquartier befand, da hörte er plötzlich etwas … Bäng! Wie aus heiterem Himmel hallte ein Donnerschlag durch die Dunkelheit! Irgendwo hatte eine der

Wachen einen Schuss abgegeben, dann tönte eine zitternde Stimme durch die Dunkelheit:

»S-Stehenbleiben!« Gefolgt vom Klang einer Trillerpfeife.

Ein Warnschuss offenbar. Sofort stürmte der Fremde jedenfalls los – und war schon ein wenig aufgeregt dabei. Wen oder *was* auch immer der Mann erspäht hatte, bewegte sich nämlich vollkommen lautlos. Es waren keine Schritte dieses unbekannten Störenfrieds zu hören, ebenso wenig ein Atemgeräusch oder ein Herzschlag. Ziemlich sicher also, dass es sich dabei nicht um einen Menschen handeln konnte. Sicher, ein Fehlalarm kam noch infrage, aber diese Möglichkeit wurde spätestens an dem Punkt unwahrscheinlich, als weitere Schüsse zu hören waren: »Bäng! Bäng! Bäng!«, dröhnte es aus mehreren Rohren. Ohne damit einen Effekt zu erzielen allerdings, denn die Verfolgungsjagd ging weiter, während die Kugeln leise an den steinernen Wänden umher abprallten. Schnell eilten nun aus allen Richtungen Nachtwächter herbei, versperrten mögliche Fluchtwege und zogen gleichzeitig den Kreis um den Verfolgten enger. Über ihren Köpfen raste derweil der Fremde auf jene Gruppe zu, die dem mysteriösen Wesen am nächsten war. Ein relativ leichtes Unterfangen, denn nur von dort waren Schüsse zu hören. Schnell hatte er zu ihnen aufgeschlossen, doch dann … Auf einmal blieben die Männer unvermittelt stehen, tauschten nur noch bange Blicke aus, als sie schließlich in Sicht kamen.

»W-Wo ist sie hin?! Ihr habt sie auch gesehen, oder?!«, fragte einer und umklammerte dabei unsicher seine Waffe.

Ein anderer kniete nieder und strich zitternd mit der Hand über den Boden:

»Ich weiß nicht! Eben stand sie noch hier, und jetzt ist sie plötzlich weg!«

»Wie ist das möglich?!«

Tatsächlich jedoch stellte diese Wendung wohl keine vollkommene Überraschung für die Männer dar.

»S-Sie sah genauso aus, wie die anderen sie beschrieben haben, oder?«, stammelte der Erste jedenfalls nach einer kurzen Pause.

Worauf man ihm nur mit müden Augen und entgeistertem

Nicken antwortete. Ihr stiller Beobachter andererseits schlug mit einem unzufriedenen Brummen seine Faust auf die Dachziegel vor sich. Verflucht! Er war nicht schnell genug gewesen! Offenbar hatten die vier ihr Ziel verloren – oder es sie? In der Hoffnung, den Störenfried vielleicht doch noch lokalisieren zu können, schloss der Fremde als Nächstes die Augen und hielt den Atem an, um sich ganz auf sein Gehör zu konzentrieren zu können … Doch nichts Ungewöhnliches war zu hören. Nur die Stiefel der rennenden Wächter hämmerten umher auf die Pflastersteine, während ihre Besitzer vor Erschöpfung schon schwer atmeten. Kurze Zeit später hallte dann auch schon ein schriller Pfiff zwischen den Häusern wider – das Zeichen, die Jagd aufzugeben. Nach einer kurzen Verschnaufpause schwärmten die Männer daraufhin aus und durchsuchten die Umgebung, gaben aber auch dies schnell wieder auf und kehrten dann zu ihren ursprünglichen Positionen zurück. Der Fremde belauschte sie dabei noch eine Weile, um so wenigstens an ein paar Informationen darüber zu kommen, *was genau* sie eigentlich verfolgt hatten. Auf diese Weise bestätigte sich schnell seine Vermutung: Es war niemand anderes als die Frau in Rot gewesen, welche diesen Aufruhr verursacht hatte.

Damit stand nun zumindest fest, dass es sich bei der Frau in Rot definitiv um eine irgendeine Art von übernatürlicher Erscheinung handeln musste. Blieb nur noch die Frage: War sie auch für die Morde verantwortlich? Tatsächlich wäre es dem Fremden lieber gewesen, wenn nicht … Etwas zu finden, das keinen einzigen Laut von sich gab und zudem noch nach Belieben auftauchen und wieder verschwinden konnte, würde schließlich nicht einfach werden, vielleicht sogar unmöglich – in jedem Fall jedoch zeitraubend.

Am folgenden Morgen konnte man in den Zeitungen lesen, was der Fremde schon befürchtet hatte: Der mysteriöse Mörder hatte ein weiteres Mal zugeschlagen. Diesmal war ihm die junge Tochter eines Adeligen zum Opfer gefallen, nicht einmal sechs Jahre alt. Dennoch war das Schrecklichste an diesem jüngsten Mord keineswegs der Mord selbst, sondern vielmehr die Umstände unter denen – oder besser – *denen zum Trotz* er begangen worden war: Anders als die anderen Opfer war das Mädchen zum Zeitpunkt ihres Todes nämlich nicht etwa allein gewesen. Es gab Zeugen! Doch was im Normalfall wohl Garant für die schnelle Aufklärung eines solchen Verbrechens gewesen wäre, entpuppte sich in diesem Fall stattdessen als Quelle blanken Entsetzens: Nicht weniger als *vier* bewaffnete Männer waren die Nacht über im Schlafzimmer des Mädchens postiert gewesen, und trotzdem hatte es der Täter wieder einmal geschafft, ebenso ungesehen zu kommen wie zu gehen! Als die Wächter endlich bemerkten, dass das Kind plötzlich nicht mehr atmete, war es schon zu spät, es lag nur noch ein lebloser Körper in dem Bett vor ihnen. Offenbar vermochten selbst wachsame Augen nicht, vor diesem stillen Mörder zu schützen. Er konnte buchstäblich überall zuschlagen, ohne je Vorwarnung, jederzeit … Dies war ein Gedanke, der viele Eltern verständlicherweise in panische Angst versetzte und nicht wenige zogen schnell Konsequenzen: Während sich die Nachricht im Laufe des Vormittags langsam verbreitete, konnte man so immer wieder Kutschen eilig aus der Stadt fahren sehen, die ihre jungen Passagiere weit, weit fortbringen sollten.

Der Fremde verbrachte den Tag unterdessen mit Nachforschungen und schlief auch ein wenig, weniger weil er müde gewesen wäre – Schlaf war für ihn mittlerweile mehr eine Annehmlichkeit als eine Notwendigkeit –, sondern um seinen Geist für die bevorstehende Jagd noch einmal zu schärfen. Es würde immerhin nicht einfach werden, dem Treiben der Frau in Rot Einhalt zu gebieten, so viel stand fest.

Von den vielen Kreaturen, die er kannte, kam in diesem Fall eigentlich nur ein Geist als Täter infrage. Nur sie konnten sich ohne ein einziges Geräusch umherbewegen und dazu noch vom einen auf den anderen Moment einfach verschwinden. Stellte sich somit nur noch die Frage nach dem *Grund* für die Morde … Die wenigsten Geister waren schließlich bösartig, eher lästig als gefährlich, und noch weniger von ihnen töteten so gezielt, wie dieser es tat. Und warum waren nur Kinder sein Ziel? Dazu offenbar nur die

Sprösslinge reicher Eltern? Was nur könnte der Grund für einen solch abgrundtiefen Hass sein, dass er selbst den Tod überdauerte?

Nun, unabhängig von den Gründen gab es wohl nur einen Weg, dies alles zu beenden: Er musste die sterblichen Überreste der Frau in Rot finden und diese dann läutern. Ein sanfterer und vor allem auch *einfacherer* Weg wie einst bei seiner Begegnung mit dem kopflosen Reiter kam diesmal leider nicht infrage. Dazu gab es schlicht zu wenig Informationen über sie und ihre Beweggründe – *gar keine* nämlich. Offenbar hatte keiner der zahlreichen Augenzeugen sie wiedererkannt, bei keinem der Morde war von ihr ein Hinweis auf den Grund für ihre Bluttaten hinterlassen worden – was es natürlich auch nicht einfacher machen würde, ihre letzte Ruhestätte zu finden.

Ihm blieb nur eine Chance: Für gewöhnlich besaßen derartige Untote noch eine gewisse Bindung zu ihren Gebeinen, fühlten sich regelrecht zu ihnen hingezogen. Häufig kehrten sie daher im Morgengrauen zu ihrem Grab zurück, legten sich wie in ein Bett darin zur Ruhe. Allerdings würde es zugegebenermaßen wohl kaum einfach werden, einer Kreatur, die sich jederzeit buchstäblich in Luft auflösen konnte, irgendwohin zu folgen. Das war immerhin schon eine Herausforderung für sich.

Nach einigem Nachdenken kam der Fremde letztlich zu dem Schluss, dass es wohl am besten wäre, seine Kontrahentin zunächst weiter zu beobachten. Auch wenn diese ihn wohl kaum geradewegs dorthin führen würde, ließ sich ihre Ruhestätte vielleicht dennoch aus den Routen ermitteln, auf denen sie sich durch die Stadt bewegte, den Orten, an denen sie auftauchte und wieder verschwand? Es musste schließlich irgendeinen Grund dafür geben, warum der Geist die Verfolgungsjagd immer wieder so plötzlich beendete. Eine Gefahr, von seinen Verfolgern gefasst zu werden, bestand ja schließlich nicht?

Als die Nacht sich abermals über die Stadt gesenkt hatte, bezog der Fremde also Stellung auf einem Dach in der Stadtmitte, nicht weit von jenem Haus, in dem sich der jüngste Mord ereignet hatte. Dann hieß es warten … Angesichts der Tatsache, dass die Frau in Rot sich auf ihren nächtlichen Spaziergängen ja offenbar völlig lautlos bewegte, war sein sonst so überaus nützliches Gehör hier leider ziemlich nutzlos. Stattdessen musste er auf seine Augen vertrauen – oder besser: die der zahlreichen Nachtwächter in den Straßen unter ihm. *Sie* würden in dieser Nacht seine Augen sein! Er musste nur abwarteten, bis einer der Männer die Frau in Rot erblickte und daraufhin Alarm schlug, dann würde ihn das darauffolgende Getöse direkt zu ihr führen. Anschließend musste er nur noch schnell genug sein …

Die ersten paar Stunden blieb es wie erwartet ruhig. Nur die üblichen Nachtschwärmer waren unterwegs: Betrunkene, die den Weg nach Hause nicht finden konnten, und andere, die es versäumt hatten, rechtzeitig vor Beginn der Ausgangssperre den Heimweg anzutreten. Die Wachen kannten das schon und trugen daher zumindest anfangs ihre Waffen nicht im Anschlag, feuerten nicht sofort, wenn sich etwas in der Dunkelheit vor ihnen regte. Langsam ging derweil der Mond am Himmel auf und warf sein fahles, bläuliches Licht auf die Dächer und Straßen. Keine Wolke wagte es, das Firmament zu verdecken, ließ den Ozean der Sterne über der Stadt so deutlich funkeln wie selten.

Einige Minuten nachdem die Glocken neun Uhr geschlagen hatten, wurde es dann endlich ernst: Ein lauter Donnerschlag durchbrach die Stille der Nacht, gefolgt von einem zögerlichen »Halt!« Sofort spitzte der Fremde daraufhin die Ohren, doch wie erwartet konnte er nicht hören, worauf der Schütze gezielt hatte. Es war so weit! Mit einem gewaltigen Satz katapultierte er sich auf ein tiefer gelegenes Dach und rannte los. Sein Ziel war nicht weit entfernt, ein paar hundert Meter vielleicht, viel näher als beim letzten Mal! Diesmal konnte er es definitiv schaffen!

Wie ein schwarzer Pfeil rauschte der Fremde also über die Häuser, vorbei an Schornsteinen und über Straßenschluchten, immer dem Geräusch der rennenden Wachen hinterher. In wenigen Augenblicken hatte er so auch schon zu ihnen aufgeschlossen, warf einen erwartungsvollen Blick in die Straße unter sich … Doch was er dort sah, entsprach tatsächlich so ganz und gar nicht seiner Erwartung:

Anstatt über das Pflaster zu hetzen, standen die Männer einfach nur an einer Kreuzung beisammen und sahen sich verwundert um, atmeten schwer.

»Wo is sie hin?«, keuchte einer.

Worauf ein anderer antwortete: »Verschwunden! Genau wie die Geschichten sagen! Wenn ichs nich gerade selbst gesehen hätte, würd ichs nicht glauben!«

Wieder war der Fremde offenbar zu spät gekommen … Oder … Konnte es vielleicht sein, dass der Geist ihn bemerkt hatte und deswegen verschwunden war? Es schien schon ein wenig verdächtig, dass die Verfolgungsjagd erneut nur Sekunden vor seinem Eintreffen so unvermittelt ein Ende gefunden hatte. Warum aber sollte sich der Geist vor jemandem wie ihm mehr fürchten als vor seinen anderen Verfolgern? Und wie hatte der Untote ihn überhaupt entdeckt? Zugegebenermaßen verfügten Geister mitunter durchaus über so etwas wie sechsten Sinn, doch dieser war üblicherweise auf bestimmte Orte oder Personen beschränkt, die mit ihnen in Verbindung standen – so wie beispielsweise der kopflose Reiter den Aufenthaltsort seines Kopfes und die Menschen, die damit in Kontakt gekommen waren, hatte erspüren können.

Je mehr der Fremde darüber nachdachte, desto weniger Sinn schien dies alles zu ergeben. Dennoch blieb ihm nur zu hoffen, dass es einen anderen Grund für das Verschwinden des Geistes gab, denn wenn dieser ihm *tatsächlich* aus dem Weg ging, gab es für ihn vermutlich keine Möglichkeit mehr, dem Morden Einhalt zu gebieten.

Als die Wächter wieder auf ihre Posten zurückgekehrt waren, sah sich der Fremde an Ort und Stelle noch ein wenig um … An der menschenleeren Kreuzung standen hohe drei- und vierstöckige Häuser, ihre schmucklosen Fassaden vermittelten ein Gefühl von Enge, obwohl man sich im Freien befand. Hinter den dicken Wänden wiederum war es still, anscheinend hatte das Getöse auf der Straße niemanden aufgeweckt. Seltsam eigentlich. Die Bewohner mussten einen gesunden Schlaf haben, so viel stand fest. Ihm allerdings sollte es recht sein. Damit gab es immerhin auch keine neugierigen Blicke, die ihn bei der Arbeit behindert hätten.

Mindestens zwei der Häuser besaßen einen Keller und die Kanalisation schien dort direkt unter der Straße zu verlaufen. Lag dort vielleicht das versteckt, was er suchte? Es wäre immerhin nicht die erste Leiche gewesen, die er an einem solchen Ort gefunden hätte. Schon sah sich der Fremde also nach einer Möglichkeit um, ungesehen in das Netzwerk aus Tunneln hinabzusteigen – doch dann: Plötzlich ließ ein Geräusch hinter seinem Rücken ihn zusammenfahren: Schritte! Instinktiv sprang er an einer der Hauswände empor, ohne sich umzublicken, benutzte dabei die Fensterbänke als Trittstufen. Erst auf dem Dach angekommen, spähte er schließlich auf die Straße, kauerte sich dabei zusammen. War eine der Wachen aus irgendeinem Grund noch einmal zurückgekommen?! Hatte einer der Hausbewohner ihn gesehen und war vor die Tür getreten?!

Tatsächlich sah es nicht danach aus. Zwischen den Häusern war es immer noch menschenleer, keine der Türen oder Fenster stand offen. Stattdessen gab es nur Stille …

Hatte er sich das Geräusch nur eingebildet? Nein, da war *ganz sicher* etwas gewesen. Doch was? Angestrengt suchte der Fremde die Umgebung ab, in der Hoffnung, so vielleicht eine Erklärung für die seltsamen Geschehnisse zu finden. Besonders viel Zeit blieb ihm dafür allerdings nicht, denn schon bald erforderte etwas anderes seine Aufmerksamkeit: Wieder hallten Schüsse durch die Nacht. Die Frau in Rot war abermals aufgetaucht, so schien es, diesmal weit entfernt, in der Vorstadt! Sofort machte er sich daraufhin auf den Weg, ließ das Mysterium des unbekannten Geräusches vorerst ruhen und rauschte abermals über die Dächer. Selbst der leichte Nieselregen, der mittlerweile eingesetzt hatte und die Ziegel unter seinen Füßen unangenehm rutschig machte, vermochte nicht, ihn zu bremsen. Und doch sollte seine Mühe erneut vergebens sein: Nachdem er gerade einmal die Hälfte des Weges hinter sich gebracht hatte, endete auch diese jüngste Verfolgungsjagd so abrupt wie die letzte. Wieder konnte er die verunsicherten Stimmen jener

Männer hören, die der Geist diesmal zum Narren gehalten hatte. Auch ihre Kameraden umher schienen allerdings durch die gleich *zwei* Sichtungen der Frau in Rot innerhalb so kurzer Zeit reichlich aufgewühlt, flüsterten aufgeregt – und dabei stand ihnen das Schlimmste erst noch bevor: Kaum hatten sie nämlich ihre ursprünglichen Positionen wieder eingenommen, begannen sich die Ereignisse plötzlich vollends zu überschlagen. Ein weiteres Mal ertönte das Signal und die Jagd begann von vorne, diesmal an einer der Kanalstraßen entlang und von dort weiter in Richtung der Innenstadt, wo ihr Ziel abermals verschwand – um nur Augenblicke später vor dem Kaiserpalast wieder aufzutauchen, dann auf einer der Hauptstraßen, am Hafen, wieder in der Vorstadt. Es war wie ein wilder Tanz, der kein Ende zu nehmen schien! Selbst der Fremde konnte dem nur ungläubig zusehen, schaffte es kein einziges Mal, auch nur einen kurzen Blick auf sein Ziel zu erhaschen, bevor der Ort des Geschehens abermals wechselte.

Schließlich machte er Halt auf dem Dach eines großen Prunkbaus in der Mitte der Stadt, versuchte erst einmal, wieder zu Atem zu kommen. Bei seinen verzweifelten Versuchen, irgendwie zu den Gruppen aus Jäger und Gejagtem aufzuschließen, hatte er sich mittlerweile vollkommen verausgabt.

Selbst seine übernatürliche Ausdauer reichte nicht aus, um einen derartigen Wahnsinn auf Dauer durchzuhalten – wobei es ihm aber wohlgemerkt immer noch wesentlich besser ging als den Männern unter ihm auf der Straße. Von diesen nämlich konnten viele mittlerweile nicht einmal mehr aufrecht stehen, stützen sich nur der Ohnmacht nahe an irgendwelche Mauern oder lagen keuchend am Boden. Was hatte das alles nur zu bedeuten?! Die Orte, an denen sie auftauchte, schienen vollkommen willkürlich zu sein, fast als diene dies alles einzig und allein dazu, ihn und die anderen Männer durch die ganze Stadt zu scheuchen. Beinahe, als handle es sich bloß um ein *Spiel* … Und ein Ende war vorerst nicht in Sicht: Während er rastete, ging das Spektakel um ihn herum stattdessen munter weiter, immer schneller und schneller, bis … das Getöse der Verfolgungsjagd auf einmal aus zwei Richtungen gleichzeitig zu hören war?!

Zunächst traute der Fremde seinen Ohren nicht, glaubte noch, dass die zweite Gruppe von Wachen, die sich gerade in Bewegung gesetzt hatte, irgendetwas anderes verfolgte. Verunsichert hielt er deshalb den Atem an und lauschte … Doch nichts war zu hören! Keiner der Flüchtigen gab auch nur den geringsten Laut von sich! Wenig später wurde dann, was eigentlich unmöglich sein sollte, noch einmal bestätigt: Plötzlich setzte eine dritte Gruppe zur Verfolgung eines weiteren, lautlosen Feindes an, dann eine vierte und nur Sekunden darauf sogar noch eine *fünfte*! Wie war das möglich?! Gab es etwa mehr als nur *einen* Geist? Mehr als nur *eine* Frau in Rot? Hektisch warf der Fremde seinen Kopf hin und her, versuchte verzweifelt, zumindest aus einer Richtung irgendetwas zu vernehmen, das diese Vermutung widerlegen konnte: ein Atmen, einen Herzschlag oder zumindest Schritte. Ohne Erfolg jedoch … Im Gegenteil nahm die Zahl der Verfolgungsjagden sogar noch weiter zu! Bald waren es über ein Dutzend, hielten buchstäblich die Gesamtheit der Wachen auf Trab – nun, zumindest jene, die an diesem Punkt überhaupt noch laufen *konnten*.

Von allen Seiten tönten dem Fremden nun Schreie und Gewehrschüsse entgegen, verschmolzen zu einem einzigen, ohrenbetäubenden Brausen. Man kam sich vor wie auf einem Schlachtfeld, inmitten zweier Armeen, die gerade aufeinander brandeten. Die Bewohner der Stadt, von denen viele zweifellos durch den Krach aufgeweckt worden waren, mussten angesichts dessen, was dort draußen vorging, zu Tode verängstigt sein. Ein Glück daher, dass dieses unheimliche Schauspiel nicht viel länger andauern sollte. Ebenso plötzlich, wie das Ganze ursprünglich begonnen hatte, war es schließlich auch schon wieder vorbei. Mit einem Mal verschwanden alle Frauen in Rot und eine gespenstische Stille legte sich über die Stadt, verschluckte sie förmlich.

Während unter ihm nun nicht wenige der Wächter vor Erschöpfung zusammenbrachen, stand der Fremde noch immer wie angewurzelt an derselben Stelle und versuchte, sich einen Reim auf die jüngsten Ereignisse zu machen … War dieser ganze Wahnsinn … *seine* Schuld? Hatte er bei seinen Versuchen, dem Geist auf die Spur zu kommen, diesen möglicherweise erzürnt? Stand der Stadt nun vielleicht noch etwas viel Schlimmeres als die Morde der vergangenen Monate bevor? Oder war dieses Spektakel nur eine Warnung gewesen, sich nicht weiter einzumischen? Aber warum sollte gerade *seine* Anwesenheit dies ausgelöst haben?! Fragen über Fragen und keine Antworten … Mit einem tiefen, seufzenden Atemzug, griff er sich an den Kopf. Von den langen Minuten des angestrengten Lauschens, dem lauten Donnern der Gewehre und dem Geruch von Schießpulver in der Luft waren seine Sinne wie betäubt, kehrten nur langsam zu ihrer gewohnten Schärfe zurück. Nachdenklich ließ er derweil seinen Blick über die Stadt schweifen, spürte langsam die Anspannung weichen … nur für einen kurzen Moment jedoch … Dann nämlich hörte er plötzlich etwas, das ihm abermals das Adrenalin in die Adern schießen ließ: ein leises Klappern, wie von einem Fuß, der auf einen losen Dachziegel getreten war. Hinter ihm! In dem Tumult hatte es offenbar jemand geschafft, sich vollkommen unbemerkt an ihn heranzuschleichen!

Sofort wirbelte er daraufhin mit einem blitzschnellen Sprung herum und griff dabei schon nach seinem Schwert, um sich kampfbereit zu machen, den Angreifer gebührend zu empfangen – etwas, wozu es allerdings nicht kommen sollte. Stattdessen erstarrte der Fremde nur, als er im nächsten Augenblick sah, *wer* dort hinter ihm auf dem Dach stand: Es handelte sich um eine junge Frau in einem leuchtend roten Ballkleid. Ihre langen, rabenschwarzen Haare wehten sacht im Wind und glänzten dabei leicht im schwachen Licht des Mondes, ihr Gesicht strahlte eine vollkommene, einnehmende Schönheit aus, so rein und perfekt, dass sie fast schon … *unnatürlich* wirkte … Nebensächlich jedoch, denn was den Fremden erstarren ließ – ja ihn sogar mit Schrecken erfüllte – war weder die Überraschung über ihr plötzliches Auftauchen noch die betörende Schönheit der Unbekannten, sondern vielmehr ihre Augen: Sie hatten dieselbe Farbe wie ihr Kleid: blutrot! Er hatte sich geirrt! Die Frau in Rot war kein Geist! Sie war ein Vampir!

Es dauerte einige Sekunden, bis der Fremde nach dieser jüngsten Enthüllung seine Fassung wiedererlangt hatte, dann jedoch zog er entschlossen sein Schwert. Er konnte es beenden, hier und jetzt. Auch wenn sie ein Vampir war, der Stahl in seiner Hand konnte sie zur Strecke bringen. Es stand hier schließlich nicht der Graf vor ihm, nur eine weitere verfluchte Seele wie er selbst. Ruhig bleiben.

Schon sammelte der Fremde Kraft in seinen Beinen, machte sich bereit für einen mächtigen Sprung in ihre Richtung, um ihr mit einem einzigen, gezielten Streich das Haupt vom Körper zu trennen. Bevor er sich allerdings in Bewegung setzen konnte, warf ihm seine Kontrahentin – wohl in Erwartung des bevorstehenden Angriffs – ein flüchtiges Lächeln zu und löste sich dann in Luft auf. Buchstäblich! Vom einen auf den anderen Moment hatte sie sich plötzlich in eine seltsame, schwarze Rauchwolke verwandelt, die nun mit erstaunlicher Geschwindigkeit auf ihn zuhielt und sich dabei völlig dem Wind widersetzte. Verunsichert wich der Fremde einen Schritt zurück, um sich außer Reichweite zu bringen, doch die Schwaden hatten ihn da bereits eingeholt, schlossen sich von allen Seiten um ihn wie ein riesiges, zahnloses Maul. In dessen Inneren wiederum tauchte dann sogleich noch einmal das Gesicht der Frau in Rot aus dem schwarzen Gewaber vor ihm auf. Nur für eine Sekunde konnte er ihr triumphierendes Lachen sehen, wie sie ihn verhöhnte. Dann war das Gesicht auch schon wieder verschwunden und die Rauchwolke driftete an ihm vorbei, davon in die Nacht, wo sie rasch mit der Dunkelheit eins wurde.

Der Fremde schlug derweil wütend die Faust gegen den Schornstein neben ihm, zerschmetterte das Mauerwerk in dutzende kleine Trümmer, die auf den Rasen vor dem Haus landeten. Verflucht! Damit war es vorbei … Nun da sie wusste, dass ihr jemand auf den Fersen war, würde die sie sicher einen großen Bogen um ihn machen. Unmöglich sie jetzt noch zu fassen zu bekommen! Wenn er doch bloß nicht gezögert hätte! Nur ein paar Sekunden mehr und sein Schwert hätte sie womöglich erreichen können! Er seufzte. Nein … Es war nicht seine Schuld … Man hatte ihn von Anfang an vorgeführt. Wahrscheinlich war sie sich seiner Anwesenheit schon seit der vergangenen Nacht bewusst gewesen. Das würde auch ihr seltsames Verhalten erklären. Sie hatte ihn wohl die ganze Zeit über beobachtet und sich erst dann gezeigt, als feststand, dass er keinerlei Gefahr für sie darstellte.

Entsprechend niedergeschlagen machte sich der Fremde daher auch wenig später auf den Weg zurück zu seinem Unterschlupf, traf Vorbereitungen für seinen baldigen Aufbruch. Es gab hier nichts mehr für ihn zu tun ... Eine bittere Erkenntnis. Verständlicherweise fiel es ihm sehr schwer zu akzeptieren, dass er, der schon so viele Ungeheuer und Monster zur Strecke gebracht hatte, ein weiteres Mal einem Vampir – gerade einem *Vampir* – so hilflos unterlegen war.

Gut möglich, dass dies somit wirklich das Ende dieser Geschichte gewesen wäre, allerdings ... unerwarteterweise sollte dem Fremden an diesem Punkt eine Macht zur Hilfe kommen, die sich doch üblicherweise ausnahmslos gegen ihn zu verschworen haben schien: das Glück. Am frühen Morgen des nächsten Tages nämlich zogen Fischer draußen in der Bucht einen grausigen Fund aus dem Wasser, der schnell das Gespräch der ganzen Stadt wurde: Es handelte sich um zwei Leichen, genauer die eines bekannten Schreinermeisters aus der Stadt, welcher schon Möbel für den Kaiser angefertigt hatte, und einem seiner Lehrlinge. Die beiden waren offenbar vor zwei Tagen abends, kurz vor der Sperrstunde, irgendwo hingegangen und nicht wieder zurückgekehrt.

Als der Fremde auf seinem Weg zu den Toren davon hörte, verkrampften sich augenblicklich seine Hände. Im Gegensatz zum Rest der Stadt wusste er schließlich sofort, was dies alles zu bedeuten hatte: die Einbrecher! Es war ihm sowieso schon komisch vorgekommen, dass keine der Zeitungen davon berichtet hatte. In Anbetracht der Umstände würde man doch denken, dass sich die Nachricht von der Verhaftung zweier verdächtiger Gestalten, die am Morgen plötzlich bewusstlos neben einem fremden Haus gelegen hatten, wie ein Lauffeuer verbreiten müsste. Womöglich hätte man ihnen sogar die Morde angehängt. Nun jedoch ergab alles einen Sinn: Zu dem Zeitpunkt, als er die beiden Männer an der Rückseite des Anwesens beobachtet hatte, musste die Frau in

Rot gerade anderswo mit ihrem jüngsten Mord beschäftigt gewesen sein. Später war sie dann zurückgekehrt, hatte die beiden Bewusstlosen gefunden, sie getötet und schließlich die Leichen in einen der Kanäle geworfen. Unter normalen Umständen wäre ihre Tat wohl ein perfektes Verbrechen gewesen, doch wie so oft hatte der Zufall dies letztlich zunichtegemacht. Jetzt kannte er also ihr Versteck!

Nur mit äußerster Vorsicht näherte sich der Fremde in der Folge dem Gebäude, gerade so weit, dass er den Bau über zwei Straßenecken einigermaßen begutachten konnte. Es handelte sich um ein zweistöckiges Anwesen mit einer breiten, reich verzierten Fassade. Der Vorgarten, der mit einem schweren Eisenzaun von der Straße abgetrennt war, sah ein wenig verwahrlost aus und obwohl es schon auf Mittag zuging, waren die meisten Fensterläden noch immer verschlossen. Alles in allem machte das Anwesen somit auch ohne sein Vorwissen schon einen höchst verdächtigen Eindruck, zumindest für jemanden, der sich mit diesen Dingen auskannte.

Aus dem Inneren konnte er den Herzschlag von vier Personen hören, einer davon war allerdings seltsam leise, kam offenbar aus dem Keller. Das musste sie sein! Sofort machte der Fremde kehrt und entfernte sich eilig von dem Anwesen. Die Frau in Rot konnte unmöglich wissen, dass er es gewesen war, der die beiden Einbrecher außer Gefecht gesetzt hatte. Vermutlich glaubte sie nicht einmal im Traum daran, dass jemand irgendwie ihr Versteck ausfindig gemacht haben könnte. Und er beabsichtigte, es dabei zu belassen – für den Moment zumindest.

Zunächst brauchte der Fremde nun mehr Informationen. Wer lebte sonst noch in dem Gebäude? Wussten diese Personen Bescheid, wer sich unter ihrem Dach versteckte, und wenn ja, warum duldeten sie es? Viel wichtiger noch allerdings war eine ganz andere Frage: Konnte die Frau in Rot das Tageslicht ertragen so wie er? Tatsächlich sah es nicht danach aus. Bisher war sie niemals vor Einbruch der Nacht gesehen worden, aber das könnte natürlich auch schlicht daran liegen, dass ihre Garderobe tagsüber etwas zu … *auffällig* war. Würde sich seine Vermutung jedoch als zutreffend herausstellen, wäre dies natürlich wunderbar gewesen. Das hätte immerhin bedeutet, dass sie während der lichten Stunden des Tages hinter diesen Wänden eingesperrt war, dort wie eine Ratte in der Falle saß. Und tatsächlich standen die Chancen dafür gar nicht schlecht. Er selbst hatte bereits festgestellt, dass sich seine Empfindlichkeit gegenüber dem Sonnenlicht verstärkte, wenn er kürzlich Blut zu sich genommen hatte. Möglicherweise war dieser Effekt sogar noch stärker bei jemandem, der sich nicht zügelte und regelmäßig trank?

Auf dem nahe gelegenen Markt war es in der Folge tatsächlich recht einfach, an die nötigen Informationen zu kommen, wenn man die richtigen Fragen stellte: Offenbar lebte ein betagtes, aber reiches Ehepaar in dem Anwesen. Beide waren wohl schon weit über siebzig Jahre alt und kamen nur noch höchst selten nach draußen; so selten, dass kaum jemand sie je mit eigenen Augen gesehen hatte. Außer ihnen wohnte nur noch eine Dienstmagd dort, die sich um die Bedürfnisse der alten Herrschaften kümmerte, ein Waisenmädchen, das schon seit jungen Jahren Mitglied des Haushalts war. Sie sei früher ein äußerst fröhliches und aufgewecktes Kind gewesen, sagte man ihm, doch in letzter Zeit verhalte sie sich seltsam: Ihr übliches warmes Lächeln war einer teilnahmslosen, wie versteinerten Miene gewichen und sie sprach kaum noch ein Wort. Es gab Gerüchte, dass der Hausherr schwer krank sei – eine Tatsache, die man schnell als Grund für ihre Veränderung ausgemacht hatte, schließlich waren die beiden Alten die einzige Form von Familie, die sie kannte. Naheliegend natürlich, doch der Fremde vermutete stattdessen etwas ganz anderes dahinter. Wie praktisch daher, dass sich schon bald eine Möglichkeit ergeben sollte, diese Vermutung zu bestätigen: Einer der Händler erzählte ihm, dass die Magd für gewöhnlich am frühen Nachmittag den Markt besuchte, um Lebensmittel einzukaufen. Eine hervorragende Gelegenheit somit, unbemerkt einen Blick auf sie zu werfen. Natürlich bestand kein Zweifel daran, dass die Frau in Rot an dem seltsamen Verhalten des Mädchens schuld war, doch was *genau* hatte sie mit ihr angestellt? Irgendwie kamen ihm die beschriebenen Symptome seltsam bekannt vor …

Erwartungsvoll bezog der Fremde für die folgenden Stunden also

Stellung in einer unauffälligen Ecke des Marktes und beobachtete von dort, wie zahlreiche Menschen kamen und gingen, sich die Auslagen der Stände dabei langsam leerten. Schnell wurde es Nachmittag, die ersten Händler begannen bereits zufrieden, ihre Stände abzubauen … und doch fehlte von der Magd seltsamerweise nach wie vor jede Spur. Zwischenzeitlich begann sich der Fremde deswegen schon zu fragen, ob er sich bei seinem kurzen Abstecher zu dem Anwesen möglicherweise verraten hatte. Letztlich jedoch sollte sich diese Furcht als unbegründet herausstellen: Nur Augenblicke nachdem die Glocken vierzehn Uhr geschlagen hatten, tauchte endlich eine junge Frau in einer Bedienstetenuniform aus Richtung des Anwesens auf, bewegte sich fast schon verdächtig langsam auf den Markt zu. Das musste sie sein! Entsprechend angestrengt verfolgte der Fremde daher auch ihrem weiteren Weg … und tatsächlich: Es war definitiv etwas … *ungewöhnlich* an dieser Person. Ihr Gang wirkte seltsam unbeholfen, dazu schlug ihr Herz verdächtig langsam, wie er es bisher nur bei Schlafenden erlebt hatte.

Derweil hielt die Unbekannte auf einen der Stände zu, wo verschiedene Gemüsesorten angeboten wurden, deutete dort anschließend wortlos mit dem Finger auf einige der Waren, die der Verkäufer ihr dann nacheinander in ihren geflochtenen Korb packte. Leider stand die junge Frau dabei die ganze Zeit mit dem Rücken in Richtung des Fremden, sodass dieser ihr Gesicht nicht sehen konnte. Vorerst kein Grund zur Sorge jedoch, denn die Einkaufstour schien noch weiter zu gehen: Zielsicher, wie ein trainierter Hund, hielt sie als Nächstes auf eine Reihe anderer Auslagen zu und würdigte alle übrigen nicht einmal eines Blickes. Es schien sich dabei um eine Art einstudierte Routine zu handeln, von der sie nicht abweichen wollte oder konnte. Ihr stiller Beobachter kam unterdessen ein Stück näher, weil ihm immer wieder vorbeilaufende Menschen die Sicht auf sein Ziel versperrten – gerade im richtigen Moment, wie man hinzufügen musste: Unvermittelt wand sich die Magd um, offenbar weil sie ihren jüngsten Einkauf beendet hatte, und die beiden sahen sich so kurz direkt in die Augen. Die junge Frau schien sich daran nicht sonderlich zu stören, setzte ihren Weg unbeirrt fort. Dem Fremden andererseits stockte der Atem … Ihre Augen! Sie besaßen denselben leeren Ausdruck, den er auch in jener schicksalhaften Nacht bei Johanna gesehen hatte! Allerdings waren sie nicht rot – *eine* gute Nachricht zumindest.

Der Fremde hatte damit jedenfalls gesehen, was er sehen wollte. Zufrieden wandte er sich ab und zog seinen Hut ins Gesicht, während er in der Menge verschwand. Offenbar hatte die Frau in Rot bei dem Mädchen und vermutlich auch allen anderen Bewohnern des Hauses eine Art Hypnose angewendet. Das würde die Sache nicht einfacher machen, aber wenigstens wusste er nun Bescheid: Die Vampirin hatte sich in dem Haus eingenistet wie eine Krankheit und beherrschte mit ihren Kräften den Verstand der hilflosen Bewohner – nicht mehr lange jedoch. Er würde diesem Alptraum schon bald ein Ende setzten!

In den folgenden drei Nächten machte der Fremde nun erst einmal weiter wie zuvor: Nach Sonnenuntergang stand er auf den Dächern und beobachtete, wartete, bereit, jederzeit loszustürmen, wenn die Frau in Rot sich irgendwo zeigte. Die meiste Zeit davon allerdings reichlich vergebens. Sie schien kein Interesse mehr daran zu haben, noch einmal einen solchen Aufruhr zu verursachen wie zuvor, und zeigte sich jeweils nur ein- oder zweimal – wobei die Kulisse in den jeweiligen Fällen jedoch sorgsam gewählt zu sein schien: Ein großer Park, der zoologische Garten, auf den Stadtmauern. Natürlich war das Ergebnis dabei jedes Mal dasselbe: Nicht einmal einen Zipfel ihres roten Kleides konnte er erspähen, bevor sie abermals verschwand. Kein Grund zur Sorge jedoch. Es ging ja nicht darum, sie zu fangen. Dies alles war nur ein Schauspiel, das einzig und allein dazu diente, seine Gegnerin in Sicherheit zu wiegen. Zweifellos beobachtete sie ihn, wie ein Raubtier seine Beute, ließ ihn nicht aus den Augen, während sie sich immer neue Wege ausdachte, ihn und die Wachen zum Narren zu halten. Allerdings war ihr in ihrer Arroganz nicht bewusst, dass auch *sie* beobachtet wurde: Ganz genau achtete der Fremde Tag und Nacht auf jegliches Geräusch, das aus dem Inneren jenes Anwesens drang, jedes Knarren der Dielen, jedes

Quietschen einer Tür. Auf diese Weise gelang es ihm dann auch recht schnell, die Tagesabläufe der Bewohner zu rekonstruieren und den richtigen Zeitpunkt für seinen Angriff auszuwählen: Tagsüber schlief die Frau in Rot offenbar in einem Zimmer im Keller, wo das Sonnenlicht ihr nichts anhaben konnte, während die Magd und die beiden Alten auf verschlungenen Wegen durch das Gebäude patrouillierten und sie bis zur Dämmerung treu bewachten. Kurz nach Sonnenuntergang, wenn draußen die Ausgangssperre begann, legten sich die drei dann in ihre Betten und ruhten dort bis zum Morgengrauen. Die Sklavenmeisterin andererseits erwachte ungefähr zur selben Zeit, nahm noch eine Mahlzeit zu sich, welche man für sie in den Abendstunden vorbereitet hatte, und spazierte dann einfach zur Haustür hinaus, um ihrem nächtlichen Vergnügen nachzugehen. Von dem Moment an, da sie letztere hinter sich schloss, verschwand wiederum augenblicklich ihr Herzschlag, ihr Atmen, das Klackern ihrer Schuhe auf dem Boden, einfach jede Spur von ihr. Der Fremde konnte sie von da an nicht mehr wahrnehmen, selbst dann nicht, wenn die Wächter ihr anscheinend hinterherjagten. Nicht verwunderlich aber. Vermutlich war das, was die Männer verfolgten, ohnehin nicht viel mehr als ein Trugbild. Auf diese Weise war es ihr wohl auch gelungen, an mehreren Orten gleichzeitig zu sein. Mithilfe ihrer Hypnose manipulierte sie den Verstand der Menschen und ließ diese sehen (oder auch nicht sehen), was sie wollte. Unterdessen stand die echte Frau in Rot wohl irgendwo auf einem Dach oder trieb als Wolke am Himmel. Dass sie sich in Rauch verwandeln konnte, wusste er ja bereits, und der machte nun einmal keine Geräusche. Oder besaß sie einfach noch eine weitere Fähigkeit, die es ihr erlaubte, sich selbst vor *seinen* Sinnen zu verbergen?

Am vierten Abend war es dann endlich so weit: Er konnte nicht länger warten. Zu groß war die Gefahr, dass es in den nächsten Nächten ein weiteres Opfer geben könnte. Früher als sonst huschte der Fremde also über die Dächer nahe dem Anwesen. Es war noch ein wenig hell, der schützende Schleier der Nacht hatte sich noch nicht vollständig über die Stadt gelegt und machte seinen frühen

Aufbruch somit nicht ungefährlich. Es bestand durchaus die Gefahr, dass ein Passant ihn dort oben auf seiner Warte entdecken würde, doch er hatte keine andere Wahl: Der beste Zeitpunkt für seinen Angriff war die kurze Zeit zwischen Sonnenuntergang und jenem Augenblick, in dem die Frau in Rot erwachte. Auf diese Weise musste er sich keine Sorgen um die anderen Bewohner des Hauses machen und noch viel wichtiger: Es sollte möglich sein, seine nichts ahnende Kontrahentin im Schlaf zu überraschen. Ein Aspekt von fundamentaler Bedeutung für seinen Plan. Sie war immerhin ein Vampir so wie er. Das hieß, sie besaß womöglich auch ähnlich scharfe Sinne wie die seinen. Bis jetzt hatte das natürlich keinen Unterschied gemacht, zumindest am Tage war sein Herzschlag immerhin nicht mehr als einer unter den unzähligen draußen auf den Straßen. Nun jedoch sah das gänzlich anders aus. Er würde wohl nur eine Chance haben.

Langsam leerten sich die Straßen unter ihm, während die Sonne allmählich hinter dem Horizont verschwand. Von seinem erhöhten Aussichtspunkt aus lauschte der Fremde derweil auf alles, was in dem Anwesen vorging, und wartete auf ein Zeichen – nicht lange jedoch: Klack … Klick … Zwei Türen fielen ins Schloss. Es waren jene zu den Schlafzimmern der Magd und den beiden Alten. Im Keller dagegen blieb es vorerst still. Sehr gut …

Eiligst machte sich der Fremde daher nun auch auf den Weg: Mit einem behänden Sprung katapultierte er sich hinunter in den Garten des Anwesens und ging dort angekommen sofort auf die große Doppeltür zu, die aus dem Gebäude in den Garten führte. In den vergangenen Tagen war ihm aufgefallen, dass sie stets unverschlossen blieb, weil die Frau in Rot sie am Morgen benutzte, um wieder in das Haus zu gelangen. Vorsichtig öffnete der Fremde einen der Flügel und trat ins Innere …

Er stand nun in einem großen Salon mit einem sechseckigen Eichentisch in der Mitte und Reihen von Regalen voll mit Büchern und anderem, wertvoll aussehenden Krimskrams an den Wänden. Eine Treppe an der Seite führte zum oberen Stockwerk, wo sich eine Art Galerie befand: Zahlreiche Gemälde, aber auch andere, seltsamere Gegenstände zierten dort die bunt tapezierten Wände: Masken, Speere und Trophäen exotisch anmutender Tiere. Dies alles mussten die Erinnerungen an ein äußerst ereignisreiches Leben sein. Sie lange zu bewundern jedoch blieb keine Zeit.

Schnell schlich sich der Fremde zu einer Tür auf der gegenüberliegenden Seite des Raumes, durch die man ins Foyer gelangte, und lauschte dann angespannt. Doch nichts rührte sich. Noch immer konnte er nur leises Atmen aus dem Keller hören. So weit so gut … Sein Ziel war in greifbare Nähe gerückt. Lautlos bahnte er sich also seinen Weg zu einer unscheinbaren Tür auf der Rückseite der großen Treppe, die ins obere Stockwerk führte. Dahinter lag eine weitere, schmale, verwitterte Treppe zwischen zwei unverputzten Wänden, die hinab in die Dunkelheit führte. Dort unten … Dort unten versteckte sie sich – und schien zudem eben erwacht zu sein! Gerade als der Fremde vorsichtig seinen Fuß auf die oberste Treppenstufe senken wollte, hörte er plötzlich das Geräusch von sich entspannenden Bettfedern, die sich unter Ächzen ausdehnten, und hielt daraufhin den Atem an. So viel zu seinem ursprünglichen Plan! Hatte sie ihn bemerkt?! Erstaunlicherweise sah es nicht danach aus. Ihr Herzschlag zeigte keine Aufregung. Womöglich besaßen nicht alle Vampire so scharfe Sinne wie er? So oder so, jetzt hieß es leise sein, damit sie ihn nicht doch noch bemerkte.

Schritt für Schritt stieg er die Stufen hinab, ganz langsam, denn nur ein einziger falscher Tritt hätte ihn durch lautes Knarren verraten können – oder war dies doch womöglich schon lange geschehen?! Auf einmal hörte er ein seltsames Klicken aus dem Raum. Das Kellerfenster! War sie dabei zu fliehen? Nein … Ihre Schritte waren noch immer zu hören, zeigten dazu keine Anzeichen von Eile. Dementsprechend setzte er seinen Weg schnell fort, noch vorsichtiger als zuvor jedoch, wagte es dabei kaum zu atmen. Es dauerte so mehrere, sich wie eine Ewigkeit anfühlende Minuten, bis er endlich das Ende der Treppe erreichte: Rechts von ihm befand sich nun eine Tür aus poliertem, tiefbraunem Holz. Sie schien wesentlich neuer zu sein als alles andere in dem Gebäude, mehr als nur *ein wenig* prunkvoll dazu – ein Ausdruck der Vorlieben des jüngsten Mitglieds dieses Haushaltes offenbar?

Schon griff der Fremde nach seinem Schwert, lauschte hoch konzentriert auf ein Geräusch von jenseits der Tür … Sobald sie ihre Hand nach der Klinke ausstreckte, um hindurchzutreten, würde er ihr den kalten Stahl direkt ins schwarze Herz treiben – ein guter Plan, der jedoch leider jäh durchkreuzt werden sollte. Anstatt nämlich Schritte zu hören, die sich auf ihn zu bewegten, drang stattdessen nur Stille an sein Ohr. Seltsam insofern, dass sie eindeutig noch immer dort drinnen stand, sich aber schlicht nicht bewegte und auch sonst nichts tat. Was konnte nur der Grund dafür sein? Nun, ihm blieb keine Zeit mehr, eine Antwort darauf zu finden, bevor diese stattdessen zu *ihm* kam:

»Herein!«, klang es als Nächstes von jenseits der Tür.

Verflucht! Sie hatte ihn trotz allem bemerkt! Und trotzdem war wohl noch nicht alles verloren. Sie hatte immerhin nicht sofort die Flucht angetreten, fühlte sich womöglich im Vorteil. Ihm wiederum blieb so vorerst nicht viel anderes übrig, als ihre Einladung anzunehmen. Zögerlich steckte er also sein Schwert weg und trat dann durch die Tür in das schwach beleuchtete Zimmer dahinter.

Jenseits der der Schwelle lag ein niedriger Raum mit hässlichen, grauen Wänden und einem staubigen Boden, der ursprünglich wohl nur als eine Art Abstellkammer gedient hatte und erst vor kurzer Zeit für seine neue Bewohnerin auf luxuriöse Weise neu eingerichtet worden sein musste: In einer Ecke stand ein großes Himmelbett mit filigranen, goldenen Stickereien und zahlreichen ähnlich teuer aussehenden Kissen darin. Um die unansehnlichen Aspekte der Räumlichkeit bestmöglich zu verbergen, lag weiter eine Reihe bunter Teppiche auf dem Boden und eine wilde Zusammenstellung von Gemälden verdeckte die tristen Wände. In der Mitte der Kammer standen weiter ein Tisch und Stuhl aus edlem Holz, sowie an der dem Eingang gegenüberliegenden Seite außerdem eine Reihe von Schränken und Anrichten.

Man musste sich bei diesem Anblick fast zwangsläufig fragen, wie es überhaupt gelungen war, all diese Dinge über die schmale Treppe dort hinunter zu schaffen – noch dazu, wenn nur ein Mädchen und zwei Greise als Träger zur Verfügung gestanden hatten.

Nun Auge in Auge mit seiner Kontrahentin atmete der Fremde erst einmal tief durch. Jetzt durfte es keine Fehler mehr geben …

Die Frau in Rot stand auf der anderen Seite des Raumes unter dem weit geöffneten Kellerfenster und sah ihn mit einem sachten Lächeln an. Sie schien unschlüssig, versuchte wohl, seine Absichten zu ergründen – ebenso wie er die ihren. Einige Augenblicke lang standen sie sich so erst einmal nur wortlos gegenüber, starrten einander an. Schließlich war sie die Erste, die das Wort ergriff, kam dabei vorsichtig ein Stück näher. Ihre Stimme war wie Eis, es lief einem regelrecht ein kalter Schauer über den Rücken, wenn man ihr zuhörte.

»Hast du mich am Ende also doch aufgespürt … Erstaunlich! Was hat mich verraten? War es diese dumme Gans von einer Magd? Ganz bestimmt sogar! Das hässliche Gör ist wirklich zu nichts nütze!« Sie schüttelte missgünstig den Kopf. »Nun, zuerst einmal sollte ich mich wohl für mein Verhalten in den vergangenen Nächten entschuldigen. Ich bin bisher nur wenigen anderen unserer Art begegnet – insbesondere noch keinem, der nicht zu einem …«, ihr Gesicht verzog sich in einem deutlichen Ausdruck von Ekel, »… *niederen Tier* degeneriert war. Mir erschien unser kleines Versteckspiel – oder auch Kräftemessen, wenn man so will – daher als eine ausgezeichnete Gelegenheit, um mir die alltägliche Langeweile zu vertreiben. War es nicht amüsant? Nein? Du musst mir glauben, dass keine üble Absicht dahintersteckte. Deine Anwesenheit in der Stadt stört mich nicht im Geringsten! Es gibt hier schließlich mehr als nur genug Nahrung für uns beide! Solange du dich nur von *meiner* bevorzugten Beute fernhältst, können wir problemlos nebeneinander hier leben.«

Unglaublich! Sie war offenbar völlig ahnungslos hinsichtlich des Grundes für sein Kommen! Nicht im Traum schien seiner Kontrahentin einzufallen, dass der Fremde ihr nach dem Leben trachten könnte! Entsprechend ließ sie es auch zu, dass er nun langsam näherkam. Gleichzeitig stellte der Fremde jene Frage, die ihn schon beschäftigte, seit er zum ersten Mal von dieser ganzen Sache gehört hatte:

»Deine bevorzugte Beute? Du meinst die *Kinder*? Was ist so besonders an ihnen, dass du sie mit niemandem teilen kannst?«

Sie kicherte. »Ist das nicht offensichtlich? Sieh mich an!« Ihre Hand deutete präsentierend an ihrer Taille entlang und auf ihr Gesicht. »Nur das *reinste, unschuldigste* Blut ist schließlich fähig, eine so *makellose* Schönheit wie meine für alle Ewigkeit zu bewahren! Diese kleinen Maden sollten sich glücklich schätzen, dass sie ihr Leben geben dürfen, um etwas so *Perfektes* zu erhalten!«

Die Augen des Fremden weiteten sich ungläubig angesichts dieser Worte … DAS?! Das war ihr Grund?! Von allen denkbaren Erklärungen, die ihm im Kopf herumgespukt waren, musste dies bei Weitem die wahnsinnigste und zugleich grausamste sein! Sie hatte all diese Leben ausgelöscht, nur um ihre krankhafte Eitelkeit zu befriedigen?! Angesichts dieser Offenbarung überkam den Fremden sofort blinde Wut. Nein! Rechtschaffener Zorn! Glücklicherweise jedoch war es an diesem Punkt nicht mehr notwendig, seine Gefühle im Zaum zu halten. Ihn trennte an diesem Punkt nur noch eine Armlänge von seiner Kontrahentin, mehr als genug, um diese mit seinem Schwert zu erreichen. Gerade, als sie erneut zum Sprechen ansetzen wollte, zog der Fremde daher auch schon blitzartig die Klinge hervor und stach es ihr ins Herz. Oder zumindest glaubte er zunächst, dies getan zu haben – doch nein! Im letzten Augenblick hatte die Frau in Rot offenbar seine Absichten erkannt und es gerade noch geschafft, sich nur Sekundenbruchteile bevor die Waffe ihre Brust durchstoßen hätte, in Rauch zu verwandeln! Mehr oder weniger zumindest … Tatsächlich sah die Rauchwolke wesentlich anders aus als noch zuvor: Anstatt sich innerhalb von Sekunden zu einer mächtigen, formlosen Finsternis aufzublähen, behielt sie die ursprünglichen, menschlichen Konturen bei und schien dabei zudem zu schwer zum Fliegen zu sein. Stattdessen zerfloss das Gewaber am Boden wie ein Stück Butter auf einer heißen Herdplatte. Der plötzliche Angriff musste die Vampirin so sehr überrascht haben, dass sie ihre Verwandlung nicht vollständig hatte abschließen können!

Entsprechend panisch huschte sie daher auch als Nächstes unter den Tisch und erlangte dort augenblicklich ihre menschliche Gestalt wieder zurück, glaubte wohl, unter dem hölzernen Schutzschild zumindest *einen Moment lang* sicher zu sein – doch weit gefehlt! Schon kam der Fremde herangerauscht, brach mit einem gewaltigen Überkopfschlag den Tisch entzwei, schmetterte sein Schwert gegen den steinernen Boden, sodass die Klinge Funken schlug. Wieder jedoch schaffte die Frau in Rot es, mit einem Kreischen seinem Angriff in letzter Sekunde zu entgehen, löste sich abermals in Rauch auf.

Ihr nächstes Ziel war nun das offene Fenster und womöglich wäre sie auf diesem Wege sogar tatsächlich entkommen … Nun, wenn ihr etwas mehr Zeit zum Verwandeln geblieben wäre. So jedoch klebte sie in der Folge ihres panischen Aufbruches wie ein Stein am Boden und musste wohl oder übel unter der Fensterbank noch einmal ihre ursprüngliche Form wieder annehmen. Dadurch wiederum fiel es dem Fremden mehr als nur einfach, seine Kontrahentin zu stoppen: Gerade als sie zum Sprung ansetzen wollte, um sich nach draußen in Sicherheit zu bringen, ergriff er sie an der Schulter und stieß ihr seine Klinge entgegen – mit demselben Ergebnis wie zuvor jedoch. Erneut dröhnte ein entsetztes Kreischen in seinen Ohren, während sein Schwert widerstandslos die Wand hinter dem eigentlichen Ziel traf. Anschließend wurde ihm für einen Moment schwarz vor Augen, weil eine Flut aus schwarzem Qualm über ihn hereinbrach und dann verzweifelt in Richtung Treppe davonkroch. Auf dem Weg dahin allerdings begann die Verwandlung langsam zusammenzubrechen: Nacheinander setzten sich erst Füße, dann Beine, Arme und schließlich ihr ganzer Körper wieder zusammen. Es sollte ihr Todesurteil sein: Gerade hatte sie völlig außer Atem die Schwelle erreicht, wollte wohl zu einem letzten Spurt ansetzen, da grub sich der kalte Stahl auch schon von hinten in ihr Fleisch und durchbohrte ihr Herz. Mit einem gellenden, spitzen Schrei, den man durch offene Fenster vermutlich weit jenseits des Gebäudes hören konnte, hauchte sie daraufhin ihr Leben aus. Es war vorbei …

Während der leblose Körper vor ihm zusammenbrach, konnte der Fremde hören, wie draußen die Nacht zum Leben erwachte. Anscheinend war der Todesschrei der Frau in Rot alles andere als ungehört verhallt: Zahlreiche Wachen eilten nun von überall her zu dem Anwesen, einige von ihnen schienen gar schon vor der Tür zu stehen und versuchten sich mit lautem Hämmern Einlass zu verschaffen. Er musste verschwinden, so schnell wie möglich!

Blitzschnell setzte sich der Fremde also in Bewegung, sprang über den Körper seiner geschlagenen Kontrahentin und stürmte die Treppe hinauf, eilte weiter in Richtung Garten. Wenig Augenblicke später hatte er so auch schon das Freie erreicht, atmete die frische Nachtluft … Nicht als einziger jedoch:

»Hä-Hä-Hände hoch!«, erklang es im nächsten Moment zu seiner Linken.

Dort stand in einigen Metern Entfernung ein junger, uniformierter Mann mit furchterfüllten, ja fast panischem Gesichtsausdruck, der zitternd sein Gewehr auf ihn richtete. Der Unglückliche musste gerade um die Hausecke gebogen sein, vermutlich um den Hintereingang zu sichern. Der Fremde jedoch beachtete ihn gar nicht weiter, katapultierte sich stattdessen auf das Dach des Anwesens. Dort angekommen wiederum hörte er, wie hinter ihm eine Waffe abgefeuert wurde und die Kugel mit einem dumpfen Knall gegen die Außenwand des Gebäudes schlug, ihr Ziel dabei um Längen verfehlte. Nur Sekunden später war er dann auch schon in der Dunkelheit verschwunden und verließ die Stadt noch vor dem Morgengrauen.

ZWÖLFTES KAPITEL

Durch die mit seiner Suche verbundenen Nachforschungen lernte der Fremde recht schnell was wohl jedem, der sich mit der Vergangenheit beschäftigt, früher oder später bewusst werden dürfte: Nämlich, dass es neben jenen Dingen, die wir heute noch über die Geschichte der Menschheit wissen, weil sie auf irgendeinem Wege über Jahrhunderte, gar Jahrtausende überliefert worden sind, noch ungleich mehr gibt, das mittlerweile in Vergessenheit geraten ist. Eine bittere Erkenntnis, waren es doch eben jene Mythen und Legenden, die für ihn am meisten Aussicht auf Erfolg boten. Schließlich bestand in diesen Fällen eine wesentlich geringere Chance, dass ihm bereits jemand zuvorgekommen war! Wie jedoch sollte er etwas finden, ohne überhaupt zu wissen, dass es existierte? Im ersten Moment scheinbar ein ganz und gar unmögliches Unterfangen … Manchmal sind Dinge jedoch nicht gänzlich vergessen, das Wissen um sie lediglich unendlich rar geworden. Mitunter geschieht dies mit der Zeit einfach von selbst – oder aber mit voller Absicht, wie in diesem Fall. Immerhin gibt es einige Dinge, die besser für immer vergessen werden sollten.

Nur durch Zufall hörte der Fremde eines Tages von einer solchen Legende, die zunächst wie kaum mehr als die Erfindung eines überfrommen Schriftstellers anmutete. Bei genauerem Hinsehen jedoch stellte er schnell fest, dass die Erzählung an einigen Stellen geradezu verdächtig … *spezifisch* zu sein schien. So machte er sich in der Folge also auf, dem Ganzen auf den Grund zu gehen – keine leichte Reise, so viel stand fest. Sie führte ihn weit in den fernen Orient, vorbei an den Stätten des Heiligen Landes und in eine Ecke der Welt, die man wohl vollkommen zu Recht als lebensfeindlich bezeichnen musste. Dort, unter einem Meer aus Sand und fernab jeglicher Zivilisation, sollte ein uralter Schrecken begraben liegen, für alle Ewigkeit eingekerkert und versteckt vor der Welt: ein gefallener Engel. Natürlich war es dabei aber nicht die Kreatur selbst, hinter der er her war. Wer würde auch auf die irrsinnige Idee kommen, etwas so Gefährliches und Unkontrollierbares als Waffe einzusetzen? Nein … Es handelte sich vielmehr um einen Gegenstand im Besitz des Engels, für den er sich interessierte: Glaubte man nämlich diversen Erzählungen, dann war das Schwert eines Engels – ob nun gefallen oder nicht – eine ganz *außergewöhnliche* Waffe: Angeblich waren diese himmlischen Klingen in der Lage, nicht nur den Körper eines Feindes zu verletzen, sondern konnten auch direkt seine Seele verwunden; eine Verletzung, die um ein Vielfaches schwerer wog als jede physische. Auf diese Weise sollte es doch eigentlich möglich sein, selbst jemanden wie den Grafen zu töten, dessen Körper ja unsterblich war. Nun, vorausgesetzt natürlich, es würde ihm überhaupt gelingen, einen solchen Schatz in seinen Besitz zu bringen …

Die Sonne war erbarmungslos in diesem Land. Unaufhörlich brannte sie auf die sanften Dünen unter ihr herunter und brachte die feinen, orangefarbenen Körnchen, aus denen diese bestanden, regelrecht zum Glühen. Wie ein Meer erstreckte sich die endlose Wüste dort in alle Richtungen, ein Ozean aus Sand, nur hin und wieder von einer einsamen Felsformation unterbrochen, die so fast wie Inseln anmuteten.

Wo auch immer man hinsah, flimmerte die Luft und malte mitunter seltsame Trugbilder in die Landschaft: Schemenhafte Umrisse von blauen Seen und grünen Wäldern, die niemals näherkamen, egal wie lange man sich auf sie zu bewegte. Sie mussten schon für so manchen verirrten Reisenden trügerische Hoffnungsfunken gewesen sein; Manifestationen ihrer sehnlichsten Wünsche, welche diese armen Seelen letztlich aber ins Verderben geführt hatten. Es schien dort kein Leben zu geben, nur Sand und den makellosen, blauen Himmel über den endlosen Wogen der Dünen, fast als hätte die Sonne alles andere unter ihr schon vor Ewigkeiten buchstäblich eingeäschert. Selbst für den Fremden, der schon einige Wüsten in seinem Leben gesehen hatte, war dies eine gänzlich neue Erfahrung, beeindruckend und beängstigend zugleich.

Daneben allerdings weckte der Anblick jener endlosen Berge aus Sand um ihn herum aber auch noch eine andere Emotion in ihm: Bitterkeit. War es so einst Johanna ergangen, als sie ungläubig den Geschichten über seine zahlreichen Reisen gelauscht hatte? War dies der Grund gewesen, weshalb sie immer wieder und wieder hatte davon hören wollen? Oder war dieses Gefühl bei ihr sogar noch stärker gewesen, weil sie jene Landschaften, um die es ging, nur vor ihrem inneren Auge und nicht leibhaftig hatte vor sich sehen können? Vermutlich … Nicht nur sie selbst, sondern auch praktisch alle ihre Verwandten und Bekannten schienen schließlich nie etwas anderes als die grünen Hügel ihrer Heimat und die fernen Berge am Horizont zu Gesicht bekommen zu haben. Als er ihr das erste Mal vom Meer erzählte, hatte sie ihm zunächst nicht einmal glauben wollen, dass es so etwas wirklich geben könnte.

»Ach! Jetzt verschaukelst du mich aber! Nichts als Wasser so weit das Auge reicht? *Bis zum Horizont?!* Als ob es so viel Wasser überhaupt auf der Welt geben könnte!«, war ihre ungläubige Reaktion auf seine Beschreibungen gewesen.

Worauf Johannas Mutter, die mit ihnen in der Stube saß und mindestens ebenso angestrengt seinen Erzählungen gelauscht hatte, allerdings nachdenklich erwiderte: »Aber Kind, kannst du dich nicht an das erinnern, was der Herr Pfarrer am letzten Sonntag erzählt hat? Von Moses und wie er sein Volk durch das geteilte Meer geführt hat?«

»Sicher, Mutter! Aber da war doch auch niemals die Rede davon, dass es bis zum Horizont reichen würde! Ich sage ja nicht, dass es das *Meer* nicht gibt, nur dass es … *kleiner* sein muss. Einfach ein … ein besonders großer See, vielleicht von hier bis zum übernächsten Dorf? *Höchstens!* Sonst bleibt doch gar kein Wasser mehr für den Rest der Welt übrig!«

Ihre Gesprächspartnerin jedoch verdrehte den Kopf und spitzte nachdenklich die Lippen.

»Ich verstehe, was du meinst. Trotzdem … Was ist mit den

Seemännern, die erzählen, dass sie tagelang nichts als Wasser um sich herum gesehen hätten?«

»Ja, weil *Seemänner* auch dafür bekannt sind, sich *nie* etwas auszudenken, Mutter!«, gab Johanna darauf sofort zu bedenken und stemmte vorwurfsvoll die Arme in die Seite – dann allerdings wurde ihre Stimme leiser, nachdenklicher. »Trotzdem würde ich es wirklich gern einmal selbst sehen. Das Meer …«

Einen Moment lang blieb sie in der Folge regungslos stehen, versuchte wohl angestrengt, sich das Thema ihrer Unterhaltung bildlich vorzustellen. Wie erfolgreich sie dabei letztlich gewesen war, ließ sich nicht sagen, als sie schließlich zum Fremden hinübertrat und ihre Arme um ihn legte.

»Eines Tages musst du es mir einmal zeigen, ja?«, sagte sie nur, wirkte dabei fast flehend, mehr als ein Funke von Fernweh in ihren Augen, als sich ihre Blicke daraufhin trafen.

Aber natürlich hatte er überhaupt keinen Grund, diese Bitte abzulehnen – im Gegenteil.

»Natürlich!«, kam die gewünschte Antwort so auch sofort und ohne jedes Nachdenken über seine Lippen.

Die Freude darüber konnte man Johanna deutlich ansehen.

»Versprochen?«, fragte sie fast ungläubig und strahlte dabei über beide Ohren.

Es handelte sich um jenes ansteckende Lächeln, dem selbst der Fremde sich nicht erwehren konnte, während er auf ihre Frage hin noch einmal bestätigend nickte. Nun allerdings, wenn er sich nach all den Jahren daran erinnerte, versteinerte seine Miene stattdessen … Schließlich handelte es sich um ein weiteres von ach so vielen Versprechen, die er niemals hatte einlösen können …

Wie erwartet gestaltete es sich äußerst schwierig, das Gefängnis des Engels überhaupt zu finden, denn die Informationen über dessen genauen Standpunkt waren bestenfalls vage: Fünftausend Schritte in eine Richtung bis zu einer bestimmten Felsformation, dann dreitausend Schritte bis zu einer anderen, und so weiter und so weiter.

Obwohl … Vielleicht war das sogar Absicht? Schließlich *sollte* dieser Ort ja eigentlich überhaupt nicht gefunden werden. Oder lag er nach all den Jahren schlicht irgendwo unter einer der zahlreichen Dünen verschüttet? Tatsächlich eine gar nicht so abwegige Theorie, doch der Fremde verdrängte diese Möglichkeit trotzdem einfach und suchte stattdessen weiter. Was ihm am meisten zu schaffen machte, waren ohnehin nicht die ungewissen Erfolgsaussichten seines Unternehmens – das kannte er schließlich bereits zur Genüge! – sondern Sonne und Hitze, die ihn langsam aber sicher zermürbten. Eigentlich konnte er das Tageslicht mittlerweile ja wieder nahezu unbegrenzt ertragen, doch was dort vom Himmel brannte, hatte eine völlig andere Dimension! Wie winzig kleine, glühend heiße Speere schienen sich die Strahlen ins Fleisch zu bohren, jedes winzigste Stückchen Haut, das ihnen auch nur kürzeste Zeit ausgesetzt war, wurde geradezu versengt und fing rasch an fürchterlich zu brennen. Vermutlich hing diese Reaktion allerdings nicht einmal damit zusammen, dass er ein Vampir war. Immerhin vermochte es offenbar auch kaum ein anderes Lebewesen, sich während des Tages lange draußen aufzuhalten. Der Fremde tat es diesen Wüstenbewohnern – hauptsächlich Skorpionen und Nagetieren – jedenfalls nach: Tagsüber harrte er in einer Höhle oder unter den vereinzelten Felsformationen aus und kam erst nach Sonnenuntergang wieder hervor, wenn sich die Bedingungen ins Gegenteil verkehrten, es geradezu klirrend kalt wurde.

Mehrere Wochen lang durchkämmte der Fremde so die Wüste und machte dabei bestenfalls bescheidene Fortschritte. Es war zum aus der Haut fahren! Jede verfluchte Düne sah aus wie die andere, wie sollte man da *irgendetwas* finden?! Ganz zu schweigen davon, dass es durch ihre Form auch reichlich schwierig war, mehrere tausend Schritte geradeaus in eine Richtung zu gehen, ohne dabei vom Weg abzukommen. Zwar hatte er es zunächst noch relativ schnell geschafft, die sichelförmige Felsformation am Rande der Wüste zu lokalisieren, von der in der Legende die Rede war, aber von dort aus schien die Wegbeschreibung einfach keinen Sinn mehr zu ergeben. Hatten unerbittliche Wüstenwinde die steinernen Wegmarken, nach denen er suchte, über die Jahrhunderte schlicht abgeschliffen, die

Dünen sie gar verschlungen? Oder suchte er vielleicht einfach nur am falschen Ort?

Viele Male holte der Fremde das kleine ledergebundene Buch hervor, in dem er seine Notizen machte, und überflog alle Informationen noch einmal, in der Hoffnung vielleicht ein entscheidendes Detail übersehen zu haben. Manchmal ergaben gewisse Teile solcher alten Erzählungen immerhin erst dann wirklich Sinn, wenn man die Dinge, von denen darin die Rede war, mit eigenen Augen sah. Allerdings nicht in diesem Fall, so schien es … Wie man es auch drehte und wendete, er befand sich am richtigen Ort. Nur dass, was er suchte, eben nicht dort war.

Ihm blieb daher nichts anderes übrig, als seine Taktik zu ändern: Anstatt sich an die Wegbeschreibung aus der Legende, beziehungsweise die Fragmente davon zu halten, begann er systematisch die Wüste zu durchkämmen, versuchte zumindest, *irgendetwas* in seinen Notizen zu finden – mit erstaunlichem Erfolg tatsächlich.

Kaum eine Woche dauerte es, bis er einen nadelförmigen Felsen ausgemacht hatte, der ziemlich genau auf die Beschreibungen darin passte. Zunächst hielt der Fremde das Ganze gewiss noch für einen Zufall. Dann jedoch stieß er in einer kleinen Höhle unter der Formation auf etwas, das seine Meinung schnell änderte: Dort gab es eine Art … Wandmalerei, die augenscheinlich schon vor sehr, *sehr* langer Zeit in den Stein getrieben und dann mit Farbe verziert worden war. Es handelte sich um ein zumindest auf den ersten Blick reichlich abstraktes Bild mit seltsamen Symbolen darunter, die wohl … Schriftzeichen sein mussten? Er konnte, was immer dort stand, allerdings nicht lesen. Dennoch ließ ihn dieser Anblick wieder etwas Hoffnung schöpfen. Das alles musste schließlich aus irgendeinem Grund dort im Nirgendwo hinterlassen worden sein. Außerdem … Nach einer Weile glaubte er, in den verschlungenen roten und gelben Linien, die an manchen Stellen fast vollständig verblasst waren und so den gelb-braunen Stein darunter erkennen ließen, *doch* etwas erkennen zu können … Eine menschliche Silhouette mit … *brennenden Flügeln*? Gut möglich allerdings, dass ihn seine Augen lediglich sehen ließen, was er sehen wollte …

Wie an einer Spur aus Brotkrumen hangelte er sich in der Folge durch den schier endlosen Ozean aus Sand, fand nach und nach weitere Wegmarken: Eine kleine Oase, ein steinernes Plateau mit einer tiefen Felsspalte, zwei breite Felsen gerade noch in Sichtweite zum jeweils anderen. Dabei entsprach die Reihenfolge jedoch in keiner Weise jener in seinen Notizen. Manchmal schien es gar, als habe er statt eines Schrittes vorwärts einen zurück gemacht. So oder so jedoch drang er mit der Zeit immer tiefer und tiefer in die Wüste vor, viel weiter als selbst die Einheimischen es wagten. Hätte er sich hier verirrt, wäre dies wohl sein Todesurteil gewesen.

All diese Mühen indes sollten letztlich belohnt werden: Eines Nachts fand er versteckt zwischen zwei großen Dünen endlich etwas … Eine kleine Ebene aus hellem Kalkstein, wie ein Tal gesäumt von Bergen aus Sand. Und mehr noch: An einer Stelle ragte dort eine kleine, seltsam wirkende Erhebung aus dem sonst glatten Gestein, die von Weitem aussah wie ein großer Felsbrocken. Aus der Nähe allerdings konnte man dann erkennen, dass es sich in Wirklichkeit offenbar um die stark verwitterten Überreste eines Bauwerkes handelte! Einst musste es perfekt quadratisch gewesen sein, doch Jahrhunderte der Erosion hatten seine Ecken abgeschliffen und stattdessen einen unförmigen Klumpen daraus werden lassen. Das musste der Ort sein … Endlich! Ihm entfuhr ein tiefer Seufzer angesichts dieser Tatsache.

Im Inneren des verfallenen Monuments führte eine steile Treppe hinab in die Dunkelheit. Wie lang sie genau war, ließ sich von oben nicht sagen, denn der Fremde konnte das Ende nicht erkennen. Es mussten hunderte Stufen sein! An vielen Stellen fehlten zudem einzelne davon, waren zerbrochen oder so hoch mit Trümmern und Sand bedeckt, dass man bei jedem Schritt Acht geben musste, nicht zu fallen. Dadurch war der Abstieg natürlich sehr mühselig. Nur langsam kam der Fremde voran, wobei ihm mit jedem Meter, den er tiefer in die Gruft hinabstieg, mulmiger zu Mute wurde. Auch wenn kein Geräusch, kein Geruch oder Luftzug nach oben drang, konnte er dennoch spüren, dass dort unten in der Finsternis *irgendetwas* lauerte, etwas … *Mächtiges* und … *Uraltes*. Nicht genug, um ihn zum Umkehren zu bewegen jedoch. Verglichen mit einem Kampf gegen Grafen konnte die vor ihm liegende Herausforderung immerhin kaum mehr als ein Kinderspiel sein.

Erst nach einer gefühlten Ewigkeit und mehreren Richtungswechseln kam schließlich der Fuß der Treppe in Sicht: Wie lange sein Abstieg bis dahin gedauert hatte, vermochte der Fremde zu diesem Zeitpunkt allerdings nicht mehr zu sagen. Ihm war mittlerweile jedes Gefühl für Zeit verloren gegangen. Zwischenzeitlich hatte er tatsächlich schon angefangen, sich zu fragen, ob die Stufen *überhaupt* ein Ende hatten oder ob sie ihn stattdessen geradewegs hinab in die Hölle selbst führen würden. Keine ganz abwegige Vermutung, denn immerhin musste er mittlerweile hunderte Meter tief unter dem Wüstenboden sein.

Der enge Gang mündete vor ihm jedenfalls in eine große, quadratische Kammer, die ebenso wie die Treppe mit Hammer und Meißel aus dem Gestein geschlagen worden zu sein schien. An manchen Stellen konnte man noch immer die Spuren der Metallwerkzeuge erkennen, kleine Furchen und immer wiederkehrende Rillen in der sonst glatten Oberfläche. Es musste Jahre, wenn nicht *Jahrzehnte* gedauert haben, der Erde diesen Ort abzuringen. Den offensichtlichen Grund für all diese Mühen konnte man wiederum schon auf den ersten Blick erkennen: In der Mitte der Kammer bedeckten seltsame Symbole den Boden, die in einem intensiven, blauen Licht pulsierten. Sie formten drei weite Ringe um eine große Statue in ihrem Zentrum; das Abbild eines titanischen, glatzköpfigen Mannes mit pechschwarzer Haut und zwei rabenschwarzen Schwingen auf seinem Rücken. Er trug eine onyxfarbene Rüstung, die über und über mit glühenden, roten Linien durchzogen war, fast wie Lavaflüsse, die sich immerzu vereinigten und wieder aufteilten, wobei sie kunstvolle Muster auf das Metall malten. Zu Füßen der Statue steckte weiter ein gewaltiges zweischneidiges Schwert aus schwarzem Metall im Boden, mit einer Parierstange in Form eines Adlers und denselben glühenden Linien darauf, die auch die Rüstung zierten. Es war so groß, dass selbst ein kräftiger Mann es wohl nicht einmal mit beiden Händen hätte hochheben können, von *Schwingen* gar nicht zu reden! Auch wenn sie somit ganz sicher nicht für den menschlichen – oder vampirischen – Gebrauch vorgesehen war, dies musste die Waffe sein, die er suchte!

Vorsichtig trat der Fremde also näher, durchquerte nacheinander zögerlich die Runenkreise und ließ die bedrohliche Statue vor ihm dabei keinen Moment aus den Augen. Es gab keinen Zweifel, dass es sich dabei um den gefallenen Engel aus der Legende handelte. Die Frage war nur … Warum reagierte die Kreatur nicht auf seine Anwesenheit? Schlief sie? Oder ignorierte sie ihn einfach nur? Hatte der Engel am Ende nach Jahrhunderten in diesem dunkeln Gefängnis vielleicht sogar sein Leben ausgehaucht?! Möglich … Jedenfalls gab der Koloss keinerlei Lebenszeichen von sich; kein Atmen, keinen Herzschlag – aber wer konnte schon mit Sicherheit sagen, ob es diese Dinge bei einem Engel überhaupt geben sollte? Nun, am Ende war das alles aber natürlich unwichtig. Was auch immer der Grund für die Apathie der Kreatur war, dem Fremden kam es jedenfalls durchaus gelegen. Er wollte ja nur das Schwert. Und sobald es sich in seinem Besitz befand, konnte dieses … *Ding* gern weiterhin bis zum Ende aller Tage dort unten verrotten!

Er griff also nach dem Heft, wähnte sich schon am Ziel … Doch dann! Plötzlich erwachte der Koloss doch noch zum Leben, schlug unvermittelt seine Augen auf und ließ so hinter seinen Liedern zwei makellos weiße Augäpfel zum Vorschein kommen, ohne Pupille oder Iris, aber offenbar trotzdem voll funktionstüchtig. Dem Fremden lief daraufhin sogleich ein eiskalter Schauer über den Rücken. Er konnte regelrecht fühlen, wie ihn diese leeren Augen anstarrten, die doch eigentlich gar nicht in der Lage sein sollten zu sehen. Doch er hatte noch weit größere Probleme, wie es aussah: Ohne jede Vorwarnung griff der Engel als Nächstes mit seiner linken Hand nach dem Schwert, wirbelte es mit einer blitzschnellen Bewegung um seinen Körper herum und führte einen mächtigen Streich aus. Dem Fremden blieb gerade noch genug Zeit, sich reflexartig zu ducken, bevor die Klinge über ihm vorbeisauste und dabei seinen Hut und einige seiner Haare mühelos zerteilte. Instinktiv machte er nun einen weiten Satz zurück, sobald das Sirren des Stahls wieder verstummt war, um auch dem nächsten Angriff zu entgehen, der eigentlich unweigerlich folgen musste – und tatsächlich: Nur Sekundenbruchteile später schmetterte der Engel auch schon sein Schwert mit unglaublicher Wucht an genau jener Stelle zu Boden, wo er eben noch gestanden hatte! Wie eine Explosion brach der gewaltige Aufprall dabei zahlreiche Trümmerstücke aus dem Boden, die in alle Richtungen davonflogen und ihn im Gesicht trafen.

Das war nicht gut, gar nicht gut … Die Kreatur bewegte sich unglaublich schnell. Hastig griff der Fremde nach seinem eigenen Schwert, um wenigstens *irgendeine* Form von Verteidigung zu haben, doch es bleib ihm keine Zeit, es zu ziehen: Der Engel hatte sich inzwischen mit einem gewaltigen Schlagen seiner schwarzen Schwingen auf ihn zu katapultiert und holte bereits zu einem weiteren, vernichtenden Schlag aus! Diesmal waren Höhe und Winkel so gewählt, dass es unmöglich sein würde, sich einfach unter der Klinge wegzuducken. Somit blieb dem Fremden nur, sich mit aller Kraft rückwärts vom Boden abzustoßen und zu hoffen, dass der daraus resultierende Sprung ihn außer Reichweite bringen würde. Er hatte Glück: Wie ein riesiges, todbringendes Pendel rauschte die Spitze des Schwertes kurz vor der Landung an seinem Gesicht vorbei und verfehlte ihn dabei nur um Zentimeter, sodass er auf seiner Nase den resultierenden Luftzug spüren konnte! Der Hauch des Todes!

Kaum war er gelandet, setzte sein Kontrahent dann auch schon nach: Mit einer weiten, ausladenden Bewegung stieß der Engel ihm den Stahl wie einen langen Speer entgegen. Geistesgegenwärtig machte der Fremde daraufhin einen schnellen Schritt zur Seite, um dem Streich zu entgehen. Doch diesmal war er nicht schnell genug: Die Klinge streifte ihn an der Flanke, schnitt mühelos durch Kleidung und Lederweste und biss sich dann in sein Fleisch. Sofort spürte er einen intensiven, brennenden Schmerz, der sich wie eine Welle in seinem Körper ausbreitete und rasch auf ein sinnesbetäubendes Niveau anschwoll. Was hatte das zu bedeuten?! Obwohl die Wunde eigentlich kaum mehr als ein Kratzer war, fühlte es sich an, als hätte der Kontakt mit dem scharfen Metall in ihm ein loderndes Feuer entfacht, das ihn nun von innen heraus zu Asche verbrannte?! Verflucht! Er biss die Zähne zusammen und unterdrückte den Schmerz so gut es ging, denn sein Gegner holte bereits zu einem weiteren Streich aus.

Ohne Pause ließ der Engel in der Folge einen Hagel von Hieben auf ihn niederprasseln, so schnell, dass der Fremde keine Gelegenheit hatte, etwas anderes zu tun, als auszuweichen – anfangs zumindest. Nach einiger Zeit jedoch begann er sich auf seinen Gegner einzustellen, fiel es ihm zunehmend leichter, den wiederholten Angriffen zu entgehen. Trotzdem jedoch konnte er keinen Weg an der tanzenden Klinge vorbei finden, um seinerseits anzugreifen. Dieser Kampf lief somit Gefahr, *sehr* einseitig zu werden. Er musste doch irgendeinen Weg finden, in die Offensive zu gehen. Tatsächlich war das jedoch sein geringstes Problem, denn schon geschah es: Auf seinem Rückzug trat der Fremde unglücklich auf einen kleinen Stein, nicht mehr als ein Kieselchen, aber es reichte aus, um ihn aus dem Gleichgewicht zu bringen und rücklings zu Boden stürzen zu lassen. Schon sah er daraufhin vor seinem inneren Auge, was nun folgen würde: Ein großes, schwarzes Schwert, das sich seinen Weg durch Stoff, Leder, Fleisch und Knochen bahnte wie durch Butter, bis es seinen Körper in zwei Hälften geteilt hatte, dann ein roter Schwall, der sich über den Boden verteilte. Es war vorbei. Er schloss die Augen und erwartete den Todesstoß … Doch dann: Kaum hatten sich seine Lieder geschlossen, tauchte in der trüben Dunkelheit dahinter plötzlich ein Bild auf, so real als würde es sich direkt vor ihm abspielen: Es war Johanna, die ihn trotz ihrer leeren, roten Augen anlächelte, allein in einem kalten, dunklen Kerker, wartend – *wartend auf ihn!* Im nächsten Moment wurde sie dann von einem großen Schatten verschluckt und verwandelte sich in ein lebloses Gerippe, das erst in sich zusammen und dann zu Staub zerfiel, während im Hintergrund das Lachen des Grafen immer lauter in seinem Kopf dröhnte.

»Nein!«

Mit einem Schrei riss der Fremde die Augen wieder auf,

entschlossen, das Unmögliche zu vollbringen und die Klinge, die auf ihn zuhielt, doch noch irgendwie aufzuhalten, dem Tod von der Schippe zu springen. Zu seinem Erstaunen allerdings musste er schnell feststellen, dass dies offenbar gar nicht notwendig war: Anstatt zu jenem Todesstoß auszuholen, stand der Engel nämlich ein Stück entfernt einfach nur herum und warf ihm einen wutentbrannten Blick zu. Was war geschehen? Er sah sich um und fand schnell den Grund für seine Rettung: Allem Anschein nach wagte die Kreatur es nicht, aus dem innersten der leuchtenden Runenkreise zu treten, die sie umgaben, als ob ihr dort eine unsichtbare Wand den Weg versperren würde. Da dämmerte es ihm: Natürlich! Sie *konnte* nicht! Diese seltsamen Symbole und Linien mussten das sein, was den Engel überhaupt erst dort unten gefangen hielt! *Sie* und nicht die steinernen Wände waren das eigentliche Gefängnis!

Langsam stand der Fremde in der Folge auf und begutachtete zunächst die Verletzung an seiner Seite. Die Spitze des Schwertes hatte ihm etwas oberhalb der Hüfte ein großes Stück aus seiner Lederweste herausgerissen und darunter die Haut angeritzt – nur angeritzt! Eine Schürfwunde, mehr nicht! Eigentlich kaum der Rede wert. Eigentlich … Das geradezu *beißende* Brennen, welches von diesem auf den ersten Blick so banalen Schnitzer ausging, ließ allerdings schon erahnen, dass es sich dabei wohl um alles andere als eine gewöhnliche Verletzung handelte. Mittlerweile war der anfängliche Schmerz fast wieder verflogen, dafür aber fühlte sich sein ganzer Körper nun seltsam taub und kraftlos an, als würde ihm etwas allmählich die Lebenskraft aussaugen. Es mussten die übernatürlichen Kräfte der Waffe sein, die dafür verantwortlich waren, ganz sicher. Nicht auszudenken, was geschehen wäre, wenn die magische Klinge ihn mehr als nur gestreift hätte.

Nachdem er seine Wunde notdürftig versorgt hatte, richtete der Fremde seine Aufmerksamkeit schnell wieder auf die Kreatur vor ihm, die ihn noch immer mordlüstern anstarrte. Wie sollte er nun weiter vorgehen? Dem Engel noch einmal im Nahkampf gegenüberzutreten, war schon mal keine Option – zu groß die Gefahr einen zweiten, möglicherweise fatalen Treffer einzustecken. Existierte jedoch überhaupt eine Alternative hierzu? Schließlich gab es dort unten in der Kammer nichts außer ihm, der Kreatur und den steinernen Wänden, die sie beiden umgaben. Unter diesen Umständen war es praktisch unmöglich, seinen Gegner irgendwie zu überraschen, ihm eine Falle zu stellen oder auch nur ungesehen irgendetwas vorzubereiten. Nur eine Sache konnte er ausprobieren: Schnell griff der Fremde also nach seinem Revolver und zielte auf den einzigen Körperteil des Kolosses, der nicht von dessen Rüstung geschützt wurde: den Kopf – was sogleich eine interessante Reaktion nach sich zog: Ein Anflug von Unsicherheit huschte über das Gesicht des Engels. Offenbar hatte dieser noch nie eine solche Waffe gesehen und konnte den Zweck des seltsam geformten Gegenstandes nicht ergründen, der da auf ihn gerichtet wurde. Entsprechend fackelte sein Kontrahent auch nicht lange, betätigte den Abzug … Bäng! Mit einem lauten Knall verließ das Geschoss den Lauf und raste auf sein Ziel zu, welches anfangs gar nicht darauf zu reagieren schien, ließ den Fremden so schon Hoffnung schöpfen. Eine trügerische Hoffnung jedoch, denn leider war es natürlich nicht zwingend notwendig, die *Identität* dieses Objektes zu kennen, *um* zu wissen, dass es potenziell gefährlich sein könnte – insbesondere angesichts der Geschwindigkeit, mit der sich die Kugel bewegte. Dementsprechend zögerte der Engel auch nicht, sich zu verteidigen, als sie ihm schließlich gefährlich nahekam. Lediglich seine *Methode* war tatsächlich etwas überraschend: Mit einer blitzschnellen Bewegung seiner freien Hand pflückte er das Geschoss nämlich regelrecht aus der Luft, kaum dass es in Reichweite seines Armes gekommen war. Anschließend begutachtete er das kleine Metallkügelchen einen Moment lang misstrauisch, rollte es auf seiner Handfläche hin und her, fast wie im Spiel, nur um seinen Fund wenig später uninteressiert fortzuwerfen. Natürlich … Wäre ja auch zu einfach gewesen. Er würde sich wohl etwas anderes überlegen müssen.

Auch wenn die Situation aussichtslos erschien, so kurz vor dem Ziel war der Fremde nicht bereit, aufzugeben. Nachdem er die Kräfte des Schwertes am eigenen Leib erfahren hatte, gab es für ihn keinen Zweifel mehr, dass dies genau die Art von Waffe war, die er gesucht hatte – die er brauchte. Und er würde sie auch bekommen, koste es, was es wolle!

Stunde um Stunde ging der Fremde in der Folge unruhig im fahlen Licht der Runenkreise auf und ab, ohne dabei auch nur einen Moment seinen Gegner aus den Augen zu lassen, immerzu denkend, grübelnd. Im Gegenzug folgte die Kreatur ebenfalls jeder seiner Bewegungen und lauerte wohl ebenso auf eine Gelegenheit, um zuzuschlagen.

Dieser stille Tanz zog sich schnell über Tage hin und ein Ende war nicht in Sicht, eher im Gegenteil: Ihm fiel einfach keine Lösung für diese Situation ein, kein Weg, wie er seinem Gegner dessen Eigentum entreißen und dann damit entkommen konnte – nun, zumindest keiner, der nicht so riskant gewesen wäre, dass es sich praktisch um Selbstmord handelte. Wie man es auch betrachtete, es war ein verdammtes Patt: Er konnte sich dem Engel nicht weiter nähern, als dessen Schwert lang war, und der Engel seinerseits nicht an ihn herankommen, weil der Runenkreis ihn gefangen hielt.

Bei seiner fieberhaften Suche nach einer Lösung für dieses Problem begann der Fremde schnell jedes Gefühl für Zeit zu verlieren, seine Welt schrumpfte auf die enge, dunkle Kammer zusammen, alles jenseits ihrer Wände wurde bedeutungslos und hörte für ihn quasi auf zu existieren. Er trank kaum, aß nichts, schlief nicht. Der einzige Inhalt seiner Existenz wurde die Beobachtung der Kreatur vor ihm, die Suche nach ihren Eigenheiten, ihren Schwächen.

Er konnte nicht sagen, wie lange er dort unten ausgeharrt hatte, als schließlich etwas gänzlich Unerwartetes ihn wieder aus seiner Trance riss: ein Geräusch! Doch es war nicht das allgegenwärtige Rumoren des Gesteins um ihn herum, nicht der Widerhall seiner eigenen Schritte an den nackten Wänden, nein! Es handelte sich um ein leises Murmeln, ein Raunen, fast wie … *menschliche Stimmen*?! Zunächst glaubte er noch, sich die Laute nur einzubilden, eine Halluzination geboren aus der langen Zeit, in der seine Ohren nur die immer selben Töne gehört hatten. Dann allerdings gesellte sich noch ein weiteres Geräusch hinzu, noch leiser und doch unverkennbar: Bumm-bumm … Bumm-bumm … Ein Herzschlag! Nein, *drei* sogar! Sie kamen aus dem engen Tunnel, der nach oben führte. Unglaublich! Entgegen aller Wahrscheinlichkeit schien noch jemand anderes diesen Ort gefunden zu haben. Aber wie? Waren sie seinen Fußspuren gefolgt? Nein. Die Wüste musste sie längst verschluckt haben und selbst wenn … Was wollten diese Leute überhaupt hier? Nun, ihm blieb für den Moment zumindest wohl nichts anderes übrig, als abzuwarten, während das Pochen langsam näherkam.

Es dauerte eine ganze Weile, bis die unerwarteten Besucher die Kammer erreichten, viel länger noch als sein eigener Abstieg dorthin. Regelrecht blendend wirkte nach der langen Zeit in der Finsternis das doch eher schwache Licht ihrer Fackeln. Wie lange war es wohl her, dass zuletzt ein Lichtstrahl diesen dunkeln Ort erreicht hatte? Hundert Jahre? Tausend Jahre? Je mehr er darüber nachdachte, desto seltsamer kam es ihm vor, dass sich gerade *jetzt* jemand dorthin verirrt hatte.

Entsprechend misstrauisch warf der Fremde daher auch bei erster Gelegenheit einen Blick auf die seltsamen Gestalten, die es da wagten, seine Einsamkeit zu stören.

Es handelte sich um drei Männer, gekleidet in der landesüblichen Tracht, einem weißen Gewand mit kompliziert gewickeltem Kopftuch, welches das gesamte Gesicht bedeckte und nur einen Schlitz für die Augen freiließ. Auf den ersten Blick schienen sie nichts Besonderes zu sein, eine Gruppe von Händlern vielleicht, die sich in der Wüste verirrt hatten und zufällig auf das Bauwerk an der Oberfläche gestoßen waren vielleicht? Doch dieser erste Eindruck trog offenbar: In diesem Fall nämlich hätten sie wohl spätestens beim Anblick des Engels schreiend die Flucht ergriffen. Dieses Verhalten war seiner Erfahrung nach zumindest die übliche Reaktion, wenn jemand bei schwachem Licht an einem unheimlichen Ort umherwanderte und dann plötzlich vor einem drei Meter großen, geflügelten Riesen stand. Aber nein. Obwohl die Herzen der Männer mittlerweile zugegebenermaßen so heftig schlugen, dass es sich anhörte wie ein Specht beim Nestbau und der Engel sich zudem wirklich *alle* Mühe gab, sie mit wütenden Blicken zu verscheuchen, blieben die drei dennoch standhaft – mehr noch! Eilig schwärmten sie als Nächstes aus und trugen das schwache Licht ihrer Fackeln bis in den hintersten Teil der Kammer, den Kopf immer nach unten auf den Boden gerichtet.

Offenbar wagten die drei es nicht, den Engel auch nur für eine Sekunde direkt anzusehen. Sie suchten etwas, so viel ließ sich recht schnell aus ihrem Verhalten schließen. Doch was? Schätze? Nein, das konnte es nicht sein. Sie trugen keine Säcke oder Ähnliches bei sich, um ihre Beute anzutransportieren. Es gab nur eine Erklärung: Die Männer suchten nicht etwas, sondern *jemanden*: ihn! Zweifellos hatten sie auf ihrem Weg nach unten seine Fußspuren auf der Treppe gesehen. Sie wussten also, dass erst kürzlich jemand anderes in die Kammer hinabgestiegen und bis jetzt nicht wieder nach oben gekommen war.

Es dauerte nicht lange, dann hielt auch schon einer von ihnen direkt auf ihn zu, in wenigen Augenblicken würden sie zusammenstoßen. Schnell trat der Fremde also zur Seite, ließ den Unwissenden passieren und wendete dabei den Blick ab, um nicht vom Licht der Fackel geblendet zu werden. Mehrere Male noch liefen die Männer in den nächsten Minuten vor oder hinter ihm vorbei – ohne jedoch den vierten in ihrem Bunde zu bemerken. Kein Wunder … Sie konnten nicht. Dies war eine interessante neue Fähigkeit, die der Fremde sich nach seiner Begegnung mit der Frau in Rot angeeignet hatte: Wenn er sich nur stark genug darauf konzentrierte, war es ihm offenbar möglich, die Wahrnehmung anderer zu beeinflussen, sodass er oder auch ein bestimmter Gegenstand für sie praktisch unsichtbar wurden. Selbst wenn er eine Person dann berührte, bemerkte diese ihn nicht. Ein äußerst nützlicher, kleiner Trick, besonders für jemanden wie ihn, wenn auch in keiner Weise mit dem vergleichbar, wozu die Frau in Rot fähig gewesen war. Zudem funktionierte diese Magie nur bei Menschen oder anderen Lebewesen, die ihnen einigermaßen ähnlich waren. Der Engel beispielsweise zeigte sich stattdessen vollkommen unempfindlich dagegen. Leider … Wenn nicht, wäre er wohl gar nicht mehr dort unten gewesen, um sich mit dieser … *Störung* herumzuärgern.

Nach einer – zumindest nach Meinung des Fremden – *viel* zu langen Suche versammelten die Männer sich schließlich wieder in der Nähe des Eingangs, wo sie wiederum einige kurze Worte austauschen und dann ratlos mit den Schultern zuckten. Er musste schmunzeln. Vermutlich dachten diese Narren, der Engel habe den verirrten Wanderer mit Haut und Haaren verschlungen. Sicher würden sie nun verschwinden?

Doch der Fremde lag abermals falsch: Anstatt den Rückweg anzutreten, begannen die Männer nämlich als Nächstes, sich vorsichtig auf die Mitte der Kammer und damit direkt auf den Engel zuzubewegen. Dabei zitterten sie buchstäblich unter der Präsenz der Kreatur, wichen jedoch trotzdem nicht zurück.

Schnell hatten die drei sich auf die leuchtenden Runenkreise verteilt und verfielen dort angekommen dann, ihre Blicke immer noch krampfhaft gesenkt, in einen seltsamen Singsang. Wie in einer Prozession schritten sie nun ganz langsam die Zeichen ab, wobei zu jedem Symbol eine bestimmte Strophe des unverständlichen Liedes zu gehören schien. Was hatten sie vor? Es schien sich um irgendeine Art von … *Ritual* zu handeln. Aber zu welchem Zweck? Nun, was es auch war, es schien den Engel jedenfalls in helle Aufregung zu versetzen: Wie ein aufgescheuchtes Huhn lief er daraufhin zwischen den unsichtbaren Mauern seines Gefängnisses auf und ab, ließ den Blick fast panisch zwischen den dreien hin- und herschweifen. Konnte es sein?! Hatten diese Dummköpfe etwa vor, ihn zu befreien?! Andererseits … Vielleicht erneuerten sie auch einfach nur die Magie, welche den geflügelten Schrecken dort gefangen hielt? Selbst so etwas hielt schließlich nicht ewig.

Der Fremde war sich dementsprechend unschlüssig, ob er eingreifen sollte oder nicht. Würde jemand, der sich so sehr vor dem Engel fürchtete, *wirklich* versuchen, diesen freizulassen? Ihm blieb wohl nichts anderes übrig als weiter abzuwarten und sich auf alles gefasst zu machen. Mehrere Minuten beobachtete er die Männer so, wie sie ihre Kreise zogen und versuchte, ihr Lied zu verstehen, das kein Ende zu nehmen schien – und das, obwohl augenscheinlich rein gar nichts geschah. Das heißt … *eine* Veränderung bemerkte der Fremde tatsächlich schon, als er nach langer Zeit seine Aufmerksamkeit wieder dem Engel zuwandte: Zuvor noch so erstaunlich aufgeregt, verhielt sich dieser nun geradezu *verdächtig* ruhig, fixierte aus irgendeinem Grund den Mann, der auf dem innersten Runenkreis, gerade außer Reichweite seines Schwertes umherging, mit einem bohrenden Blick.

Schon kam dem Fremden ein schrecklicher Gedanke: Was wenn sich die Kreatur derselben Art von Magie bediente wie er selbst?! Versuchte sie, ihr Ziel auf einen tödlichen Irrweg zu bringen? Erschrocken warf er daraufhin einen genaueren Blick auf den Mann, an dem sein übernatürlicher Gegner so unheimlich interessiert zu sein schien … und tatsächlich: Ohne es zu bemerken war der Pechvogel augenscheinlich Stück für Stück, Millimeter um Millimeter von seinem Kurs abgekommen, stand nun kurz davor, jene unsichtbare Grenze zwischen Leben und Tod zu überschreiten, welche die Kreatur vom Rest der Welt trennte! Allerdings stellte sich durchaus die Frage, ob dazu überhaupt irgendeine Art von Magie notwendig war. Die Männer schienen schließlich vollkommen in ihr Ritual vertieft zu sein. Gut möglich, dass sie deswegen ihren Füßen nicht so viel Aufmerksamkeit schenkten, wie wohl ratsam gewesen wäre.

Panisch überlegte der Fremde jedenfalls angesichts der unmittelbar bevorstehenden Katastrophe, was er tun sollte – zu spät jedoch: Schon im nächsten Moment nämlich überzog plötzlich ein schreckliches, triumphales Grinsen das Gesicht des Engels, weil sein Ziel gerade jenen tödlichen Fehltritt gemacht hatte. Nun rächte es sich, dass die Männer ihn nicht ansahen. Sonst hätten sie sofort erkannt, dass Gefahr im Verzug war. Der Fremde wollte dem Nichtahnenden gerade noch zur Hilfe eilen, doch da war es bereits zu spät: Im selben Moment, da sein Arm die unsichtbare Barriere durchstieß, packte der Engel den armen Mann auch schon blitzschnell am Handgelenk und schleuderte ihn in hohem Bogen einige Meter durch die Luft, weg vom Rand des magischen Kreises. Sofort hallte daraufhin ein leises Knacken durch die Kammer, gefolgt von lauten Schmerzensschreien und verzweifelten Hilferufen. Selbst wenn seine beiden Begleiter eine Möglichkeit gehabt hätten, ihm zu helfen, waren die zwei dazu jedoch nicht fähig gewesen. Sie waren augenblicklich vor Schreck versteinert, mussten hilflos zusehen, wie der Engel nun ganz langsam auf ihren Gefährten zuging, das Schwert in der Hand, bereit abzuhacken, zu verstümmeln. Es würde kein schneller und erst recht kein schmerzloser Tod werden, so viel stand fest.

Der Fremde andererseits erkannte sofort, dass seine Chance gekommen war: Vom Blutrausch wie betrunken hatte der Engel ihm den Rücken zugekehrt und schien nur noch Augen für das arme Menschlein vor sich zu haben, das sich vor Schmerzen windete. Es war zu schön, um wahr zu sein. Geradezu eine Einladung! Ohne noch länger zu zögern, stürmte er also los, zog im vollen Lauf sein Schwert, sprang und legte all seine Kraft in einen einzigen mächtigen Streich, der den Kopf des Engels von dessen Schultern trennen sollte.

Blieb nur zu hoffen, dass dies auch ausreichen würde, um den geflügelten Riesen zu töten. Leider jedoch sein geringstes Problem wie sich schnell herausstellen sollte, denn offenbar war die Kreatur *bei Weitem* nicht so geistesabwesend, wie es zunächst den Eindruck gemacht hatte. Gerade noch rechtzeitig bemerkte sie so den Angriff, riss daraufhin ihr Schwert herum und platzierte die breite Seite wie einen Schild zwischen sich und die herannahende Klinge, wobei sich ihre Gelenke an Hand und Schulter auf ganz und gar unnatürliche Weise gegeneinander verdrehten. Kein Wunder allerdings, denn eigentlich sollte eine derartige Bewegung anatomisch gar nicht möglich sein!

Mit einem hellen, metallischen Ton trafen sich einige Sekunden später auch schon ihre Klingen, blieben einen kurzen Moment verbunden und trennten sich schnell wieder, weil der Fremde durch die Wucht des Aufpralls fortgeschleudert wurde. Er landete einige Meter entfernt, rutschte noch ein Stück über den Boden und kam schließlich zum Stillstand. Verflucht! Wie hatte der Engel ihn bloß bemerkt? Egal … Noch war es nicht vorbei! Mit einem Arm, der auf solch eine Art und Weise verrenkt war, sollte es der Kreatur immerhin reichlich schwerfallen, sich gegen seinen nächsten Angriff zu verteidigen. Schnell griff er also nach seinem Revolver, gab einen einzigen Schuss ab und ließ die Waffe dann sofort fallen – eine Finte. Wie erwartet fiel der Engel allerdings darauf herein und fing das Geschoss mit der freien Hand, anstatt sich auf den *eigentlichen* Angriff vorzubereiten. Derweil kam der Fremde auch schon herangerauscht, hatte seinen Gegner fast erreicht, bevor dieser überhaupt begriff, was geschah.

Als Nächstes schien die Zeit für einen Moment beinahe still zu stehen, ein Augenblick größter Klarheit: Ganz langsam entfalteten sich vor seinen Augen die Gelenke des Riesen und kehrten Stück für Stück in ihre natürliche Position zurück, fast wie ein Uhrwerk. Wenig später tauchte das Schwert des Engels auch schon wieder hinter dem Rücken seines Besitzers auf, während dieser sich umwandte, begann langsam an Geschwindigkeit zu gewinnen und einen weiten Bogen zu beschreiben. Er wusste ganz genau, was nun folgen würde: ein niedriger Schlag auf die Beine. Entsprechend sprang der Fremde als Reaktion darauf sofort vom Boden ab, riss sein eigenes Schwert mit beiden Händen hinter den Kopf und legte all seine Kraft in den folgenden Stoß, fast als wären seine Arme eine Bogensehne. Unter ihm rauschte derweil die schwarze Klinge vorbei, verfehlte ihr Ziel um Längen. Ungehindert landete er so nur Sekundenbruchteile später auch schon mit den Füßen voran auf der Brust des Engels und trieb diesem dann, ohne zu zögern, seine Klinge wie einen Nagel tief in den steinharten Schädel. Sofort spritzte ihm daraufhin eine Fontaine schwarzen Blutes entgegen, wusch durch den zum Kampfschrei geöffneten Mund seine Kehle hinunter. Eine … *seltsame* Erfahrung. Der Geschmack war mit nicht zu vergleichen, was er jemals gekostet hatte – nicht einmal mit anderem Blut. Wie eine Droge berauschte der Geschmack augenblicklich seinen Verstand, ließ ihn hustend zu Boden fallen und dort kraftlos nach Luft ringen, während sich eine geradezu überwältigende Taubheit in seinem Körper ausbreitete. Nur für einen Moment allerdings, dann war es auch schon wieder vorbei und tatsächlich … fühlte er sich nun irgendwie *erholt*? Alle Müdigkeit und Erschöpfung schien verflogen, selbst der Schmerz in seiner Seite, ebenso die Taubheit infolge seiner Verletzung.

Bevor sich der Fremde jedoch einen Reim auf diese ganze Sache machen konnte, ließ ihn ein dumpfer Knall neben ihm herumwirbeln. Hatte der Engel seinen Angriff etwa überlebt, holte seinerseits gerade zu einem todbringenden Streich aus?! Doch zum Glück war nichts dergleichen der Fall, im Gegenteil: Längst hatte der geflügelte Riese sein Leben ausgehaucht und war gerade regungslos zu Boden gestürzt. Schon begann sich sein restliches, überall verteiltes Blut in dicken, schwarzen Rauch aufzulösen, die glimmenden Linien auf seiner Rüstung verloschen langsam, eine nach der anderen. Ein gespenstischer Anblick, auch ohne die bedrückende Stille, die sich mit dem Ende des Kampfes über die Kammer gelegt hatte. Es war vorbei …

Wie erstarrt blieb der Fremde noch einen Moment liegen, betrachtete erleichtert seinen geschlagenen Gegner und lauschte erleichtert seinem eigenen Atem, seinem Herzschlag, dann erst raffte er sich auf. Kaum hatte er sich erhoben, starrten ihn dann auch schon sechs erstaunte Augen ungläubig an. Natürlich gehörten sie den drei Männern, die ihn nun erstmals sehen konnten. Der Kampf mit dem Engel hatte seine ganze Aufmerksamkeit erfordert. Deswegen war es wohl oder übel notwendig gewesen, den Zauber aufzulösen, der ihn bis zu diesem Zeitpunkt vor den neugierigen Blicken der drei verborgen hatte. Normalerweise hätte er sich jetzt, da es vorbei war, sofort wieder für sie unsichtbar gemacht, aber dieses *eine* Mal war es ihm egal. Sollten sie ihn doch sehen in der Stunde seines Triumphes!

Vorsichtig löste er also zunächst seine eigene Waffe aus dem Kopf des Engels, die noch immer fast bis zur Parierstange darin steckte, und wandte sich dann dem gewaltigen, schwarzen Schwert zu, das unweit seines ehemaligen Besitzers zu Boden gefallen war. In aller Ruhe umschlossen seine Finger den Griff, enger und enger, schmiegten sich an das kühle Metall. Doch dann! Plötzlich fühlte er, wie etwas zerbrach … Nein! Entsetzt blickte der Fremde daraufhin in seine Hand und fand darin einen großen, schwarzen Klumpen vor, der fast wie ein Stück Kohle aussah und doch noch teilweise die Form eines Schwertgriffes erkennen ließ. Anscheinend hatte er ein Stück aus dem Heft herausgebrochen. Aber wie bloß?! Schließlich handelte es sich doch um harten Stahl? Als sei dies eine Antwort, gab der Brocken daraufhin ein leises Knacken von sich und zerteilte sich dann rasch von selbst in immer kleinere Partikel, bis nur noch ein feines Pulver davon übrig blieb, das ihm zwischen den Fingern zerrann. Was? Wie?! Eilig ballte er die Hand samt Inhalt zur Faust, versuchte, die Masse wieder in Form zu pressen, doch natürlich klappte das nicht. Stattdessen zerfielen im nächsten Moment vor seinen Augen auch noch der Rest des Schwertes und der Körper des Engels zu demselben feinen, schwarzen Staub. Offenbar hatte die Waffe zusammen mit ihrem Besitzer ihr Leben ausgehaucht … Unnötig zu sagen, dass der Fremde darüber natürlich alles andere als glücklich war: Mehrfach hämmerte seine Faust wütend gegen den steinernen Boden. Wieder einmal stand er, eben noch kurz vor dem Ziel, plötzlich mit *nichts* da! Wie grausam konnte das Schicksal eigentlich sein?! Womit hatte er das verdient?!

Entsprechend niedergeschlagen sammelte der Fremde dann auch wenig später seinen Revolver und seine Tasche ein, die er in einer Ecke abgelegt hatte, und trottete anschließend auf den Ausgang zu.

Erst jetzt kam einer der Männer auf ihm entgegengelaufen. Warum konnte er nicht erkennen – es interessierte ihn aber auch nicht. Mit einer schnellen Handbewegung fegte er den Mann beiseite, der ihm vermutlich nur für die Rettung seines Gefährten danken wollte, und stürmte davon. Zum Glück war es draußen gerade Nacht, als der Fremde die Oberfläche erreichte. Er hätte es keine Minute länger an diesem verdammten Ort ausgehalten!

DREIZEHNTES KAPITEL

In den folgenden Jahrzehnten reiste der Fremde nun auf seiner Suche in die entferntesten Winkel der Welt: Es verschlug ihn in den Fernen Osten, den hohen Norden und auch in so ziemlich alles, was dazwischen lag, Länder und Orte, die seine kühnsten Träume übertrafen … und doch … Fündig wurde er an keinem davon. Es war zum Verzweifeln. Manchmal zerfielen die Gegenstände wie das Schwert des Engels erst zu Staub, Sand oder irgendetwas anderem, als er sie schon in seinen Händen hielt und wieder einmal glaubte, endlich am Ziel zu sein. Andere waren längst ein Opfer des Zahns der Zeit geworden, zerbrochen, verrostet und dadurch mitunter kaum noch zu identifizieren. Unnötig zu sagen, dass sie damit natürlich auch ihre Magie verloren hatten. Der Rest – und dabei handelte es sich tatsächlich um die größte Gruppe – war schlicht unauffindbar, vielleicht weil den jeweiligen Schatz schon vor langer Zeit jemand anderes für sich beansprucht hatte oder weil der Gegenstand schlicht erfunden war. Nicht dass dies einen Unterschied gemacht hätte, allerdings … So oder so stand er mit leeren Händen dar. Ach, wenn die von ihm gesuchte Waffe zu beschaffen doch so einfach gewesen wäre, wie seinen Hut zu ersetzen, der über die Jahre seiner Suche unzählige Male verloren ging oder zerstört wurde …

Diese dauernden Rückschläge blieben derweil nicht ohne Folgen: Nach und nach verdunkelte sich das Gemüt des Fremden, bis ihm seine Suche, ja seine ganze *Existenz*, so schrecklich sinnlos vorkam. Offenbar versuchte er, etwas zu finden, dass es gar nicht gab oder zumindest *nicht mehr*. Zusehends wurde er so dieses Lebens müde, das nichts anderes als Schmerz und Leid für ihn bereitzuhalten schien, das ihn andauernd glauben ließ, *irgendwie* könnte am Ende doch noch alles gut werden, dann aber dieses Versprechen wieder und wieder enttäuschte. Trotzdem schleppte sich der Fremde weiter, gab trotzdem nicht auf. Für Johanna … Er konnte sie nicht im Stich lassen, auch wenn die Hoffnung, sie wirklich retten zu können, in ihm ehrlich gesagt schon lange gestorben war.

Eines Tages saß der Fremde beim Essen und dachte dabei über all seine vergangenen Abenteuer nach, ging im Kopf die wundersamen Waffen durch, die er schon erfolglos versucht hatte, in seinen Besitz zu bringen. Schnell begann daraufhin in ihm eine Frage aufzukeimen: Wäre auch nur eine dieser Waffen *tatsächlich* in der Lage gewesen, den Grafen zu töten? Sicher, vielversprechende Kandidaten gab es eigentlich viele, doch in seiner düsteren Stimmung konnte der Fremde nur zu einem einzigen, niederschmetternden Ergebnis kommen: Nein … Wenn es überhaupt möglich sein sollte, diesen Bastard zu töten, dann würde er dafür vermutlich nicht weniger als die *mächtigste* Waffe der ganzen Welt benötigen. Zunächst einmal eine reichlich pessimistische Schlussfolgerung, die ihn aber auch in der Folge schnell ins Grübeln kommen ließ. Immerhin stellte sich damit nun unweigerlich eine andere Frage: *Was* war überhaupt die mächtigste Waffe der Welt? Was konnte jedes Leben beenden, egal ob es sich dabei um das eines Tieres, eines Menschen oder irgendeiner übernatürlichen Monstrosität handelte? Die Antwort lag auf der Hand: der Tod!

Im ersten Moment schien das gewiss nur in philosophischer Hinsicht eine Antwort auf die gestellte Frage zu sein, aber dann erinnerte sich der Fremde an all die Darstellungen des Todes aus unterschiedlichen Kulturen und Zeiten, die er über die Jahre gesehen hatte. Auf vielen von ihnen trug der Tod tatsächlich irgendeine Form von Waffe bei sich: eine Sense, ein Schwert oder eine Sichel. Ein Funken Hoffnung keimte in ihm auf. Wie hatte er die Antwort direkt vor seiner Nase so lange übersehen können?! Natürlich! Wenn es überhaupt irgendwie möglich war, den Grafen zu töten, dann mit dieser Waffe, kein Zweifel! Und da der Tod ja offensichtlich nach wie vor sein Unwesen trieb, musste er sich auch keine Gedanken darüber machen, dass diese in irgendeiner Form unbrauchbar geworden sein könnte! Stellte sich somit nur noch die Frage, wie er das Objekt seiner Begierde auch in seinen Besitz bringen konnte? Freiwillig würde der Tod sein Werkzeug wohl kaum hergeben? Womit eigentlich nur noch eine Alternative blieb …

Sein erstes – und vermutlich größtes – Problem war nun zunächst die Frage, wie er den Tod überhaupt finden sollte. In erster Linie war und ist dieser, obwohl allgegenwärtig, immerhin lediglich ein Prinzip und somit leider formlos, ungreifbar. Man konnte ihm nichts … *wegnehmen*. Normalerweise. Allerdings wies die Tatsache, dass es trotz allem so viele bildliche Darstellungen von ihm gab, doch darauf hin, dass er zumindest hin und wieder auch in einer physischen, einer personifizierten Form auftrat. All diese Bilder und Erzählungen konnten ja nicht allein der Fantasie der Menschen entsprungen sein. Dafür waren sie sich viel zu ähnlich, viel zu zahlreich sowohl über zeitliche als auch kulturelle Grenzen hinweg. Was der Fremde also brauchte, war eine Möglichkeit, mit dem Tod direkten Kontakt aufzunehmen, eine Art Tempel vielleicht – was nun wiederum eine deutlich lösbarere Aufgabe darstellte. Heiligtümer, die irgendeinem Totengott geweiht waren, gab es schließlich überall auf der Welt. Er brauchte sich nur eines davon auszusuchen. Seine Wahl fiel so am Ende auf einen Ort, von dem die Menschen schon im Altertum geglaubt hatten, dass dort ein Weg ins Reich des Todes führen würde, in die Unterwelt, wie sie es damals nannten.

Das Heiligtum lag fernab jeglicher Zivilisation, eine Höhle in den Bergen, versteckt zwischen uralten, dichten Pinienwäldern, die es wie ein natürlicher Schutzwall umgaben. Weder Straßen noch andere Wege von Menschenhand führten durch die Wildnis dorthin. Allem Anschein nach *wollte* dieser Ort nicht gefunden werden und war damit wohl zumindest in jüngster Zeit auch recht erfolgreich gewesen: Selbst die Einheimischen wussten nichts von seiner Existenz, nicht mehr.

Wie so vieles war dieses Wissen im Laufe der Jahrhunderte

einfach in Vergessenheit geraten, andere Tempel hatten seinen Platz eingenommen und andere Götter wiederum den Platz seines Herrn. Aber das war tatsächlich gut so. Deswegen hatte sich der Fremde überhaupt für diesen Ort entschieden. Auf diese Wiese konnte er einigermaßen sicher sein, dass das Heiligtum nicht in der Zwischenzeit entweiht oder zerstört worden war – allerdings machte es diese Tatsache natürlich auch schwerer, überhaupt dorthin zu finden. Mehrere Tage schlug sich der Fremde so erst einmal erfolglos durch die dichte Wildnis, bis er endlich in einer kleinen Schlucht zwischen den Bergen fündig wurde: Dort gab es einen großen Höhleneingang, wie das riesige, gierige Maul eines gewaltigen Tieres. Das Gelände vor der Öffnung war unnatürlich flach und der Boden hatte eine gänzlich andere Farbe, ein helles, schmutziges weiß – zweifellos handelte es sich dabei um uralten Marmor, dasselbe Material, aus dem auch die zahlreichen hellen Steinbrocken bestanden, die über das ganze Areal verteilt lagen. Einst mussten sie Teil kunstvoll gearbeiteter Säulen und Statuen gewesen sein, Meisterwerke der Steinmetzkunst, die mit der Zeit zu kaum mehr als Geröll zerfallen waren.

Bedächtig setzte der Fremde seinen Fuß auf den heiligen Boden und sah sich kurz um, bevor er auf den Eingang der Höhle vor sich zuschritt. Dabei stieg ihm fast augenblicklich ein seltsamer Geruch in die Nase. Ein wenig erinnerte dieser an Schwefel, doch gleichzeitig raubte er einem auch auf seltsame Art und Weise den Atem – nicht genug, um diesen ungebetenen Gast abzuschrecken allerdings. Ein wenig Gestank würde ihn schließlich nicht aufhalten! Wobei es zugegebenermaßen aber auch nicht bleiben sollte: Je näher man dem Eingang kam, desto intensiver wurde stattdessen auch der Geruch, bis dieser nicht mehr auszuhalten war, ihn nach nur einem einzigen Atemzug regelrecht zu ersticken drohte. Schnell ging der Fremde deshalb ein Stück zurück, dorthin wo die Luft ein wenig reiner war, und atmete so tief es ging ein – dies würde vorerst reichen müssen. Dann kam er wieder eilig näher, trat wenig später auch schon furchtlos in die Dunkelheit jenseits des Höhleneingangs.

Sehr zu seiner Überraschung befand sich dahinter jedoch nicht etwa irgendeine Art von Tempel, sondern nur eine kleine, natürliche Höhle. Praktisch nichts ließ dort auf menschliche Bearbeitung oder auch nur vorangegangene menschliche Präsenz schließen – nun, mit einer Ausnahme: Im hinteren Teil befand sich eine breite Treppe, die allerdings aus irgendeinem Grund reichlich fehl am Platz wirkte. Sorgsam aus dem Stein geschlagenen Stufen wanden sich dort tiefer in den Berg, die Wände von zahllosen Reliefs und Inschriften übersät. Hier war er richtig, ganz sicher!

Mit gebotener Schnelligkeit stieg der Fremde also hinab, so schnell es ging, ohne zu viel zusätzlichen Atem zu verschwenden. Dennoch erreichte er nach einigen Minuten letztlich sein Limit, musste wohl oder übel dem Atemreflex nachgeben. Schon leerten sich seine Lungen und füllten sich kurz darauf wieder … Ohne jedoch, dass seine Nase dabei noch einmal von dem penetranten Geruch belästigt worden wäre. Im Gegenteil schien die Luft dort unten sogar erstaunlich klar zu sein, wie nach einem Regenguss an einem milden Frühlingsabend – fast schon ein bisschen *zu* rein eigentlich, wenn man bedachte, *wo* er sich befand. Der Fremde jedoch setzte seinen Weg unbeirrt fort.

Gemächlich schlängelte sich die Treppe in der Folge durch das Gestein. Mal führte sie geradeaus, mal machte sie eine plötzliche Biegung nach links oder rechts, mal hatte sie eine leichte Steigung, mal war sie abschüssig. Fast hatte man den Eindruck, sich lediglich im Kreis zu bewegen, aber da es nur einen einzigen Weg gab, der sich mit keinem anderen kreuzte, war das natürlich unmöglich. Zudem ließ bald eine subtile Veränderung in der Umgebung erkennen, dass er sich zumindest *irgendwo* hin bewegen musste: Wenn sich auch an der Gestalt der Stufen und Wände nicht viel änderte, so wurde es nämlich mit der Zeit doch sichtlich düsterer dort. Nach und nach schrumpfte sein Sichtbereich weiter und weiter zusammen, bis die Reliefs an den Seiten in der Schwärze versanken, seine Augen ihm den Dienst versagten, wie er es nie zuvor erlebt hatte. Wenig später ließ sich aufgrund dessen nicht einmal mehr sagen, wie breit der Gang vor ihm war und in welche Richtung dieser führte – mehr noch! Der Fremde war nicht einmal sicher, ob er sich überhaupt noch bewegte, es überhaupt noch einen Gang um ihn herum gab. Mehrmals versuchte er deshalb, die Wand auf einer Seite des Tunnels zu erreichen, sie mit seinen Händen zu ertasten, doch egal, wie lange er sich auch in eine Richtung bewegte, es ging immer weiter. Was war dies bloß für ein Ort?! Hatte er sich verirrt? Vielleicht … So oder so jedoch blieb ihm jedenfalls nur, seinen Weg durch das Nichts fortzusetzen, blind, taub, vollkommen orientierungslos – in der Hoffnung, irgendwann *irgendwo* anzukommen.

Entsprechend konnte der Fremde dann auch nicht sagen, wie lange er unterwegs gewesen war, als plötzlich etwas in der Dunkelheit vor ihm auftauchte: Von Weitem war es nur ein Punkt, eine winzige Stelle, an der die Dunkelheit unerklärlicherweise eine andere … *Farbe* zu haben schien? Erst als er näherkam, wurden langsam die Umrisse des Objektes sichtbar – und ließen ihm schon im nächsten Moment den Atem stocken. Zu unglaublich war schließlich, was er dort vor sich sah: Es handelte sich um eine große Sense, gelehnt an einen hölzernen Ständer! Im ersten Moment sah sie nach nichts Besonderem aus: ein einfacher Holzgriff, eine lange, sichelförmige Klinge ohne Verzierungen. Jeder Bauer nannte solch ein Werkzeug sein eigen. Allerdings bewahrten Bauern ihre Werkzeuge für gewöhnlich nicht an einem solchen Ort auf … Konnte es sein? Handelte es sich wirklich um das, wonach er suchte? Einfach so, unbewacht und direkt vor seiner Nase? Es *konnte* für ihn in diesem Moment schlicht keine andere Antwort geben.

Ganz vorsichtig schlich er sich also an das Objekt seiner Begierde heran und lauschte dabei auf etwaige Geräusche – wobei er sich im nächsten Moment allerdings selbst fragen musste, ob dies überhaupt Sinn ergab. Schließlich sagte man dem Tod ja gemeinhin nach, geräuschlos zu sein? Eine Vermutung, die sich wenig später tatsächlich bewahrheiten sollte … Schon nämlich hatte er die Sense erreicht, streckte seinen Arm danach aus … Im letzten Moment jedoch ließ ihn plötzlich eine donnernde Stimme direkt hinter ihm erstarren:

»Diese Waffe … Sie kann dir nicht helfen, dein Ziel zu erreichen … Sterblicher.«

Sie klang sehr tief, dünn wie ein Lufthauch und dazu vollkommen emotionslos, schien von allen Seiten zugleich an sein Ohr zu dringen und doch auf keiner ihren Ursprung zu haben, beinahe als entstünde das Geräusch direkt in seinem Kopf. Entsprechend erschrocken sah er sich daher auch sofort um, hielt Ausschau nach der Person, die gesprochen hatte – doch langes Suchen war tatsächlich gar nicht notwendig: Direkt neben ihm war wie aus dem Nichts eine hochgewachsene Gestalt in einer langen, schwarzen Kutte aufgetaucht. Gewandet in tiefste Finsternis stand sie dort und schien ihn genauestens zu beobachten. Ihr Gesicht wurde von der weiten Kapuze über ihrem Kopf verdeckt – vielleicht hatte sie auch gar keines –, aus den Ärmeln ihres Gewandes ragten zwei knöcherne Hände. Mit ihrer Ankunft war es zudem auf einmal bitterkalt dort geworden. Der Frost schien in jede Ritze seiner Kleidung zu kriechen, zog bis in das Mark seiner Knochen. Es bestand kein Zweifel: Niemand Geringeres als der *leibhaftige Tod* stand nun vor ihm …

Kurz spielte der Fremde mit dem Gedanken, sich einfach die Sense zu greifen und loszurennen, aber zögerte dann doch – eine kluge Entscheidung vermutlich. Schon im nächsten Moment kam ihm sein ursprünglicher, rein aus dem Instinkt geborener Plan tatsächlich geradezu *lächerlich* dumm vor. Als ob man vor dem Tod einfach so davonlaufen könnte! Außerdem war er sich nicht einmal sicher, ob es ohne Einwilligung seines Gastgebers überhaupt möglich sein würde, diesen seltsamen Ort wieder zu verlassen. Er befand sich jedenfalls mit ziemlicher Sicherheit nicht mehr in einer Höhle: Seine Schritte hallten nicht mehr wie zuvor an den Wänden wider und auch all die anderen, natürlichen Geräusche, die es in den Tiefen der Erde nun einmal gab, waren bereits seit einiger Zeit verschwunden, wie verschluckt. Er zog also seine Hand zurück und wandte sich stattdessen der vermummten Gestalt neben ihm zu: »Sie kann mir nicht helfen? Was soll das heißen?«

Der Tod wiederum antwortete darauf sofort, beinahe als hätte er nur auf diese Frage gewartet, seine Stimme langsam, gemächlich, als hätte Zeit keinerlei Bedeutung für ihn: »Es ist wahr. Diese … Waffe vermag denjenigen zu töten, dessen Tod du dir so sehr … herbeisehnst. Sie ist vermutlich … eine der wenigen in dieser Welt … die dazu fähig sind. Und doch … Ein Sterblicher wie du … kann sie niemals führen … Sie ist … noch mehr als ich selbst eine … Personifizierung des Todes … Was auch immer ihre … Klinge berührt, solange es sterben kann … wird sofort sein Leben aushauchen … Du siehst also … Sie ist nutzlos für dich … Sterblicher …«

Eine Einschätzung, die der Fremde allerdings keinesfalls teilte. »Für wie dumm hältst du mich eigentlich? Glaubst du wirklich, ich wüsste nicht, wie man eine Sense verwendet? Dass man sie am Griff festhalten muss und nicht an der Klinge?!«, entgegnete er deshalb.

Worauf sein Gegenüber aber nur den Kopf zu schütteln schien. »Sense? … Nein … Du verstehst nicht … Die Gestalt, in der du mich und mein … *Werkzeug* wahrnimmst, ist lediglich eine … Reflexion deines eigenen Verstandes … Ich … sehe so aus, wie ich es tue, weil *du* glaubst … dass der … Tod so aussehen sollte … weil dies deine … *Vorstellung* … von mir ist … Deine sterblichen Augen … sie können meine wahre Gestalt einfach nicht … *erfassen* … zeigen dir deswegen dieses Trugbild …« Er hob seine Hand und zeigte auf die Sense. »Genauso verhält es sich mit meinem … Werkzeug … Was für dich aussieht wie eine … Sense, ist in Wirklichkeit eine einzige … große Klinge … ohne Griff … oder Heft … ohne eine einzige stumpfe Stelle … Was sie berührt, schneidet sie … ohne Fehl und ihr Schnitt … tötet ohne Fehl … Verstehst du?«

Das tat er tatsächlich … und wollte es doch nicht wahrhaben. Erneut schien eine vielversprechende Spur im Sand verlaufen zu sein – wieder im letzten Moment! Sogleich krochen Verzweiflung und Mutlosigkeit daher wieder aus jener dunklen Ecke seines Verstandes hervor, in die er sie vorübergehend verbannt hatte, schienen in ihrem Exil noch an Kraft gewonnen zu haben – nur kurz allerdings. Dann nämlich wurde ihm bewusst, dass *diesmal* etwas anders war: Die Waffe, die er dort vor sich sah, war intakt … Sicher, *er* konnte sie nicht selbst führen und den Grafen damit töten, aber stand nicht direkt neben ihm jemand, der genau dies vermochte? Kühn machte er dem Tod also einen Vorschlag, wenn auch wohl einen verzweifelten: »Dann tue *du* es! Nimm du sie und töte den Grafen damit! Nenne deinen Preis, ich zahle ihn gern!«

Erwartungsgemäß jedoch wurde dieses Angebot praktisch augenblicklich abgelehnt. »Preis? …« Der Tod hob die linke Hand zu der Stelle, wo sich sein Gesicht befinden sollte, ließ seine Finger in der Dunkelheit dort verschwinden, fast als ob er sich nachdenklich das Kinn streichelte. »Hmm … Sag mir … *Sterblicher* … Was glaubst du zu … *besitzen* oder … *tun* zu können, das auch nur den *geringsten* … Wert für mich haben könnte?« Er schwieg einen Moment, schien auf eine Antwort zu warten. »Nichts … Und abgesehen davon … verhandle ich nicht … Mit niemandem … Meine Aufgabe ist es, die natürliche … Ordnung aufrechtzuerhalten … ein Ende zu jenen zu bringen, deren … Zeit gekommen ist und … die Seelen der Verstorbenen, besonders jene, die … *verloren* sind … auf ihrer letzten Reise zu leiten … Wenn ich dabei irgendjemandes … Wünsche erfüllen würde … widerspräche dies doch vollkommen … meinem Auftrag.«

Nachvollziehbar, aber dennoch wollte sich der Fremde damit nicht zufriedengeben, handelte es sich hier doch ganz offensichtlich um einen besonderen Fall:

»Wirklich? Dann solltest du aber nur umso mehr Grund haben, den Grafen zu beseitigen! Schließlich lebt er schon viel länger, als ein Mensch dies tun sollte! Hunderte, *tausende* Male länger! Und vergiss nicht all diejenigen, die seinen Fluch teilen! Auch von ihnen wandeln – so wie ich selbst – schon viele länger auf Erden umher, als sie sollten! Verstößt *das* etwa nicht gegen die natürliche Ordnung, von der du sprichst?!«

Womit er bei seinem Gegenüber tatsächlich einen Nerv getroffen zu haben schien. Darauf zumindest ließ das leichte Beben schließen, das als Nächstes die Finsternis um sie herum erschütterte, und auch dass der Tod bei seinen folgenden Worten zumindest einen *Funken* von Emotion erkennen ließ.

»Hm … Ja … Ein *guter* … ein *wahrer* Einwand …« Sein Kopf senkte sich kurz und hob sich dann wieder, ein Nicken offenbar. »Ich kann nicht leugnen, dass mich die … Existenz jenes Mannes, den ihr Sterblichen … *den Grafen* nennt …«, es schien ihm schwerzufallen, das richtige Wort zu finden, »… *verärgert* … Er treibt schon so viel länger sein … *Unwesen* … auf dieser Welt, als all die anderen … Unruhestifter … Doch leider bewegt sich sein Wirken dennoch … außerhalb meines eigenen Einflussbereichs … Selbst wenn es dem … Erhalt der natürlichen Ordnung dienen würde, kann ich … *darf ich* … kein Leben vor der Zeit beenden … Deswegen bin auch *ich* einzig zum … Zusehen verdammt und kann nur … abwarten …«

»Andere?« Dieses Detail hatte den Fremden neugierig gemacht. »Was soll das heißen? Gibt es andere wie den Grafen, andere Vampire, die so alt sind wie er? Können sie es mit ihm aufnehmen?«

Die Antwort darauf folgte erst mit einer kurzen Verzögerung. »Ja, die gibt es … Aber sie sind keine … Vampire … Nein … Ihr Sterblichen nennt sie … *Götter* … Ich nenne sie … *Störenfriede* … Unverhohlen mischen sich diese … Unruhestifter in Dinge ein, deren … Bedeutung sie nicht verstehen … ohne die … *Konsequenzen* ihres Handelns für den ganzen Kosmos zu begreifen … Sorglos vernichten sie Leben, wo es … fortbestehen sollte, und erhalten dasselbe, wo es eigentlich längst … vergangen sein sollte … erschaffen es in ihrer Hybris sogar … Auch wenn ich zugeben muss, dass ihre … Beweggründe dafür mitunter … edel und … uneigennützig sein können, ist diese Einmischung dennoch … *unverzeihlich* … Ihre Taten bringen die … ewige Uhr … aus dem Takt …«

Der Tod pausierte einen Moment und blickte nach oben, erst dann sprach er weiter: »Jener … Hochmut … jene … *Sorglosigkeit* waren es auch, die dem Grafen … einem gewöhnlichen Sterblichen … erlaubt haben, göttliche Macht zu erlangen … Nun bewegt sich seine … Existenz … außerhalb ihres und *meines* Einflussbereichs … außerhalb aller Grenzen … Er kann nicht mehr sterben … wie ein Mensch … durch Alter … Krankheit oder … Verletzung … doch genauso wenig wie ein Gott … Er ist ein … unsterblicher Sterblicher, ein Paradoxon … eine Perversion des … ewigen Prinzips …«

»Götter sterben?«

Wieder zögerte sein Gegenüber, diese Frage zu beantworten, entschied sich dann aber doch, fortzufahren: »Natürlich … Es gibt keine … Ausnahmen von der ewigen Regel … So schnell, wie der Glaube der Menschen sie aus dem … Nichts hervorbringt und ihnen Macht weit jenseits der ihrer Schöpfer verleiht … so schnell kann der … *Unglaube* ihrer Schöpfer sie auch wieder vernichten … Ein Gott … existiert schließlich nur so lange, wie jemand … glaubt, dass es ihn gibt … Wenn er dagegen vergessen wird … ist es so, als hätte es ihn niemals … gegeben … Außerdem …«, an dieser Stelle verstummte er plötzlich mitten im Satz, wechselte anschließend überraschend das Thema, »Hmm … Du musst mich nun … entschuldigen … Dieses Gespräch dauert schon zu … lange … Ich habe schon zu viele … *Dinge* offenbart, die ein … Sterblicher eigentlich gar nicht wissen sollte … nicht wissen *dürfte* …«

Schon wand er sich ab, begann in der schwarzen Wand zu verschwinden.

»Ich hoffe, dieses … Gespräch hat dir … *Klarheit* verschafft … dich erkennen lassen, wo dein … Platz … in dieser Welt liegt … Ein Sterblicher … kann den Grafen nicht töten … Die Werkzeuge dazu befinden sich … außerhalb deiner Reichweite … und werden es immer blieben. Ich weiß … es ist … *bittere* Ironie, dass jene, die den Grafen … vernichten wollen, dies nicht können … und jene, die es möglicherweise … tun könnten … untätig bleiben, es nicht einmal … versuchen … Doch sorge dich nicht … Auch seine Zeit wird irgendwann … zu Ende gehen … Vielleicht … wirst du es sogar noch erleben … Am Ende kann schließlich … kein Ding im Kosmos mir auf Dauer entkommen … nicht einmal … *ich selbst* …«

Mit diesen abschließenden Worten wurden seine Umrisse schließlich eins mit der Finsternis und ließen den Fremden allein mit der Sense zurück, niedergeschmettert, verzweifelt. Ein Fehler …

Kraftlos brach der Fremde nun erst einmal zusammen. Verzweiflung und Trauer übermannten ihn. Warum?! Warum konnte ihm das Schicksal nicht ein *einziges* Mal einen Erfolg gönnen? Hatte er nicht schon genug gelitten? In stiller Wut schlug er seine Fäuste gegen den Boden, um ihn zu zertrümmern, doch nichts geschah. Seine Fäuste stoppten einfach, ohne das Gefühl eines Aufpralls. Was hatte er getan, welche Sünde hatte er begangen, dass man ihn auf diese Weise bestrafte?! Ein Tropfen rann über sein Gesicht … Zum ersten Mal seit seiner Kindheit weinte der Fremde, schluchzte. Seine Reise, sein ganzes Leben waren also wirklich von Anfang an bedeutungslos gewesen? Genauso wie all der Schmerz und die Entbehrungen, die er in deren Verlauf erduldet hatte? Alles umsonst? Nicht mehr als ein Tropfen auf den heißen Stein? Die Beiläufigkeit, mit der der Tod ihm diese Tatsache offenbart hatte, war der letzte Nagel in seinem Sarg gewesen, hatte den letzten Rest seines Lebenswillens in einem einzigen Augenblick grausam ausgelöscht. Innerlich starb der Fremde in diesem Moment. Dass Johanna niemals gerettet werden könnte und der Graf niemals seiner gerechten Strafe zugeführt werden würde, dies alles interessierte ihn nun nicht mehr. Er war nun … *leer*, kaum mehr als eine Hülle – und scherte sich somit nicht mehr um die möglichen Konsequenzen seines Handelns.

Langsam erhob sich der Fremde so als Nächstes, stolperte dann auf die Sense zu und streckte seine Hand noch einmal danach aus. Gleich würde es vorbei sein. Diesmal konnte der Tod ihm seinen Dienst nicht versagen! Endlich würde er seinen Frieden finden im ewigen Schlaf, jenseits der Schrecken dieses sterblichen Daseins! Schon näherten sich seine Finger dem erlösenden, hölzernen Griff, Stück für Stück, Zentimeter für Zentimeter … und schafften es letztlich doch nicht, diesen zu berühren: Kaum eine Handbreite vom Ziel entfernt nämlich erstarrte der Fremde plötzlich in seiner Bewegung. Es ging einfach nicht weiter!? Wie sehr er sich auch bemühte, es gelang ihm nicht, seine Hand näher an den Griff heranzubringen, als würde ihn etwas davon abstoßen. Erst glaubte er, dass es irgendeine unsichtbare Barriere sei, die ihn am Näherkommen hinderte – doch nein! Er selbst war es! Sein ganzer Körper hatte sich verkrampft, ließ nicht die kleinste Bewegung zu. Warum? Warum nur?! Nun, was auch immer der Grund war, er hatte seine Chance damit jedenfalls vertan: Plötzlich sprang die Waffe vor ihm von ihrem Ständer, wirbelte einige Meter durch die Luft und wurde dann von einer knöchernen Hand gefangen, die aus der Dunkelheit aufgetaucht war wie hinter einem Vorhang.

Der Tod seufzte.

»Dies ist eine weitere ... *Eigenheit* ... der Sterblichen, der Menschen insbesondere ... die ich einfach nicht ... *verstehe* ... Obwohl eure Leben so kurz, so ... unfassbar kurz sind, nicht mehr als ein winziger ... *Tropfen* im ewigen Ozean der Zeit, versucht ihr trotzdem immerzu ... sie gleich wieder ... *fortzuwerfen*, kaum dass sie begonnen haben ... Als wären sie vollkommen ... *wertlos* ... Doch ... wenn dies wirklich dein Wunsch ist ...«, er trat nun ganz aus dem Schatten und wandte sich dem Fremden zu, der noch immer vor dem Ständer kauerte, » ... so kann ich ihn dir erfüllen ...«

Woraufhin er dann auch sofort die Sense über seinen Kopf hob und weit ausholte, zum Gnadenstoß so schien es. Doch anstatt sie gegen den Fremden zu richten, schlug er im nächsten Moment einfach nur den Stiel kräftig gegen den Boden. Daraufhin ging ein leichtes Beben durch den Raum, als sei die Welt selbst durch den Aufprall erschüttert worden, während die Waffe in seiner Hand sich in Nichts auflöste.

»Natürlich ... kann ich es aber nicht ... *hier* ... tun, dir lediglich den ... Weg weisen, dich ... führen ...« Er kam näher. »Ich sehe, dass du dieses ... Lebens überdrüssig bist ... dieser Welt ... Und doch kannst du dir selbst nicht ... *erlauben* zu sterben ... Du bist gebunden durch ... unsichtbare Fesseln ... eine heilige Pflicht ... selbstauferlegt, doch deswegen nicht weniger ... *bindend* ... Sühne ... Buße ... Sie lässt dich ... zögern, wenn das Ende naht ... lässt dich ihm ... *ausweichen*, mit aller Macht dagegen ... ankämpfen ... Solange dich diese ... Ketten binden, kannst du keinen Frieden finden ... Nicht einmal ... durch mich ... Du musst sie ... *brechen* ...«

Wahre Worte, kein Zweifel, und doch waren sie für den Fremden trotzdem wertlos, nichts, was er nicht sowieso schon wusste, und zudem die *eigentliche* Frage nach wie vor unbeantwortet ließ: »Und wie soll ich das machen?!«

»Hmm ...« Sein Gegenüber schien ihn daraufhin einen Moment zu mustern. »Du ... existierst bereits jenseits der natürlichen ...

Ordnung, deshalb will ich dir einen … *Blick* auf das erlauben, was den Menschen eigentlich für immer … verborgen bleiben sollte … Die Zukunft …«

Langsam hob er seinen Blick, schien weit in die Ferne zu blicken, auf etwas, das aber wohl nur für ihn sichtbar war. Nur einen Moment dauerte es so, bis er offenbar jene Antwort gefunden hatte, die der Fremde schon so lange suchte, mit einem seltsamen Zögern erneut begann.

»Du musst … *aufbrechen* …«, noch einmal klang an dieser Stelle ein seltsamer Hauch von Emotion aus seinen Worten, diesmal jedoch ohne erkennbaren Grund, »… in das Land jenseits der Wälder … jenen Ort, den der Graf schon länger als … irgendeinen anderen sein Heim nennt … wenngleich er doch … fern vom Land seiner Geburt liegt … Dorthin hat er sich … zurückgezogen nach den Ereignissen in jener Nacht … als er stahl, was dir am … wertvollsten ist … Er wartet seither auf dich, voller … *Vorfreude* … aber auch voller Ungeduld … Er hat seither viele … Versuche … unternommen, dich zu finden, doch … unsichtbare Kräfte haben deinen Aufenthaltsort stets vor … seinen zahlreichen Augen und … Ohren verborgen gehalten … Einzig die … *Kunde* deiner Taten hat ihn erreicht … von den … Orten, die du besucht und den … *Kreaturen*, die du dort getötet hast … Dadurch wurde seine … Vorfreude nur noch gemehrt … Doch es ist an der Zeit, dieses … *Versteckspiel* zu beenden … Du musst zu ihm gehen und das finden, was er dir … gestohlen hat … *Sie* … Bringe den … Frieden, den du dir für dich selbst wünschst, zunächst zu ihr … bevor du dich ihm stellst … ein letztes Mal … Dann …«, kurz zögerte er mitten im Satz, »… dann wird sich … *alles* offenbaren, dann … wirst du …«

Sofort unterbrach ihn der Fremde, klang verzweifelt: »Ich soll sie töten?! Das kann ich nicht …«

»Du … *musst* … Sie allein ist die … Fessel, die dich an dieses Leben … bindet … der Gedanke, was mit *ihr* … geschehen könnte, wenn du nicht mehr bist … Manchmal … ist es besser, etwas … Geliebtes zu erlösen, wenn man es nicht mehr … *retten* kann, als es auf ewig … *leiden* zu lassen … Vielleicht … werdet ihr euch ja auf der anderen Seite … wiedersehen …«

Doch sein Gegenüber zeigte sich nicht überzeugt, im Gegenteil. »Das hilft mir nicht! Wie könnte es?«, brach es aus ihm heraus. »Was du von mir verlangst, ist unmöglich! Mit meinen eigenen beiden Händen soll ich sie … Nein!«

»Dann … soll es so sein … Ich habe meinen … *Teil* getan, dir wie versprochen eine … *mögliche* … Zukunft offenbart, die dich an dein … *Ziel* führen kann … Doch am Ende liegt die … Entscheidung einzig bei dir … dir allein … So verhält es sich mit allen Sterblichen …« Er wandte sich zum Gehen. »Lebewohl denn … bis zu jenem Tag, da wir uns wiedersehen …«

Kaum dass der Tod diesen Satz beendet hatte, war er auch schon erneut verschwunden und mit ihm der Ständer, an dem zuvor die Sense gelehnt hatte. Nun gab es nur noch Dunkelheit an diesem Ort – makellose, undurchdringliche Finsternis. Einen Moment lang schien sie den Fremden regelrecht zu erdrücken, doch dann … Im nächsten Moment verwandelte sich die Schwärze plötzlich in ein gleißendes, reines Weiß, so hell, dass es schmerzte.

Es dauerte ein wenig, bis der Fremde schließlich feststellte, dass es *Sonnenlicht* war, das ihn auf diese Weise blendete. Langsam gewöhnten sich seine Augen wieder an die Helligkeit und schon tauchten die ersten Farben auf: Grün, Braun, Grau und Blau – dicht gefolgt von vagen Umrissen, die schnell an Klarheit gewannen: Bäume, Felsen und Wolken. Er befand sich offenbar wieder an der Erdoberfläche?! Aber wie? Verwirrt sah sich der Fremde um … Irgendwie war er auf den Platz mit den Ruinen vor dem Höhleneingang zurückgekehrt. Und nicht nur das: Die Höhle war verschwunden! Wo eben noch eine riesige Wunde in der Seite des Berges geklafft hatte, konnte man jetzt nur noch glatten Stein erkennen! Was war geschehen? Hatte er sich alles nur eingebildet, eine Halluzination geboren aus den erstickenden Dämpfen an diesem Ort? Einen Moment lang stand er kurz davor, dies tatsächlich zu glauben, dann aber lief ihm plötzlich ein eiskalter Schauer über den Rücken und eine bekannte Stimme drang in seinen Verstand ein:

»Triff ... deine Entscheidung ... *Sterblicher* ...«

VIERZEHNTES KAPITEL

Nach all diesen Offenbarungen brauchte der Fremde erst einmal ein wenig Ruhe, Zeit um nachzudenken. Einige Tage lang wanderte er daher wie verloren durch die schattigen Pinienwälder rings um das Heiligtum und wiederholte im Geiste immer wieder und wieder jene Worte, die der Tod zu ihm gesprochen hatte, besonders die letzten: »Triff deine Entscheidung.«

Doch eben genau das konnte er nicht. Ja, er sehnte sich nach dem Tod, nach dem Ende seiner Reise ohne Ziel und nun auch ohne Sinn, aber was von ihm dafür verlangt wurde … *konnte* er einfach nicht tun! Allein die Vorstellung, Johanna zu verletzen, war für ihn unerträglich, sie zu töten ganz und gar unvorstellbar. Ihm wurde regelrecht übel bei dem Gedanken, jede Faser seines Körpers sträubte sich dagegen. Allerdings … Je mehr der Fremde über seine Situation nachdachte, desto mehr musste er leider feststellen, dass es wohl keine Alternative dazu gab. Selbst wenn er dieser Konfrontation aus dem Weg ging, irgendwann würde der Graf sicherlich die Geduld mit ihm verlieren und dann … Wer konnte schon sagen, was dann aus Johanna werden würde? Wäre sie nicht als Nächstes an der Reihe, Spielfigur in einem seiner kranken Spiele zu sein? Würde ihr Kerkermeister sie nicht genauso quälen wie ihn, vielleicht sogar noch mehr? Es schien keinen Ausweg aus seinem Dilemma zu geben: Ihm fehlte die Kraft, um weiterzuleben, doch auch die Stärke, um alles zu beenden …

Stattdessen ertappte er sich so ständig bei dem verzweifelten Versuch, alles zu verdrängen, sich nur noch ein wenig länger der grausamen Realität zu entziehen. Immer wieder und wieder zogen die Erinnerungen an seine Zeit in Johannas Heimat dabei an seinem inneren Auge vorbei, schienen mit jeder Wiederholung lebhafter und detaillierter zu werden. Neben dieser von ihm so wehmütig erinnerten Vergangenheit musste er jedoch gleichzeitig auch unentwegt an die Zukunft denken. Jene Zukunft, die Johanna und ihm nicht vergönnt gewesen war. Sicher, wenn es nach ihm gegangen wäre, dann hätte jener Sommer ewig anhalten können, aber natürlich war dies nicht der übliche Lauf der Dinge. Zweifellos mussten sich Johanna und auch ihre Eltern früher oder später gefragt haben, wann und ob sie in ihrer Beziehung schließlich den nächsten Schritt machen würden … Heiraten, gar eine Familie gründen … Konzepte, die für jemanden, der den größten Teil seines Lebens auf der Straße verbracht und menschliche Nähe bis zu diesem Punkt nur aus fernen, beinahe verblassten Kindheitserinnerungen gekannt hatte, natürlich vollkommen fremd gewesen waren. Nicht ein einziges Mal hatte er auch nur darüber nachgedacht, zu überwältigt von dem Glück, das ihm auch so schon zuteil wurde. Entsprechend war er dann auch vollkommen ahnungslos gewesen, als Johanna ihn irgendwann darauf anzusprechen versucht hatte …

Eines Nachmittags, nur ein paar Tage vor dem Auftauchen des Grafen hatten sie an dem kleinen Bach direkt außerhalb der Stadtmauern gesessen und ihre Füße im Wasser gekühlt. Dabei drehten sich ihre Gespräche um allerlei Dinge, während sie die zahlreichen Vögel in den Bäumen umher betrachteten, dem Konzert der Grillen und anderen Insekten lauschten. Eigentlich jene Art von entspannter, unbekümmerter Atmosphäre also, die einen alle Sorgen zumindest für eine Zeit vergessen lässt. Umso seltsamer daher, dass Johanna irgendwann plötzlich eigenartig ernst geworden war.

Vielleicht war es etwas, dass er gesagt hatte oder doch nur eine ferne Erinnerung, die aus den Tiefen ihres Verstandes aufgestiegen war, jedenfalls verhärteten sich ihre Züge mehr und mehr, bis …

»Sag …«, begann sie schließlich und schien sich zu den nächsten Worten regelrecht zwingen zu müssen.

Der Fremde hob derweil fragend die Augenbrauen. »Hmm …?«

»Der Sommer geht langsam aber sicher zu Ende und da hatte ich mich gefragt, was deine … *Pläne* … für den Winter und … darüber hinaus sind?«

Was genau das bedeuten sollte, war ihm allerdings nicht ganz klar. »Was meinst du mit … *Pläne*?« Er runzelte daher nur verwirrt die Stirn.

Woraufhin Johanna nach seiner Hand griff und diese anschließend auffällig fest, fast verzweifelt umklammerte, während sie große Mühe zu haben schien, die folgenden Worte auszusprechen: »Ich habe … Leute gehört, die meinen, dass … dass du vielleicht vorhast, fortzugehen, weiterzureisen, bevor der erste Schnee fällt …« Bei dieser Vorstellung allein schien sie den Tränen nahe, starrte ihn verzweifelt an.

Aber natürlich war ihre Furcht vollkommen unbegründet. »Aber nein! Niemals! *Niemals* würde ich dich verlassen! Wie könnte ich?!«, entgegnete er sofort wahrheitsgemäß, war ebenso erschrocken über diese Vorstellung wie sie.

Die Erleichterung darüber konnte man Johanna deutlich ansehen. Sofort war jegliche Sorge aus ihrem Gesicht verflogen, während sie nun nickte, als sei seine Antwort im Nachhinein betrachtet geradezu *selbstverständlich* gewesen. Entsprechend eigenartig daher auch, dass sie die eigentlich bereits beantwortete Frage daraufhin nach kurzem Zögern noch einmal in leicht abgewandelter Form wiederholte: »Das … das heißt … d-du willst für … *immer* mit mir zusammenbleiben?« Ihre Stimme bebte bei diesen Worten, schien plötzlich seltsam aufgeregt.

Er andererseits nickte nur, was wiederum sofort eine neuerliche Nachfrage ihrerseits nach sich zog: »Bis dass der … Tod uns scheidet?«

Eine reichlich … eigenartige Formulierung, die ihn entsprechend erst einmal zum Nachdenken brachte. Johanna allerdings schien von der resultierenden Stille derart verunsichert, dass er schnell die offensichtliche Antwort darauf gab, ohne überhaupt die tiefere Bedeutung ihrer Worte zu verstehen: »Ja …«

Offenbar genau das, was sie hatte hören wollen. Mit einem breiten Lächeln war sie ihm als Nächstes jedenfalls in die Arme gefallen und hatte gar nicht mehr loslassen wollen. Jetzt, so viele Jahre später verstand er auch warum, welches Versprechen er in diesem Moment gegeben hatte, ohne diese Tatsache richtig zu begreifen. Dennoch … so oder so wäre seine Antwort wohl nicht anders ausgefallen – was die Erinnerung daran nicht weniger bitter machte. Ein weiteres gebrochenes Versprechen … und vermutlich gleichzeitig jenes, das für ihn am schwersten wog.

Am achten Tag nach seiner Begegnung mit dem Tod, früh am Morgen, als der Fremde vom Waldrand aus die nebelverhangenen Berggipfel umher betrachtete, war es endlich so weit: Er traf seine Entscheidung. Er würde sich dem Grafen stellen. Wenn er Johanna schon nicht vom Einfluss dieses Teufels befreien konnte, dann würde er ihr zumindest erlauben, aus dieser Welt zu scheiden, *ohne* zu wissen, zu was *sie*, zu was *er* geworden war und welche Gräueltaten sie vielleicht unter der Kontrolle des Grafen begangen hatte. Ihre letzten Erinnerungen würden dann jene an die kurze, glückliche Zeit sein, die sie zusammen verbracht hatten. Vielleicht war es so am besten? Ob er am Ende allerdings wirklich in der Lage sein würde, jenen tödlichen Streich selbst auszuführen, konnte der Fremde noch nicht sagen.

Sein Ziel dagegen war klar: »Das Land jenseits der Wälder …« Als in ihrer Unterhaltung dieser Name gefallen war, hatte der Fremde sofort gewusst, wovon die Rede war. Er hatte schließlich viel Zeit damit verbracht, die unzähligen Geschichten über den Grafen zu studieren. Noch bevor die Sonne richtig am Himmel stand, brach er also auf, seinem Schicksal entgegen, seinem letzten Gefecht.

Es war eine kurze Reise, weniger als eine Woche tatsächlich, doch auf ihre eigene Weise unterschied sie sich doch von allen vor ihr: Mit jedem weiteren Schritt schienen die Sorgen, die Verzweiflung und alle anderen Lasten seiner Vergangenheit von ihm abzublättern wie alte Farbe, verschwanden eine nach der anderen. Darunter kam das Gesicht eines Mannes zum Vorschein, der seinen Frieden mit sich und der Welt gemacht hatte, furchtlos und ohne Reue seinen letzten Gang antrat.

Frei von der Bürde seiner Mission bemerkte der Fremde so zum ersten Mal, wie sehr sich die Welt um ihn herum doch seit seiner Kindheit gewandelt hatte … Kerzen und Lampen waren dabei, von elektrischem Licht abgelöst zu werden, und seltsame, laute Maschinen zogen nun anstelle von Pferden die Kutschen und Wagen der Menschen über die Straßen. Viele Länder und Reiche, deren Herrscher und Grenzen ihm einst wohlbekannt gewesen waren, gab es nicht mehr … Schnell begann er sich daher auch zu fragen, ob die Stadt, in der er und Johanna sich einst zum ersten Mal begegnet waren, noch existierte. Ob der Baum, unter dem sie einst die Sterne betrachtet hatten, noch stand? Möglicherweise war beides ja schon vor langer Zeit in den Wogen irgendeines Krieges versunken? Nicht dass es einen Unterschied gemacht hätte. All das gab ihm jedenfalls das Gefühl, irgendwie … *fehl* am Platz zu sein, nicht mehr *hierher* zu gehören, in diese Welt. Dies bestärkte ihn nur noch in seinem Entschluss. Bald würde die Erde sich ohne ihn weiterdrehen.

An seinem Ziel angekommen, jenem Land jenseits der Wälder, das man schon seit der Antike unter diesem Namen kannte, bemerkte der Fremde derweil sofort, dass er sich am richtigen Ort befand: Ein dunkler, unheimlicher Schatten schien sich wie ein Leichentuch über die eigentlich so malerischen, grünen Wäldern und Wiesen vor ihm gelegt zu haben, ließ sie trotz hellem Sonnenlicht irgendwie … düster und trostlos erscheinen. Die Landschaft war übersät mit zahlreichen verlassenen Dörfern und Bauernhöfen, die so aussahen, als seien sie eben noch bewohnt gewesen.

Wenn ihm doch einmal Menschen begegneten, dann standen ihnen Angst und Schrecken ins Gesicht geschrieben: Frauen und Kinder wurden eilig in die Häuser gebracht, wenn man ihn über die Straße laufen sah, während die Männer sich zitternd mit Spaten, Sensen oder Heugabeln bewaffneten. Diese Leute wussten offenbar, *was* er war, doch wagten sie es aus irgendeinem Grund trotzdem nicht, Hand an ihn zu legen. Die Erklärung für diesen Umstand folgte jedoch schnell, genauer mit dem Hereinbrechen der ersten Nacht: Kaum dass die Sonne versunken war, tauchten nämlich auch schon von überall her zahlreiche rotäugige Schatten auf, die in der Ferne durch die dunkle Wildnis eilten, ständig schienen es mehr zu werden. Es musste dort *hunderte* Vampire geben … Und natürlich war nicht schwer zu erraten, *wer* für diese unnatürliche Häufung verantwortlich war … Vermutlich handelte es sich nur um ein weiteres seiner kranken Spiele.

Mit der Zeit begannen einige der Vampire in einer auffälligen Art und Weise um ihn herum zu kreisen, allerdings in gebührendem Abstand. Sie beobachteten ihn. Späher offenbar. Der Fremde versuchte allerdings gar nicht erst, sich vor ihren zahlreichen Augen zu verstecken. Warum auch? Sollten sie dem Grafen ruhig von seiner Ankunft berichten. Das würde es am Ende nur leichter machen, ihn zu finden. Unbeirrt von diesen nächtlichen Begleitern setzte er also seinen Weg in Richtung der Berge fort. Irgendwo dort, in den schroffen Felswänden, musste sich das Schloss seines Nemesis befinden. Je weiter er dabei nach Osten vordrang, desto menschenleerer wurden gleichzeitig auch die Landstriche – was jedoch nicht daran lag, dass sie einfach nur dünn besiedelt gewesen wären, im Gegenteil: An vielen Stellen fand der Fremde Bauwerke von Menschenhand vor … unbewohnt jedoch. Einige von ihnen schienen schon vor Jahrzehnten verlassen worden zu sein. Die Häuser begannen bereits zu zerfallen. Waren ihre Bewohner vor dem Grafen nach Westen oder über die Berge geflohen? Nun, vermutlich sah die Wahrheit weit düsterer aus. In manchen Häusern lagen schließlich noch die ausgebleichten Knochen der ehemaligen Besitzer in den Betten. Nur eine einzige Stadt, so schien es, bot den Menschen in diesem verfluchten Land noch trügerischen Schutz vor den Jägern in der Nacht, eine Trutzburg menschlicher Zivilisation zwischen den hohen Bergkämmen. Dort war es auch, wo der letzte Akt dieser Geschichte schließlich seinen Anfang nehmen sollte.

Eines Nachts, nicht lange vor Sonnenaufgang, streift der Fremde durch die Wildnis und suchte die Felswände ringsum nach einem Hinweis auf das Schloss des Grafen ab. Dichte Wolken hingen am Himmel und erlaubten so wie eine dicke Decke kaum einem Strahl

Mond- oder Sternenlichts, die Erdoberfläche zu erreichen, hüllten das Land in ein gespenstisches Zwielicht.

Seltsamerweise war in dieser Nacht keiner seiner üblichen Begleiter zu sehen gewesen. Vermutlich hatten sie ihn in den dichten Wäldern verloren oder irgendwo vor dem Regen Zuflucht gesucht. Es machte keinen Unterschied. Offenbar waren sie ja ohnehin nicht gewillt, ihm den Weg zu weisen – oder lag dies möglicherweise schlicht daran, dass er sich ohnehin schon auf dem richtigen befand?

Gerade als der Fremde einen weiteren, niedrigen Bergrücken umrundete, der kaum hoch genug war, um die Sicht auf das Tal dahinter zu versperren, tauchte vor ihm dann plötzlich etwas auf, mit dem er dort *absolut* nicht gerechnet hatte: Häuser, Kirchtürme, Straßen und Tore, selbst einige Lichter waren zu erkennen. Eine Stadt?! Hier? Und mehr noch: Als der Fremde sich den Gebäuden an ihrem Rand näherte, konnte er deutlich Herzschläge hinter den Wänden hören. Unglaublicherweise schienen dort noch immer Menschen zu leben! Wie hatten diese Leute so lange überlebt, praktisch direkt vor der Haustür des Grafen? Und viel wichtiger: Warum waren sie trotz allem noch immer hier und nicht längst geflohen? Konnten sie vielleicht nicht? Ließ man sie nicht?

Neugierig trat er durch eines der großen Tore in die Stadt ein, versuchte dabei, die Zahl der schlagenden Herzen um sich herum zu zählen. Viele waren es nicht. Die Vampire schienen die Bevölkerung auch hier bereits drastisch ausgedünnt zu haben. Manche Häuser standen leer, in anderen lebte trotz ihrer Größe offenbar nur eine einzige Person. Vermutlich lag es einzig an ihrer Bevölkerungsdichte, dass in der Stadt noch Menschen lebten – nun, und möglicherweise am Einfallsreichtum ihrer Bewohner: Überall hingen Kreuze und andere heilige Symbole – verzweifelte Versuche offenbar, die Schrecken der Nacht fernzuhalten. Obwohl die Kleinodien jene blutdürstigen Jäger letztlich nicht aufhalten konnten, so dürfte es sie doch zumindest abschrecken, diesen Ort zum letzten machen, an den sie auf der Suche nach einer Mahlzeit kommen würden. Auch er selbst spürte dort schließlich ein wachsendes Unbehagen, das Bedürfnis, möglichst bald das Weite zu suchen.

Schnell wandte er sich deshalb auch schon wieder zum Gehen, wollte sich gerade in Bewegung setzen, als ihn dann doch etwas innehalten ließ: Ein verzweifelter Schrei hallte durch die frostige Morgenluft:

»Hilfe! … Hilfe!«

Kurz darauf flog irgendwo eine Tür auf und jemand rannte völlig außer Atem hinaus auf die Straße, panisch vor Angst. Es war eine junge Frau; anscheinend wurde sie verfolgt. Aber von wem? Wer auch immer der Verfolger war, seine Schritte verursachten jedenfalls kein Geräusch, nur einen leisen Herzschlag konnte der Fremde hören … Natürlich! Augenblicklich katapultierte er sich auf das nächste Dach, hielt von dort blitzschnell auf den Ursprung des Hilfeschreis zu. Mit jeder Sekunde konnte er hören, wie ihr Herz noch heftiger schlug, ihr Atmen erschöpfter klang, während die Verfolgungsjagd ihr Ende erreichte.

Wenig später konnte er dann auch schon einen dumpfen Aufschlag hören, wohl weil die Frau auf ihrer Flucht gestürzt oder von ihrem Häscher eingeholt worden war. Noch einmal beschleunigte der Fremde deshalb seine Schritte, stürzte sich dann in die Straßenschlucht vor ihm – gerade noch rechtzeitig, wie es schien: Einige Meter von ihm entfernt kauerte eine Frau am Boden und presste sich mit aller Kraft gegen die Mauer hinter ihr. Sie war regelrecht starr vor Angst, ihr Atem bebte von der vergangenen Flucht und Tränen der Furcht rannen ihre Wangen hinab. Über ihr thronte derweil ein großer Mann mit zerschlissener Kleidung und ungepflegtem Äußeren, starrte mit gierigen Augen auf sie herab. Es bestand kein Zweifel, dass sie wusste, was ihr nun bevorstand. Wäre der Fremde nur einen Augenblick später eingetroffen, hätte er wohl nur noch *eine* lebende Kreatur dort vorgefunden, so aber änderte sich das Geschehen dramatisch: Als der Angreifer den Fremden bemerkte, ließ er einen Moment von seinem Opfer ab und drehte sich zu dem unerwarteten Neuankömmling um. Zunächst zögerlich hob der Vampir seine rechte Hand und öffnete seinen Mund, wohl um den Fremden zu grüßen, doch dazu kam es nicht mehr: Bevor er irgendeinen Laut von sich geben konnte, hatte der Fremde bereits blitzartig zu ihm aufgeschlossen, mit der ganzen Hand seinen Kopf gegriffen und diesen mit unglaublicher Wucht an den Pflastersteinen zerschmettert. Am Ort des Einschlags bildete sich daraufhin rasch eine rote Pfütze. Anschließend wandte sich der Fremde der Frau zu. Sie schluchzte und sah ihn flehend an. Ganz offensichtlich verstand sie nicht, was gerade geschehen war, glaubte, vom Regen in die Traufe geraten zu sein, von einem Häscher zum anderen.

»Geh und versteckt dich!«, fauchte er sie deshalb an.

Doch die Gerettete reagierte nicht, vielleicht weil sie die Worte einfach nicht glauben konnte. Sie blieb wie versteinert liegen. Erst als ihr Retter seinen Worten noch einmal Nachdruck verlieh, »Geh! Schnell!«, zischte und dabei mehrfach energisch auf das offene Fenster eines nahe gelegenen, offenbar verlassenen Hauses zeigte, setzte sie sich endlich in Bewegung. Kurze Zeit später verschwand ihre Silhouette dann in der Dunkelheit jenseits der Fensterbank. Für sie war der Schrecken dieser Nacht damit wohl vorbei, nicht jedoch für viele andere umher: Nun, da der Fremde genauer hinhörte, musste er schnell feststellen, dass es zahlreiche weitere Häuser gab, in denen sich ähnlich lautlose Besucher umhertrieben und auf die Bewohner lauerten. Er befand sich mitten in einem Angriff! Natürlich wollte der Fremde diese Menschen retten, dies lag in seiner Natur, aber es waren so viele, mehr als ein Dutzend, noch dazu über das ganze Stadtgebiet verteilt! Wo sollte er bloß anfangen? Ihm blieb wohl nur, sich auf den nahegelegensten Angreifer zu konzentrieren. In einem Haus etwas weiter die Straße entlang hörte der Fremde einen Mann schreien:

»Nein! *Ihr verdammten Monster!*«

Einen Augenblick später gab es am selben Ort ein lautes Klirren, als ob eine Vase oder ein Teller zerbrochen wäre, gefolgt von einem erneuten Schrei:

»Lasst mich in Frieden!«

Die Stimme kam aus dem oberen Stockwerk des Gebäudes. Dort stand eines der Fenster weit offen; dahinter war es dunkel.

Auf diesem Weg mussten die Angreifer hineingelangt sein und nun würde es noch einer weiteren Person Einlass gewähren. Mühelos sprang der Fremde zur Fensterbank hinauf, zog sich anschließend nach oben und gelangte so ins Innere des Hauses.

Er stand nun in einem dunkeln Korridor. Zu seiner Rechten führte eine Treppe nach oben, am Ende des Ganges eine andere nach unten, außerdem gab es eine Reihe von Türen auf beiden Seiten. Eine von ihnen, vom Fenster aus gesehen die erste auf der linken Seite, stand offen. Jemand hatte mit roher Gewalt das Türschloss aufgebrochen. Vorsichtig schlich sich der Fremde an die Türkante heran, schielte kurz in den Raum, der dahinter lag. Offenbar handelte es sich um ein Schlafzimmer; es gab ein großes Doppelbett und eine Reihe von Kleiderschränken aus dunklem Holz. Am anderen Ende des Raumes lag ein Mann am Boden. Er musste so um die vierzig Jahre alt sein, hatte kurze, braune Haare und trug einen knappen, gut gepflegten Kinn- und Schnauzbart. Aus seiner liegenden Position bedachte er die beiden Vampire, die langsam auf ihn zugingen, derweil mit allerlei wüsten Beschimpfungen:

»Monster! Verbrecher! Bastarde!«

Allerdings hatte sich seine Gegenwehr wohl nicht nur auf Worte beschränkt: Überall lagen Gegenstände über den Boden verstreut: Bücher, ein Stuhl, eine Pfeife und Scherben einer Weinflasche. Es waren Spuren eines Kampfes, wenn auch eines vergeblichen.

Nun war Eile geboten: Noch zeigten sich die Vampire abgelenkt, schienen seine Ankunft nicht bemerkt zu haben. Lautlos schlich der Fremde also auf die zwei Blutsauger zu, die der Tür so sorglos den Rücken zugekehrt hatten, zog dabei sein Schwert. Mit etwas Glück würde er ihnen mit einem schnellen Hieb beiden gleichzeitig die Köpfe abschlagen können – ein guter Plan, der unter anderen Umständen vermutlich erfolgreich gewesen wäre, doch leider hatte der Fremde seine Rechnung ohne die vierte Person gemacht, die sich mit ihnen im Zimmer befand.

Kaum dass der alte Narr auf dem Boden, der nur ein dünnes Nachthemd trug, ihn bemerkte nämlich, fing er auch schon an, loszuwettern: »Noch einer?! Feiglinge! Braucht es wirklich *drei* von euch Monstern, nur um einen alten Mann zur Strecke zu bringen? Seht euch nur an!«

Trottel … Sofort drehten sich die beiden Vampire daraufhin um. Zunächst schienen sie lediglich verwirrt über den unerwarteten Besuch zu sein, doch spätestens als ihnen das Schwert in der Hand des Fremden und der Ausdruck in seinem Gesicht auffiel, erkannten sie wohl, dass er ihnen nach dem Leben trachtete. Schon stürmte deshalb auch einer der Vampire los, ballte die Hand zur Faust, während der andere zurückblieb und an seinen Gürtel griff, wohl nach einer Waffe. Sie bewegten sich dabei schnell, schneller als jeder Mensch es gekonnt hätte – und doch waren sie gegen den Fremden chancenlos. Blitzschnell drehte er die Waffe in seiner Hand herum, schlug dem herannahenden Angreifer mit dem Knauf ins Gesicht und warf ihn dann mit einem fegenden Schlag seiner freien Hand zu Boden. In der Zwischenzeit hatte der andere Vampir eine Pistole hervorgeholt und zielte auf ihn – bereit, abzudrücken. Flink machte der Fremde deswegen einen Schritt zur Seite, wich dem Geschoss aus … Bäng! Holz splitterte, als die Kugel hinter ihm in einen Kleiderschrank einschlug und die Tür zerfetzte. Natürlich versuchte sein Kontrahent daraufhin, einen weiteren Schuss abzugeben, doch dazu sollte es nicht mehr kommen. Noch im Ausweichen nämlich hatte der Fremde ihm mit aller Wucht sein Schwert entgegengeschleudert. Die Klinge drehte sich in der Luft einige Male um sich selbst, anmutig, fast wie ein Vogel, dann durchbohrte sie das Herz des Vampirs wie ein Speer, grub sich durch Fleisch und Knochen und ließ diesen daraufhin leblos zusammenbrechen.

Damit blieb nur noch sein Gefährte übrig, der immer noch am Boden lag und vor Schmerzen stöhnte. Offenbar hatte der Schlag zuvor ihm die Nase gebrochen und ihn gleichzeitig halb bewusstlos geschlagen. Kein Grund für Mitleid jedoch. Schnell griff der Fremde nach seinem Revolver, setzte einen sauberen Kopfschuss … Bäng! So schnell wie das Gefecht begonnen hatte, so schnell war es auch schon wieder vorbei.

Nur kurz ließ der Fremde den Blick über seine geschlagenen Gegner schweifen, schloss dann die Augen, lauschte … Es gab schließlich noch zahlreiche andere, die seiner Hilfe bedurften. Sicher, alle würde er nicht retten können, doch vielleicht zumindest ein paar. Eine leere Hoffnung allerdings, wie sich schnell herausstellte: Kein Laut drang mehr an sein Ohr. Es war zu spät! Wo er eben noch das Schlagen menschlicher Herzen vernommen hatte, gab es jetzt nur noch gespenstische Stille. Ebenso wenig ließen sich ihre fast lautlosen Häscher lokalisieren, wohl weil es draußen bereits dämmerte.

Der erste helle Streif am Horizont schien die Jäger der Nacht vorerst vertrieben zu haben, doch nicht bevor diese ihr dunkles Werk vollbracht, ihren Durst gestillt hatten. Es gab nichts mehr, was er tun konnte.

Mit einem tiefen Seufzer zog der Fremde daher als Nächstes sein Schwert aus dem toten Körper vor ihm und wandte sich dann zum Gehen. Für ihn war diese Angelegenheit damit erledigt. Seine Gedanken kreisten schon wieder um die Frage, wo er am besten weitersuchen sollte – bis ihn plötzlich eine Stimme hinter ihm kurz vor der Schwelle innehalten ließ: »Wa-Warte!«, rief ihm der Mann nach, den er gerade gerettet hatte. »Ich … Ich weiß, wer du bist. Ich habe von dir gehört … Du jagst sie, so wie sie uns jagen! Du wirst zu dem verfluchten Schloss gehen und ihren König töten, nicht wahr? Wirst uns endlich von diesem Schrecken befreien? Bitte, lass mich mit dir kommen! *Bitte*!«

Sein Flehen jedoch stieß auf taube Ohren, drohend drehte sich der Fremde stattdessen noch einmal um, sah ihm tief in die angsterfüllten, braunen Augen.

»Warum sollte ich? Ich brauche keinen weiteren Klotz an meinem Bein, der mich aufhält. Mein Weg ist auch so schon beschwerlich genug.« Sein Blick wurde strenger, warnend. »Außerdem wirst du an dem Ort, zu dem ich unterwegs bin, *bestenfalls* den Tod finden. Es gibt keinen Grund für dich, dorthin zu gehen! Nimm lieber, was du an deiner Habe tragen kannst, und flieh von hier! Weit weg! Soweit du kannst!«

Doch der arme Mann wollte sich damit nicht abfinden, setzte noch einmal nach: »Bitte! Ich flehe dich an! Letzten Monat haben sie meine arme Frau getötet und dann, vor drei Tagen, sind diese

Teufel gekommen und haben auch meine Tochter geholt! Sie haben sie mitgenommen, mit auf sein Schloss!« Tränen quollen aus seinen Augen und er begann zu schluchzen. »Ich konnte es nicht verhindern ... Ich muss sie finden!«

Was ihm allerdings nur noch eine deutlichere Ablehnung einbrachte. Fast schon ein wenig wütend herrschte sein Gegenüber ihn nun an: »Narr! Erkennst du es denn nicht? Wenn sie deine Tochter wirklich auf das Schloss gebracht haben, dann ist das Kind mittlerweile entweder tot oder eine von ihnen! Bete, dass es Ersteres ist! Du kannst sie nicht mehr retten! Wirf nicht auch noch dein Leben fort, nur um etwas zurückzubringen, das längst verloren ist!«

Noch während er diese Worte aussprach, erkannte der Fremde, wie grausam sie sein mussten – auch wenn es sich natürlich um die Wahrheit handelte. Seltsamerweise jedoch schien dies ohnehin nicht genug zu sein, um die Entschlossenheit des Mannes zu brechen. Noch immer trug dieser denselben unerschütterlichen Ausdruck in seinem Gesicht, einen an Dummheit grenzenden Unwillen, die Tatsachen zu akzeptieren. Der Fremde kannte diesen Ausdruck gut. Er selbst hatte diese Maske viele Jahre lang getragen, die so leicht den Blick auf die Realität versperrte. So wie es aussah, würde dieser Dummkopf wohl so oder so zu dem Schloss gehen, mit oder *ohne* ihn.

»Das Schloss ... Weißt du, wo es sich befindet?«, fragte er so schließlich nach einer längeren Pause.

Sein Gegenüber wiederum nickte daraufhin nur. »Ja!«

»Und du bist dir im Klaren darüber, dass ich dir nicht helfen werde, sie zu finden? Wenn du dich von mir entfernst oder wir getrennt werden, bist du auf dich allein gestellt. Ich werde nicht noch einmal kommen, um deine Haut zu retten!«

Es folgte ein erneutes Nicken, wenn auch etwas zögerlicher als zuvor. »Ja ...«

Damit war es entschieden: Bei Sonnenuntergang würden sie aufbrechen. Eine seltsame Wahl im ersten Moment ... wäre es nicht einfacherer und sicherer, im Tageslicht zu reisen? Vermutlich ... Doch sie brauchten beide erst einmal etwas Ruhe, Erholung von dem, was hinter ihnen lag … und Vorbereitung auf jene Dinge, die noch folgen würden – auch wenn keiner von ihnen letztlich viel davon finden sollte. Hinzu kam außerdem, so die Erklärung des Fremden, dass ihm die Sonne trotz allem unangenehm war. Sicher, er konnte sie besser ertragen als andere Vampire, und doch schien ihr Licht ihn in irgendeiner Weise zu schwächen. Eine inakzeptable Tatsache natürlich, brauchte er doch all seine Stärke für den bevorstehenden Kampf. Sein Begleiter stellte dies nicht infrage, obwohl er viel dafür gegeben hätte, sich diesem Abenteuer bei Licht zu stellen.

Der Tag kam und ging, schon begann die Sonne abermals am Horizont zu versinken, die ersten Sterne am Himmel aufzutauchen – es war Spätherbst, die Sonnenstunden deswegen rar. Reumütig blickte der Fremde vom Dach eines Hauses zu ihnen hinauf, als würde er in den Erinnerungen vergangener Tage schwelgen, völlig losgelöst vom hier und jetzt. Erst ein Wiehern vor dem Haus holte ihn schließlich in die Wirklichkeit zurück. Irgendwoher hatte sein Gefährte zwei Pferde aufgetrieben, robuste Tiere mit schwarzem Fell und kräftiger Statur. Es war so weit … Schnell nahm er noch einen tiefen Zug der kalten Abendluft, sah ein letztes Mal gen Himmel und sprang dann hinunter auf die Straße, bereit, um loszuschlagen.

Sie ritten also hinaus aus der Stadt und dann Richtung Nordosten, über Hügel und durch Wälder, die in der Dunkelheit der Nacht aussahen wie grimmige Berge. Währenddessen rollten von Süden schwere Gewitterwolken herauf. Wie ein riesiges, himmlisches Monster verschlangen sie nach und nach die Sterne und machten diese finstere Nacht nur noch finstrer. Nur hin und wieder, wenn ein Blitz unter den Wolken aufflackerte, gab es einen kurzen Moment des Lichts, gefolgt von tiefem Grollen. Es war ein gespenstisches Schauspiel, als ob die Welt selbst ihrem Ende zuginge.

Derweil gesellte sich bald der erste Begleiter zu den beiden: Ein Paar roter Augen tauchte neben ihnen in der Ferne auf und folgte ihnen von da an, ebenfalls zu Pferde, wie es schien. Schnell wurden es mehr, die Vampire begleiteten sie durch die Dunkelheit, wie es der Fremde schon in den vergangenen Nächten erlebt hatte. Diesmal jedoch handelte es sich nicht um Späher! Nein … Es war eine Eskorte! Der Graf musste sie geschickt haben, um seinem liebsten Spielzeug eine angenehme Reise zu ermöglichen – und um etwaige Verzögerungen zu verhindern. Und tatsächlich schien jemand gerade außer Sichtweite mit größtem Eifer jegliche Hindernisse zu entfernen, die ihr Vorankommen hätten verlangsamen können: Umgefallene Bäume wurden hastig an den Wegesrand geräumt, Schlaglöcher und Pfützen in der Straße aufgefüllt.

Nach etwas weniger als zwei Stunden schließlich ritten die beiden so einen steilen Hügel hinauf und als sie den Gipfel erreicht hatten, waren ihre stillen Begleiter auf einmal verschwunden. Die Gefährten erkannten schnell warum: Vor ihnen, nur ein, vielleicht zwei Kilometer entfernt, lagen nun die Grenzen eines großen Forstes und dahinter, gerade jenseits der Baumgrenze, ragte ein gewaltiges Bauwerk aus der Bergwand, schmiegte sich regelrecht an sie. Es war hell erleuchtet, zahllose Lichter tanzten in und um es herum. Der Mann hob seine Hand und zeigte darauf.

»Dort! Das ist es!«

Schnell setzten sie ihren Weg also fort – zu Fuß allerdings. Die Pferde scheuten und wollten keinen Schritt mehr in Richtung dieses Ortes machen, fürchteten sich offenbar davor. Dankbar stoben sie stattdessen davon, als die beiden sie gehen ließen, nur so schnell und weit wie möglich weg von diesem verfluchten Ort.

Die Pfade innerhalb des Waldes waren verschlungen, geradezu irreführend. Nach einiger Zeit fiel es schwer zu sagen, ob man überhaupt noch in die richtige Richtung ging. Zudem lastete eine unheimliche Stille auf diesem Ort, fast noch schlimmer als die Dunkelheit, welche einzig die Augen des Fremden zu durchdringen vermochten. Langsam stellte sich ein Gefühl von Paranoia ein, als würde dort irgendwo in den Schatten, hinter den Stämmen, etwas lauern. Die Bäume am Wegesrand schienen immer näher zu kommen, einen regelrecht zu erdrücken. Ihre Äste waren wie lange, dünne Finger, die sich nach einem reckten und gierten. Fast eine Erlösung daher, als am Ende des Weges endlich ein sanfter Lichtschein auftauchte und die Finsternis verdrängte. Gleichzeitig jedoch erfüllte einen dieses seltsame, rötliche Licht aber auch mit einer unangenehmen Unruhe, schien jede Faser des Körpers in Aufregung zu versetzen. Auf seine Weise war es unheimlicher als die Wanderung durch die Dunkelheit des Waldes, ließ dunkle Vorahnungen in einem aufsteigen.

Wenig später kam dann auch schon das Schloss in Sicht. Schnell lichteten sich die Reihen der Bäume auf beiden Seiten, während das Gefühl des lauernden Verhängnisses noch stärker als zuvor wurde. Schon wurden die ersten Mauern sichtbar. Da standen sie nun, direkt vor ihnen das Tor zur Hölle und kein Weg zurück …

FÜNFZEHNTES KAPITEL

Vorsichtig erklommen der Fremde und sein Gefährte nach einer kurzen Rast die breiten Stufen, die vom Waldrand hoch zum Eingang des Schlosses führten, hoben erstaunt den Blick zu dem, was nun vor ihnen lag. Aus der Nähe sah das Bauwerk noch um einiges beeindruckender aus, wenn es auch weniger an ein Schloss erinnerte als an eine jener großen Kathedralen gotischer Bauart, wie man sie in fast allen großen mittelalterlichen Städten finden konnte.

Hunderte Zinnen und Türme reckten sich wie unheilvolle Speere dem schwarzen Himmel entgegen, verbunden durch ebenso viele weite Bögen und Streben mit prunkvollen Verzierungen, Kreuzen, Zapfen und anderen Steinmetzarbeiten. Zahllose Statuen und Bilder zierten die Fassaden, erzählten von Personen und Ereignissen, derer sich schon lange kein Sterblicher mehr erinnerte. Dazwischen lagen Erker, Balkone und hohe Fenster so weit das Auge reichte, vermittelten den Eindruck, als seien hier mehrere ähnliche Gebäude zu einem einzigen verschmolzen. Es war ein unheimlicher und atemberaubender Anblick zugleich, sodass man am liebsten vor Furcht wegrennen wollte und es doch nicht schaffte, seinen Blick abzuwenden. Durch die Lichtquellen im Inneren glomm der Koloss in einem gespenstischen, dunkelroten Farbton, fast als ob die Türme und Mauern mit Blut benetzt, gar darin getränkt wären. Oder waren sie es tatsächlich? Das Bauwerk musste jedenfalls schon Jahrhunderte an diesem Ort stehen. Die Steine zeigten deutliche Spuren ihrer bewegten Geschichte. Ein Wunder, dass so wenige davon wussten. Oder war es am Ende das Blut jener unglücklichen Entdecker, welches jene unheimlichen Mauern färbte? Sie schienen im schwachen Licht regelrecht zu pulsieren, als wären sie am

Leben, das ganze Bauwerk eine einzige, riesige Kreatur. Und auch dahinter mangelte es nicht an Leben: Unvermittelt ließ ein ferner Donnerschlag die uralten Wände erbeben und sogleich erhoben sich wie dunkle Wolken ganze Schwärme von aufgeschreckten Fledermäusen aus dem Gemäuer in die Dunkelheit. Genug, um dem menschlichen Begleiter des Fremden einen erschrockenen Schrei zu entlocken, ihn vor Angst beben zu lassen. Entschlossen griff der Fremde daher seine Schulter, sah ihm tief in die Augen.

»Es war *dein* Wille, mit mir hierherzukommen! Nun gibt es kein Zurück mehr! Wenn du umkehrst, werden sie dich holen, noch ehe die Nacht vorüber geht. Nimm also deinen Mut zusammen und folge mir. Vielleicht wirst du dann das finden, was du suchst. Aber rechne nicht damit, es von hier fortbringen zu können! Dies ist kein Ort für die Lebenden, nicht für jene, die es bleiben wollen!«

Einen Moment lang zögerte der Mann, starr vor Angst, dann jedoch setzte er zitternd seinen Fuß auf die nächste Stufe, schien seine ganze Willenskraft nur für diesen *einen* Schritt aufbieten zu müssen. Der Fremde wiederum nickte ihm daraufhin anerkennend zu.

Hastig stiegen sie nun die verbliebenen Stufen zum Eingang des Schlosses hinauf, standen bald vor einem großen Portal. Dort gab es keine Wachen oder Pförtner. Stattdessen begann sich das Tor wie von Geisterhand zu öffnen, kaum dass der Fremde, der vorausging, die letzte, kleine Treppe davor betreten hatte. Die schweren, eisernen Flügel trugen das Abbild eines Drachen, eine schreckliche Fratze, die wohl jeden unerwünschten Besucher abschrecken sollte. Ein tiefes Grollen, das Reiben von Metall auf Stein, hallte durch das ganze Gemäuer, während das Tor langsam aufschwang. Man erwartete die beiden offenbar bereits. Nun, oder zumindest einen von ihnen …

Jenseits der Pforte lag ein langer, fensterloser Gang, dessen Ende vom Eingang her nicht erkennbar war. An den Seiten standen wie im Spalier blitzblank polierte Rüstungen zwischen den breiten Säulen, immer im Wechsel mit diesen. Fackeln brannten an den Wänden, doch in so großem Abstand, dass sich zwischen ihnen dunkle Flecken bildeten. Wie man es auch betrachtete, dies musste eine Falle sein. Irgendwo hinter einer der Säulen, in einer der dunklen Ecken oder versteckt zwischen den Rüstungen musste ein Angreifer lauern! So schien es zumindest … Doch selbst wenn sich dort irgendwo jemand versteckte, er ließ die beiden Wanderer unbehelligt weiterziehen.

Nach einiger Zeit erreichten sie so eine Kreuzung: Links und rechts führten zwei schmalere Korridore in eine lichtlose Finsternis, wohingegen es auf dem mittleren Weg weiterhin Fackeln gab. Welchen Weg sollten sie nehmen? Natürlich war es offensichtlich, welchen davon ihr Gastgeber für sie vorgesehen hatte, doch der Fremde zögerte. War es wirklich eine gute Idee, seinem Gegner so in die Hände zu spielen? Dass sein Begleiter ihn mittlerweile regelrecht anflehte, auf dem beleuchteten Pfad zu bleiben, war da natürlich bestenfalls zweitrangig. Sie standen dort jedenfalls eine ganze Weile, während der Fremde immer wieder abwechselnd in die verschiedenen Korridore starrte, weil er vergebens versuchte, etwas an ihrem Ende zu erkennen.

Wohl als Antwort auf dieses Zögern wiederum hallte schließlich das bekannte Grollen eines eisernen Tores durch den Korridor und stählerne Angeln kreischten nach Jahren des Stillstandes. Sogleich tauchte in einiger Entfernung, am Ende des beleuchteten Ganges, ein schwacher Lichtschein auf; zunächst nur ein heller Strich, der allerdings rasch zu einem leuchtenden Kegel anwuchs. Dort schien es wieder nach draußen zu gehen. Genug Grund für den Fremden offenbar, um diesen Weg den anderen vorzuziehen. Schnell setzten sie sich wieder in Bewegung.

Es dauerte nur einige Minuten, dann traten sie erneut ins Freie und fanden sich daraufhin in einem riesigen, wohlgepflegten Garten wieder: Überall wuchsen große und kleine Bäume, Hecken und Büsche, selbst einen kleinen See gab es, dessen Oberfläche im Mondlicht sanft schimmerte. Dazwischen standen steinerne Pavillons, Bänke und Statuen von allerlei mythologischen Bestien: Drachen, Nymphen, Zentauren, Gorgonen und so viele mehr, wie Trophäen ruhten sie still zwischen den Pflanzen.

Eigentlich fast ein idyllisches Bild, doch den Fremden schien es dennoch nervös zu machen. Hektisch sah er sich um, spähte in jede Ecke des Gartens und suchte in den Schatten ringsum nach Bewegungen. Offenbar traute er dem Frieden nicht. Verständlich, immerhin wanderten die beiden in der Höhle des Löwen umher und hatten bisher dennoch nicht einmal ein *Schnurren* desselben zu hören bekommen. Niemand hatte sich ihnen entgegengestellt, kein Vampir und auch keine andere Kreatur sich ihnen gezeigt. Versteckten sie sich? Oder waren die Bewohner dieses Ortes gar unsichtbar, lauerten im Schatten?

Dann sah er es: Als sein Blick nach oben wanderte, hinauf zu den hohen Mauern, die den Garten umgaben, entdeckte er sie auf den Zinnen: Dort, in mehreren Dutzend Metern Höhe, gab es einen kleinen Balkon, mehr einen Wehrgang, der fast ununterbrochen um das ganze Areal herumführte und eine wunderbare Aussicht bieten musste – und tatsächlich genoss gerade jemand diese Aussicht. Sie waren nicht allein! In den Schatten der Empore blitzten zahlreiche blutrote Augen auf, blickten erwartungsvoll auf die Eindringlinge hinab, beobachteten sie unablässig. Wie erstarrt erwiderte der Fremde als Nächstes ihre Blicke und schon begannen die Vampire aufgeregt zu flüstern: »Das muss er sein!«

»Der Jäger! Endlich ist er gekommen!«

»Gebt seiner Herrschaft Bescheid! Sein Gast ist endlich eingetroffen!«

»Seid bereit! Seid bereit! Er ist hier!«

Erst ein naher Donnerschlag ließ sie verstummen. Der Blitz musste in einem der Wälder nahe des Schlosses eingeschlagen haben. Wieder bebten die Wände des Bauwerks unter dem Grollen des Donners und Fledermäuse erhoben sich in die Nacht, verdunkelten kurz den Mond und die Sterne mit ihren Schwingen. Dazu begannen die ersten Tropfen zu fallen, sicheres Zeichen, dass das Gewitter nicht mehr fern war.

Nur langsam kamen die Mauern wieder zur Ruhe und hinterließen letztlich einzig Stille. Die Vampire auf den Zinnen waren unterdessen verschwunden, nur Dunkelheit starrte jetzt noch von dort oben auf die beiden hinab.

Sie folgten dem gepflasterten Weg, der durch den Garten zur anderen Seite führte, und hielten auf den lang gezogenen, hell erleuchteten Bau an dessen Ende zu, der wie ein schwarzer Dorn in das Areal hineinragte. Von dort waren leise, kaum identifizierbare Geräusche zu hören; ihr Ursprung vorerst noch ein Mysterium. Die stillen Beobachter in der Höhe kehrten derweil nicht zurück, wenn auch ihre Präsenz noch immer spürbar war: Mit jedem weiteren Schritt überkam einen mehr und mehr ein mulmiges Gefühl, während man zwischen den Statuen und Hecken hindurchlief. Manchmal schien es, als würden einige der steinernen Kreaturen ringsum sich bewegen, wenn man ihnen den Rücken zukehrte, nur um sofort wieder zu erstarren, sobald man ihre Bewegung im Augenwinkel gerade noch bemerkte. Immerzu raschelte es zwischen den Zweigen, als würden ganze Horden ungesehen zwischen den Blättern durch die Dunkelheit huschen. Doch was immer dort auch sein Unwesen trieb, ob es nun Ungeziefer oder doch etwas Schlimmeres war, es wagte jedenfalls nicht, den Weg der beiden Wanderer zu kreuzen – womöglich aus Furcht, den Zorn des Hausherren auf sich zu ziehen.

Schließlich erreichten sie eine breite Pforte am Ende des Weges, die offenbar ins Innere des Gebäudes führte. Die Tür aus schwarzem Holz stand einen Spalt weit offen und ließ ebenso wie die zahlreichen hohen Fenster an den Seiten des Bauwerks einen hellen Lichtschein in den ansonsten dunklen Garten fallen.

Allerdings war *Licht* nicht das Einzige, was von dort nach draußen drang: Man konnte auch Stimmen, Gelächter und Musik hören, ein Klavier und verschiedene Streichinstrumente spielten eine Melodie im langsamen Takt. Dort drinnen schien gerade ein rauschendes Fest im Gange sein und offenbar lud man die beiden ein, dazuzustoßen! Schon ging sein Gefährte wie hypnotisiert auf die Tür zu. Gleich einem hellen Licht in der Nacht die Motten, zog ihn eine unsichtbare, unerklärliche Macht dorthin, die Begierde, das dahinter liegende Mysterium zu ergründen – der Fremde jedoch hielt ihn auf, griff seine Schulter.

»Nein, nicht dort entlang! Sie *wollen*, dass wir diesen Weg nehmen. Dass wir ihr Spiel mitspielen. *Sein* Spiel! Aber das werden wir nicht tun! Nicht wenn es sich vermeiden lässt!« Er zeigte auf eine kleine Tür an der Seite des Baus in einem schmalen Turm. »Dort! Da lang werden wir gehen.«

Unnötig zu sagen, dass es darauf natürlich keinen Widerspruch gab. Eilig durchquerten sie also den vorderen Teil des Gartens und schlichen hinter einer großen Hecke an dem Gebäude vorbei, um neugierigen Blicken zu entgehen. Im Inneren schienen unterdessen die Geräusche der Festivität immer lauter zu werden und auch die Musik änderte sich hin und wieder, wenn das Ende eines Stückes erreicht war. Mehrmals musste der Fremde seinen neugierigen Begleiter davon abhalten, durch eine Lücke in der Hecke und eines der hohen Fenster an der Seite des Gebäudes einen Blick in sein Inneres zu werfen.

Die Tür des Turms war unverschlossen, das Schloss verrostet, geradezu zerfressen. Dahinter wand sich eine enge Wendeltreppe nach oben in die Dunkelheit, schmale Stufen schmiegten sich aneinander und an die Mauern aus großen, quadratischen Steinen. Selbst durch diese dicken Wände konnte man allerdings noch immer deutlich die Geräusche der Feier nebenan hören, die Stimmen, den Takt der Musik und hin und wieder auch etwas, das fast wie ein … erstickter Schrei klang?! Was ging dort bloß vor? Nun, es half nichts, sich darüber Gedanken zu machen – und tatsächlich sollten sie es ohnehin früh genug erfahren …

Vorsichtig stiegen die beiden also jene schmalen Stufen empor, der Fremde voran, sein Begleiter hinterher. Kaum dass der Eingang hinter ihnen verschwunden war, stellte sich dabei schnell ein unangenehmes Gefühl der Enge ein, noch verstärkt durch die Dunkelheit, als befände man sich in einem Gefängnis. Einzig ein schwacher Luftzug ließ vermuten, dass es weiter oben eine Öffnung geben musste. Und tatsächlich: Nach zahllosen Umdrehungen erreichten sie schließlich die Spitze des Turmes, wo es wie erwartet ein kleines Fenster gab. Ein Blick nach draußen offenbarte, dass sie sich mittlerweile etwa zehn Meter über dem Erdboden befinden mussten. Von dort oben sah der Garten unter ihnen nun völlig anders aus, ein dunkles Labyrinth aus Hecken und Bäumen erstreckte sich zwischen pechschwarzen Mauern an den Seiten. Es war ein unheimlicher Anblick, auch weil es nach wie vor immer wieder so schien, als würde sich in der Dunkelheit etwas bewegen …

Im Gegensatz zu seinem Gefährten interessierte sich der Fremde wenig für die Aussicht und mehr für die Tür gegenüber des Fensters. Behutsam schob er sie ein Stück, nur einen Spalt weit auf und spähte hinein. Dahinter war es dunkel, die Luft offenbar rein, also gingen sie hindurch.

Auf der anderen Seite der Tür lag augenscheinlich das Innere jenes großen Gebäudes, in das man sie zuvor hatte lotsen wollen – wenn auch ein anderer Teil davon: Die beiden standen nun auf einer Art Empore, rechts eine Wand mit verstaubten Gemälden, links ein niedriges, vergoldetes Geländer mit verschnörkelten Verzierungen. Der Gang selbst war unbeleuchtet, doch ein kräftiger Lichtschein aus dem Hauptraum unter ihnen reichte bis nach dort oben und spendete genug Licht, um sehen zu können. Der Grund für diese fast schon übertriebene Beleuchtung war derweil schnell ausgemacht: Eindeutig kamen die Geräusche der Festivität aus den tieferliegenden Bereichen dieser großen Halle, klangen jetzt noch lauter als zuvor … und übten zudem eine seltsame Anziehungskraft aus.

Bevor der Fremde seinen Gefährten aufhalten konnte, war dieser bereits getrieben von närrischer Neugier einige Schritte an die Brüstung herangetreten, um besser sehen zu können, *was* genau dort unten vor sich ging … Und was für ein Schauspiel dies war! Grotesk, Furcht einflößend und verstörend, wie es sich ein Schriftsteller nicht besser hätte ausdenken können, ein wahrgewordener Alptraum, Spiegelbild ungezügelten Schreckens: Vor ihnen lag ein großer Ballsaal, hell erleuchtet von mehreren großen Kronleuchtern und zahlreichen Lampen an den Seiten. Im hinteren Teil spielte eine Kapelle aus Klavier, Flöten, Violinen und anderen Streichinstrumenten einen langsamen Walzer, zu dem sich auf der großen Fläche in der Mitte zahlreiche Paare wiegten. Andere dagegen beobachteten das Ganze von der Seite oder unterhielten sich dort. Die Frauen trugen prächtige Ballkleider in allerlei Farben, mit langen, bauschigen Röcken und Rüschen, die Männer dunkle Anzüge mit goldenen Stickereien und Manschetten. Zudem bedeckte bei jedem von ihnen eine bunte Maske das Gesicht: Manche davon waren Tieren nachempfunden, Vögeln oder Katzen, andere einfach nur ein Arrangement verschiedener Farben, geschmückt mit Federn und glitzernden Steinen, jede für sich ein Kunstwerk. So weit natürlich nichts allzu Ungewöhnliches, doch das sollte sich schnell ändern: Plötzlich stolperte eines der Paare auf der Tanzfläche und kam dadurch aus dem Takt. Anscheinend hatte der Mann einen Schrittfehler gemacht und war seiner Tanzpartnerin auf die Füße getreten. Die Strafe dafür folgte unverzüglich. Gierig stieß sie ihm im nächsten Moment ihre Fangzähne in den Hals und hielt gleichzeitig eine Hand vor seinen Mund, damit der Schrei ihres Partners nicht die anderen Gäste stören konnte.

Eine Zeit lang zuckte der Unglückliche noch und versuchte erfolglos, sich aus der tödlichen Umarmung zu befreien, dann jedoch schwand auch schon die Kraft aus seinen Gliedern und er wurde ruhiger. Seltsamerweise ließ seine Partnerin daraufhin augenblicklich von ihm ab. Ihr Opfer sank so kraftlos zu Boden, wurde keines Blickes mehr gewürdigt. Stattdessen eilten hastig zwei Männer von der Seite herbei und trugen den Mann in eine Ecke, wo bereits mehrere andere Personen lagen. Sie waren alle noch am Leben, geradeso, alleingelassen auf der Schwelle des Todes, um entweder zu sterben oder selbst zu einem Vampir zu werden. Schrecklich …

Als die beiden genauer hinsahen, mussten sie feststellen, dass es noch zahlreiche weitere Menschen unter den Gästen gab. Wie Schafe inmitten eines Rudels Wölfe standen sie dort verängstigt zwischen den Raubtieren, die auf ihr Blut gierten, tanzten oder unterhielte sich sogar mit ihnen, ohne Fluchtweg, ohne Hoffnung, wartend auf ihr unausweichliches Schicksal. Schon wollte der Fremde bei diesem Anblick instinktiv nach seinem Schwert greifen, doch kurz bevor seine Finger es erreichen konnten, hielt er inne, zögerte.

Seine Hand bebte geradezu. Dann zog er sie zurück und trat einen Schritt von der Brüstung weg, wandte den Blick ab.

»Wirst du diese Leute nicht retten?«, fragte sein Begleiter daraufhin. »Ohne dich sind sie dem Tode geweiht!«

Der Fremde jedoch schüttelte unzufrieden den Kopf.

»Unmöglich … Mit so vielen Gegnern kann selbst ich es nicht aufnehmen. Außerdem wird man diese Menschen wahrscheinlich töten oder fortbringen, sobald ich hinabspringe – und selbst wenn nicht, wo sollen sie sich verstecken, wohin fliehen?« Er deutete mit dem Kopf auf eine Gruppe von Vampiren am Rand der Tanzfläche. »Man hat uns bereits bemerkt, als wir hereingekommen sind. Der Mann mit der Rabenmaske dort hinten beobachtet uns schon die ganze Zeit. Und er ist nicht der Einzige. Sie sind bereit, jeden Befreiungsversuch zu vereiteln! Wir können nur hoffen, dass diese armen Seelen lange genug überleben, bis ich den Grafen …«, seine Stimme stockte, wurde anschließend seltsam dünn, »… getötet habe … Das dürfte für reichlich … Chaos sorgen. Dann … *Vielleicht* …«

Sein Gefährte nickte. Für jemanden, der nicht die ganze Wahrheit kannte, klang diese Vorgehensweise durchaus einleuchtend. So stellte er das Ganze auch nicht weiter infrage und sie schlichen stattdessen zum anderen Ende der Empore, wo diese in einen dunklen Gang mündete, und stießen abermals in die Finsternis vor. Schnell wurden daraufhin die Geräusche der abscheulichen Festivität hinter ihnen leiser und verschwanden nach einiger Zeit ganz, wurden von den unzähligen dicken Mauern umher geschluckt.

Eine halbe Ewigkeit irrten der Fremde und sein Begleiter in der Folge durch ein Labyrinth aus fensterlosen Gängen, Treppen und Korridoren, vorbei an verschlossenen Türen, die seit Jahrhunderten nicht mehr geöffnet worden zu sein schienen.

Nur widerwillig ließ sich der Fremde davon überzeugen, eine Fackel anzuzünden, um das schummrige Licht der wenigen Lampen zu ergänzen. Er fürchtete, dass ihr Schein außer Motten auch noch andere, gefährlichere Kreaturen anlocken könnte. Nachvollziehbar, schienen diese einsamen Tiefen doch quasi der perfekte Rückzugsort für eine ganze Reihe der übernatürlichen Kreaturen zu sein, die er in seinem Leben kennengelernt hatte. Leider jedoch gab es keine Alternative dazu. Sein Gefährte konnte die anhaltende Finsternis nach einiger Zeit schlicht nicht mehr ertragen, verlor langsam, aber sicher den Verstand. Auch mit vier Augen gelang es ihnen allerdings nicht, sich irgendwie zu orientieren. Sie hatten sich offenbar verlaufen, noch dazu am schlimmsten vorstellbaren Ort! Dieser Teil des Schlosses schien vollkommen unbewohnt zu sein; nichts als dunkle, modrige Katakomben, lange vergessen von den Bewohnern in den höheren Sphären. Während die beiden dort ziellos umherwanderten, wurde es zudem stetig kälter, wohl weil sie trotz aller Anstrengungen das Gegenteil zu erreichen, doch immer tiefer und tiefer in die Eingeweide des Schlosses hinabstiegen. Wie ein Sog schien es sie dort hinunterzuziehen. Selbst Pfade, die auf den ersten Blick nach oben führen sollten, stellten sich bald nur als Weg tiefer in die Finsternis heraus. Derweil wuchs die Schicht aus grauem Staub, die alles umher bedeckte schnell auf einige Zentimeter an, alle Ecken und Winkel waren bald von zahllosen, lange verlassenen Spinnennetzen regelrecht zugekleistert. Unweigerlich musste man sich fragen, wie alt dieses unheimliche Schloss wohl war … Hunderte Jahre? Tausende Jahre? Doch war das überhaupt möglich? Konnte ein Werk von Menschenhand wirklich so lange überdauert und dabei sowohl dem Zahn der Zeit als auch den Gewalten der Natur getrotzt haben?

Schließlich erreichten die beiden eine große Kammer mit hohen, nackten Wänden. Sie war größtenteils leer, nur einige wenige Trümmer und vergilbte Fetzen lagen über den Boden verteilt, hauptsächlich in den Ecken, zeugten davon, dass es sich ursprünglich wohl um eine Art Bibliothek gehandelt haben musste. An ihrem anderen Ende, direkt gegenüber des Eingangs, befand sich ein großes, steinernes Portal in Form eines Löwenkopfes und eine Treppe im Maul des Tieres führte noch weiter hinab. Die Stufen waren breit und verwittert, an manchen Stellen fast kreisrund abgeschliffen und die Luft roch irgendwie … modrig? Sicherlich nicht der richtige Weg, doch trotzdem schien dieser Ort irgendwie besonders zu sein. Genug, um zumindest einen kurzen Blick darauf zu wagen.

Sie stiegen also die Treppe im Maul des Löwen hinab, nur ein paar Stufen, dann erreichten ihre Füße auch schon den ebenen Boden eines niedrigen Gewölbes mit zahlreichen Nischen und Abzweigungen. Augenscheinlich war dieser Teil des Schlosses noch älter als der Rest, denn die Steine der Mauern hatten eine andere Farbe, heller, ein wenig wie Marmor. Tatsächlich fühlte es sich dadurch fast so an, als befände man sich in einem gänzlich anderen Gebäude.

Es dauerte derweil nicht lange, herauszufinden, was für ein Ort dies war: Schon beim Eintreten zeichneten im Licht der Fackel an einigen Stellen lange, dunkle Kisten ab … steinerne Särge … Sie waren anscheinend geradewegs in die Gruft des Schlosses gestolpert! Doch wer lag hier unten begraben? Wen könnte der Graf so sehr schätzen, dass er ihm eine solche Ruhestätte hatte erbauen lassen? Während der Fremde seinen Blick schweifen ließ, um diese Frage zu beantworten, ließ ihn plötzlich der Schrei seines Begleiters zusammenzucken.

»Da!«, rief dieser aus und zeigte in einen kleinen Nebenraum, wo es so aussah, als ob dort jemand auf einem niedrigen Steinsockel liegen würde – ein Vampir vielleicht?!

Der Fremde jedoch seufzte nur. »Sieh genauer hin … Das ist nur der Deckel eines Sarkophags!«

Anschließend trat einen Schritt näher, damit das Licht der Fackel seine Worte bestätigen konnte. Und tatsächlich ruhten in der Nische zwei steinerne Sarkophage: Einer davon trug auf der Oberfläche das Abbild einer Frau – vermutlich derjenigen, die darin lag –, der andere war leer, allerdings stand auf dem Sockel schon ein Name eingraviert: »Valentinus Apronius Mico, geboren 24 v. Chr.«

Das Sterbedatum fehlte, vermutlich weil es noch keines gab – immerhin war die steinerne Wanne ja leer. Trotzdem ein höchst makabrer Anblick.

Allem Anschein nach hatten sie den tiefsten Punkt des Schlosses erreicht, denn von der Gruft aus ging es nicht mehr weiter – eine

Tatsache, die dem Fremden wohl lange vor seinem Begleiter bewusst wurde. Dennoch blieb er vorerst regungslos vor den Sarkophagen stehen, sein Blick wie gebannt auf die Inschriften darauf gerichtet, fast als hätte er einen Geist gesehen. So war es dann auch sein Gefährte, der als Erstes das Offensichtliche aussprach, auch weil er diesen Ort schnellstmöglich wieder verlassen wollte.

»Hier geht es nicht mehr weiter! Wir müssen umkehren!«

Was ihm wiederum ein nachdenkliches Stirnrunzeln, dicht gefolgt von einem bestätigenden Nicken einbrachte.

»Ja, du hast wohl recht … Wir … Hm?!«

Anstatt den Satz zu Ende zu bringen, weiteten sich unvermittelt die Augen des Fremden. Dann ließ er die Fackel fallen und griff nach seinem Schwert. Sie hatten Gesellschaft bekommen! Hinter ihnen, vor der Treppe, die nach oben führte, war wie aus dem Nichts ein Vampir aufgetaucht und beobachtete sie nun – schwer zu sagen wie lange schon. Er trug einen langen, schwarzen Frack mit einem roten Hemd darunter, dazu blitzblank polierte, schwarze Schuhe, seine schwarzen Haare waren sauber zurückgekämmt und wurden von Pomade in dieser Form gehalten. Eine Art … *Butler,* so schien es?

Als der Vampir bemerkte, dass die beiden ihm nun endlich ihre Aufmerksamkeit schenkten, fing er jedenfalls sogleich mit einer eiskalten, emotionslosen Stimme und einem unnatürlichen Lächeln auf den Lippen zu sprechen an: »Haben sich die Herrschaften verlaufen? Wir mussten Euch beim Ball zu Euren Ehren schmerzlich vermissen! Ein Jammer, Feste dieser Art sind hier selten, müsst Ihr wissen. Seine Herrschaft ist leider nicht gerade ein Freund solcher … Oh?!«

An dieser Stelle unterbrach man ihn. Innerhalb eines Wimpernaufschlages war der Fremde herangerauscht und packte seinen Gesprächspartner am Kragen, bellte ihn an: »Wo ist er? Wo versteckt er sich? Sag es mir oder ich prügle die Antwort aus dir heraus, Lakai!«

Allerdings keinesfalls genug, um seinen Gegenüber aus der Fassung zu bringen. Selbst angesichts der geäußerten Drohung und den damit verbundenen Handgreiflichkeiten war das fast schon überprofessionelle Lächeln nicht eine Sekunde aus seinem Gesicht gewichen.

»Gerne doch, meine Herren! Gerne doch! Deswegen bin ich ja hier! Seine Herrschaft wird langsam ungeduldig, müsst Ihr wissen, und das ist ... sagen wir mal ... *ungünstig.*« Ein Hauch von Sorge huschte über sein Gesicht. »Ich habe mir auf meinem Weg hierher bereits die Freiheit genommen, Euch den Weg auszuleuchten. Folgt nur den Lampen!«

Eine zufriedenstellende Antwort, wenn auch eine, die recht undankbar aufgenommen wurde. Unsanft warf der Fremde den Blutsauger als Nächstes beiseite, stellte sich schützend zwischen diesen und seinen Begleiter, während sie die Krypta verließen. Den Vampir indes schien diese Behandlung wenig zu kümmern. Als wäre nichts gewesen, erhob er sich, klopfte etwas den Staub von seiner Uniform und senkte dann den Kopf zu einer tiefen Verbeugung. In dieser Pose verblieb er, bis sie außer Sichtweite waren und gab in der Zwischenzeit keinen Mucks mehr von sich.

Als der Fremde und sein Gefährte wieder aus der Krypta heraustraten, war die Kammer davor wie versprochen hell erleuchtet, ebenso der Gang, der nach oben führte. Kleine Öllampen hingen nun an offenbar eigens dafür vorgesehen Haken und spendeten flackerndes Licht. In einem seltsamen Zickzackkurs führten diese brennenden Wegmarken sie in der Folge durch das Schloss, mal nach oben, mal nach unten, mal vor und dann wieder zurück.

Zwangsläufig musste man sich fragen, welcher wahnsinnige Baumeister hier am Werk gewesen war. Oder konnte es sein, dass der Pfad gar nicht wieder nach oben führte, sondern stattdessen auf einen Irrweg? Eine nicht ganz unberechtigte Befürchtung, doch auch gleichzeitig eine, die sich bald zerstreuen sollte. Nach einiger Zeit nämlich tauchte in der Ferne ein Geräusch auf; durch die dicken Wände wurde es zu kaum mehr als einem leisen Flüstern gedämpft: Ein leises Plätschern, das in unregelmäßigen Abständen von dumpfem Grollen übertönt wurde. Zunächst schien dies bloß ein weiterer, unidentifizierbarer Laut zu sein, von denen so viele durch die dunklen Korridore hallten, bald jedoch konnte es keinen Zweifel mehr geben, worum es sich handelte: Regen. Donner. Draußen tobte offenbar ein schweres Unwetter! Unter normalen Umständen sicherlich kein Grund zur Freude, in diesem Fall jedoch ein akustisches Leuchtfeuer, das bereits vom baldigen Ende ihrer Odyssee in den Katakomben kündete.

Schon erklommen die beiden die letzte Treppe und erreichten nun eine breite Galerie, die auf der einen Seite verglaste Fenster besaß. Unnachgiebig, wie kleine Steine, hämmerten die Tropfen hier von außen gegen die Scheiben, sodass man fürchten musste, sie würden im nächsten Moment zerspringen. Der Wind pfiff durch jede kleinste Ritze und immer wieder tauchte das Licht einen Blitzes den Gang in ein gleißend helles Licht, dicht gefolgt von einem mächtigen Donnerschlag, unter dem die Mauern buchstäblich bebten.

An der gegenüberliegenden Seite, gegenüber der Fenster, hing derweil eine Reihe von unheimlichen Porträts, fast ein wenig *zu* lebensechte Abbilder seltsam gekleideter Männer und Frauen. Wenn man sie nicht direkt ansah, schienen sich ihre Augen immer wieder kurz zu bewegen, schweiften ruhelos umher. Der Fremde jedoch nahm keine Notiz von diesem Schauspiel, egal ob nun eingebildet oder real, trat stattdessen eilig auf die verschlossene Tür am Ende des Ganges zu. Dort angekommen wiederum bedeutete er seinem Gefährten, einen Schritt zurückzubleiben, während er vorsichtig einen der beiden Torflügel aufschob. Seine Erfahrung ließ ihn dahinter offenbar einen Hinterhalt vermuten. Und tatsächlich lauerte etwas auf der anderen Seite – wenn auch wohl nicht die Art von Feind, die er erwartet hatte. Sofort kam ihm ein nasser Schwall entgegen, traf ihn im Gesicht.

»Bah!« Er schüttelte sich daraufhin, wich ein Stück zurück und öffnete die Tür dabei weiter.

Unerwarteterweise führte sie nach draußen. Eine lange, steinerne Brücke verband dort jenen Teil des Schlosses, in dem sie sich gerade befanden, mit einem weiteren, wesentlich kleineren Bauwerk. Zum Glück besaß der Übergang eine hölzerne Überdachung und

Brüstung, die zumindest ein wenig Schutz vor dem peitschenden Wind und den prasselnden Regentropfen boten, sonst wäre es bei diesem Wetter wohl kaum möglich gewesen, ihn überhaupt zu überqueren. Rechts und links nämlich lag ein wohl mehrere hundert Meter tiefer, schwarzer Abgrund. Eine einzige starke Böe, gepaart mit den regennassen Steinen wäre so ohne die Einhausung wohl genug gewesen, um einen achtlosen Brückengänger auf eine kurze und zudem *tödliche* Reise zu schicken. Wirklich sicher sah das Ganze allerdings trotzdem nicht aus.

»Müssen wir wirklich dort hinüber gehen?«, fragte sein Begleiter, dessen Entschlossenheit langsam, aber sicher zu schwinden begann.

Der Fremde jedoch nickte unmissverständlich, hob seinen Blick zu der Spitze des Turms vor ihnen, wo in mehreren Zimmern Licht brannte.

»Ja. Dies ist der einzige Weg. Er wartet dort drüben. Ich kann es spüren …«

Eine Einschätzung, welcher der Mann hinter ihm nicht zu widersprechen wagte.

Vorsichtig tasteten sie sich also über die rutschigen Steine vorwärts, warfen sich den Naturgewalten entgegen. Womit der Fremde aber tatsächlich gar keine großen Probleme zu haben schien. Nun, abgesehen davon, dass er seinen Hut festhalten musste. Aufrecht, als sei dies lediglich ein Spaziergang, schritt er über die Brücke, hielt nur hin und wieder inne, um eine besonders starke Böe abzuwarten oder einen besorgten Blick zurückzuwerfen. Sein Begleiter nämlich schlug sich weit weniger gut: Tief gebückt, um dem Wind so wenig Angriffsfläche wie möglich zu bieten, kroch er fast schon über die Brücke, erinnerte dabei mehr an einen Wurm als einen Menschen. Nur mit äußerster Willensanstrengung gelang es ihm, sich überhaupt vorwärts zu bewegen – und sein Weg sollte nicht leichter werden. Nachdem sie gut die Hälfte der Brücke überwunden hatten nämlich, rührte sich auf der anderen Seite plötzlich etwas: Eine Tür flog auf und mehrere Vampire traten hinaus, bewaffnet mit Schwertern und Säbeln. Ein Begrüßungskomitee? Misstrauisch griff der Fremde jedenfalls seinerseits zur Waffe und gab seinem

Begleiter ein Zeichen, zurückzubleiben – unnötig jedoch, da dieser sich ohnehin nicht bewegen konnte. Dann kam er näher, sein Blick immer auf die Gegner vor ihm gerichtet.

Was hatten sie vor? Nun, was immer es auch war, ihr grimmiger Gesichtsausdruck verriet ihm jedenfalls, dass es nichts Gutes sein konnte. Wenig überraschend daher, dass sie wenig später auch schon losstürmten. In Sekundenbruchteilen hatten sie ihn so umzingelt, von allen Seiten umgaben den Fremden nun blutrote Augen und blitzende Klingen wie ein grimmiges Bollwerk. Dann jedoch wurde es auffällig ruhig. Sein Blick schwenkte zwischen ihnen hin und her. Keiner der Vampire schien den Anfang machen zu wollen. Fürchteten sie sich? Falls ja, dann zu Recht. Ihr Kontrahent nämlich zögerte nicht, an ihrer statt den ersten Streich zu führen. Blitzschnell ergriff der Fremde im nächsten Moment jenen Vampir, der ihm am nächsten stand, und rammte ihm die Klinge ins Herz. Daraufhin stürzten sich wiederum die anderen sofort auf ihn, hofften wohl, ihren Gegner mit dieser Übermacht überwältigen zu können wie ein Rudel Wölfe – eine tödliche Fehleinschätzung jedoch.

Wie ein rasender Sturm pflügte der Fremde als Nächstes stattdessen durch ihre Reihen, schmetterte seine Gegner rechts und links durch das Geländer in die Tiefe und tötete andere mit seinem Schwert, während er gleichzeitig zwischen ihren Klingen hindurchtänzelte. Einer nach dem andern fielen die Blutsauger so seinem Furor zum Opfer, bis auch der letzte erschlagen war, chancenlos, machtlos, ihn auch nur zu *berühren*. Alles ging derart schnell, dass sein Begleiter gar nicht richtig begreifen konnte, was sich vor seinen Augen abspielte – abgesehen vom Endresultat natürlich: In kaum mehr als einem Augenblick standen die beiden auch schon wieder allein auf der Brücke und der Regen wusch die Spuren des vergangenen Kampfes rasch davon.

Trotz dieser Zurschaustellung seiner Überlegenheit schien die nächste Welle allerdings längst bereitzustehen. In der Zwischenzeit nämlich war ein weiterer Vampir in der Tür auf der anderen Seite aufgetaucht. Doch irgendetwas stimmte nicht mit diesem neuen Kontrahenten. Er kam nicht näher, beobachtete nur und …

klatschte dabei? Das Gesicht des Fremden versteinerte derweil bei diesem Anblick, seine Hand ließ das Schwert sinken.

»Das ist er! Es wird Zeit …«, kam eine spärliche Erklärung über seine Lippen, bevor er sich langsam wieder in Bewegung setzte.

Sein Begleiter tat es ihm zögerlich nach, auch wenn dies sich zunehmend schwerer gestaltete. Die Böen wurden mit der Zeit immer stärker und der Boden immer glitschiger, machten ein Vorankommen zuletzt beinahe unmöglich. Gleichzeitig ließen mehrere Donnerschläge das Gebäude hinter ihnen erbeben und hallten dutzendfach an den Bergwänden wider. Es kam so einer Erlösung gleich, als die beiden endlich die von schweren Säulen gesäumte Pforte auf der anderen Seite erreichten und eilig hindurchtraten.

Im Inneren fanden sie sich in einem großen Saal mit wertvollen Wandteppichen und einem prasselnden Feuer im Kamin wieder. Auf einem großen Tisch war eine Reihe von Speisen aufgedeckt, ein regelrechtes Gelage: Dampfendes Fleisch und gekochtes Gemüse stapelten sich auf goldenen Tellern, dazwischen standen vereinzelt Kelche mit Wein und kleine Kuchen. War dies ihre Henkersmahlzeit? Oder doch nur ein Akt der Höflichkeit? Nun, gut möglich, dass es sich tatsächlich um *beides* handelte.

Von ihrem Gastgeber jedenfalls fehlte jede Spur. Offenbar hatte er sich in eines der Zimmer weiter oben zurückgezogen. Kein Wunder daher, dass der Fremde weder der gedeckten Tafel noch dem wärmenden Feuer auch nur einen Moment seiner Aufmerksamkeit schenkte und stattdessen sofort auf die große Treppe am Rande des Saals zuhielt, die weiter nach oben führte. Etwas rief ihn von dort; eine Stimme, die nur er hören konnte. Die Melodie zweier verwandter Seelen. Getrieben davon zog er sogleich das Tempo an, hastete mit einer Geschwindigkeit, die es seinem Gefährten fast unmöglich machte, mit ihm Schritt zu halten, die Stufen hinauf. Schnell erreichten sie so eine kleine, weiß lackierte Tür an deren Ende – einer von ihnen allerdings mehr kriechend als gehend und zudem völlig außer Atem.

Jenseits davon befand sich ein luxuriös eingerichtetes Zimmer:

Bunt gemusterte Teppiche bedeckten den Boden und verschiedene Möbel aus edlem Holz standen an den Seiten, Kleiderschränke, Regale, Anrichten, mehrere Tische mit Stühlen sowie ein großes Himmelbett mit blütenweißen Laken. Zudem hing ein großer Kronleuchter von der Decke und spendete reichlich Licht. Der Fremde jedoch schenkte diesem Pomp keinerlei Beachtung, da etwas anderes schon mit dem Eintreten seine Aufmerksamkeit ganz und gar für sich eingenommen hatte: Am einzigen Fenster des Raumes stand jemand, eine Frau in einem prachtvollen, blutroten Kleid, und sah durch das milchige Glas hinaus in die Nacht. Wie gebannt starrte der Fremde in ihre Richtung.

Seine Stimme zitterte: »Johanna!«

Und tatsächlich wandte sich die Gerufene daraufhin langsam um, zeigte den Besuchern ihr Gesicht, das seltsam … *leblos* wirkte. Mit glasigen, leeren Augen stand sie dort, schien nicht bei Sinnen zu sein, ihr Blick nicht so unangenehm bohrend wie bei anderen Vampiren. Zudem sprach sie kein Wort, zeigte keine Regung selbst angesichts dessen, *wer* dort vor ihr stand.

Noch einmal rief der Fremde daher ihren Namen, kam näher. »Johanna! Sprich zu mir …«

Doch wieder erhielt er keine Antwort. Stattdessen griff seine Liebste mechanisch, fast wie eine Marionette, nach einem Degen, der ein Stück entfernt an der Wand hing, und wippte die Waffe anschließend einige Male hin und her. Der Fremde begriff sofort, was dieses Verhalten zu bedeuten hatte.

»Bastard …«, murmelte er noch.

Im nächsten Moment stürzte sie sich dann auch schon auf ihn, kam wie ein Blitz angeschossen, die Spitze ihres Degens voran. Gerade noch rechtzeitig wich er diesem plötzlichen Angriff zur Seite aus und seine Kontrahentin rauschte an ihm vorbei, kollidierte fast mit einem der Schränke. Lange aufhalten konnte sie dieser Fast-Zusammenstoß allerdings nicht: Mit der Geschmeidigkeit einer Katze wirbelte Johanna noch im Abbremsen herum und holte anschließend direkt zum nächsten Streich aus, ließ einen Hagel schneller Stiche und Schläge auf den Fremden niederprasseln.

Nur mit Mühe schaffte dieser es derweil, ihrer wirbelnden Klinge zu entgehen. Keinesfalls war dies die Technik eines Laien; der Graf musste sie im Fechten geschult haben. Ihm blieb angesichts dessen jedenfalls vorerst keine Möglichkeit zur Gegenwehr. Hilflos parierte er stattdessen nur ihre Angriffe, einen nach dem anderen, und versuchte währenddessen, seine Gegnerin irgendwie zur Besinnung zu bringen.

»Johanna! Hör auf! Ich bitte dich!«, flehte er sie an.

Ohne den geringsten Effekt damit zu erzielen allerdings. Sie reagierte nicht auf seine Worte – im Gegenteil sogar: Fast als würde seine Stimme sie nur noch mehr anspornen, wurden ihre Schläge schneller und heftiger. Unterdessen kämpfte der Fremde mit sich: Er wusste, was zu tun war, was getan werden *musste*, dass es keinen anderen Weg gab, und doch … Nun, da er sie leibhaftig vor sich sah, konnte er es einfach nicht über sich bringen.

»Erinnerst du dich denn nicht?! Ich bin es!«, hallte seine Stimme deshalb nur immer wieder mit wachsender Verzweiflung durch den Raum.

Gleichzeitig begann Johannas Klinge langsam vor seinen Augen zu verschwimmen. Wie ein blitzender Stern sprang die Spitze des Degens hin und her, während seine Entschlossenheit sich allmählich in Nichts auflöste. Es war genau, wie er befürchtet hatte: Am Ende fehlte ihm trotz allem die Kraft, das zu zerstören, was er liebte, selbst wenn es dessen Erlösung bedeutete … und seine eigene … Er war nicht fähig, diesen letzten Schritt zu tun. Wahrscheinlich würde er es niemals sein.

Wie ein betäubendes Gift vernebelte diese bittere Erkenntnis schnell seine Wahrnehmung, ließ ihn sich weniger auf den Kampf, als sein düsteres Schicksal konzentrieren – eine Form von Unaufmerksamkeit, die sich schnell rächen sollte. Auf einmal nämlich war ihre Klinge plötzlich verschwunden, irgendwie hatte der Fremde sie aus den Augen verloren – oder bewegte sie sich nun so schnell, dass man sie nicht mehr sehen konnte?! Sofort schoss das Adrenalin in seine Adern, ließ ihn augenblicklich seinen Fokus zurückgewinnen. Gerade noch rechtzeitig bemerkte er so in seinen Augenwinkeln einen Lichtreflex, riss geistesgegenwärtig sein Schwert hoch … und schaffte es doch nur, den Streich teilweise abzuwehren.

»Ping!« Das metallische Geräusch der sich treffenden Waffen klang in seinen Ohren, während sich gleichzeitig ein spitzer Schmerz wie von tausend Nadeln über sein Gesicht ausbreitete. Hastig zog er sich daraufhin einige Schritte zurück und griff sich an die Wange, um das Ausmaß der Verletzung zu beurteilen. Offenbar hatte die Klinge ihn einige Zentimeter unterhalb des rechten Auges gestreift und die Haut von dort bis zum Ohr aufgeschlitzt, warmes Blut lief ihm am Hals hinunter. Zum Glück war die Wunde nicht tief – kaum der Rede wert für einen Vampir wie ihn. Allerdings … Wenn er nur ein wenig später reagiert hätte, wäre der Streich wohl tödlich gewesen. Dies war kein Spiel! Sie versuchte *wirklich*, ihn zu töten!

Seltsamerweise setzte Johanna ihm in der Folge erst einmal nicht weiter nach. Stattdessen war sie nach ihrem erfolgreichen Angriff erst einmal an Ort und Stelle stehen geblieben, schien von irgendetwas abgelenkt zu sein. Als der Fremde sah wovon, spürte er sofort einen stechenden Schmerz in seiner Brust. Dieser Anblick verletzte ihn mehr, als jede Waffe es je gekonnt hätte: Mit einem wirren, manischen Grinsen auf ihrem Gesicht betrachtete Johanna fasziniert sein Blut, wie es langsam die Klinge hinablief, dann streckte sie zögerlich einen Finger aus, wischte einen Tropfen davon vom blanken Stahl und leckte ihn gierig ab. Sofort wurde ihr Grinsen noch breiter, wandelte sich zu einer entstellenden Fratze!

»Nein …«

In diesem Moment erkannte der Fremde die schreckliche, die grausame Wahrheit. Diese … *Kreatur* … die dort vor ihm stand, war nicht mehr die Frau, die er einst geliebt hatte. Es handelte sich vielmehr um ein herzloses Monster, das lediglich ihren Körper wie eine Maske trug, eine Marionette aus Fleisch und Knochen, die ohne Widerrede jedem Befehl ihres wahnsinnigen Meisters folgte. Sicher, irgendwo dort drin gab es Johanna wohl noch, aber der Graf würde nicht zulassen, dass sie jemals aus ihrem Kerker befreit wurde – außer vielleicht, um sie oder ihn zu quälen. Es blieb jetzt nur noch eine Sache, die er tun konnte – für sie beide …

Ganz langsam ging der Fremde daher als Nächstes auf Johanna zu, zog den Griff um seine Waffe krampfhaft fester. Seine Kontrahentin andererseits nahm sofort wieder Kampfhaltung an und stürmte ihm abermals entgegen, wie ein Pfeil hielt die Spitze ihres Degens auf ihn zu – doch diesmal versuchte er nicht einmal wirklich, diesem Angriff zu entgehen, wich lediglich ein Stück zur Seite, um einen tödlichen Treffer zu vermeiden.

Fast ungehindert bohrte sich die Klinge so nur Sekundenbruchteile später auch schon in seine Flanke und trat auf der anderen Seite wieder aus – zweifellos eine unheimlich schmerzhafte Erfahrung. Der Fremde jedoch verzog keine Miene, umschlang Johanna stattdessen mit seinem linken Arm, sodass sie sich nicht mehr bewegen konnte und ihre Köpfe nun direkt nebeneinanderlagen.

»Vergib mir …«, flüsterte er ihr noch ins Ohr und schloss dabei die Augen.

Dann stieß er seiner Liebsten das erlösende Schwert in die Brust … Sein ganzer Körper bebte dabei, fast als wäre es *sein* Herz, das durchbohrt wurde, und nicht das ihre – in gewisser Weise fühlte es sich aber wohl tatsächlich so an. Derweil rann eine einzige Träne über ihre Wange, bevor sich langsam auch ihre Augen schlossen, ihr Gesicht friedlich und ohne einen Hauch von Schmerz. Wie versteinert verharrten die beiden anschließend in ihrer Position, sie nun leblos und er beinahe zerschmettert unter dem Gewicht seiner Tat.

Es dauerte mehrere Minuten, bevor der Fremde wieder zur Besinnung kam. Behutsam befreite er nun Johanna und sich selbst erst einmal von den Klingen, die in ihren Körpern steckten, und bettete Letztere anschließend behutsam auf dem Bett zur Ruhe, küsste seine Liebste ein letztes Mal, bevor er ihr seinen Hut auf die Brust legte.

Dann wandte er sich der engen Treppe gegenüber jener Tür zu, durch die sie zuvor gekommen waren … Dort oben wartete der Graf auf ihn, er konnte es spüren. Wahrscheinlich lachte dieser Teufel gerade über seinen Verlust, berauschte sich an seinem Leid! Schon wallte Zorn in ihm auf; wilde, unbändige Wut, die sich wie ein rei-ßender Strom aus der Lücke ergoss, welche Johannas Tod in seinem Herz hinterlassen hatte.

Ja, er würde sich dem Grafen ein letztes Mal stellen, ganz so wie der Tod es prophezeit hatte, und er würde ihm seinen ganzen Hass, seinen Trotz entgegenspeien wie Gift, ihn bluten lassen für seine Untaten! Das letzte glorreiche Aufbäumen eines Todgeweihten! Was danach kommen würde, war bedeutungslos. In dieser Welt gab es schließlich nichts mehr, was für ihn noch von Bedeutung gewesen wäre.

Mit großen Schritten stampfte er also die Treppe hinauf, seine Stiefel hämmerten auf die Stufen, als wollte er sie unter sich zer-trümmern. Selbst die dicken Mauern ringsum schienen dabei unter seinen Schritten zu erbeben, als fürchteten auch sie seinen Zorn.

Schnell hatte er das Ende der Treppe erreicht und trat in den hohen, runden Raum dahinter, augenscheinlich die Spitze des Turmes. Meterhohe Bücherregale, die bis zur Decke reichten, standen dort an den Wänden, ihre Reihen nur hin und wieder unterbrochen, um Platz für ein Fenster zu schaffen. Viele der Bücher mussten schon seit Jahrhunderten unberührt an ihren Plätzen stehen, waren kaum mehr als verstaubte, graue Quader. Fast wie nackte Wände ließen sie so ein leises Gackern in dem Zimmer widerhallen. Es war nicht schwer, herauszufinden, woher es stammte: Ein Stück vom Ein-gang entfernt, neben einem großen Schreibtisch, stand der Graf und kicherte vor sich hin, schaffte es kaum, sich einzukriegen. Er trug einen pechschwarzen Anzug überzogen mit filigranen, gol-denen Stickereien, dazu einen auffälligen Umhang mit schwarzer Außen- und blutroter Innenseite. Seine Haare waren wie immer sorgsam zurückgelegt, ließen diesmal aber seltsamerweise jegliche graue Strähnen vermissen.

Während der Fremde ihn mit einem verachtungsvollen Blick marterte, setzte er mehrmals zum Sprechen an, brach allerdings immer in Gelächter aus, bevor ein Wort über seine Lippen kom-men konnte. Nur mit viel Mühe gelang es ihm schließlich, sich zu beruhigen.

»Ihr … Ihr habt sie wirklich getötet!«, kommentierte er mit vor Erregung zitternder, fast ein wenig heiser klingender Stimme. »Unglaublich! Wunderbar! Damit hatte selbst *ich* nicht gerechnet! Solch ein Akt der Selbstzerstörung! Aber das ist ja das Schöne am Drama des wahren Lebens … *Einfach* alles kann geschehen! Eine *wunderbare* Darbietung!«

Als seien diese Ereignisse einzig eine Vorstellung zu seiner Unterhaltung gewesen, klatschte er daraufhin erst einmal einige Sekunden lang, rieb sich dabei Tränen der Freude aus den Augen. Anschließend wurde er dann unvermittelt ernster.

»Nun, kommen wir zum Geschäftlichen … So zu sagen … Ich muss zugeben, ich bin schon ein wenig neugierig, was Euch so lange aufgehalten hat. Mehr als hundert Jahre … Das ist eine *ziemlich* lange Zeit, wenn man auf diese Weise von seiner … *Angebeteten* getrennt ist … Oder habt Ihr diese Trennung am Ende vielleicht sogar genossen, wart der Armen möglicherweise überdrüssig? Hmm … Nun, wenn man bedenkt, wie unbekümmert Ihr sie gerade abgemurkst habt, könnte man das schon denken. Allerdings glaube ich, dass doch etwas … *anderes* dahintersteckt …« Er machte eine Pause und begann sein Kinn zu streicheln, wohl um nachdenklich zu wirken. »Was genau hat Valentin Euch erzählt? Ich hatte schon lange den Verdacht, dass er und sein kleiner … *Lakai* … irgendetwas aushecken, etwas Großes, Episches. Letzterer ist übrigens bei *Weitem* der Gefährlichere von den beiden, auch wenn er sein wahres Gesicht recht gut zu verstecken weiß. Ein Philosoph! Pah!«

Erwartungsvoll warf er dem Fremden einen fragenden Blick zu, hoffte wohl auf eine Antwort. Sein Gegenüber allerdings hatte nur Hass und Verachtung für ihn übrig, hielt schon das Schwert in der Hand und trat langsam näher, immer auf den richtigen Moment lauernd. So sprach der Graf nach einer kurzen Pause dann auch einfach selbst weiter: »Nicht besonders gesprächig heute, was? Jedenfalls … Vielleicht war ich ein wenig zu voreilig, was den guten Valentin angeht. Möglicherweise stand sein wahres Meisterwerk ja noch bevor? Seine *Ilias*? Seine *Göttliche Komödie*? Oh, welch Verlust für die Menschheit! Obwohl … Eigentlich war die

Abschiedsvorstellung, die er mir gegeben hat, durchaus vergleichbar mit diesen Werken ...« Er kicherte in sich hinein. »Oh, Ihr hättet den Ausdruck auf seinem Gesicht sehen sollen, als ich seine Frau tötete. Dazu nachdem er Jahrhunderte lang versucht hatte, sie zu befreien! Direkt vor seinen Augen stach ich ihr den todbringenden Dolch ins Herz wie einst die Senatoren dem armen Cäsar! Wunderbar! Ich trank seine Trauer wie einen süßen Wein, genoss jeden Tropfen davon. Seitdem hat er mich seltsamerweise nie wieder mit seiner Anwesenheit beehrt ... Ich glaube, das Trauma sitzt noch immer tief. Schade eigentlich ... Ach! *Warum* bloß muss ich immer alles zerstören, was ich liebe?«

Mit diesen Worten griff der Graf sich in einer dramatischen Geste ans Gesicht, versuchte, den vom Schicksal *ach so Geschlagenen* zu mimen – nicht weniger als blanker Hohn natürlich für jemanden wie den Fremden, der dies tatsächlich war. Eine Tatsache, der sich der Vampir nebenbei nur allzu gut bewusst zu sein schien, konnte er seine Darbietung doch nicht länger als ein paar Sekunden aufrechterhalten, ohne dabei zu schmunzeln.

»Na ja, glücklicherweise hat sich bisher noch immer ein Ersatz gefunden. Unnötig zu sagen, dass manche davon natürlich ... talentierter waren als andere. Einige sogar leider völlig untalentiert. Und ich fürchte, auch *unsere* gemeinsame Zeit neigt sich schon ihrem Ende zu, nicht wahr? Nein? Glaubt nicht, dass ich es Euch nicht ansehen könnte! Ihr habt bereits aufgegeben ... Ganz so wie Valentin es seinerzeit tat in jener Nacht, als seine Frau starb.« Er schüttelte den Kopf. »Hinter diesen Vorhängen aus Hass und Zorn seid Ihr leer, nur Rauch und kein Feuer. Wie langweilig! Ach, die Seelen der Sterblichen sind ja so zerbrechlich ...« Seine Hand griff unter den Schreibtisch, zog im nächsten Moment ein langes Schwert mit breiter, an der Spitze verdickter Klinge hervor. »Dies wird dann wohl das große Finale sein? Euer letztes Gefecht? Ach, wie dramatisch ...« Dann wedelte er herausfordernd mit der Hand. »Wollen wir beginnen?«

Natürlich ließ sich der Fremde das nicht zweimal sagen. Er hatte den Ausführungen bisher ohnehin nur deshalb so geduldig gelauscht, um seinen Zorn noch weiter anzufachen; eine Aufgabe, die das Gespräch mehr als nur erfüllt hatte. Jetzt war er gänzlich damit angefüllt. Es gab kein Halten mehr, genau wie bei einer Lawine, wenn sie erst einmal losgetreten ist. Sofort setzte er sich in Bewegung und rauschte heran, holte zu einem gewaltigen Überkopfschlag aus, mächtig genug, um einen Mann problemlos in zwei zu teilen! Nicht diesen allerdings: Leichtfüßig machte der Graf einen Schritt zur Seite und die Klinge verfehlte ihn um Haaresbreite, vermutlich eine absichtliche Dramatisierung.

»Oho! Wie ungestüm!«, kommentierte er und hob dann seinerseits die Klinge, um den folgenden, horizontalen Hieb seines Kontrahenten abzuwehren.

Schnell gewann ihr Duell nun an Rasanz. Unentwegt tauschen sie zielgenaue Hiebe und Schläge aus, die augenblicklich auf ebenso zielgenau Paraden trafen, ein wilder Tanz der Klingen – wobei die Technik des Fremden aber eindeutig die überlegenere war: Immer wieder gelang es ihm, eine Lücke in der Verteidigung des Grafen zu finden und diese anschließend auszunutzen. Doch was in jedem anderen Kampf wohl fast schon den sicheren Sieg bedeutet hätte, war hier tatsächlich quasi bedeutungslos: Jedes Mal, wenn die Klinge kurz davor war, ihn zu verletzten, verwandelte sich der Graf nämlich einfach in schwarzen Rauch und floss an ihm vorbei wie Wasser um einen Stein im Flussbett, nur um wenig später mit einem kurzen Kommentar hinter seinem Rücken wieder aufzutauchen.

»Gar nicht schlecht!«

»Ouh! Der hätte mich fast getroffen!«

»Ah! Leider daneben!«

Dem Fremden wurde so schnell klar, dass man einmal mehr lediglich mit ihm spielte. Allerdings ... Vielleicht war das aber auch ein Vorteil? Diese Art von Hochmut schließlich konnte Möglichkeiten eröffnen, wo es eigentlich keine gab. Schon sah er eine günstige Gelegenheit gekommen: Abermals löste sich sein Gegner in Rauch auf, würde jeden Moment direkt hinter ihm wieder auftauchen. Eilig wirbelte er daher herum, um den Vampir dort mit seinem Schwert willkommen zu heißen, ein *todsicherer* Weg, diesen zu überraschen, könnte man denken. Doch dann: Ping! Unerwartet trafen sich stattdessen ihre Klingen, bevor er sich überhaupt gänzlich umgewandt hatte. Unglaublich! Der Graf musste den Angriff trotz allem vorausgesehen und sich zum Blocken bereitgehalten haben. Ein Ausgang, den aber wiederum der Fremde seinerseits bereits erwartet hatte. So griff er dann auch sofort reflexartig an seinen Gürtel, um ein kleines Messer hervorzuholen und seinem Kontrahenten entgegenzuschleudern, als dieser gerade den Mund öffnete, um erneut einen Kommentar abzugeben. Auch wenn dieses Geschoss sein Ziel letztlich trotz allem nicht treffen sollte, so blieb dieser geschickte Angriff dennoch nicht ohne Folgen: Der Graf nämlich schien davon tatsächlich überrascht worden zu sein, ließ bei seiner hastigen und zudem *wortlosen* Flucht sein Schwert zurück, das klirrend zu Boden fiel. Sehr gut! Das war seine Chance!

Noch einmal wandte der Fremde sich um, im festen Glauben, einen unbewaffneten, möglicherweise sogar *unvorbereiteten* Gegner hinter seinem Rücken vorzufinden – aber seltsamerweise war dort niemand. Mehr noch! Von der erwarteten schwarzen Wolke fehlte weit und breit jede Spur. Der Graf schien auf einmal gänzlich verschwunden zu sein! Seine Verwunderung allerdings sollte nicht lange anhalten: Plötzlich nämlich spürte er einen seltsamen Widerstand an seinem Bein, sah hinab, um der Sache auf den Grund zu gehen, und erkannte daraufhin, was geschehen war. Wie eine Pfütze hatte sich der gesuchte schwarze Qualm unter ihm ausgebreitet, sich gleich einer Fessel um seinen rechten Knöchel geschlungen. Bevor er sich davon befreien konnte, riss ihn auch schon eine unsichtbare Kraft von den Beinen, schleuderte ihn wie ein Spielzeug durch den Raum. Nur mit Mühe gelang es ihm daraufhin, in der Luft sein Gleichgewicht wiederzufinden und auf den Füßen zu landen.

Ein wenig benommen sah er auf … Der Graf stand nun auf der gegenüberliegenden Seite des Raumes, hinter ihm eine Wand aus Büchern, und schien zudem etwas ungehalten darüber, beinahe überrumpelt geworden zu sein.

»Ja, ja, mir scheint, Ihr wisst mit einem Schwert ganz gut umzugehen. Vermutlich sogar besser als ich. Mein Können ist wohl etwas eingerostet mit den Jahren ohne einen fähigen Gegner. Aber ...«, er hob den Zeigefinger, »Ich habe ohnehin gehört, dass das *geschriebene Wort* weit mächtiger sein soll als jedes Schwert! Wie sieht es aus? Wollen wir dieses Sprichwort zusammen einem kleinen Test unterziehen?«

Im ersten Moment war nicht klar, was er damit meinte. Entsprechend zögerte der Fremde auch, abermals auf ihn zuzustürmen, obwohl er dies nur *zu* gern getan hätte – eine kluge Entscheidung. Auf diese Weise nämlich blieb ihm Zeit, dem Buch auszuweichen, das als Nächstes mit atemberaubender Geschwindigkeit auf ihn zugeschossen kam. Wie ein Komet zog es einen dicken Schweif aus Staub hinter sich her und krachte dann in das Regal hinter ihm, wodurch noch mehr des grauen Dunsts aufgewirbelt wurde. Nur das erste derartige Geschoss allerdings: Bevor er richtig begreifen konnte, was gerade geschehen war, setzte sich auch schon eine ganze Reihe weiterer Folianten aus der Wand hinter dem Grafen wie von Geisterhand in Bewegung und hielt auf ihn zu. Gleich einer Salve von Kanonenkugeln prasselten sie in den folgenden Minuten auf ihn nieder, zerschmetterten beim Einschlag ihre Brüder hinter ihm, schleuderten Trümmer in alle Richtungen. Zunächst gelang es dem Fremden noch, diesem Bombardement mehr oder weniger gut auszuweichen, etwas, das sich allerdings schnell änderte, als der graue Nebel ihm zusehends die Sicht raubte. Bald begannen ihn so die ersten der Geschosse zu streifen, zwangen ihn, sie im letzten Moment mit seinem Schwert zu zerteilen. Der Kanonier auf der anderen Seite des Raumes war derweil gänzlich verschwunden ... Eigentlich hätte dieser damit ebenso wenig in der Lage sein sollen, sein Ziel auszumachen, doch die Bücher flogen trotzdem weiter, waren nicht weniger zielgenau. So kam es schließlich, wie es kommen musste: Eines von ihnen traf den Fremden an der Brust, warf ihn durch die Wucht des Aufpralls beinahe um! Eigentlich hätte er damit nun ein leichtes Ziel für jeden weiteren Angriff sein sollen, rechnete damit, als Nächstes unter einer Flut von Büchern geradewegs begraben zu werden. Doch nichts dergleichen geschah. Im Gegenteil ebbte die Salve augenblicklich ab!

Kurz fragte er sich, ob vielleicht schlicht die Munition seines Kontrahenten erschöpft war, als plötzlich ein seltsames Blitzen vor ihm in der trüben Wand auftauchte. Zu spät indes erkannte er die Bedeutung dieses Phänomens, wollte gerade noch ausweichen, als die Klinge auch schon in sein Fleisch zu schneiden begann und ihm den Brustkorb aufschlitze. Zum Glück war die Wunde nicht tief, blutete lediglich vergleichsweise stark – sehr zur Freude des Grafen offenbar, der angesichts seines Erfolgs zufrieden im Schutz der Schwaden lachte.

»Haha! Hab ich Euch also *doch noch* erwischt! Ein Volltreffer! Auch wenn die Flecken auf dem Boden sicherlich schwer zu entfernen sein werden. Wie es wohl schmeckt …?« Ein Schmatzen war zu hören, gefolgt von einem Raunen. »Hmm?! Interessant … Ist es Euer ungezügelter Hass auf mich, Eure Verzweiflung, die ihm diesen … *einzigartigen* Geschmack verleiht? Obwohl … Wenn ich so darüber nachdenke, könnte es auch schlicht daran liegen, dass Ihr ebenfalls ein Vampir seid. Aber wer würde vermuten, dass die Verwandlung einen derartigen Nebeneffekt haben könnte?« Erneut schmatzte er, diesmal noch deutlicher. »Nun, nicht mein Fall allerdings … zu bitter. Wollen wir dann also fortfahren?«

Ohne eine Antwort abzuwarten, schoss daraufhin auch schon wieder das erste Buch durch den grauen Schleier, ließ diesen wieder an Dichte gewinnen, gerade dass die Umrisse des Grafen angefangen hatten, sichtbar zu werden. Durch seine Verletzung geschwächt, fiel es dem Fremden jetzt wesentlich schwerer, selbst diesem *einzelnen* Geschoss auszuweichen. Erschöpft rollte er gerade noch rechtzeitig zur Seite und hielt sich dabei die Brust. Ohne Gnade nahm das Bombardement derweil rasch wieder Fahrt auf, rauschten ihm Dutzende weitere Projektile entgegen. An diesem Punkt glich ihr Kampf nun kaum mehr als einem Tontaubenschießen: Immer wieder wurde der Fremde getroffen, sein Körper beim Versuch, zumindest einem Teil der Bücher auszuweichen, hin- und hergeworfen. Es dauerte nicht lange, bis ihm eines davon sein Schwert aus der Hand schlug, ihn zwang, sich stattdessen mit bloßen Händen zu verteidigen. Verzweifelt versuchte er, die heranrasenden

Folianten abzuwehren, fegte sie mit schnellen Schlägen zur Seite – bis einer davon ihn unglücklich am Handgelenk traf. Sofort war ein leises Knacken zu hören. Sein Gesicht verzog sich, weil er versuchte, den Schmerz zu unterdrücken. Damit war der Fremde nun quasi wehrlos, eine Hand gerade genug, um die Wunde an seiner Brust zu schützen. Er hatte der Salve nichts mehr entgegenzusetzen, schaffte es nur durch bloße Willenskraft, sich auf den Beinen zu halten, immer wieder aufzurichten. Wie der Hammer eines Kochs ein Stück Fleisch schienen die Bücher ihn langsam weichzuklopfen, ließen seine Bewegungen zusehends schwankender werden. Nur eine Frage der Zeit, bis er so das Bewusstsein verlieren würde … Doch dann: Erneut ebbte das Bombardement ab. Natürlich konnte es aber nur einen Grund dafür geben: Und tatsächlich tauchte wenig später auch schon jenes bekannte Blitzen in den Staubschwaden auf. Der Fremde allerdings war zu benommen, um darauf zu reagieren. Ungehindert bohrte sich die Klinge des Grafen so in seine Seite, traf fast perfekt die Wunde, die zuvor Johanna dort hinterlassen hatte – zweifellos Absicht.

»Und ein weiterer Volltreffer!«, prahlte der Vampir daraufhin und zog sich dann rasch wieder zurück, ließ die Klinge dabei stecken.

Entsprechend rechnete der Fremde auch damit, jeden Moment erneut ein Geschoss aus dem Dunst auftauchen zu sehen, zog sich eilig mit der unverletzten Hand das Schwert aus der Flanke. Leise tröpfelte sein Blut daraufhin zu Boden, ließ ihn der Schmerz die Zähne zusammenbeißen. Ansonsten jedoch geschah seltsamerweise rein gar nichts. Lediglich der Staub begann sich langsam abzusetzen, gab allmählich den Blick auf den Rest des Raumes frei … und damit auch den Grund für die unerwartete Feuerpause: Die Regale hinter dem Grafen waren nun gänzlich leer geräumt, seine Munition damit vorerst erschöpft.

Um Atem ringend nahm der Fremde Haltung an, machte sich schwankend bereit für was auch immer als Nächstes kommen würde. Sein Kontrahent begann derweil langsam zu klatschen, zeigte keine Anzeichen, es zu Ende bringen zu wollen.

»Oh? Ihr steht noch immer? Hmm … Sieht so aus, als stünde

der Kampf Schwert gegen Wort damit unentschieden. Wie überraschend! Obwohl, nach Punkten wäre wohl doch Letzteres der Sieger. Womit sich die Frage stellt … Was ist es, dass Euch die Kraft gibt, immer noch weiter zu kämpfen, Euch trotz Eures bemitleidenswerten Zustands weiterhin auf den Beinen zu halten?« Er studierte einen Moment den hasserfüllten Gesichtsausdruck des Fremden, schien fast darin zu schwelgen. »Ah, ich verstehe … Ein *einziges* Mal wollt Ihr mich bluten sehen, nicht wahr? Wenigstens die Genugtuung spüren, mir einen *Funken* Eurer eigenen Qual zugefügt zu haben?« Er breitete die Arme aus und erhob dann dramatisch die Stimme. »Ich will es Euch gewähren! Gerechter Lohn für Eure … *außergewöhnliche* Darbietung heute Nacht! Kommt! Zeugt mir die Tiefe Eures Hasses. Das Gewicht Eurer Verachtung!«

Ein allzu verlockendes Angebot natürlich, auch wenn der Fremde dem keine Sekunde Glauben schenkte. Gewiss würde sein Gegner sich wie zuvor im letzten Moment der Klinge entziehen, ihn anschließend für seine Leichtgläubigkeit verhöhnen. Dennoch setzte er sich nach einem Augenblick des Kräftesammelns schwankend in Bewegung, hielt das in seinem eigenen Blut getränkte Schwert des Grafen voraus wie einen grimmigen Dorn. Dies war seine letzte Chance! Viel länger würde er nicht mehr durchhalten können, völlig bedeutungslos daher jeglicher Spott, den ihm seine letzten verzweifelten Taten einbringen konnten. Und wer weiß? Vielleicht würde ihm das Schicksal entgegen aller Erwartung ja doch erlauben, diesen Bastard einmal, ein *einziges* Mal bluten zu sehen?

Es dauerte nur einige Sekunden, dann hatte er sein Ziel auch schon erreicht und holte aus, um seinem verhassten Kontrahenten die Klinge an jener Stelle in die Brust zu treiben, wo dessen schwarzes Herz schlagen sollte … Eigenartigerweise mit Erfolg?! Der Vampir hatte keine Anstalten gemacht, sich seinem Angriff zu entziehen, wohl um zu zeigen, dass selbst eine derartige Verletzung für jemanden wie ihn vollkommen bedeutungslos war, ihm nicht einmal Schmerzen bereitete, und den Fremden so auch der geringsten Genugtuung zu berauben – ein Plan, der im ersten Moment tatsächlich vollends aufzugehen schien: Unter dem unbeeindruckten, fast schon mitleidigen Lächeln des Grafen versagte sein Griff um das Heft des Schwertes, ließ ihn kraftlos zurücktaumeln. Dann allerdings … Plötzlich weiteten sich erschrocken die Augen seines Gegenübers, als dieser gerade zu einem Kommentar ansetzen wollte und nach dem Schwert in seinem Oberkörper griff. So kam statt Hohn und Spott auch nur ein verunsichertes »Was?!« über seine Lippen. Er spürte, dass etwas nicht stimmte, löste sich deshalb augenblicklich in Rauch auf, ließ das Schwert zu klirrend zu Boden fallen. Doch auch seine Transformation zeigte, dass der Angriff des Fremden aus irgendeinem Grund keinesfalls wirkungslos geblieben zu sein schien: Anstatt zu einer voluminösen Wolke nämlich wallte der Rauch zu kaum mehr als einer dicken Schwade auf, nahm schon nach wenigen Metern der Flucht erneut Form an. Gekrümmt stützte sich der Graf in der Folge an einem der leeren Regale ab, hielt sich die Brust, hustete Blut und starrte dabei ungläubig in seine Hand, wo Letzteres sich sammelte. Verschwunden war nun jeglicher Ausdruck von Überlegenheit in seinem Gesicht, hatte blankem Entsetzen und tiefstem Unverständnis Platz gemacht.

»Un-Unmöglich! Ich …?!«, stammelte er, unfähig seine Situation zu begreifen.

Der Fremde dagegen begriff sofort, scherte sich nicht um die Gründe. Langsam zog er aus seinem Mantel den Revolver hervor und zielte … Sein Kontrahent wiederum setzte sich darauf in Bewegung.

»Wie?! Was habt Ihr …?«

Bäng! Eine Kugel traf ihn in die Schulter, ließ seinen Körper vor Schmerz erbeben. Nicht genug jedoch, um den Vampir aufzuhalten.

»Nein … Nein! Ich werde mich doch nicht von einem … *dahergelaufenen* … Ungh?!« Eine weitere Kugel traf ihn am Bein, brachte ihn zum Schweigen und gleichzeitig zu Boden.

Es dauerte jedoch nur einen Augenblick, dann hatte er sich auch schon wieder aufgerichtet, stürmte nun mit einem wütenden Brüllen los. Kurz bevor er jedoch den Fremden erreicht hatte, bohrte sich schließlich eine dritte Kugel in seinen Kopf, hauchte nach Jahrtausenden endlich sein widernatürliches Leben aus. Gleichzeitig ließ der Todesschrei des Teufels die Mauern umher, ja das ganze Schloss, erbeben, hallte tausendfach darin wider und kündete so vom Ableben seines Herrn. Der letztendliche Sieger ihres Kampfes andererseits sackte kraftlos in sich zusammen, der Revolver glitt ihm aus der Hand. Es war vorbei … Endlich …

Eine ganze Weile lag der Fremde im Anschluss erst einmal nur bewegungslos auf dem kalten Stein, fast wie tot. Erst die verzweifelten Rufe seines Begleiters, der der sich während des Kampfes im Treppenhaus versteckt hatte, ließen ihn schließlich wieder zur Besinnung kommen, sich mühsam aufrichten. Gleichzeitig begann die Bedeutung der jüngsten Ereignisse langsam in sein Bewusstsein einzusickern.

Erst jetzt wurde ihm richtig klar, was er vollbracht hatte. Der Graf war tot! Doch wie …? Er konnte einfach keine Erklärung dafür finden – nun, zumindest in den wenigen Augenblicken, die sein Verstand sich damit beschäftigte. Schnell nämlich begann diese Frage alle Bedeutung zu verlieren, eine schreckliche Erkenntnis riss ihn zurück in den schwarzen Abgrund der Verzweiflung: Welchen Sinn hatte dieser Triumph jetzt noch? Johanna war bereits tot … Hatte er am Ende etwa einen entsetzlichen Fehler gemacht?! Nein … Hierauf war es doch von vornehrein hinausgelaufen … Dauerhaftes Glück, ja selbst *Frieden*, schien ihm in dieser Welt einfach nicht vergönnt zu sein; dieses Privileg genossen nur andere.

Jetzt blieb nur noch eines zu tun … Ohne sich um etwas anderes zu scheren stand er auf und hielt auf die Treppe nach unten zu, ließ Schwert und Revolver auf dem Schlachtfeld zurück. Sein Gesicht war nun ohne jegliche Emotion, noch bleicher als zuvor, als sei er schon zur Hälfte ein Geist. Man konnte ihm ansehen, wo sein nächstes Ziel lag: Einmal wollte er Johanna noch sehen, sie ein letztes Mal umarmen, dann würde er sich vom Turm in die Tiefe stürzen, dem Tod entgegen. Ein schrecklicher Anblick, ihn im Moment des Triumphes doch derart gebrochen zu sehen …

Als die beiden wenig später in Johanns Kammer zurückkehrten, mussten sie schnell feststellen, dass dort in der Zwischenzeit ein

Kampf getobt zu haben schien. Mehr als ein Dutzend Vampire lagen im ganzen Raum verstreut, tot, an ihren Körpern tiefe Schwertwunden. Was war hier geschehen?

Nun, tatsächlich schien es jemanden zu geben, der diese Frage beantworten konnte: Am Bett, direkt vor Johannas totem Körper, stand eine seltsame, hochgewachsene Gestalt in einem weiten, schwarzen Kapuzenmantel, augenscheinlich der einzige Überlebende des Gemetzels. Von ihm ging eine eigentümliche, fast erdrückende Aura aus, die man sofort spürte, wenn man den Raum betrat, als würde er den ganzen Raum mit seiner Präsenz ausfüllen. Bevor die Neuankömmlinge irgendetwas sagen konnten, kam ihnen die rätselhafte Person zuvor.

»Ihr Leben konnte ich retten, doch nicht den Fluch brechen, der auf ihr liegt … Diese Bürde wird sie weiterhin tragen müssen … Nun vielleicht bis in alle Ewigkeit …«

Zunächst mehr als nur kryptische Worte, nach einigen Sekunden jedoch begriff der Fremde, erstarrte daraufhin, weil sein Verstand unfähig war, die resultierende Emotion zu verarbeiten. Ein ungezügeltes Aufeinandertreffen von blanker Freude und tiefster Fassungslosigkeit, welche das Gesehene wie einen sehnlichen Traum erscheinen ließen: Johanna atmete?!

»Wie …?!«, entkam mit dieser Tatsache konfrontiert daher auch nur ein einziger Laut seinen Lippen, mehr innerer Monolog als tatsächliche Frage.

Sein Gegenüber jedoch fühlte sich offenbar angesprochen. »Sie lebt … Ist das nicht alles, was für dich zählen sollte? Ist das nicht, was du dir mehr als alles andere gewünscht hast?«

Etwas das für sich, ohne eine Erklärung, aber natürlich einfach zu schön schien, um wahr zu sein.

»Was hast du mit ihr gemacht?! Ist das nur ein weiterer seiner Tricks? Sucht er mich nun sogar von jenseits des Grabes heim?!«, setzte der Fremde nach.

Worauf der Unbekannte zu nicken schien. »Deine Zweifel sind verständlich, wenn auch unbegründet. Du hast mir persönlich und auch dieser ganzen Welt heute einen großen Dienst erwiesen. Zu lange hat jener Mann, den du als den Grafen kanntest auf dieser Erde gewandelt, unsägliches Leid unter den Sterblichen verbreitet, ohne einen Funken Empathie oder auch nur Unrechtsbewusstseins ob seiner Taten – eine Krankheit, die leider nur *allzu* oft die Mächtigen heimsucht. Nur passend daher, dass dir angesichts dieser Leistung ein entsprechender Lohn zuteilwird: So wie mein Blut einst *ihm* ewiges Leben geschenkt hat, hat es heute *ihres* gerettet, ihre Seele vom Rand der Ewigkeit zurückgeholt.«

Erneut eine reichlich kryptische Erklärung, doch der Fremde schien dennoch zu verstehen. »Dann hatte Valentin recht …« Seine Augen weiteten sich. »Und du bist …«, murmelte er in sich hinein.

»In der Tat … Einer von vielen …«

Als Nächstes begann die seltsame Gestalt sich langsam umzuwenden, trat dabei ein Stück vom Bett zurück. Im Schatten der Kapuze waren jedoch nicht einmal die Umrisse ihres Gesichtes erkennbar – abgesehen von zwei geradezu *leuchtend* blauen Augen. Und ganz sicher waren dies nicht die eines Menschen: Um die Pupillen herum zeichnete sich auf der Netzhaut ein tiefblaues Muster ab, feine Linien und Wirbel, die sich langsam zu bewegen schienen und dabei pulsierten, immer wieder blitzartig ihre Form veränderten.

Der Fremde wiederum versteinerte bei diesem Anblick regelrecht. »Du …!«, entkam mit dünner Stimme ein einziges Wort seinen Lippen, beinahe als hätte er einen Geist gesehen.

Umso seltsamer daher, dass sein Gegenüber zu verstehen schien. »Die Erinnerung an jene Nacht ist dir also nach all den Jahren erhalten geblieben? Obwohl … wie könnte es auch anders sein?«

Worte, die ihn jedoch aus irgendeinem Grund zornig werden ließen. Aufgebracht zeigte er nach oben zur Spitze des Turmes, dem Ort seines siegreichen Kampfes. »Dann ist dies alles *dein* Werk, nicht wahr?! *Du* hast bewirkt, dass mein Schwert ihn töten kann, lediglich einen willigen Handlanger gebraucht, um jenen Streich zu führen, den du selbst nicht führen wolltest oder konntest! Ist das auch der Grund, warum du seinerzeit nur mich gerettet, aber meine Eltern und jeden anderen im Dorf dem Tode überlassen hast?! Damit ich diesen Rachefeldzug antrete? Dein … *Werkzeug* sein kann?!«

Die vermummte Gestalt aber schüttelte den Kopf. »Und was genau sollte *eine* Person mehr hier für einen Unterschied machen? Nur *eine mehr* unter den unzähligen, die dem Grafen über die Jahrtausende nach dem Leben getrachtet haben? Wenn ich dazu fähig gewesen wäre, hätte ich längst einer davon die Macht verliehen, ihn zu töten, schon vor einer Ewigkeit diese Last von meinen Schultern genommen und so verhindert, dass meine Unachtsamkeit noch weiteres Leid nach sich zieht. Allein … Ich konnte nicht, niemand konnte dies – bis du kamst … Wobei dir die Gründe für diesen Sieg aber noch nicht einmal klar sind, wie ich aus deiner Reaktion schließe. Nicht verwunderlich allerdings … Immerhin hat hier jene Macht die Hand im Spiel, die so oft vollkommen unbemerkt unsere Welt nachhaltig verändert, ewige Imperien zu Fall bringt, die Leben von Millionen zum Besseren oder Schlechteren wendet: Der Zufall … Häufig ist es schließlich das Zusammenkommen unzähliger, für sich selbst vollkommen belanglos erscheinender Ereignisse, welche letztlich das zuvor unmöglich Geglaubte möglich machen. Ein mancher mag dies … *Schicksal* nennen. So wie die Tatsache, dass ich in jener Nacht zufällig einem Nachzügler aus dem Gefolge des Grafen begegnete und diesem zu seinem Ziel folgte, gerade noch rechtzeitig dort ankam, um dein Leben zu retten – im Gegensatz zu all den anderen, die bereits tot in ihren brennenden Häusern lagen.«

An dieser Stelle musste der Fremde ihm widersprechen, schüttelte energisch den Kopf. »Und du erwartest von mir, dass ich das glaube?! Ich, dem niemals Glück in seinem Leben vergönnt war, außer um es anschließend ins Gegenteil verkehrt zu sehen, soll einzig durch eben jenes *Glück* erfolgreich gewesen sein, wo Hunderte – nein *Tausende* – vor mir gescheitert sind?!«

»Oh, das behaupte ich mitnichten! Nur dass dein Erfolg letztlich ebenso dein eigener Verdienst ist wie der von Dingen, die außerhalb deiner Macht lagen. Zum Beispiel … Hast du eventuell auf deinen Reisen irgendeine unheilige Bestie zur Strecke gebracht?

Möglicherweise durch Absicht oder Zufall während des Kampfs ihr Blut gekostet?«

Er versteinerte, runzelte nachdenklich die Stirn. »Der Engel …!«

»Ein … *gefallener* … Engel, nehme ich an? Eine Kreatur, deren Blut quasi die Antithese meines eigenen darstellt? Und hat der Graf eventuell im Verlauf des Kampfes von dem deinem gekostet? War die Waffe, welche ihn tötete, vielleicht davon überströmt?«

»Und was soll das bitte miteinander zu tun haben?!«

Sein Gegenüber lachte leise. »Nun, du weißt es offenbar nicht, aber ihr Vampire habt eine seltsame Fähigkeit, neben der Lebenskraft auch noch *andere Dinge* aus dem, was ihr trinkt, in euch aufzunehmen – so eben wie der Graf einst aus meinem Blut Unsterblichkeit schöpfte. Fast schon ironisch daher, dass ihm gerade dieses Prinzip letztlich zum Verhängnis geworden ist. Und doch … Ohne seine Überheblichkeit hätte auch das wohl trotzdem keinen Unterschied gemacht. Hochmut kommt vor dem Fall, so sagt man. Nur ein weiteres Teil in diesem großen Puzzle … Verstehst du nun, was ich meine?«

Offensichtlich war dies der Fall, denn es folgte erst einmal nur Stille auf diese Worte. Langsam trat der Unbekannte daher nach einigen Augenblicken zum Fenster und öffnete es weit, blickte eine Weile in die Nacht hinaus, wo das Gewitter offenbar weitergezogen war. Der Fremde ging derweil zu Johanna hinüber, konnte es offenbar immer noch nicht richtig glauben und umarmte sie deshalb, als sei dies ein Traum, der jeden Moment zu Ende gehen konnte. Schließlich sah er auf, öffnete den Mund, wohl um sich zu bedanken, doch sein Gesprächspartner war schneller.

»Möge eurer beider Zukunft sonniger sein als das, was hinter euch liegt, mein Freund …«, sagte er noch und löste sich anschließend in weißen Rauch auf, der eilig durch das Fenster davontrieb.

Der Fremde wiederum nickte nur, seufzte leise. Dann nahm er die schlafende Schönheit sorgsam in seine Arme und hielt auf das Fenster zu, sah seinerseits hinaus … Unter ihnen herrschte derweil ein wilder Aufruhr. Hunderte Vampire tauchten aus allen Ecken des Schlosses auf und stahlen sich eilig in die Nacht davon, offenbar vollkommen verängstigt durch den Tod ihres Herrn. Ihn jedoch kümmerte das nicht mehr. Vorsichtig sprang er stattdessen auf ein Dach einige Meter unter dem Fenster und trug seine Liebste in die Dunkelheit davon. Keiner der fliehenden Vampire wagte es, eine Hand an ihn oder seinen zurückgelassenen Begleiter zu legen.

Ich habe ihn niemals wiedergesehen …

EPILOG

So nahm die Geschichte des Fremden dann also doch noch ein glückliches Ende. Oder war es vielmehr ein Anfang? An dieser Stelle bleibt somit wohl nur noch *eine* Frage zu beantworten: Wer bin ich, dass ich diese Geschichte so detailliert erzählen konnte, als sei sie meine eigene? Ich will diese Antwort nicht schuldig bleiben: Mein Name ist Nicholas van Helsing. Ich war jener Mann, der den Fremden bei seinem letzten Abenteuer begleitete, und diese Geschichte ist jene, die er mir selbst erzählt hat am Tag vor unserem Aufbruch. Nun, abgesehen von dem *ursprünglichen* Grund für seinen Besuch des Schlosses. Im Nachhinein betrachtet muss ich aber wohl blind gewesen sein, diesen trotz allem nicht erkannt zu haben ...

Ich hatte eigentlich nicht vor, meine Erlebnisse in dieser Nacht jemals aufzuzeichnen, doch selbst nach Jahren verfolgten mich noch immer die Erinnerungen an das, was ich damals gesehen und erlebt habe. Oh wie gesegnet müssen doch jene Menschen sein, denen die dunklen Stunden des Tages einzig tiefen Schlaf und süße Träume bringen ... Als ich dann zu schreiben begann, schienen die Worte nur so aus mir herauszusprudeln, fast als würde sie mir jemand diktieren. Zudem gab mir das Niederschreiben dieser Geschichte eine gewisse Ruhe und hat mir schließlich geholfen, die Ereignisse hinter mir zu lassen.

Wie Sie sicher bemerkt haben dürften, habe ich es im Verlauf dieses Textes vollständig vermieden, irgendwelche Ortsnamen zu nennen. Die einfache Begründung dafür ist, dass der Fremde, obwohl seine Beschreibungen zum Teil recht ausführlich waren, trotzdem von den meisten davon den Namen nicht kannte oder mir nicht nennen wollte. Es erschien mir deshalb falsch, meine eigenen Vermutungen hier mit einzuflechten, auch wenn ich mir bei vielen von ihnen recht sicher bin oder sie gar selbst kenne. Wer dennoch daran interessiert ist, dem steht es aber natürlich frei, eigene Nachforschungen anzustrengen, um seinen Wissensdurst zu befriedigen. Ähnlich verhält es sich mit dem Fremden selbst, der mir niemals seinen richtigen Namen genannt hat.

Somit bleibt nur noch eine letzte Sache. Zwei Bitten, um genauer zu sein: Ich habe nicht vor, diesen Text jemals zu veröffentlichen. Vermutlich wird er mir nur Spott und Hohn von meinen Mitmenschen einbringen. Ich kann es nicht erklären, doch offenbar … hat jeder andere um mich herum die Ereignisse einfach vergessen, all die Toten, all die Verschwundenen. Von letzteren scheinen einige gar wieder aufgetaucht zu sein … Man würde mich wohl für nichts als einen abergläubigen, alten Narren halten, habe ich doch keinen Beweis für dies alles. Selbst das Schloss des Grafen, das doch scheinbar eine Ewigkeit an seiner Stelle stand, ist fort, kaum mehr als eine Kerbe in der Bergwand. Wieder und wieder haben Bomber unterschiedlicher Nationen im vergangenen Weltkrieg dort ihre Last abgeworfen – angeblich, um den Rückweg zu schaffen, weil sie ihr eigentliches Ziel nicht erreichen konnten. Manchmal zweifle ich so selbst an meinen Erinnerungen … Fast ist es, als ob eine höhere Macht alle Erinnerung an den Grafen und seine Taten einfach ausgelöscht hätte und ich dabei lediglich als einziger in grausamer Weise vergessen wurde?

Wenn Sie diese Worte jetzt also lesen, dann bedeutet dies entweder, dass sie mir gestohlen worden sind oder dass sie nach meinem Tod den Besitzer gewechselt haben. Unabhängig davon, wie dieses Manuskript in ihre Hände gelangt ist, behalten Sie es ruhig. Es hat keinen Wert mehr für mich, nun da es beendet ist. Ich bitte Sie jedoch, mit einer etwaigen Veröffentlichung bis zu meinem Tode zu warten und außer meinem Namen keine Informationen zu nennen, die mich identifizieren könnten.

Meine zweite Bitte ist weiter die Folgende: Bitte erzählen Sie meiner Tochter nichts von den Dingen, die hier niedergeschrieben sind, sollten Sie sie kennen. Die Fügung des Schicksals hat dem armen Kind glücklicherweise wie jedem anderen außer mir alle Erinnerungen an die Grauen ihrer Gefangenschaft geraubt und es ist mein innigster Wunsch, dass dies so bleibt, damit sie nicht in derselben Weise unter den Erinnerungen an jene Ereignisse leiden muss, wie ich es noch immer tue und wohl bis zum Ende meines Lebens tun werde ...